1/S

JAEL McHENRY | Schokoladengeister

Die Autorin Jael McHenry im Gespräch

Was hat Sie dazu inspiriert, Schokoladengeister *zu schreiben?*
Ich liebe es zu schreiben, und ich liebe es zu kochen. Ich wollte über eine Figur schreiben, die leidenschaftlich gern kocht, ohne eine professionelle Köchin zu sein. Gleichzeitig sollte aber weitaus mehr auf dem Spiel stehen als nur ein Gericht. Eines Tages starrte ich in meinen Kühlschrank und hatte eine Eingebung: die Grundidee, dass das Essen Geister heraufbeschwört.

Ihre Heldin Ginny leidet am Asperger-Syndrom, einer leichten Form von Autismus. Ist es Ihnen schwergefallen, sich in jemanden hineinzuversetzen, der die Welt ganz anders wahrnimmt als die meisten Menschen?
Ginny führt ein sehr abgekapseltes Leben und hat große Schwierigkeiten damit, Kontakt zu anderen Menschen aufzunehmen. Ihre Schüchternheit ist nicht etwas, das sie am Ende des Buches einfach »überwinden« kann. Ob es schwierig war, aus Ginnys Perspektive zu schreiben? Und wie! Mir standen viele der üblichen erzählerischen Kniffe nicht zur Verfügung: Sie sieht anderen nicht ins Gesicht. Sie versteht keine Körpersprache. Sie würde nie etwas sagen wie: »Amanda sah wütend aus« und vieles andere mehr, was bei einer anderen Figur ganz normal wäre.

Eine der wichtigsten Aussagen dieses Romans ist die, dass es so etwas wie »normal« nicht gibt. Ist das auch Ihre Devise?
Davon bin ich überzeugt. Ich lese leidenschaftlich gern Ratgeberkolumnen, und die Leute wollen tatsächlich immer wissen, ob ihre Gefühle, das Verhalten des Partners oder das Ultimatum der Schwester noch normal sind. Dabei ist es nicht wichtig, ob etwas normal ist und ob es auch anderen passiert ist – wichtig ist, dass es einem selbst passiert, und was man dabei empfindet.

Über die Autorin

Jael McHenry ist begeisterte Hobbyköchin und Food-Bloggerin. Sie absolvierte ein Master-Programm in Creative Writing an der American University in Washington und veröffentlichte Beiträge in mehreren Literaturzeitschriften. *Schokoladengeister* ist ihr erster Roman. Die Autorin lebt in New York.

JAEL McHENRY

Schokoladengeister

Aus dem Amerikanischen von Christiane Burkhardt

Diana Verlag

Die Originalausgabe erschien 2011 unter dem Titel
The Kitchen Daughter bei Gallery Books,
a division of Simon & Schuster, Inc., New York

MIX
Papier aus verantwortungsvollen Quellen
FSC® C014496
FSC
www.fsc.org

Verlagsgruppe Random House FSC-DEU-0100
Das für dieses Buch verwendete
FSC®-zertifizierte Papier *Holmen Book Cream*
liefert Holmen Paper, Hallstavik, Schweden.

Taschenbucherstausgabe 06/2012

Redaktion | Gisela Klemt
Umschlaggestaltung | t.mutzenbach design, München
Satz | Leingärtner, Nabburg
Druck und Bindung | GGP Media GmbH, Pößneck

Printed in Germany 2012
978-3-453-35561-3

www.diana-verlag.de

Für meine Eltern, Karl und Lynnea McHenry.
Das Beste an mir stammt von euch.

»Die Entdeckung einer neuen Speise trägt mehr zum Glück der Menschheit bei als die Entdeckung eines neuen Sterns.«

Jean-Anthèlme Brillat-Savarin

»Iss, was gekocht, und hör, was gesagt wird.«

Russisches Sprichwort

Kapitel eins

Brotsuppe

Die beste Ribollita

Olivenöl – 4 zerdrückte Knoblauchzehen – eine grob gehackte Zwiebel – eine Dose Tomaten – eine Dose dicke Bohnen – mehrere Blätter Schwarzkohl – ein halber gewürfelter Laib Brot – Knoblauch und Zwiebeln goldbraun andünsten – die Dosentomaten mit ihrem Saft und einer zusätzlichen halben Dose Wasser hinzufügen, klein drücken – alles zum Köcheln bringen – Bohnen abseihen und zweimal waschen, zur Suppe geben – Brotwürfel in die Suppe streuen – alles einige Minuten kochen lassen – nach Belieben mit Salz & Pfeffer abschmecken

Aller schlimmen Dinge sind drei: Mein Vater stirbt. Meine Mutter stirbt. Und dann kommt die Beerdigung.

Andere würden sagen, das ist doch nur eine schlechte Nachricht, aber für mich sind es mehrere.

Der Friedhof ist noch das Erträglichste. Eine tröstende leise Stimme ertönt, der Sarg ist geschlossen, und ich kann einfach nur dastehen und zusehen, als sei ich gar nicht anwesend. Erst spricht der Mann im Talar (»ein berühmter Chirurg … eine liebende Mutter«) und anschließend Amanda (»ein Schock für uns alle … die besten Eltern, die man sich nur vorstellen kann …«) Ich behalte die Mädchen im Blick, Amandas Töchter Shannon und Parker. Sie sind jünger als ich bei meiner ersten Beerdigung. Mit sechsundzwanzig ist das jetzt meine zweite.

Es ist kalt. Sie müssen den Boden erwärmt haben, um die Gräber auszuheben, sonst würde die Erde keiner Schaufel nachgeben. Nicht im Dezember, nicht in Philadelphia. Ich weiß das von unserem Garten.

Nachdem Amanda zu Ende geredet hat, kehrt sie zu uns zurück und lehnt sich an ihren Mann. Sie gibt einen erstickten Laut von sich, und Brennan streckt den Arm aus, um sie zu stützen. Sie senkt den Kopf, lehnt sich noch enger an ihn, bis sie beinahe verschwindet. Parker, an Brennans anderem Arm, sagt leise *ciao* und formt mit ihrem kleinen Mund ein winziges O. Betroffenheit, Bestürzung, so was in der Art. Hoffentlich fängt sie nicht an zu weinen. Alle bis auf mich und die Mädchen weinen. Letztere weinen nicht, weil sie zu jung sind. Und ich weine nicht, weil ich nicht das Gefühl habe, dass das hier wirklich passiert.

Eine neue Stimme, eine Männerstimme, fährt fort. Ich höre nicht auf die Worte. Es fühlt sich nicht an, als ob ich hier bin. Vielleicht ist das ein gutes Zeichen, denn ich will nicht hier sein. Dad ist nicht mehr. Ma ist nicht mehr. Darauf war ich nicht vorbereitet.

Ich sehe Hände, die Taschentücher zerknüllen. Ich sehe Füße, die über den unebenen Boden scharren. Alle Schuhspitzen zeigen in eine Richtung, dann, auf ein Signal hin, das mir entgangen sein muss, nicht mehr. Ich gehe langsam, damit ich nicht stolpere. Amanda dreht sich halb zu mir um und macht eine Geste, und ich folge ihr zum Wagen. Wir nehmen eine Route nach Hause, die ich nicht kenne. Ich starre auf meinen schwarzen Rock, der von weißen Katzenhaaren übersät ist, und spüre, wie meine engen schwarzen Schuhe drücken.

Aber zu Hause ist es noch schlimmer. Ich habe keine Gelegenheit, auch nur einen Moment allein zu sein, denn schon füllt sich das Haus. Lauter Fremde, die meinen Tagesablauf stören. Meine Luft atmen. Nicht nur ich habe Probleme mit Menschenmengen: Menschenmengen haben auch Probleme mit mir. Wenn das ein ganz normaler Tag wäre, ein Tag wie jeder andere, würde ich mich an meinen Laptop setzen und meine Lieblingswebsite »Kitcherati« aufrufen, aber der Laptop befindet sich in meinem Dachbodenzimmer im zweiten Stock. Zu viele Menschen sind zwischen mir und der Treppe, sodass ich nicht nach oben flüchten kann. Das hier ist mein Zuhause, das ich in- und auswendig kenne, aber im Moment ist eine wahre Invasion darüber hereingebrochen. Wenn ich aufschaue, sehe ich in ihre Gesichter, also schaue ich zu Boden und sehe ihre Füße. Die Schuhe sind schwarz wie Lakritz oder braun wie Rinderbrust und tragen den Wintermatsch und das Streusalz vom Friedhof und von den Straßen herein. Es sind Dutzende.

Ohne wirklich zuhören zu wollen, bekomme ich trotzdem einiges mit. *Ist sie nicht die Ältere?*, höre ich. *Ihr Benehmen macht ihren Eltern wahrhaftig keine Ehre, dabei haben sie sie so gut erzogen. Sie war schon als kleines Mädchen sonderbar, aber jetzt ist es geradezu unheimlich,* und *Caroline hat sie immer übertrieben verwöhnt.* Ich bleibe in Bewegung, damit mich niemand anspricht, aber wohin ich auch gehe, verstummen die Gespräche, und daran merke ich, dass ich gemeint bin. Wenn mir die Leute ihr Beileid aussprechen, sage ich »danke« und zähle bis drei, dann gehe ich. Irgendwann finde ich mich in einer Ecke wieder, in einer Sackgasse, aber Amanda kommt mir zu Hilfe und lotst mich fort. Ich bin gerettet.

Mir wird immer wärmer, schlimmer noch, ich habe das Gefühl, als seien diese Leute nicht nur im Haus, sondern auch in meinem Körper. Sie trampeln auf meinen Magenwänden herum. Rotieren um meine Rippen. Alles im Haus fassen sie an; auf Bilderrahmen, Türklinken und Möbeln wimmelt es nur so von bleichen Fingern, die aussehen wie Nachtraupen, und wenn sie mich erreichen, werden sie über meine Haut kriechen.

Ich schaue nach oben, schaue weg, suche nach etwas, das mich beruhigt. Alles hier ist so wie immer, rede ich mir ein. Die Dinge hier haben sich nicht verändert. Der verschnörkelte Stuck mit seinen zentimeterlangen Verästelungen und schwungvollen Formen säumt die große, weiße Zimmerdecke. Die Türen sind doppelt so hoch wie die Menschen, dreieinhalb, vier, viereinhalb Meter. Da oben ist noch viel Platz. Dies ist mein Zuhause, und das hier ist sein Skelett. Es ist ein gutes Skelett.

Dann spüre ich heißen Atem, eine feste, teigige Masse, nur wenige Zentimeter von mir entfernt. Es ist eine der Großtanten. Ich erkenne sie an den Muttermalen an ihrem Hals. »Es tut mir so leid, Ginevra«, sagt sie. »Du musst sie furchtbar vermissen.«

Ihre Hand hat meinen Arm fast erreicht. Mir bleiben kaum noch Möglichkeiten. Ich kann nicht davonlaufen. Ich kann nicht damit umgehen.

Ich verliere mich in Speisen.

In der sämigen, cremigen Konsistenz geschmolzener Schokolade. In dem Gefühl von gut gereiftem Ziegenkäse, der die Zunge umhüllt. In der seidigen Textur eines Nudelteigs, der lange genug geknetet wurde und geruht hat. Im Duft von Zwiebeln, der sich innerhalb einer Stunde verändert – von roh zu reif, von scharf zu süß –, ohne dass man von ihnen gekostet zu haben braucht: durch einen ganz einfachen Trick, nämlich durch Hitze, die alles verwandelt.

»Du vermisst sie doch, nicht wahr?«, fragt die Großtante.

Ich würde ihre Frage gern beantworten, weil es sich so gehört, aber ich weiß nicht, was ich sagen soll. Es ist erst drei Tage her. Dass ich sie vermisse, macht sie auch nicht wieder lebendig. Außerdem, was spielt es schon für eine Rolle? Ich habe diese Frau seit meinem sechsten Lebensjahr nicht mehr gesehen und werde sie höchstwahrscheinlich für Jahre nicht wiedersehen. Was interessiert es sie, wie ich mich fühle?

In Gedanken beuge ich mich über eine silberne Kasserolle mit Zwiebeln, die gerade karamellisieren. Die Wärme, die ich spüre, ist Herdwärme. Ich habe die Zwiebeln bereits gesalzen, und sie zerfallen, werden immer aromatischer. In Gedanken habe ich einen Holzlöffel in der Hand, um sie damit umzurühren.

»Ginevra, Liebes?«, sagt die Großtante.

»Auntie Connie«, ertönt Amandas Stimme. »Vielen Dank, dass du gekommen bist.«

»Deine Schwester wirkt verstört«, sagt Connie.

Ich nicke. Verstört, genau.

»Ginny macht gerade eine schwere Zeit durch«, sagt Amanda. »So wie wir alle.«

Ich sehe, wie ihre Hand auf Connies Schulter ruht, sich über deren Rundung wölbt und spannt. Ich werfe einen Blick in Amandas Gesicht. Ihre Augen sind immer noch rot verweint, ein schmerzlicher Ausdruck liegt darin. Ich wünschte, ich könnte sie trösten. Ich konzentriere mich auf ihren goldenen Ehering. Er hat die Farbe von Zwiebelschalen. Gelbe Zwiebeln sind gar nicht richtig gelb, sie heißen nur so. So wie auch Drachenfrüchte nicht aus Drachen hergestellt werden und Blutorangen nicht bluten.

»Das Ganze ist ein Skandal. Ein furchtbarer Skandal. Du solltest einen Prozess anstrengen«, sagt Connie.

»Wir denken darüber nach«, erwidert Amanda.

»Sie waren noch so jung«, sagt Connie.

»So jung auch wieder nicht«, sage ich, denn sie waren nicht mehr jung. Dad war fünfundsechzig, und Ma war gerade neunundfünfzig geworden. Vor zwei Wochen hatten wir noch ihren Geburtstag gefeiert, kurz vor ihrer Abreise. Den Geburtstagskuchen hatte sie selbst gebacken, so wie immer. Red Velvet Cake.

»Wir vermissen sie furchtbar«, sagt Amanda, aber nicht zu mir. Ihre Stimme zittert. »Wir sind so froh, dass Onkel Rick und du kommen konntet, Connie. Möchtest du nicht meine Töchter kennenlernen?«

»O ja, gern – wir kommen ja nur noch selten hierauf«, sagt Connie. Sie lässt sich fortführen. Aber gleich darauf kommt wieder jemand auf mich zu. Ich ertrage es einfach nicht mehr: alle diese Schuhe und Körper. Meine Schwester kann mich nicht jedes Mal retten. Zweimal, dreimal, fünfmal – habe ich mein Guthaben bereits aufgebraucht?

Gleich rechts neben mir steht ein kahlköpfiger Mann. Sein Kopf ist so blass und feucht wie Hühnerbrust. Sein Atem riecht nach Bohnenwasser.

»Ginny mit den himmelblauen Augen! Als ich dich das letzte Mal gesehen habe, warst du so klein! Ungefähr so!«, ruft er und zeigt mit der Hand die Größe an.

»Ich bin gewachsen«, murmele ich. Ich muss hier weg, also entschuldige ich mich, ohne mich zu entschuldigen, und gehe in Richtung Küche. Fünf Schritte, sechs, sieben, während ich innerlich flehe, dass mir niemand folgt. Als ich die Küche erreicht habe, zittere ich immer noch. Ich ziehe die Flügeltüren hinter mir zu.

Tief durchatmen. Hier ist mein Zuhause, und so fühlt es sich auch an. Lauter Rechtecke und Quadrate. Die Küche ist ein großer, weißer Würfel, wie ein Stück von Mas Keramikservice. Hohe Schränke, manche aus weißem Holz, andere aus Glas, recken sich zu den langen, bleigefassten rechteckigen Oberlichtern empor. Neben dem Kühlschrank steht ein Hocker, den alle bis auf Dad brauchen, um an die obersten Schrankbretter zu kommen. Ein Schrank mit Kochbüchern nimmt eine ganze Wand ein: knallbunte Rechtecke hinter Glastüren, die sie vor Küchendünsten schützen. Mas Bücher stehen links, meine rechts. Der Boden aus quadratischen schwarzen und weißen Fliesen reicht bis zur entgegengesetzten Wand, vor der eine tiefe Spüle steht, die wiederum aus Rechtecken besteht. Die tiefen weißen Arbeitsflächen sind Rechtecke, ebenso wie die grauen Subway-Fliesen des Fliesenspiegels. In der Mitte befindet sich Mas Schlachtblock, der noch von ihrer Mutter stammt: ein rechteckiger Holzblock, in dessen Mitte im Laufe der Jahre eine flache Mulde entstanden ist. Auf der Fensterbank des einzigen quadratischen Fensters ist ein Kräutergarten angelegt, vier viereckige Übertöpfe in einer Reihe: Schnittlauch, Minze, Rosmarin, Thymian. Wo die Wände nicht von Bücher- oder Küchenschränken bedeckt sind, sieht man die rechteckigen Ziegelsteine. Andere Leute bezeichnen sie als nackten Backstein, aber ich nicht. Sie sind weiß gestrichen und damit alles andere als nackt.

Ich streife die Schuhe ab und spüre kühle Fliesen unter meinen Füßen. Sofort geht es mir besser.

Fremdes Stimmengesumm dringt durch die Flügeltüren. Ich stelle mir vor, wie Dad in seiner OP-Kleidung am Herd steht, über einen Topf gebeugt, und in Nonnas Brotsuppe rührt. Er ist groß. Ich nehme das fremde Stimmengesumm auf und versuche, etwas anderes hineinzuhören, ein Lied daraus zu machen, das er beim Umrühren leise vor sich hinsummt.

All diese Leute. All diese Schuhe. Ich muss ihre Masse, ihre Gegenwart, ihr Gelärme ausblenden.

Nonnas Bücher stehen in meiner Hälfte des Schrankes, in der alles alphabetisch sortiert ist. Ich bücke mich nach einem verschlissenen grauen Buchrücken im untersten Fach: *Kulinarische Kostbarkeiten aus der Toskana*.

Als ich das Buch aufschlage, fällt eine von Hand geschriebene Rezeptkarte heraus. Ganz oben steht »*Die beste Ribollita*« in einer geschwungenen, verschnörkelten Schrift. Ich habe nie Italienisch gelernt. Dass Brotsuppe und Ribollita ein und dasselbe sind, wurde mir erst bei Nonnas Beerdigung klar.

Mein Herz schlägt immer noch viel zu schnell. Ich vertiefe mich in das Rezept, gehe ganz darin auf. Ich lasse mich von den Anweisungen Schritt für Schritt vereinnahmen, bis das Stimmengesumm verstummt.

Ich ziehe das Messer aus dem Messerblock, achte auf seine scharfe Klinge und lege es neben dem Schneidebrett ab, um Knoblauch und Zwiebeln zu holen. Der Knoblauch muss nur geschält und mit der flachen Klinge zerdrückt werden. Ich lege die Klinge flach auf die Knoblauchzehe und lasse meine Faust niedersausen. Ein befriedigendes Knirschen ertönt.

Die Zwiebel ist kniffliger. Langsam und sorgfältig halbiere ich sie, um eine gute Auflagefläche zu haben, und schiebe den Daumen unter die trockene goldbraune Schale, sodass das weiche Weiß darunter freiliegt. Ich lege die nackte Zwiebelhälfte flach auf das Schneidebrett und entferne mit dem Messer Spitze und Wurzelende. Ich krümme die Finger, um sie aus der Gefahrenzone der Klinge zu halten. Im Rezept steht »grob gehackt«, also schneide ich die Zwiebel in dicke Scheiben, die ich mit den Fingern zusammenhalte, um sie anschließend quer zur Faser zu schneiden. Ich lasse mir Zeit. Das Messer macht leise Kerben in das Schneidebrett. Das Geräusch entspannt mich. Es hat einen Rhythmus. Zwiebeln und Knoblauch in die Kasserolle geben. In Öl andünsten. Noch einmal das Rezept nachlesen.

Dosen holen und öffnen. Bohnen abseihen und waschen. Laut Rezept werden die Dosentomaten klein gedrückt, also halte ich jede einzelne über die Kasserolle und drücke meinen Daumen in das weiche Fruchtfleisch. Ich presse den Saft aus, bevor ich die Tomate in Stücke reiße. Der Saft in der Dose ist noch kalt aus dem Vorratsschrank. Durch das In-Stücke-Reißen der Tomaten werden meine Finger rau. Irgendetwas, vielleicht ihre Säure, reizt meine Haut. Ich wasche mir die Hände unter fließendem Wasser und trockne sie an dem weißen Handtuch, das neben der Spüle hängt.

Den Schwarzkohl waschen und trocknen, die Rippen entfernen, die Blätter in schmale Streifen schneiden. In den Topf geben, umrühren. Einen Laib Bauernbrot teilweise würfeln. Einen runden Laib Brot zu würfeln ist gar nicht so einfach, aber ich bemühe mich redlich. Alles in den Topf. Ich dachte, da gehörte auch Käse hinein. Aber auch als ich das Rezept zweimal gründlich durchlese, kann ich keinen entdecken. Salz und Pfeffer. Ich drehe die Flamme herunter, damit die Suppe nicht mehr heftig blubbert, sondern nur noch köchelt. Das ist der letzte Schritt. Der würzige, cremige, tröstende Duft der Ribollita steigt auf. Ich sauge ihn ein.

Ich ziehe gerade die Schublade mit dem Silberbesteck auf, um einen Löffel herauszunehmen, als ich sie bemerke.

Auf dem Hocker in der Küchenecke, direkt neben dem Kühlschrank, sitzt Nonna. Sie trägt einen leuchtend gelben Patentmusterpulli und Jeans im Acid-washed-Look.

Nonna ist seit zwanzig Jahren tot.

Und trotzdem ist sie hier, trägt, was sie 1991 trug, und sieht auch genauso aus. In meiner Trauer habe ich Wahnvorstellungen, anders kann ich mir das nicht erklären.

»Hallo, *uccellina*«, sagt sie.

Das war ihr Spitzname für mich, Vögelchen, ausgesprochen von dem Mund, der ihn erfand. Die Stimme ist ebenfalls eine Wahnvorstellung. Sie klingt tief, klar, vertraut. Als ich zum ersten Mal Espresso trank, dachte ich: *Genauso hat sich Nonna angehört*. Da ist sie: Nonna, wie sie leibt und lebt. Sie sitzt in der Küche. Aber das kann nicht sein. Das kann einfach nicht sein. Trotzdem ist sie da.

»Du überrascht?«, sagt Nonna. »Aber du mich hergebracht.«

Ihr gebrochenes Englisch. Ihr am Ansatz grau meliertes Haar sieht aus wie immer. Sie hat die Ärmel des altbekannten Pullis hochgeschoben, die Reihen gelber Maschen sind so fest und gleichmäßig wie die

Körner an einem Maiskolben. Die vertrauten, ehemals weißen Keds-Turnschuhe. Sie sieht ganz normal aus, nur dass das hier nicht normal ist.

»Keine Angst!«, sagt sie, dabei hatte ich bis zu diesem Moment gar keine. Ich würde gern weglaufen, doch der einzige Fluchtweg führt mitten durch eine Menschenmenge aus lauter Fremden, die mich mit ihren aufdringlichen schwitzenden Händen anfassen wollen.

Ich stehe mit dem Rücken zum Glasschrank und sage: »Nonna, was ist los? Warum bist du hier?«

»Du mich mit dem Duft der Ribollita heraufbeschwört, und ich haben eine Botschaft für dich«, sagt Nonna. »Ich sie dir ausrichten. Hindere sie daran.«

»Sie? Wen?«

Die Flügeltüren gehen auf. Kühlere, frischere Luft dringt herein und bringt das Gemurmel der Eindringlinge mit sich, das leiser wird, als die Türen wieder zufallen. Ich höre, wie ein Schuh die viereckigen Küchenfliesen betritt und dann noch einer. Weil ich meine Ohren nicht verschließen kann, schließe ich die Augen.

»Was riecht denn hier so gut?«

Schweigen.

»Ginny, was machst du da? Kochst du etwas? Aber warum? Geht es dir gut?«

Ich öffne die Lider nur einen Spalt. Nonna ist verschwunden. Ich sehe Auntie Connies hefefarbene Schuhe. Ich rieche ihren Geruch, der an Bier erinnert. Zu spät sehe ich, wie ihre Finger auf mich zukommen.

Körperkontakt.

Wenn mich jemand falsch anfasst, ist das kein Gefühl. Es löst auch keinen Hass, keine Angst und keinen Schmerz bei mir aus, sondern einfach nur Leere und einen inneren Singsang: *Raus/hier/raus/hier/raus/hier!*

Ich dränge mich an Connie vorbei, spüre den Schulterknochen unter ihrem Fleisch wie bei einem Schinkenschlegel, stoße mit dem Ellenbogen die Tür auf und stolpere fast auf der Stufe hinunter zum nächsten Raum. Alle sind sie da, nicht nur Schuhe, sondern auch Knie, Ellenbogen, Rümpfe und offene Münder. Ich dränge mich zwischen ihnen hindurch. Ich fühle ofenheiße Haut, klebrige, fischschuppige Haut, feuchte Hühnerleberhaut, ihre Haut umgibt mich von allen Seiten. Mein Puls rast, passend zum Singsang *raus/hier/raus/hier/raus!* Bis nach ganz oben schaffe ich es auf keinen Fall. Ich muss mich hier irgendwie arrangieren.

Ich verstecke mich im Garderobenschrank und ziehe die Tür hastig zu, wende mich vom Lichtschein unter der Tür ab. Ich greife nach Dads Gummistiefeln. Wenn sie aneinanderstreifen, quietschen sie wie Quark. Ich gehe auf die Knie, nehme sie auf meinen Schoß und stecke die Hände hinein. Leder wäre besser, aber dieser spezielle Gummistiefelgeruch riecht trotzdem nach Dad.

Die Zwiebeln, ich muss an Zwiebeln denken, damit tröste ich mich. Langsam reifen sie golden heran und geben diesen Duft ab, den letzten Rest roher Schärfe, vermengt mit einem Hauch zukünftiger Süße. Ich presse die Stirn gegen die Knie, drücke die Stiefel zwischen Brust und Oberschenkeln zusammen. Meine Stirn ist heiß. Meine Knie sind heiß. Dünne, lange Streifen, die aussehen wie von einer Mandoline abgehobelt, sind erst feste Halbmonde und schmelzen dann langsam dahin. Mehr Salz? Nein, einfach Geduld haben. Umrühren. Warten. Die Flamme herunterdrehen. Warten. Umrühren.

Licht flutet herein. Echtes Licht.

»Oh, Ginny, bitte!« Es ist Amanda. Sie hat eine Stimme wie Orangensaft, süß, aber zugleich auch säuerlich. Im Moment ist sie wässrig, rau und tränenerstickt. Ich schlage die Augen nieder, und mein Blick fällt auf ihre Schuhe, schwarz glänzend wie Müllbeutel. Ihre Spitzen bilden Dreiecke auf dem Boden.

»Es tut mir leid«, flüstere ich. Ich stecke die Hand aus, um die Tür zuzuziehen, aber weil sie in einem Gummistiefel steckt, gelingt es mir nicht. Die breite runde Stiefelkappe poltert dumpf und ergebnislos gegen die Tür.

Sie beugt sich zu mir herab und sagt leise: »Du schaffst das. Du hast es doch vorhin auch geschafft. Es ging dir gut.«

Ich schüttle den Kopf. Nein, nein, nein, es ging mir nicht gut. Sie sieht es nur nicht. Sie sieht nur mein

Äußeres, aber das hat nichts damit zu tun, wie ich mich fühle.

Sie legt eine Hand auf eine Stiefelkappe und sagt: »Kannst du nicht rauskommen? Es dauert nicht mehr lange, versprochen.«

»Nein«, erwidere ich.

Sie legt ihre andere Hand auf die andere Stiefelkappe. Aber meine Hände sind geschützt. Ich fühle nichts.

»Es ist auch so schon schwer genug«, sagt sie. »Ich kann mich selbst nur mit Mühe und Not zusammenreißen, und es hat mir gerade noch gefehlt, wenn du jetzt auch noch schlappmachst. Verstehst du das denn nicht? Begreifst du denn nicht, wie das aussieht?«

Ich öffne den Mund, um mich erneut zu entschuldigen, als ein schriller Alarmton alles andere übertönt. Amandas Hände verschwinden zuerst, dann ihre Schuhe. Ich hasse Lärm, aber diesen hier kenne ich. Soll sie sich darum kümmern. Indem ich mein Handgelenk drehe und die Kante mit der Stiefelferse erwische, gelingt es mir, die Tür erneut zuzuziehen. Doch auch wenn ich die Augen schließe, um das Licht auszublenden, nimmt meine Nase den Qualm wahr. Es riecht verkohlt, angebrannt. Nach Gemüse, nicht nach Chemie. Besorgte Stimmen. Amanda, die ruft: »Keine Sorge, es ist nur in der Küche, alles in Ordnung!«

Amanda kümmert sich immer um alles, egal, was

passiert. In dieser Hinsicht ist sie wie Ma. Ihr zu vertrauen ist wie in ein heißes Entspannungsbad einzutauchen. Zumindest war es so, als ich noch badete. Inzwischen habe ich damit aufgehört, denn wenn ich in heißes Wasser steige, komme ich mir vor wie eine Küchenzutat. Wie ein Ei, eine Nudel, ein Hummer. Jetzt dusche ich.

Ich lehne mich gegen die Rückwand des Schrankes und atme tief durch. Der Alarm verstummt, und man hört nur noch Stimmengewirr. Ich blende die Geräusche aus. Ich konzentriere mich auf das Gefühl meiner Hände in den Gummistiefeln, auf das warme Umschlossensein. Auf das Gefühl, dass Dad ganz in der Nähe ist, auf seine beruhigende Gegenwart. Aber beim Gedanken an Dad muss ich wieder an Nonnas Geist denken, der mir in der Küche erschien und so echt wirkte.

An ihre Warnung.

Hindere sie daran.

Ich dränge mich gegen die Schrankrückwand, aber es gibt keine weitere, noch dunklere Ecke, in der ich mich verstecken könnte. Ich schiebe meine Finger bis in den Zehenraum von Dads Stiefeln. Ich schließe die Augen und denke an Zwiebeln, daran, wie sie sich mit der Zeit vorhersehbar und zuverlässig verändern, wenn man richtig mit ihnen umgeht. Dabei gibt es keine Überraschungen. Ma hat immer gesagt: *Aus Zwiebeln kann man keinen Honig machen*, aber irgendwie kann man es doch.

Ich habe schon gute und schlechte Tage erlebt. Furchtbare Tage. Schmerzhafte Tage. Doch gleichgültig, wie schlimm die schlimmen verlaufen – es gibt immer einen Silberstreif am Horizont: Sie alle gehen irgendwann zu Ende.

Und das gilt Gott sei Dank auch für diesen.

Kapitel zwei

Shortbread

Grandma Damsons Scottish Shortbread

240 g Mehl
240 g Butter
120 g Zucker

Zutaten mischen und mit kalten Fingern zu groben Streuseln verkneten. Zwei gleich große Kugeln daraus formen und etwa einen Zentimeter dick kreisförmig ausrollen. Die Ränder, falls nötig, beschneiden. Aus jedem Kreis acht Tortenstücke schneiden. Die Ränder mit der Gabel eindrücken, sodass eine Art Sonnenstrahlmuster entsteht. Den Teig stellenweise einstechen. Bei 180°C 25 Minuten lang backen, bis die Unterseite goldbraun ist.

Als ich aufwache, bewege ich mich wie durch Wasser. Mein Körper ist schwer, meine Gedanken sind langsam. Mein Dachbodenzimmer ist ein großer Raum mit vielen kleinen Nischen. In einigen befinden sich Fenster, aber nicht in der mit dem Bett. Ich drehe mich auf die andere Seite und schaue auf den Wecker. Es ist schon zehn. Etwas Schweres, Warmes liegt auf einem meiner Füße. Ich zucke zusammen. Es ist Midnight. Bestimmt ist sie genauso froh wie ich, dass der gestrige Tag vorbei ist. Dass die Eindringlinge wieder fort sind. Sie mag auch keine Menschenmengen. Sie ist keine zutrauliche Katze. Ich ziehe meinen Fuß unter ihrem langhaarigen weißen Körper hervor, Zentimeter für Zentimeter. Obwohl sie schläft, beschwert sie sich mit einem leisen Miauen.

Ich sehe wieder Nonna in der Küche vor mir, möchte das Bild aber am liebsten verdrängen. Ich bin auch so schon überfordert genug. Muss ich mich jetzt auch noch vor toten Verwandten fürchten, die mir irgendwo auflauern? Grandpa Damson auf der Veranda unterm Vordach? Olivia, Dads Cousine zweiten Grades, die angeblich Selbstmord beging und die mir plötzlich gegenübersteht, wenn ich aus der Dusche komme? Ma im Flur, mitten in der Nacht, die mich schimpfend wieder ins Bett scheucht? Ich kann es mir nicht leisten, mich auch noch davor zu fürchten. Ich muss davon ausgehen, dass Nonna nur eine Wahnvorstellung war. Aber insgeheim lässt mir ihre Warnung keine Ruhe, und ich muss mich irgendwie davon befreien.

Ich lausche auf jedes leiseste Geräusch. Auf jedes Kratzen, Rascheln und Klopfen. Die schlechte Schalldämmung dieses alten Hauses erzeugt den Eindruck, als sei der Gehsteig nur wenige Schritte vom Flur entfernt. Deshalb dauert es eine Weile, bis ich weiß, ob die Geräusche aus dem Haus kommen oder nicht. Doch am Ende gehe ich davon aus.

Die Treppenstufen knarren unter meinen Füßen, aber Gert, die gerade den Kaminsims abstaubt, schaut bei dem Geräusch nicht einmal auf. Ich sehe zu, wie sie sich vorbeugt und mit energischen, weit ausholenden Bewegungen Staub entfernt, anstatt ihn nur zu verteilen. Ihr langer schwarzer Pferdeschwanz wippt dabei hin und her. Gert hatte schon immer Haare bis zur Taille, es sind die längsten, die ich je gesehen habe.

Gert putzt einmal die Woche das Haus, seit ich denken kann. Mit der Zeit habe ich ihre Lebensgeschichte erfahren. Ihre Eltern, beide Juden, flohen während des Holocaust aus Rumänien nach Kuba. Als die Revolution kam, war es an Gert, zu fliehen. Sie wechselte die Sprache, behielt aber ihren Glauben und brachte uns Süßigkeiten aus beiden Kulturen mit. Gert hat eine Stimme wie die Mohnfüllung von Hamantaschen: tintenschwarz und süß. Aber vor allem ihre kubanischen Gebäckstücke sind mir in Erinnerung geblieben. Auch jetzt brauche ich nur daran zu denken und habe sofort den Geschmack ihrer Kokosnusstaschen im Mund. Die cremige, papierähnliche weiße Füllung. Schwerer gelber Teig, der zu Flocken zerfällt.

Gert richtet sich auf und schüttelt das Tuch aus. Sie hält es an zwei Ecken fest und lässt es durch die Luft sausen, dass es knallt. Sie hebt den Wassereimer von der Fliese vor dem Kamin und dreht sich zu mir um.

»Ginny«, sagt sie. »Hoffentlich habe ich dich nicht geweckt.«

»Nein«, erwidere ich.

Sie nähert sich mir auf die einzige Art, die ich ertrage, und zwar direkt, sodass ich sie frontal auf mich zukommen sehe. Als ich den Blick senke, legt sie ihren Handballen auf meine Stirn und übt leichten Druck darauf aus, wie um mich zu segnen.

»Es tut mir leid«, sagt sie.

»Danke.«

Mit Gert bin ich schon immer gut ausgekommen. Vielleicht würde ich mit allen so gut auskommen, wenn ich sie nur drei Stunden die Woche sehen müsste. Meine Mutter, meine Schwester – sie waren viel zu oft in meiner Nähe. Dadurch hatte ich zu viele Gelegenheiten, es mir mit ihnen zu verderben. Dad sah ich seltener, und er mochte mich mehr. Da könnte ein Zusammenhang bestehen.

»Deine Schwester ist in der Küche«, sagt Gert und zeigt darauf. Dabei bemerke ich, dass von dort noch mehr Geräusche kommen. Eine Abfolge dumpfer Geräusche, manche metallisch, andere nicht. Ich gehe nachsehen.

»Guten Morgen, du Schlafmütze!«, sagt Amanda von ihrer erhöhten Position aus. Sie steht auf dem

Hocker und holt Sachen aus den Küchenschränken, die sie in einen großen, schwarzen Plastiksack auf dem Boden fallen lässt.

»Warum bist du noch da?«, frage ich.

»Ich sagte gerade, guten Morgen.«

»Guten Morgen«, antworte ich.

»Die Mädchen waren gestern Abend so müde, da wollten wir nicht noch nach Hause fahren«, sagt sie. »Du hast sie übrigens gerade verpasst. Brennan hat sie auf eine Besichtigungstour zu Wasser und zu Land mitgenommen: Liberty Bell, Penn's Landing, das volle Programm.«

Mir fällt ein, dass ich gehört habe, wie sie sich gestern Abend über Wasser und Land unterhalten haben, als das Haus endlich im Dunkeln lag, ich meine Hände aus Dads Gummistiefeln zog und nach oben in mein Zimmer ging. Wasser. Wasservögel. Enten. Daraufhin habe ich überlegt, was alles zu Ente passt: Orangen, Kirschen, Sternanis. Es fielen auch die Wörter *Zuhause*, *sicher* und *Burger*. Das Haus ist sehr hellhörig.

Amanda wirft eine Schachtel Frühstücksflocken in den Müllbeutel.

»Was machst du da?«, frage ich.

»Ich kann das nicht«, sagt sie. »Ihre Lebensmittel essen, die sie hinterlassen haben. Ich ... Ich könnte nichts davon essen in dem Wissen, dass ...«

Einige waren meine Lebensmittel, nicht ihre. Kann sein, dass Amanda das wusste, oder auch nicht. Aber das spielt jetzt auch keine Rolle mehr. »Gut, aber dann müssen wir neue kaufen.«

»Ich kümmere mich darum«, sagt sie. »Und ich muss auch deinen Pony schneiden, der ist viel zu lang geworden. Ein Wunder, dass du überhaupt noch was siehst.«

»Ich sehe gut.«

»Nein, nein, lass uns das gleich erledigen, wo ich gerade daran denke«, sagt sie und steigt vom Hocker. Hinter uns im Esszimmer höre ich, wie Gert beim Staubwischen Bilderrahmen anhebt und wieder abstellt.

Ich sitze auf dem Badewannenrand. Amanda hält mir den Kamm hin, und ich nehme ihn am anderen Ende. Ich lasse sie näher an mich heran als alle anderen, aber sie kennt meine Grenzen. Während ich die Knoten auskämme, sagt sie: »Wir sollten mal zusammen einkaufen gehen. Wie lange hast du diesen Pulli schon?«

»Keine Ahnung.«

»Du brauchst neue Kleider, Ginny.«

»Ich *brauche* keine.«

»Du könntest mal was anderes tragen. Was anderes als Schwarz.«

»Ich trage auch andere Farben als Schwarz.« Ich gebe ihr den Kamm zurück und ziehe den Ärmel des Pullis nach unten. Er bedeckt mein Handgelenk nicht ganz. Er ist eingelaufen. Mein Fehler: Ich hätte ihn Gert zum Waschen hinlegen sollen.

»Was anderes als Dunkelblau, Schwarz und Braun. Besitzt du irgendetwas Rotes?«

»Keine Ahnung.«

»Rot würde dir ausgezeichnet stehen. Halt still! Bist du bereit?«

»Ja.« Ich kneife die Augen zusammen, und sie beginnt zu schnippeln. Ich mag das Geräusch nicht, aber ich weiß, dass ich stillhalten muss, wenn scharfe Gegenstände in der Nähe sind. In Gedanken untersuche ich ein einzelnes Cornflake. Nicht den Geschmack, nur seine unebene, pockennarbige Oberfläche. Eine fingernagelgroße Gebirgslandschaft.

Amanda fährt eine Weile lang schweigend fort, dann sagt sie: »Du wirst begeistert sein. Ein kürzerer Pony rahmt dein Gesicht vorteilhafter ein. Wir haben beide dasselbe Problem: ein breites Gesicht und ein winziges Kinn. Wenn man diese Linie nicht unterbricht, ist es ein einziges großes Dreieck. Als ich auf Lornas Hochzeit war, mussten wir die Haare zurückbinden, und von der Schminke bekam ich einen furchtbaren Ausschlag, sodass ich aussah wie ein riesiger rot gefleckter Tortilla-Chip. Ich wünschte, ich hätte deine Haut.«

Ich stelle mir vor, wie sie mir die Haut abzieht und hineinschlüpft wie in einen Overall. »Das ist echt eklig«, sage ich.

»Ich meine nur, du hast wirklich Glück«, erwidert sie und schnippelt weiter. »Helle Haut und dunkles Haar – auf die Kontraste kommt es an! Ich sehe farblos aus, wenn ich nicht in die Sonne gehe, was wesentlich einfacher war, als Brennan und ich noch in L. A. lebten. Ich würde dir gern zeigen, was dir steht. Auch welches Make-up. Ich würde gern deine blauen Augen betonen, dazu vielleicht ein schöner roter Lippenstift: wie eine kleine Porzellanpuppe. Du könntest so hübsch aussehen, wenn du nur wolltest! Wir sollten diese Woche unbedingt einkaufen gehen.«

»Einverstanden«, sage ich, weil das vorerst der Weg des geringsten Widerstandes ist. Ich erzähle ihr nicht, was geschah, als Ma mich vor einem halben Jahr mit zum Einkaufen genommen hat. Metallkleiderbügel glitten quietschend über Metallstangen. Die Verkäuferin trug ein fleischfarbenes Oberteil mit einer Naht vorn in der Mitte, die aussah wie eine Operationsnaht. Als ich ein blaues Flatterkleid anprobierte, war es so leicht, dass es sich anfühlte, als hätte ich gar nichts an, und die Verkäuferin sagte: *Oh, 38 ist zu groß, aber die Länge stimmt. Sehen Sie, wenn man hier an der Taille etwas wegnimmt …* Sie zwickte mich links und rechts, und ich schlug nach ihren Händen. Sie dachte wohl, ich scherzte, und drückte nur noch fester zu, während ich mich zuckend wand. Aber ich konnte mich nicht losmachen, also schlug ich fester zu. Alles verschwamm vor meinen Augen, und Ma sagte *leise, sei leise*, aber mir war gar nicht klar, dass ich laut war, und dann sind wir gegangen, ohne etwas zu kaufen. Doch davon erzähle ich Amanda nichts.

Die Pausen zwischen dem Scherengeklapper werden länger. »Wir müssen uns irgendwann sowieso mal vom Packen ausruhen. Vielleicht können wir gegen Ende der Woche einkaufen gehen.«

»Packen?«, wiederhole ich.

»Fertig!« Sie legt die Schere aufs Waschbecken. Ich stehe auf, und die abgeschnittenen Haarsträhnen fallen zu Boden. »Schau nur – gefällst du dir so nicht viel besser?«

»Danke«, erwidere ich, auch wenn das nicht gerade ein Kompliment war. »Sagtest du gerade was von Packen?«

»Ja. Ich dachte, wir könnten Moms und Dads Sachen gemeinsam einpacken.«

»Warum?«

»Na ja«, sagt sie. »Manchmal kommt einem das Leben eben einfach dazwischen. Du weißt ja, wie beschäftigt ich mit den Mädchen bin. Wir können froh sein, dass Brennan da ist, um uns eine Weile zu helfen. Aber irgendwann wird seine Firma ihn wieder auf Reisen schicken, und dann bin ich nicht mehr so leicht abkömmlich. Außerdem wäre es Unsinn, das Haus leer stehen zu lassen.«

»Es steht doch nicht leer«, sage ich. »Ich wohne hier.«

»Nun, das wird sich ändern.«

»Warum?«

»Ginny, wir können das Haus nicht behalten. Wir werden es verkaufen.«

Was sie sagt, ist furchtbar, aber ich will es nicht gleich in den falschen Hals bekommen wie das mit der Haut, also frage ich vorsichtig: »Soll das ein Witz sein?«

»Nein.«

»Nun, wir werden es nicht verkaufen!«, sage ich gereizt.

Amanda atmet hörbar aus. »Ich habe mir schon gedacht, dass du so reagieren würdest. Wie man sieht, hast du dir noch keine Gedanken darüber gemacht.«

»Ich habe mir sehr wohl Gedanken gemacht. Gerade eben. Das ist eine furchtbare Vorstellung.«

»Schrei mich nicht an!«, sagt Amanda.

»Schrei du mich nicht an!«, entgegne ich.

Amanda lehnt sich an das Waschbecken und verschränkt die Arme. »Das Haus ist zu groß für eine Person. Und ist dir überhaupt klar, wie selten so etwas auf den Markt kommt? Ein fast zweihundert Jahre altes Haus mit Säulenvorbau und vier Schlafzimmern, bei dem noch fast alles originalgetreu erhalten ist? Ich habe meiner Freundin Angelica, einer Immobilienmaklerin, davon erzählt, und die leckt sich alle zehn Finger danach. Vor dreißig Jahren war Wash West noch eine verrufene Gegend, Mom und Dad haben es günstig erworben. Und es ist vollständig abbezahlt. Wir können eine immense Summe dafür bekommen.«

Ich verschränke die Arme ebenfalls. »Wir haben genug Geld.«

»Und das sagt ausgerechnet jemand ohne eigenes Scheckbuch«, kontert Amanda. »Es kann nie schaden, mehr zu haben.«

»Es ist unser Zuhause. Du willst unser Zuhause verkaufen.« Ich fixiere einen Punkt auf ihrer Schulter, wo eines meiner abgeschnittenen Haarbüschel hängen geblieben ist.

»Im Grunde geht es gar nicht ums Geld«, sagt sie. »Ehrlich gesagt geht es um dich. Glaubst du, du würdest hier wirklich zurechtkommen? So ganz auf dich gestellt?«

»Warum denn nicht?«

»Du hast noch nie allein gewohnt.«

»Nur weil ich es noch nie getan habe, heißt das nicht, dass ich es nicht kann. Das ist nicht fair!«, sage ich.

»Nun, du hast nie … Du bist so … Also gut: Du hast gestern einen Brand verursacht. Was, wenn wir nicht hier gewesen wären?«

»Aber ihr *wart* hier. Und es war nur fast ein Brand.« Ich kann ihr nicht sagen, warum ich den Topf auf dem Herd gelassen habe und weggelaufen bin. Ich kann ihr nicht sagen, dass ich Nonna gesehen habe. Ich war noch nie in einer Anstalt, aber ich weiß, dass mir das nicht gefallen würde.

»Außerdem bist du davongelaufen und hast dich in einem Schrank versteckt.«

»Na und?« Ich gehe in die Hocke und hebe kleine schwarze Krümel vom langweilig weißen Boden auf.

»Kümmere dich nicht darum, bitte, überlass das Gert«, sagt Amanda. Sie hockt sich neben mich. »Ginny, Schätzchen, kommst du klar?«

»Ja, das sagte ich bereits.«

»Nein, im Ernst. Schau mich an.«

Sie weiß, dass ich das nicht kann, und es fällt ihr auch gleich wieder ein.

»Tut mir leid, Ginny, tut mir leid, das sage ich immer zu meinen Töchtern.«

»Verstehe.«

Sie steht auf, legt die Schere in die obere rechte Schublade, wo sie nicht hingehört, und sagt: »Es gibt etwas, worüber ich mit dir reden will.«

»Das kann bestimmt warten.«

»Verschiebe nie auf morgen, was du heute kannst besorgen«, sagt sie. »Ich möchte über dein Problem reden.«

Ich sitze auf dem Badewannenrand und betrachte die kleinen Kristallknäufe an den Schubladen des Schminktischchens. »Ich habe kein Problem.«

»O doch.«

»Ich habe eine Persönlichkeit.«

»Ginny, bitte weise mich nicht ab.«

»Dann benimm du dich bitte nicht wie ein Arschloch«, murmele ich mit gesenktem Kopf.

»Genau das meine ich!«, sagt sie. »Du kennst nur zwei Gefühlsregungen: Angst und Wut. Möchtest du nicht versuchen, normal zu werden?«

Ich starre auf die über den Boden verteilten Haarbüschel. Es sieht aus, als hätte jemand eines dieser seltenen schwarzen Eichhörnchen rasiert. Ich atme ein paarmal tief durch, um mich zu beruhigen. Von dem »Normalbuch« braucht sie nichts zu wissen. Also sage ich: »Normalsein bedeutet nicht nur, was du dir unter normal vorstellst.«

»Schön«, erwidert sie. »Aber versetz dich doch bitte mal in meine Lage! Du bist meine Schwester, und du bist mir wichtig. Die Situation hat sich geändert. Bisher hattest du immer Mom und Dad, auf die du dich … verlassen konntest. Und jetzt sind sie …« Sie verstummt, nimmt den Waschlappen vom Haken neben dem Waschbecken und drückt ihn erst gegen das eine, dann gegen das andere Auge.

Sie hat recht, ich bin es gewohnt, Ma und Dad um mich zu haben. Es war das erste Mal seit Jahren, dass sie verreist sind. Als Dad im September fünfundsechzig wurde, ging er in Rente. Mas Geschenk war eine Reise, nur sie beide. Sie wollten jeden Bundesstaat besichtigen, den sie noch nicht kannten. Er schrieb die Namen der Staaten einzeln auf Karten und mischte sie auf dem Boden. Dann wurden sie immer wieder neu arrangiert, je nach Wetter, regionalen Festivals, Highways und so weiter. Sie wollten nach sechs Wochen wiederkommen. In Maine stimmte irgendwas mit dem Ofen in ihrer Hütte nicht, und der Raum füllte sich nachts mit Kohlenmonoxid. Von allen Todesarten ist das eine der angenehmsten. Wenn sie schon sterben mussten, was uns schließlich allen bevorsteht, wären sie bestimmt damit einverstanden gewesen.

Die Haustür wird geräuschvoll geöffnet. Amanda fährt sich mit dem Waschlappen übers Gesicht und hängt ihn wieder an den Haken. Ich suche nach tröstenden Worten, aber sie hat bereits die Schultern gestrafft und mir den Rücken gekehrt. Wenn sie so tun will, als hätte sie nicht geweint, kann ich ihr auch nicht helfen.

»Wir sind wieder da«, ertönt Brennans Stimme.

Im Wohnzimmer nimmt Amanda Parker auf den Arm und drückt sie an sich. Parker ist die jüngere der beiden Schwestern. Sie ist vier Jahre alt und blond wie ihre Mutter und Großmutter. Amanda wackelt mit den Fingern ihrer freien Hand und droht, sie zu kitzeln. Parker kichert. »War es schön?«

»Enten sind toll!«, sagt Parker. »Philly ist toll!«

»Shannon, und wie fandest du es?«, fragt Amanda.

Die fünfjährige Shannon spielt mit dem Reißverschluss ihrer Jacke. Sie klappt den Plastikschieber, ein flaches knallrosa Rechteck, nach oben und wieder zurück.

»Shannon?«, wiederholt Amanda.

»Ja«, sagt Shannon und klappt den Schieber erneut nach oben und wieder nach unten.

Ich höre, wie Brennan Amanda zuflüstert: »Ich glaube, wir konnten sie für eine Weile auf andere Gedanken bringen.« Ich wäre mir da nicht so sicher. Ich weiß aus Erfahrung, dass man überall traurig sein kann.

Sie haben beiden Mädchen erklärt, dass Grandma und Grandpa nicht mehr wiederkommen. Vielleicht haben die Kinder das begriffen, vielleicht auch nicht. Ich habe es noch nicht wirklich begriffen. Dies ist das Haus meiner Eltern, überall sind ihre Sachen, und es sieht aus wie immer. Ich erwarte sie jede Minute zurück.

»Oh, sieh mal einer an, die Mädchen!«, sagt Gert.

»Das ist Gert«, erklärt Amanda ihren Töchtern. »Wir kennen sie schon eine Ewigkeit. Wahrscheinlich schon, seit wir so groß waren wie ihr. Was meinst du, Ginny?«

»Ja«, pflichte ich ihr automatisch bei. Ich beobachte Shannon, die noch immer mit dem Reißverschlussschieber spielt. Sie hat nicht einmal aufgeschaut. Ich sehe nur den Scheitel ihres winzigen dunklen Köpfchens.

»Witzig, dass sie genauso sind wie wir, nicht?«, sagt Amanda. »Zwei Mädchen, ein Jahr und einen Monat auseinander. Keine Ahnung, wie Mom und Dad das damals bewältigt haben. Die zwei sind anstrengend.«

»Ich bin anstrengend!«, ruft Parker.

Brennan, Amanda und Gert lachen.

»Wenn ihr wollt, kann ich morgen weiterputzen«, sagt Gert. »Ich möchte nicht im Weg sein.«

»Ich dachte eigentlich, wir könnten jetzt nach Hause fahren, Amanda«, sagt Brennan.

»Ich möchte Ginny nicht allein lassen.«

»Warum nicht?«, frage ich.

»Ich mache mir Sorgen, wenn du allein bist.«

»Ich bin sozial auffällig«, sage ich. »Aber nicht geistig zurückgeblieben.«

»Das habe ich auch nicht behauptet.«

»Ich bin nicht geistig zurückgeblieben«, sagt Parker.

»Psssst, Schätzchen, das sagt man nicht! Tante Ginny hätte gar nicht erst davon anfangen sollen. Kleine Leute haben große Ohren.«

»Kleine Leute haben keine großen Ohren«, sage ich.

Gert sagt: »Ich komme morgen wieder.«

»Geistig zurückgeblieben ist ein medizinischer Fachausdruck«, füge ich hinzu. »Er hat eine ganz bestimmte Bedeutung.«

»Nicht jetzt!«, zischt Amanda. »Schon in Ordnung, Gert. Vielleicht sollten wir nach Hause fahren und uns ein bisschen ausruhen. Du könntest mitkommen, Ginny.«

»Nein, danke«, sage ich.

Parker windet sich aus Amandas Umarmung, setzt sich auf den Boden und beginnt, den Reißverschluss ihrer Jacke aufzuziehen. Brennan folgt ihr und macht ihn wieder zu. Sie gibt kleine tierische Protestlaute von sich.

»Gut, Gert«, sagt Amanda. »Ich stelle Ihnen einen Scheck aus, einverstanden?«

»Einverstanden.«

Ich will etwas sagen, aber Amanda schreibt bereits, also bleibe ich stumm. Für die meisten Dinge habe ich eine Kreditkarte, aber Gert zahlen wir in bar, und Ma hat dafür gesorgt, dass ich vorbereitet war. Sie ließ mir zwölf Umschläge mit Bargeld da, sechs für Gert und sechs für den Mann, der die Lebensmittel bringt. Beides passiert einmal die Woche, und da Ma und Dad sechs Wochen weg sein wollten, hätten zwölf Umschläge genau gereicht. Jetzt sind noch welche übrig. Acht Umschläge, die oben in meiner Nachttischschublade liegen. Amanda gibt Gert den Scheck.

»Shannon, bist du so weit?«, fragt Amanda.

»Ja, Mommy.«

»Wir sehen uns morgen, Ginny«, sagt Amanda. »Die Mädchen bleiben bei Brennan, und ich komme, um dir beim Packen zu helfen.«

»Sie packen die Sachen Ihrer Eltern zusammen?«, fragt Gert.

»Ja.«

»Wollen Sie das Haus verkaufen?«, erkundigt sie sich.

Amanda sagt »Vielleicht« und ich gleichzeitig »Nein«.

»Das zu entscheiden hat ja keine Eile«, sagt Gert.

»Genau«, pflichtet Amanda ihr bei.

Als Amanda mir den Rücken zukehrt und ich auch Brennans, Parkers und Shannons Rücken sehe, fällt es mir siedendheiß ein: der Duft von Ribollita. Nonnas Espresso-Stimme. *Hindere sie daran.*

»Nicht …«, sage ich.

»Was nicht?«, fragt Amanda.

Aber ich weiß nicht, was ich darauf sagen soll.

Also sage ich, »Fahrt nicht zu schnell«, woraufhin sie »Natürlich nicht« sagt, Brennan »Pass auf dich auf, Ginny«, Parker, »Tschüs, Aunt Ginny!« und Shannon ebenfalls etwas murmelt, aber so leise, dass ich es nicht verstehe.

Als sie weg sind, sagt Gert: »Ich brauche noch eine halbe Stunde zum Saubermachen. Geht das in Ordnung?«

»Natürlich. Lass dir so viel Zeit, wie du willst. Oh, und erschrick nicht, wenn du in das untere Bad kommst und die vielen Haare auf dem Boden siehst. Amanda hat mir den Pony geschnitten.«

»Das sehe ich. Du siehst hübsch aus.«

»Danke«, sagte ich.

»Ich muss nur noch den Müll aus der Küche tragen, dann bin ich dort fertig.«

Mir fällt ein, wie Amanda auf dem Hocker stand und Suppe, Frühstücksflocken und Reis in einen Plastiksack warf. »Nein, keine Sorge, ich kümmere mich schon darum. Würdest du stattdessen mit dem Bad weitermachen?«

»Ja, natürlich. Und vergiss die Liste mit den Lebensmitteln nicht, ja?«

»Danke.« Das ist unser festes Ritual. Einmal die Woche kommt Gert zum Saubermachen und nimmt die Liste mit den Lebensmitteln mit. Am nächsten

Tag werden die Lebensmittel geliefert. Jemand aus dem Laden bringt sie, soweit ich weiß, aber ich halte nicht danach Ausschau, wer es ist. Ich hole die Tüten nur aus dem Hauseingang und räume alles ein. Vieles ist jetzt anders, aber wir halten uns nach wie vor an diesen Teil des Rituals. Ich für meinen Teil brauche das.

Ich gehe in die Küche. Der Sack liegt immer noch weit geöffnet auf dem Boden, und die Schränke sind leer.

Lebensmittel, die noch gut sind, wirft man nicht fort. Wenn Amanda es nicht erträgt, etwas anzufassen, das unseren Eltern gehört hat, wie erträgt sie es dann, sich in diesem Haus aufzuhalten? Es gehört ihnen, alles gehört ihnen.

Ich wühle im Sack herum. Eine Packung Haferflocken ist geplatzt, ihr Inhalt hat sich überall verteilt, aber die anderen Sachen sind noch ganz. Wenn ich alles sofort zurückräume, lässt sie sich nicht täuschen. Aber wenn ich warte, bis die neuen Lebensmittel geliefert werden, kann ich diese hier heimlich zurückstellen, ohne dass sie etwas merkt. Zum Glück ist sie nicht bis zum Kühlschrank mit dem Orangensaft, Senf und den vielen Marmeladengläsern gekommen.

Ist es das, woran ich Amanda hindern sollte? Dass sie die Lebensmittel unserer Eltern wegwirft? Keine Ahnung, warum Nonna aus dem Jenseits auftaucht, um mir das zu sagen, aber es gibt vieles, das ich nicht verstehe. Ma hat mir einen Haufen Regeln beigebracht, an die ich mich halte. So gesehen macht es keinen großen Unterschied, ob man sich für ein Kompliment bedankt, mit dem man nicht einverstanden ist, oder der Warnung einer Toten folgt. Es wird schon seine Gründe haben.

Da mir nicht mehr viel Zeit bleibt, bevor Gert geht, setze ich Prioritäten. Erst die Einkaufsliste machen, dann den Müllsack verstecken. Ich beginne mit den üblichen Grundnahrungsmitteln wie Milch und Eiern. Als Nächstes kommt immer Obst und Gemüse, aber ich weiß noch nicht, was ich diese Woche kochen will. Vielleicht muss ich mehr bestellen oder weniger. Diese Unsicherheit gefällt mir nicht. Ich kritzle etwas hin, setze Haferflocken und Butter auf die Liste und noch ein paar andere Dinge, auf die ich Appetit habe: Cider, Orangen, Frühstücksfleisch.

Gert kommt, um sich zu verabschieden, und ich gebe ihr die Liste.

»Danke, er kommt morgen, wahrscheinlich am Vormittag. Und dann wollte ich dir noch etwas sagen. Deine Eltern …«, setzt sie an. »Wir alle werden sie vermissen.«

»Danke.«

»In der ersten Zeit ist es schwer. Ich weiß, dass es gestern wirklich sehr schwer für dich war. Und ich behaupte nicht, dass es einfacher wird. Aber das Gefühl ändert sich.«

Da wird mir klar, dass sie nach der Beerdigung hier im Haus gewesen sein muss. Ich habe kaum Gesichter wahrgenommen, nur Körper, überwiegend Arme, Rücken und Füße. Sie muss gewusst haben, dass sie mich nicht ansprechen durfte. Dass ich es nicht ertragen hätte.

»Lass dich von deiner Trauer nicht erdrücken«, sagt Gert jetzt. »Hindere sie daran.«

Hindere sie daran.

»Ich werde mich bemühen«, sage ich.

Als sie geht, muss ich wieder daran denken, wie viele Fremde gestern hier waren. Und wie allein ich heute bin.

Mir fällt die Frage meiner Großtante Connie wieder ein, die wissen wollte, ob ich meine Eltern vermisse. Natürlich lautet die Antwort ja. Ja, ich vermisse sie. Ja, ich will sie unbedingt hier haben, mit ihnen reden, mich auf sie verlassen, meinen Kopf an ihre Schulter lehnen. Aber so war es schon immer: Ich denke noch über eine Antwort nach, wenn der Fragesteller längst das Interesse verloren hat und gegangen ist.

So fühlt es sich also an, verstört zu sein. Genau wie Bauchweh. Wie eine energische Hand, die den letzten Rest Saft aus der Limette quetscht, oder wie eine Stabfilterkanne, die das Aroma aus gemahlenem Kaffee presst. Es fühlt sich an wie die Pressluftpresse, die Winzer verwenden, um den Saft aus den Trauben zu gewinnen. Sie soll angeblich sanft sein, trotzdem presst und presst und presst sie, bis sämtliche Flüssigkeit ausgetreten ist und sich ein kleiner Teich gebildet hat. Ich habe darüber gelesen. Man kann sich das leicht vorstellen.

Ich versuche, mich von dem Gefühl abzulenken. Ich schleppe den Sack mit den Lebensmitteln nach oben und stopfe ihn in meinen Kleiderschrank. Ich stelle ihn so weit wie möglich nach hinten, dicht neben ein paar alte Kartons. Aber sobald ich innehalte, kehrt die Erinnerung zurück.

Du mich mit dem Duft der Ribollita heraufbeschwört, und ich haben eine Nachricht für dich, hat Nonna gesagt.

Ich gehe in die Küche.

Auf dem Herd steht leer und sauber wie neu der Topf, den ich benutzt habe, um die Ribollita zu kochen. Sie roch wunderbar und hätte bestimmt köstlich geschmeckt. Ich räume den Topf zurück in den Schrank. Ich stelle den Hocker zurück in seine Ecke, aber im Moment ist es nur ein ganz normaler Hocker.

Sie sah so echt aus. So täuschend echt. Es kann nicht sein, dass sie nur eine Wahnvorstellung war. Ich konnte mich nicht einmal mehr an diesen Pulli erinnern, bis ich ihn sah. Ich kann mich nur noch an einen Pulli von ihr erinnern, und der war nicht gelb. Aber ich habe an sie gedacht, eines ihrer Rezepte ausprobiert, und schon war sie da.

Nonna glaubte an Geister. War sie vielleicht einer? Keine Wahnvorstellung, sondern ein Geist?

Ich vermisse meine Eltern und wünschte, sie wären hier. Vor allem Dad. Kann ich ihn heraufbeschwören? Kann ich etwas tun, das mich an ihn erinnert, und seinen Körper auf diesem Hocker sehen? Könnte ich sagen: *Dad, ich vermisse dich*, und ihn antworten hören: *Ich weiß*?

Ich schaue zu dem Oberlicht empor und versuche, an meinen Dad zu denken. Zuerst an seine Stimme, die markant und gleichzeitig weich war wie Tomatensaft. Daran, wie er immer das Kinn hob, wenn er sich in OP-Kleidung im Spiegel betrachtete, und wie es zuckte, wenn er sich im Anzug darin betrachtete. Ich stelle mir sein kurzes, weißes Haar vor, seine kleinen Ohren, seinen energischen Gang. Nichts geschieht.

Als ich acht war, habe ich ein Buch über paranormale Phänomene gelesen. Ich beschloss, jeden Abend zu üben, wie man mit reiner Willenskraft Löffel biegt. Ich übte mehrere Monate, bis ich es eines Abends einfach vergaß. Es war eine Zeit lang das Allerwichtigste für mich gewesen, und auf einmal war es das nicht mehr. Vor den paranormalen Phänomenen waren es runde Dinge gewesen, danach Orientteppichmuster und dann von Nonnen verfasste Briefe. Aber daneben gab es immer schon die Faszination für Speisen, die bis heute angehalten hat.

Wenn ich an Dad denke, geschieht nichts. Vielleicht benötige ich etwas, das über die bloße Erinnerung hinausgeht. Einen Gegenstand, der ihm gehört hat.

Ma bewahrte die Spirituosen, die gemeinsam mit Gästen getrunken wurden, in einem chinesischen

Schrank im Esszimmer auf. Dort stehen alle süßen Liköre für nach dem Essen. Aber es gibt noch eine Flasche, hier in der Küche, von der sie nichts wusste. Ich greife tief in den Schrank und hole Dads versteckte Flasche Lagavulin hervor. Ich stelle ein Glas auf die Küchentheke und schenke ihm zwei Fingerbreit Scotch ein. *Das ist ein Whiskeyglas, schau nur, wie der Whiskey darin kreist*, pflegte er immer zu sagen. Eine goldbraune Flüssigkeit, mehr golden als braun, wie eine Mischung aus schwachem Tee und Apfelsaft. Ich starre darauf. Nichts.

Laut sage ich: »Das ist ein Whiskeyglas, schau nur, wie der Whiskey darin kreist.« Als Zauber- oder Trinkspruch oder beides, und dann trinke ich es aus.

Es fühlt sich an, als hätte ich eine Handvoll Streichhölzer verschluckt. Erst brennt es, und dann raucht es. Ich unterdrücke ein Husten. Ich schmecke etwas Tiefes, Erdiges, wie bei roter Bete oder Trüffeln, das nach einer Weile verfliegt und nichts als einen abgeflämmten Gaumen hinterlässt. Nichts bleibt. Ich hoffe, dass sie nicht leiden mussten, aber das glaube ich nicht.

Ja, ich vermisse sie. Das ist die Antwort, die mir viel zu spät eingefallen ist, und sie lautet: Ja.

Doch immer noch kein Dad.

Das löst einen nagenden, bohrenden Schmerz in mir aus, weil ich mich so danach sehne, wieder mit Dad reden zu können. Ma stand Amanda näher. Amanda war eher eine normale Tochter. Dad und ich verschwendeten keine Zeit auf Gefühle. Wir reagierten einfach, handelten, existierten. Nicht wie die anderen, die redeten, Fragen stellten, grübelten, träumten.

Ich weiß noch, wie Dad meine Schwester einmal in ihrer Abwesenheit *Amanda-mit-den-vielen-Fragen-hintereinand-a* nannte. Da wurde mir zum ersten Mal klar, dass das, was man tut, nicht unbedingt mit dem übereinstimmen muss, was man denkt. Nur dass mir das bis dahin nie jemand gesagt hatte. Heute weiß ich, dass man es für überflüssig hielt. Andere Kinder meines Alters hatten das längst selbst erkannt.

Ich gieße mir noch mehr Scotch ein, allein wegen des Geruchs, aber ich habe Angst, davon zu trinken. Mir ist bereits schwindelig. Mehr wäre unvernünftig. Ma hat mir verboten, Alkohol zu trinken, so wie sie mir auch andere Dinge verbot: mich mit Jungs zu treffen, mir einen Job zu suchen, auszuziehen, allein in andere Städte zu reisen. Das war Teil der Abmachung, die wir vor Jahren getroffen haben. Ich darf kochen, was und wann immer ich will, und sie kauft mir sämtliche Zutaten, Utensilien, Töpfe und Messer, um die ich sie bitte, außerdem räumt sie mir den halben Schrank für meine Kochbücher frei. Im Gegenzug halte ich mich an ihre Regeln. Sie sagte immer, wenn ich meinen College-Abschluss hätte, würden wir noch einmal darüber reden – nur dass ich ihn bis heute nicht habe. Und jetzt kann ich nie mehr mit ihr reden.

Lass dich von deiner Trauer nicht erdrücken, hat Gert gesagt. *Hindere sie daran.*

Hindere sie daran, hat auch Nonna gesagt.

Ich mache bloß alles kompliziert. Ich sollte das Einfachste tun, woran ich denken kann.

Ich backe Shortbread. Einfachere Kekse gibt es nicht. Das ideale Rezept für Einsteiger. Ich weiß es auswendig. Mehl, Butter, Zucker. Zweimal zweihundertvierzig und einmal hundertzwanzig Gramm. Alles mischen und gut miteinander zu Streuseln verkneten. Den Teig kreisförmig ausrollen, aber nicht zu dünn. In Tortenstücke schneiden. Mit einer Gabel einstechen und mit den flachen Zinken ein Rillenmuster in den Rand drücken.

Die Butter ist etwas zu kalt, und ich wärme sie zu lange in meinen Händen auf, sodass sie klebt. Ich darf mich nicht hetzen. Ich zwinge mich, langsamer zu werden. Ich rolle den Teig aus, so gut ich kann, und schneide einen unregelmäßigen Kreis aus. Ich kratze die schiefen Tortenstücke von der Arbeitsfläche. Diejenigen, die überlebt haben, lege ich auf Backpapier und schiebe sie in den Ofen. Während sich der Ofen aufheizt, lösen sich undefinierbare Reste früherer Speisen von seinen Wänden.

Das ist Grandma Damsons Rezept. Wir haben sie nur wenige Male gesehen. Sie fand, es zieme sich nicht für Ma, ohne ihren Mann runter nach Macon zu kommen, und Dad hatte im Krankenhaus so viel zu tun, dass wir nur manchmal in den Ferien hinfuhren. Sie backte Shortbread für Weihnachten, Jahr um Jahr, zuverlässig wie ein Automat. Ich sah ihr dabei zu, und es gab nicht die kleinste Abweichung. Blech für Blech, Dutzend für Dutzend.

Ich weiß, dass das Rezept in Amandas ordentlicher Kinderhandschrift auf einer Karteikarte steht, die im Küchenschrank liegt. Es war ihr erster und letzter Beitrag zu einer Rezeptsammlung, an der sie sofort wieder das Interesse verlor. Aber ich brauche es nicht. Ich habe schon zahllose Varianten dieses Rezepts ausprobiert. Shortbread in Rautenform mit Chai. Shortbread-Quadrate mit Rosenwasser. Kokos-Shortbread-Sandwiches mit einer Nutellafüllung. Aber heute Abend backe ich das Originalrezept zu Ehren von Grandma Damson. Aus dem Gedächtnis.

In gewisser Weise scheitere ich. Keine Geister materialisieren sich in der Küche, weder Grandma Damson noch Nonna noch sonst irgendjemand.

Aber am Ende habe ich ein Dutzend Shortbread-Tortenstücke, die in Form, Größe und Geschmack einfach perfekt sind. Warm und fein. Mit einem Glas kalter Milch schmecken sie köstlich. Wenn das Shortbread auf der Zunge zergeht, spürt man den runden Geschmack der Butter, den Kuss des Zuckers, bevor alles verfliegt. Dann isst man noch eines, um dasselbe Gefühl noch mal zu haben, es bis zum Schluss auszukosten. Ich esse davon, bis mir schlecht wird. Midnight beobachtet mich und wartet, dass ein Krümel zu Boden fällt, aber sie wartet vergeblich. Schließlich gibt sie auf und stolziert mit zuckender Schwanzspitze und rundem Buckel davon.

Ich stelle Dads Flasche Scotch wieder an ihren Platz. Mein Magen ächzt. Ich bleibe für eine Weile in der Hocke und starre in den Schrank, betrachte die Töpfe und Pfannen, die meine Eltern hinterlassen haben. Was würde *ich* hinterlassen? Nichts. Ein Häuflein schwarzer Kleider. Eine Katze, hübsch und gleichgültig. Das sind negative Gedanken, deshalb versuche ich, sie abzuschütteln. Was spielt es schon für eine Rolle, was ich hinterlasse? Wenn es so weit ist, werde ich ohnehin nicht mehr da sein.

Ich finde nicht immer das richtige Wort für ein Gefühl, aber in diesem Moment schon. Ich fühle mich elend und unglücklich. An etwas Essbares zu denken ist auch nicht gerade hilfreich. In solchen Situationen gibt es nur eines. Um mich zu beruhigen, lese ich im »Normalbuch«.

Das Normalbuch beruhigt mich auf andere Weise als etwas Essbares. Es bietet mir keine Gelegenheit zur Flucht, sondern dient der Selbstaffirmation. Dieses Wort kenne ich aus Ratgeberkolumnen, insofern ist es passend, dass das ganze Buch aus Ratgeberkolumnen besteht. Wenn ich wie jetzt das Bedürfnis dazu habe, überfliege ich die Satzfetzen:

Ihr Freund mag das normal finden, aber Sie sollten es mit jemandem besprechen

findet Ihr perfektionistisches Verhalten normal, und Sie sollten sich überlegen, wie

normal, nach großen
Veränderungen Höhen und
Tiefen zu erleben

Dass man einen Elternteil dem
anderen vorzieht ist normal, kann
aber trotzdem destruktiv sein

war früher ein Stigma, aber
heute gilt die Einnahme von
Medikamenten als normal oder
zumindest als

Sie dürfen sich von dem
Wunsch, normal zu sein, nicht
so beherrschen lassen, Annie

In diesem Alter ist es normal,
wenn ein Kind Fragen stellt,
die seine Eltern nicht

bekam eine normale Frisur
und schöne Kleider, ganz wie
sie wollte, also warum nimmt
sie nicht

Ich habe das Normalbuch, seit ich denken kann. Meine Eltern wussten davon, aber sonst niemand. Ich bin jetzt ruhiger. Es bringt Ordnung in meine Gedanken.

Doch angenommen, Grandma Damsons Geist wäre mir erschienen – was hätte ich dann zu ihr gesagt? Wahrscheinlich weiß sie nichts von Nonnas Botschaft. Aber vielleicht wissen Geister alles, was es zu wissen gibt. Sie haben bestimmt mehr Antworten als wir, da bin ich mir sicher. Ich weiß nicht einmal, ob ich die richtigen Fragen stelle.

Als ich Stunden später versuche einzuschlafen, kann ich den zarten, buttrigen Duft des Shortbread immer noch riechen. Er hat sich bis in sämtliche Winkel des Hauses verbreitet. Es wird die ganze Nacht dauern, bis er verflogen ist. Obwohl das Shortbread längst aufgegessen ist, rieche ich es, als stünde es hier in einer Schale auf dem Nachttisch. Es riecht warm.

Kapitel drei

Der Georgia Peach Cocktail

Georgia Peach Cocktail

2 Teile Gingerale oder Tonic Water
2 Teile Pfirsichschnaps
1 Teil Amaretto
1 Teil Orangensaft

Gingerale oder Tonic Water, Schnaps, Amaretto und Saft vermengen, über einen einzigen Eiswürfel in ein Martiniglas gießen.

Als mein Telefon klingelt, weiß ich nicht, ob es mich geweckt hat, weil ich mir nicht sicher bin, ob ich geschlafen habe. Bisher hat es nur selten geklingelt, also mühe ich mich mit den mir nicht sehr vertrauten Tasten ab, drücke aus Versehen die Lautsprechertaste, und höre den unbekannten Anrufer sagen: »Hallo? Hallo? Ginny?«

»Ja, am Apparat.«

»Hallo, ich bin's.«

»Ich?« Ich finde heraus, wie man den Lautsprecher stumm schaltet, und halte den Hörer ans Ohr.

»Ich, Amanda, deine Schwester.« Die Orangensaftstimme dringt an mein Ohr.

»Hi.«

»Alles okay? Du klingst so komisch.«

»*Du* klingst komisch«, entgegne ich, obwohl sie so klingt wie immer.

»Das stimmt doch gar nicht. Na ja, vielleicht. Ich bin ziemlich gestresst. Also ...« Sie holt tief Luft. Das bedeutet, dass sie etwas ansprechen wird, worüber ich nicht reden will. Oder sie raucht. Aber Amanda raucht nicht.

»Ich würde dir das lieber nicht am Telefon sagen, aber ich kann hier noch nicht weg.«

»Ist was passiert?«

»Nein, nur der ganz normale Wahnsinn«, sagt sie. »Die Mädchen machen mir heute schwer zu schaffen.«

»Lass dir Zeit«, rate ich ihr.

»Schon, aber wir müssen anfangen zu packen.«

»Warum?«

Noch so ein tiefer Atemzug. »Das haben wir doch schon besprochen. Weil ich jetzt Zeit habe, später aber vielleicht nicht mehr.«

»Aber wieso denn später?«, frage ich. »Warum können wir nicht alles lassen, wie es ist?«

»Das geht einfach nicht. Ach, was ich dir sagen

wollte: Ich glaube, sie kommt heute nicht, aber falls doch, reg dich bitte nicht auf. Wenn sie auftaucht und ich noch nicht da bin, lass sie einfach rein und zeig ihr das Haus.«

Ich habe keine Ahnung, von wem sie redet. »Wer?«

»Angelica, meine Freundin aus der Highschool, die Immobilienmaklerin. Sie kennt den Markt für die Innenstadt wie ihre Westentasche. Sie wird sich das Haus ansehen und uns ein paar Tipps geben. Vielleicht zeigt sie es ein paar Leuten.«

»Warum?«

»Damit es vielleicht jemand kauft.«

»Aber wir verkaufen nicht.«

»Nun, wir werden sehen, wie es läuft.«

»Du hörst mir gar nicht zu!«, sage ich. »Ich will es nicht verkaufen. Das bedeutet nicht vielleicht, sondern nein.«

»Das ist doch nicht dein Ernst, Ginny! Ich wüsste nicht, warum du ein Vetorecht haben solltest. Du brauchst doch gar nicht so viel Platz.«

»Du willst mich aus meinem Haus werfen?«

»Nein, ich will nur ... Nein, Parker! Komm zurück! Hör mal, Schwesterchen, ich muss auflegen. Hauptsache, du machst Angelica auf, sie ist wirklich ein Schatz. Und such doch schon mal die Sachen zusammen, die wir für wohltätige Zwecke spenden können.«

»Für wohltätige Zwecke?«

»Ich hätte schwören können, wir hätten das bereits besprochen. Wir müssen ihre Kleidung zusammenpacken, um sie zu spenden. Das steht so im Testament. Sie haben es so gewollt.«

»Hast du das Testament gesehen?«

»Darüber reden wir später. Pack schon mal ihre Kleider im Schlafzimmer zusammen, okay? Mach dich nützlich. Ich komme, sobald ich kann.«

»Gut«, sage ich und lege auf. Sie kann nicht wissen, wie ihre Worte auf mich wirken. Sonst würde sie sich anders verhalten. Sie kann nicht wissen, dass sie mir nur etwas zu befehlen braucht, um meinen Widerstand zu provozieren. Bei Ma war es nicht so schlimm, aber bei Amanda gehe ich gleich in Opposition.

Ich versuche, die Dinge aus Amandas Sicht zu betrachten. Das ist eine Übung, die Ratgeberkolumnisten generell empfehlen. Sie haben unterschiedliche Worte dafür: *Nehmen Sie eine neue Perspektive ein. Betrachten Sie die Sache mal aus einer anderen Warte. Vergessen Sie nicht, dass der Bösewicht in seiner eigenen Geschichte der Held ist. Versetzen Sie sich in ihre Lage.* Ich habe schon öfter versucht, mich in Amandas Lage zu versetzen, aber es funktioniert nicht. Ich nehme alles viel zu wörtlich. Ich kann nicht anders, als mir das Ganze räumlich vorzustellen, und komme dann gar nicht mehr zu dem emotionalen Aspekt.

Vielleicht sollte ich einfach tun, was ich sonst auch täte, wenn es ein ganz normaler Tag wäre. Aber dann wäre natürlich Ma hier. Im Frühling oder im Sommer würde ich gleich frühmorgens mit ihr zum Gemeinschaftsgarten gehen, wenn sonst noch niemand da ist, aber jetzt ist Winter. Wenn ich keine Lust habe, mir etwas Besonderes zum Frühstück zu machen, bleibe ich im Bett und klappe meinen Laptop auf. Dann überfliege ich siebenunddreißig Food-Blogs und schaue, was dort Neues zu finden ist. Danach fünf tägliche Ratgeberkolumnen und dann neun Rezeptseiten, zum Schluss Kitcherati, meine Lieblingsseite. Ich mag auch eGullet und Serious Eats, aber da wird viel über Restaurants geredet, und ich interessiere mich nur fürs Kochen, nicht fürs Essen. Deshalb ist Kitcherati am besten für mich geeignet.

»*Learning by doing*« heißt es oft, aber das muss nicht so sein. Wenn man nur aus Erfahrung lernt, ist man stark eingeschränkt. Doch wenn man durchs Internet surft, kann man mehr lernen. Was zu welcher Jahreszeit wächst. Die beste Art, eine Artischocke zu essen. Welche Zwiebeln am besten zu einer französischen Zwiebelsuppe passen. Man kann von Leuten lernen, die mit Buttercreme experimentieren, ihre glutenfreien Pumpernickelkekse perfektionieren oder alles Mögliche verkosten, angefangen von Kaviar über Tiefkühlpizza bis hin zu Gingerale. Ihre vielen Fehler bewahren einen davor, dieselben Fehler zu machen.

Ich greife nach meinem Laptop, überlege es mir dann aber anders. Vielleicht sollte ich doch auf Amandas Vorschlag eingehen. Wenn ich gut organisiert bin, wenn sie kommt, wird sie aufhören, sich Sorgen um mich zu machen. Sollte sie allerdings schon beschlossen haben, sich Sorgen zu machen, kann ich wahrscheinlich nicht viel dagegen ausrichten.

Im Haus ist es ruhig, aber nicht still. Ich stehe auf und gehe nach unten. Die Treppen knarren genauso, wie ich es erwarte. Draußen fährt ein Auto vorbei, und ein Zischen ertönt, wie ich es erwarte. Die Morgensonne fällt durch das Oberlicht, wie ich es erwarte. Ich stehe auf dem zweiten Treppenabsatz und schlinge die Arme um meine Taille. Es ist ein großes Haus. Es fühlt sich gewaltig an, leer und stabil wie seit eh und je.

Ich hatte mich gerade erst daran gewöhnt, ohne Ma und Dad hier zu wohnen, und jetzt muss ich mich an die Vorstellung gewöhnen, dass sie nie mehr zurückkommen. Aber das kann ich nicht, noch nicht. Ich kann nicht mal glauben, dass es sie nicht mehr gibt. Vielleicht bedeutet das, dass ich in der Leugnungsphase bin, wie es in den Ratgeberkolumnen heißt. Vielleicht liegt es auch nur daran, dass sie noch nicht mal eine Woche tot sind und quicklebendig waren, als ich sie das letzte Mal sah.

Am Abend vor der Abreise hörte ich sie reden. *Wir können immer noch hierbleiben,* sagte Ma, und Dad: *Ich möchte nicht hierbleiben. Ich möchte fahren.* Daraufhin Ma: *Ich mache mir Sorgen um sie*. Und Dad: *Dann hör damit auf*. Sie sind gefahren. Und jetzt sind sie tot. Ich kann es nicht glauben, kann es aber auch nicht verarbeiten. *Verarbeiten* ist ein sehr beliebtes Ratgeberkolumnenwort. Genauso wie *Herausforderungen*.

Fast alle Verhaltensregeln, die ich kenne, sowie fast alles, was ich über psychologische Traumata weiß, habe ich aus Ratgeberkolumnen. Eigentlich weiß ich, dass das absurd ist. Es ist beunruhigend, dass ich die emotionale Bandbreite des Menschen studiere, als wäre ich selbst keiner. Aber nach einer Weile erkennt man Muster. Muster helfen einem, Dinge zu verstehen. Ratgeberkolumnisten schreiben so gut wie nie *Tun Sie das, Das ist nicht normal* oder *Verlassen Sie ihn*. Sie schreiben *Denken Sie darüber nach, Sagen Sie klar, was Sie wollen* oder *So etwas wie Normalität gibt es nicht, sondern nur, was sich für Sie richtig anfühlt, sowie Aufrichtigkeit.*

Mir gefällt *So etwas wie Normalität gibt es nicht*. Es kommt mehrere Male im Normalbuch vor. Aber ich weiß genau, dass es bei der Frage, ob ich normal bin oder nicht, ob ich ein gutes Leben führe oder nicht, nicht auf meine persönliche Sicht der Dinge ankommt. Sondern auf die von Ma, Dad und Amanda. Meine Sicht der Dinge scheint bestenfalls eine untergeordnete Rolle zu spielen, falls überhaupt.

Beim Gedanken an das Normalbuch fällt mir wieder ein, dass Amanda kommen will. Und wenn ich Pech habe, auch diese Angelica. Es gibt eine paar Dinge, die ich vor meiner Schwester verbergen möchte. Die Umschläge mit Bargeld, die von ihr aussortierten Lebensmittel. Aber vor allem will ich nicht, dass sie das Buch sieht.

Ich entdecke das Normalbuch auf dem Boden meines Zimmers. Ich muss es beim Einschlafen fallen gelassen haben. Ich suche nach einem Platz, wo Amanda es nicht finden kann. Unter meinem Bett kann ich es nicht verstecken, das wäre zu offensichtlich. Ich gehe nach unten in die Bibliothek.

Midnight hat sich auf Dads Ledersessel zusammengerollt. Ich verscheuche sie. Sie schnuppert an ein paar Gegenständen, erkundet ein paar Ecken und gähnt ostentativ. *Ostentativ* ist eines meiner Lieblingswörter. Als ich klein war, habe ich mit einer bestimmten Methode viele Wörter gelernt. Wenn ich auf ein Wort stieß, das ich nicht kannte, schlug ich es im Wörterbuch nach. Dann lernte ich alles, was auf dieser Seite stand. Als ich das Wort *Osteopath* zum ersten Mal in einem von Dads medizinischen Fachbüchern entdeckte, schlug ich im Wörterbuch unter *Osteopath* nach. Auf derselben Seite erfuhr ich auch die Bedeutung von *ostentativ* und *osso buco*. Das funktionierte gut, mit einer Ausnahme: Als ich zehn war, gab mir meine Mutter zum ersten und einzigen Mal eine Ohrfeige, weil ich sagte, sie sei eine Niete. Das stand auf derselben Seite wie *Nietzsche* und *Nitrat*.

Die Wörterbücher stehen dicht neben den anderen Hunderten von Büchern in den deckenhohen Regalen. Hier hat Dad sich die meiste Zeit aufgehalten, wenn er nicht im Krankenhaus war. Sein Ledersessel steht hier und sein Schreibtisch mit einem weiteren Sessel dahinter. Der Schreibtisch besteht aus einer breiten, dünnen Holzplatte auf Beinen, aber ohne Schubladen. Daher bietet er keine Versteckmöglichkeiten. Stattdessen werfe ich einen Blick auf die Bücherwände. Das Normalbuch wäre hier gut aufgehoben, aber wenn ich es mir recht überlege, kann ich das nicht riskieren. Amanda hat ihren Satz über das Testament nicht beendet. Vielleicht wollten Ma und Dad, dass ihre Bücher auch gespendet werden. Das geht also auch nicht.

Ich betrete den Flur und denke daran, wie Ma die Wandfarben ausgesucht hat: Bergsalbei hier draußen, Irisches Hafermehl im Schlafzimmer, glänzendes Eisblau im Bad. Sie gab mir die Muster aus dem Farbengeschäft, und ich schnitt daraus kleine identische Vierecke aus, um anschließend zu raten, was was war. Ich kannte jede Farbe beim Namen.

Die Teppiche im zweiten Stock sind weich unter meinen nackten Füßen. Das nächste Zimmer gehört Amanda. Die Wände sind in einem buttrigen Blassgelb namens Chardonnay gestrichen, unter dem Bett befinden sich noch immer Schuhkartons. Dann kommt mein altes Zimmer, das jetzt leer steht und in derselben Farbe gestrichen ist, und noch ein Bad. Die Schränke darin sind voller Handtücher, Medikamente und Seifen. Als ich meinen Highschool-Abschluss hatte, zog ich hoch auf den Dachboden. Ma wollte das zunächst nicht, weil sie fand, dort oben sei es zu kalt. Aber ich ließ nicht locker, und da es keine Regel gab, die dagegen sprach, ließ sie mich. Mein Rebellentum war immer sehr harmlos.

Ich gehe die Treppe hinunter. Im Erdgeschoss geht das Wohnzimmer nach vorn raus, dann kommt das Esszimmer. Bei beiden besteht der Boden aus langen nackten Hartholzdielen, und beide haben Stuckdecken. Im Wohnzimmer ist ein Kamin, der funktioniert, allerdings habe ich dort nie ein Feuer gemacht. Rechts hinter mir ist das Bad, links hinter mir die Küche.

Unter der Treppe befindet sich der Garderobenschrank. Vor zwei Tagen – ist das wirklich erst zwei Tage her? – habe ich mich dort hineingeflüchtet und meine Hände in Dads Gummistiefel gesteckt. Viel lieber hätte ich mich in Mas und Dads Schlafzimmerschrank versteckt. Ich gehe nach oben, um ihn mir anzusehen. Ich schmiege meine Wange an die raue Wolle eines Winteranzugs, den Dad schon seit Jahren nicht mehr getragen hat. Er hasste Anzüge. Ich weiß nicht, was Amanda ihm und Ma am Schluss angezogen hat. Ich habe es nicht gesehen.

Ich schaue nach unten. Auf dem Boden des Schrankes stehen Dads feine Schuhe, wahrscheinlich das Einzige an seiner Garderobe, das er noch mehr hasste als Anzüge. Der Geruch nach Leder. Daneben Mas Schlafzimmerpantoffeln, diejenigen, bei denen sie immer lachen musste. Vor Jahren hat sie sich von Dad

Marabupantoletten zum Geburtstag gewünscht, also nahm er ihre Wollpantoffeln und nähte einen Streifen mit Marabufedern quer darüber. Die Pantoffeln sind aus grobem graugrünem Strickstoff, die Marabufedern fluffig und knallpink. Ein paar davon liegen auf dem Schrankboden. Als ich die weichen Marabufedern berühre, höre ich Ma lachen. Mas Lachen klang wie Pfefferminzkaugummi. Ihre Stimme war wie einfache Minze, klar und kühl, aber ihr Lachen klang wie eine zerplatzende Kaugummiblase.

Ich weiß nicht, ob ich das Buch irgendwo hier verstecken kann. Ich sehe mich um. Ihre Koffer stehen neben dem Bett. Amanda muss sie irgendwie zurückbekommen haben. Nein, bloß nicht daran denken! Denk an den Erker, den Kamin, den Schrank, den Sekretär. Dieser Kamin funktioniert nicht, und ich habe keine Ahnung, ob er jemals funktioniert hat. Stattdessen hat Ma einen rechteckigen Übertopf mit leuchtend roten Geranien hineingestellt. Sie zu gießen gehört zu meinen Montags- und Donnerstagsritualen.

Wenn ich ausziehen muss – was wird dann aus meinen Ritualen? Ich kann mir das gar nicht vorstellen.

Amanda will das Haus verkaufen, obwohl ich noch darin wohne. Ich habe noch nie woanders gewohnt, und ich kann mir kein anderes Zuhause vorstellen.

Hindere sie daran.

Soll ich Amanda daran hindern, das Haus zu verkaufen? Vielleicht war das mit der Warnung gemeint. Aber die Warnung wird mir auch nicht dabei helfen, ihr Einhalt zu gebieten: Amanda, wir können das Haus nicht verkaufen, weil unsere tote Großmutter es verboten hat ... Trotzdem wäre es schön zu wissen, wen ich eigentlich woran hindern soll.

Konzentrier dich. Versteck das Normalbuch.

Ich trommle auf den Kaminsims und denke nach. Vom Daumen bis zum kleinen Finger und wieder zurück. Eins, zwei, drei, vier, fünf, vier, drei, zwei, eins. Ich schaue nach unten in den Kamin. Das könnte funktionieren. Ich gehe in die Hocke, rücke die Geranien zur Seite und starre nach oben in die Dunkelheit. Ich kann mir nicht vorstellen, dass Amanda hier herumstöbert. Ich atme vorsichtshalber noch einmal tief durch, krieche in den Kamin und strecke die Hand nach oben.

Als ich schon drei Viertel rundherum abgetastet habe, finden meine Finger einen losen Ziegelstein. Fantastisch! Ich ziehe ihn heraus und lege ihn vorsichtig auf die rot glasierten Fliesen um den Kamin. Rötlicher Staub in der Farbe von geröstetem Paprika rieselt herab und bedeckt meine Schultern und Haare. Nicht niesen! Ich stecke meine Finger in das Loch, in dem vorher der Ziegel war. Ich muss wissen, ob die Lücke groß genug für das Normalbuch ist.

Das ist sie – aber es steckt bereits etwas darin.

Ich stütze mich mit einer Hand ab, recke die andere nach oben, schiebe zwei Finger in die Lücke und ziehe einen Umschlag hervor. Er ist nicht adressiert und auch nicht zugeklebt. Darin steckt ein Brief. Es steht kein Name darunter, aber ich kenne die Schrift, ein unordentliches, fast unleserliches Gekritzel.

Du musst mir vergeben. Ständig sagst du, wie intelligent ich bin, aber manchmal stimmt das nicht. ~~Sie Ihre~~ Es ist meine Schuld, das lässt sich nicht leugnen. Du sagst, das macht nichts, aber da bin ich mir nicht so sicher. Ich kann das schlecht beurteilen. Aber wenn ich dir sage, dass es mir leidtut, und die Verantwortung übernehme, wirst du mir vielleicht wirklich vergeben. Ich liebe dich zu sehr, um nichts dazu zu sagen.

Es steht kein Datum auf dem Brief, aber das Papier ist leicht vergilbt, und an den Knickstellen fällt es fast auseinander. Er ist alt, bestimmt zwanzig oder sogar dreißig Jahre alt. Wann musste Ma Dad etwas vergeben? Und was? Wer ist mit dem durchgestrichenen *Sie* und dem *Ihre* gemeint? Wieder eine Sie. Ich weiß nicht, wer diese Leute sind, und ich weiß auch nicht, wie ich es herausfinden soll.

Und dann fällt mir doch eine Möglichkeit ein, wie es vielleicht klappen könnte.

Ich habe Nonna gesehen. Sie hat behauptet, ich hätte sie heraufbeschworen. Wie habe ich das gemacht? Nur an die jeweilige Person, eine Speise oder ein Getränk zu denken reicht nicht. Es steckt mehr dahinter, anders kann es nicht sein. Wenn ich herausfinde, was sie heraufbeschwört, werde ich vielleicht auch erfahren, ob sie mir meine Fragen beantworten können.

Vielleicht kommen sie nur, wenn sie eine Botschaft haben. Nonna wollte mir sagen, dass ich irgendjemanden an irgendetwas hindern soll. Hindern, wen? Amanda? Das erscheint mir am wahrscheinlichsten. Aber wie soll ich sie an ihrem Vorhaben hindern? Komme ich zu spät? Ist es längst passiert?

Panik, Panik. Bloß keine Panik! Denk an etwas zu essen. Denk an Zucker. Ich bin ein Zuckerwürfel in kaltem Wasser. Ich werde mich nicht auflösen. Klare Kanten, bestehend aus winzigen, regelmäßigen, stabilen Teilen. Wäre das Wasser wärmer, müsste ich mir Sorgen machen, aber es ist kalt. Ich bleibe ganz. Klar, sauber. Von Wasser eingehüllt, aber ganz.

Gut. Ich muss etwas kochen. Das wird mich beruhigen.

Ich falte den Brief vorsichtig und schiebe ihn zurück in den Umschlag. Den Umschlag stecke ich direkt hinter den Einband des Normalbuchs. Dann lege ich das Buch in die Lücke im Kamin und verschließe sie wieder mit dem Ziegel. Noch mehr paprikafarbener Staub fällt auf meine Schultern. Der Übertopf mit den Geranien muss auch wieder an dieselbe Stelle, damit er ein perfektes Rechteck in einem perfekten Rechteck bildet.

Als alles wieder an seinem Platz ist, laufe ich in die Küche und rücke den Hocker zurecht.

In Mas Hälfte des Küchenschranks steht auf dem obersten Brett eine Schachtel. Ich hole sie herunter. Es ist eine kleine japanische Teeschachtel, die fein säuberlich mit rot-goldenem Chrysanthemenpapier bezogen ist. Die Ecken sind mittlerweile abgestoßen und grauschwarz.

Das sind Mas Rezepte, die sie gekocht hat, wenn Gäste kamen. Sie hat sie alle fein säuberlich abgeschrieben. Ich glaube, sie hat mal einen Kalligrafiekurs gemacht. So etwas gibt es in Georgia. Die Schachtel ist voll mit identischen Karteikarten, die ordentlich in Reih und Glied stehen. Als Ma mir das Kochen beibrachte, haben wir manchmal Karten benutzt und manchmal Kochbücher. Zuweilen kochten wir auch einfach nach Rezepten, die sie auswendig kannte. Ich habe mir mit der Zeit viel selbst beigebracht, aber mit Mas Unterricht fing alles an.

Speisen haben Macht, Nonna wusste das und Ma auch. Ich weiß es jetzt. Und auch wenn mich das nicht retten kann, könnte es mir doch irgendwie weiterhelfen. Denn alles, was mir neben dem Kochen noch bleibt, ist Trauer. Ich schließe die Glastüren, um die Kochbücher vor der Hitze und den fettigen Küchendämpfen zu schützen.

Es gibt zwei Karten in der Box, die nicht Mas Schrift aufweisen. Eines ist das Rezept für Grandma Dawsons Shortbread, das Amanda vor Jahren notiert hat. Ganz ordentlich und gleichmäßig. Dad machte immer Witze darüber. Er sagte, ich hätte die Schrift eines Arztes und sei diesbezüglich nach ihm geraten. Unsere Familie war zweigeteilt: Ma und Amanda mit ihrer schwungvollen, majestätischen Schrift, Dad und ich mit unserem unleserlichen Gekritzel. Die andere, deutlich ältere Karte trägt die Überschrift *Georgia Peach Cocktail*. Ich lese die Anweisungen durch. Auf der Kartenrückseite steht nur ein Name: Mrs John Hammersmith.

Ich fange an.

Die Martinigläser sind nicht schwer zu finden. Ich nehme eines aus dem Schrank. Dann gehe ich ins Esszimmer, öffne den chinesischen Schrank, ziehe jede Flasche hervor, um die Etiketten zu studieren, und stelle sie klirrend zurück, bis ich die richtigen finde. Schnaps, Amaretto. Neben den Flaschen entdecke ich ein Schnapsglas und trage alles in die Küche. Ich nehme Gingerale und Orangensaft aus dem Kühlschrank. Jetzt ist alles bereit.

Zuerst muss ich einen Eiswürfel in das Martiniglas geben. Ich werfe einen Blick auf das Rezept und beschließe, den Cocktail separat zu mischen. Also messe ich das Gingerale ab und schütte es in einen Messbecher. Ich füge dieselbe Menge Schnaps hinzu, dann ein halbes Glas Amaretto und ein halbes Glas Orangensaft. Ich rühre mit einem Löffel um und gieße die Mischung über den Eiswürfel, der laut knackt, als sich seine Umgebungstemperatur ändert.

Zu viel Flüssigkeit. Das Glas läuft beinahe über. Vielleicht besaß derjenige, der das Rezept erfunden hat, größere Martinigläser oder machte kleinere Eiswürfel. Das Glas ist so voll, dass ich es nicht anheben kann, ohne etwas zu verschütten. Ich beuge mich vor, um aus dem stehenden Glas zu nippen. Starker Alkoholgeruch steigt mir in die Nase, der umso stärker wird, je näher ich komme.

Ich zwinge mich, wenigstens ein bisschen zu probieren. Ich beschließe, vorher bis drei zu zählen. Deshalb stehe ich ungelenk vornübergebeugt, als eine Frauenstimme hinter mir sagt: »Das sieht zwar nicht sehr elegant aus, aber ich bewundere deinen Mut.«

Ich drehe mich um. Die Frau ist hübsch, ihr weit schwingendes marineblaues Kleid zieren weiße Pünktchen. Ihr braunes, knapp schulterlanges Haar ist zu ordentlichen Locken gedreht. Der Lippenstift sitzt perfekt, und sie trägt lange, weiße Handschuhe.

»Mrs John Hammersmith?«, frage ich.

»Oh, bitte nenn mich Necie«, sagt sie. »Wir sind hier nicht in der Junior League.«

»Meine Mutter war in der Junior League«, sage ich. Das weiß ich, weil sie deren Kochbuch besaß. Wir haben daraus gekocht. City chicken. Pimento Cheese. Götterspeise.

»Wer ist deine Mutter? Vielleicht kenne ich sie.«

»Caroline Selvaggio. Geborene Damson.«

»Caro!«, ruft sie fröhlich. »Und wie geht es der lieben Caro?«

»Sie ist tot«, sage ich, ohne nachzudenken. Als ich meinen Patzer bemerke, wünsche ich mir, ich könnte es ungesagt machen.

Necie Hammersmith lacht. »Ach, Süße, du müsstest jetzt dein Gesicht sehen! Das ist schon in Ordnung. Es tut mir natürlich leid zu hören, dass sie tot ist, aber bitte versteh, dass das in meinen Ohren nicht allzu tragisch klingt, denn ich bin auch tot. Und zwar schon seit einiger Zeit.«

»Ma ist erst vor wenigen Tagen gestorben.«

»Das tut mir leid«, sagt sie noch einmal. »So wie du auf mich wirkst, hätte ich gedacht, es müsse schon länger her sein. Du scheinst gar nicht so traurig zu sein.«

»Das bin ich aber. Sehr traurig.«

»Nun, du siehst nicht so aus. Und wie geht es deinem Vater?«

Diesmal bin ich vorsichtiger. »Meine Mutter und er kamen bei demselben Unfall ums Leben.«

»Aber so lange haben sie es miteinander ausgehalten? Schön für sie. Wir hätten nie gedacht, dass ... Ich meine, ich möchte ja nichts Falsches sagen, aber sie schienen so gar nicht zusammenzupassen. Die beiden waren wie Feuer und Wasser. Und wie schnell das alles ging! Du warst nicht zufällig ein Achtmonatsbaby?«

Ich antworte langsam: »Ich glaube, ich habe mir genauso viel Zeit gelassen wie andere Babys.«

»Merkwürdig«, sagt Necie und zieht ihre Handschuhe glatt. »Sie schienen es so eilig zu haben. Aber soweit ich weiß, lief gerade sein Stipendium aus, und sie wollte mit ihm nach … Wo sind sie hingezogen?«

»Nach Philadelphia.«

»In die Stadt der Bruderliebe«, sagt sie. »Wie reizend.«

»Sie waren also mit meiner Mutter befreundet?«

»Ich war eine ihrer besten Freundinnen. Deshalb habe ich ihr auch geholfen, die Party ausgerichtet und so. Obwohl ich so meine Zweifel hatte – aber wer hatte die nicht? Er war nicht gerade ein Charmeur, dein Dad. Aber es freut mich zu hören, dass es so gut mit ihnen geklappt hat. Eine hübsche Tochter. Ein langes Leben. Das ist einfach wunderbar.«

Ich versuche, eine Frage zu formulieren, merke aber, wie das Licht erst durch Necies Kleid und dann durch ihr Haar und ihre Haut fällt, während sie langsam verblasst.

»Es war schön, mit dir zu reden«, sagt sie, wobei ihre Stimme mit jedem Wort leiser wird, bis das »reden« kaum noch zu hören ist. Dann ist sie weg.

Einerseits hat mir Necie nichts Besonderes erzählt. Nur dass meine Eltern sehr unterschiedlich waren, und das wusste ich längst. Und dass sie überstürzt geheiratet haben, was keine Rolle spielt.

Andererseits bin ich so aufgeregt, dass ich am liebsten im Kreis herumrennen würde. Ich habe etwas sehr Wichtiges festgestellt.

Sie hat mir geholfen herauszufinden, wie ich die Geister heraufbeschwören kann: mit ihren eigenen

Rezepten in ihrer eigenen Handschrift. Wenn ich den Geist jeder Person heraufbeschwören kann, deren Rezept sich in meinem Besitz befindet – wen kann ich dann noch sehen? Was kann ich noch erfahren?

Ich schütte den Rest des Cocktails in den Ausguss und drehe mich zum Schrank mit den Kochbüchern um.

Viele benutzen die Redewendung im übertragenen Sinn, aber man kann sie auch wörtlich nehmen: Was du heute kannst besorgen, das verschiebe nicht auf morgen.

Kapitel vier

Mitternächtliche Trostbrownies

Mitternächtliche Trostbrownies

120 g Butter	160 g Rohrzucker
60 g Kakaopulver	1 TL Vanilleextrakt
1 EL Espressopulver	80 g Mehl
3 Eier	½ TL Grobsalz

Den Ofen auf 180 °C vorheizen. Die Butter zerlassen und den Kakao sowie das Espressopulver unterrühren. Etwas abkühlen lassen. Die Eier in einer großen Schüssel leicht schaumig schlagen, dann den Zucker hinzufügen und weiterschlagen. Die Buttermischung dazugeben, anschließend den Vanilleextrakt und das Mehl unterheben, bis sich alles gut vermengt hat. Den Teig in eine 22 x 22 cm Auflaufform gießen, die mit einer leicht mit Öl bepinselten Alufolie ausgelegt ist. Mit Grobsalz bestreuen. 30 bis 35 Minuten backen und dann mit einem Zahnstocher die Garprobe machen.

Ich ziehe ein Kochbuch nach dem anderen aus dem Schrank und blättere sie durch. Ich hebe alles auf, was aus den Büchern herausfällt: Rezepte, die aus Zeitschriften ausgeschnitten oder aus Zeitungen gerissen wurden. Zugtickets ohne Datum. Eine Bordkarte mit Dads Namen darauf. Einmal einen orange verfärbten Wassereisstiel. Ich staple alle handgeschriebenen Karten aufeinander und scheine anfangs eine Riesenauswahl zu haben. So viele Karten! So viele Möglichkeiten! Süß oder salzig, schnell oder kompliziert, deftig oder raffiniert. Manche sind in Schrägschrift geschrieben, mit raumgreifenden Kringeln, andere in schmalen Druckbuchstaben. Aber je mehr ich mir ansehe, desto klarer wird mir, dass ich gar nicht so viele Möglichkeiten habe, wie ich dachte. Beinahe jedes Rezept ist ein klassisches Toskanarezept: Polenta, Bistecca fiorentina, Rinderragout. Drei verschiedene Rezepte für Osso buco. Und obwohl sich ihre Schrift über die Jahre verändert hat, stammen alle von Nonna. Für wen sie sie wohl aufgeschrieben hat? Für ihre Schwiegertochter? Für ihre einzigen Enkelinnen, Amanda und mich? Für sich selbst?

Die letzte Karte meines Stapels ist hellblau. Sie ist anders als die anderen. Die Schrift kenne ich nicht. Und das Rezept habe ich noch nie ausprobiert.

Mitternächtliche Trostbrownies steht da in einer runden, bauchigen Schrift, die an manchen Stellen nur noch schwer zu erkennen ist. Vielleicht wurde beim Schreiben nicht fest genug aufgedrückt. Doch wenn ich mich anstrenge, kann ich jedes Wort entziffern und das Rezept befolgen.

Wer hat es geschrieben? Die Überschrift weist darauf hin, dass sein Verfasser traurig war und sich nachts trösten musste.

Meine Möglichkeiten sind begrenzt. Ich kann versuchen, noch einmal Nonna heraufzubeschwören. Ich kann versuchen, Ma heraufzubeschwören. Oder aber ich backe diese Brownies. Ich entscheide mich für die Brownies.

Ich studiere das Rezept, vergleiche es mit mir vertrauteren Varianten. Ich hole *Freude am Kochen* aus Mas Hälfte des Schrankes und finde nach kurzem Suchen die Seite mit den Schlaraffenland-Brownies. Amandas Lieblings-Brownies. Ich lese nach. Eine kleinere Form, geringere Mengen. Espressopulver, interessant. Doppelt so viel Zucker wie Mehl, ein vernünftiges Verhältnis. Rohrzucker, den ich da habe, auch wenn sein Geschmack in etwa dem von zur Hälfte weißem und zur Hälfte braunem Zucker entsprechen dürfte, falls ich ihn ersetzen müsste. Keine Schokolade, nur Kakaopulver. Wahrscheinlich ein leicht kuchenartiger Brownie, der innen nicht so feucht ist. Das Salz ist mit das Auffälligste. Ein interessanter Kontrast. Ich bin mir nicht sicher, ob es beim Backen auf den Brownies liegen bleibt oder einsinkt.

Um das herauszufinden, muss ich es ausprobieren.

Obwohl die einzelnen Arbeitsschritte von großer Bedeutung sowie durchaus komplex sind und womöglich den Geist eines Fremden heraufbeschwören werden, empfinde ich die Tätigkeit als beruhigend. Ich gehe ganz in der Prozedur auf: Ich lege eine Auflaufform mit Alufolie aus und öle sie mit den Fingern ein. Sorgfältig führe ich einen Schritt nach dem anderen aus. Es ist dieser Rhythmus, der mich beruhigt. Den Ofen mit einem Klicken und einem leisen zischenden Aufflammen vorheizen. Die Butter zerlassen, Kakao und Espressopulver unterrühren. Die Schokomasse kühlt kurz ab, während ich die restlichen Zutaten zusammensuche. Die Eier aufschlagen und in eine große Schüssel gleiten lassen. Sie von Hand verschlagen und Luft in die Molekülzwischenräume bringen. Goldener Zucker regnet in die schaumige Masse. Dann alles weiter verschlagen, die neue Mischung bietet dem Rührbesen Widerstand wie Treibsand. Nur noch wenige Schritte: den Brei dazugeben, dann vorsichtig das Mehl und den Vanilleextrakt unterheben. Das ist sehr wichtig, denn sonst geht der Teig später nicht richtig auf.

Der dickflüssige braune Teig ergießt sich wie ein glänzendes Band in die mit Alufolie ausgelegte Form. Mächtig und schwer sinkt er unter seinem eigenen Gewicht zusammen. Ich streue grobes Salz darüber und schiebe die Form sofort in den Ofen, damit der Teig nicht in sich zusammenfällt. Der Holzlöffel tut sich schwer, die Reste aus der Schüssel zu kratzen, aber mir bleibt mindestens eine halbe Stunde, bis die Brownies fertig sind. Der satte, dunkle Teig verteilt sich in meinem Mund. Die dunkle Bitterkeit des Espresso bildet einen Kontrast zur Süße. Ich kratze den Holzlöffel mit einem Metalllöffel ab, um ihn ganz vom Teig zu befreien. Ich kann Holzlöffel nicht ablecken. Ich hasse das Gefühl auf meiner Zunge. Zu viel Textur. Stattdessen lecke ich den Metalllöffel ab. Gründlich.

In der angegebenen Zeit gehen die Brownies auf, bilden eine Kruste und fallen etwas ein – genau wie es sein muss. Nach einer halben Stunde mache ich die Garprobe und warte noch weitere drei Minuten. Beim zweiten Versuch kann ich den Zahnstocher sauber herausziehen – er ist nur einen Hauch schokoladefarben. Sie sind fertig.

»Nanu!«, sagt eine Stimme.

Es ist eine unangenehme Stimme, auch wenn sie erst ein Wort gesagt hat. Eher ein tiefes, heiseres Krächzen. Ich kenne sie nicht. »Was soll das werden?«

Ich habe Angst, die Person anzusehen, aber ich tue es trotzdem. Keinerlei Haare, nicht einmal Augenbrauen. Beängstigend dünn, sodass ihre Arme aussehen wie Zahnstocher. Ihre Wangen sind eingefallen. Ihre Augen wirken viel zu groß für den Kopf. Ein Krankenhauskittel hängt wie ein Sack um ihren skelettartigen Körper. Sie riecht nach Zigarettenrauch, der sich über Jahre hinweg angesammelt hat, es ist ein abgestandener, intensiver, aufdringlicher Geruch. Wer ist sie?

Sie steht dicht neben mir. Das gefällt mir nicht. Ich weiß nicht, was ich tun soll. Ich kann nicht mehr denken. Ich stelle mich vor: »Ich bin Ginny.«

»Mir doch egal!«, sagt sie. »Was zum Teufel geht hier vor?«

Ich habe sie nicht erwartet und weiß nicht, wer sie ist, aber ich zwinge mich, eine Frage zu stellen: »Hast du eine Botschaft für mich?«

Ein langes Schweigen.

»Warum sollte ich …«

Ein noch längeres Schweigen.

Dann sagt sie: »Und selbst wenn, würde ich einen Teufel tun und sie dir ausrichten. Du bist hier diejenige, die mir eine Antwort schuldig ist.«

»Was denn für eine Antwort?«

»Sag mir, wo der Doc ist!«, schreit sie. In dieser Lautstärke ist ihre Stimme noch unangenehmer. »Sag mir, was hier los ist!«

»Das weiß ich nicht, wirklich nicht. Erzählen Sie mir zuerst, wer Sie sind.«

»Evangeline Matamoros.« Der Name sagt mir nichts. Sie löst ihre verschränkten Zahnstocherarme und streckt sie, um die Wände anzufassen. Ich kann nicht sehen, ob es ihr gelingt. Ich bin viel zu sehr damit beschäftigt, vor ihr zurückzuweichen.

»Wer bist du, verdammt noch mal?«, kreischt sie.

»Ginny«, erwidere ich. »Das sagte ich bereits.«

»Du hast mir gar nichts gesagt. Wo bin ich? Das will ich wissen.«

»Sie sind in meiner Küche«, erwidere ich.

»Ich sollte im Krankenhaus sein. Ich habe zu Abend gegessen. Sie haben mich mit Nadeln gestochen. Ich bin eingeschlafen. Und jetzt das! Was zum Teufel hast du mit mir angestellt? Wurde ich entführt?«

Ihre Stimme wird lauter und lauter. »Antworte mir. Antworte mir! Los, wird's bald!« Die Anstrengung beim Schreien verursacht einen Hustenanfall, einen lauten Hustenanfall. Ich wünschte, sie möge husten, bis mir eine geistreiche Erwiderung einfällt. Eine, die sie verscheucht. Stünde sie nicht direkt vor der Tür, wäre ich längst fort.

Sie sieht so echt aus, ihre Haut, Augen und Finger scheinen einem realen Menschen zu gehören, genau wie bei mir, vielleicht sehen sie sogar noch realer aus. In einer Pause zwischen den Hustenanfällen schreie ich: »Ein Geist! Sie sind ein Geist!«

»Unsinn!«, krächzt sie. »Ich bin nicht tot.«

»Nun, im Krankenhaus sind Sie aber auch nicht, oder?«

Sie hustet weiter und legt die verschränkten Finger über ihren nackten Schädel. Ihre Schultern und Ellenbogen sehen viel zu groß aus, weil so wenig Fleisch daran ist. Sie schnuppert so laut, dass ich es hören kann.

»Brownies. Verdammte Brownies?«

»Mitternächtliche Trostbrownies«, sage ich.

»Wie kommst du denn daran?«, fragt sie.

»Woran?«

»An mein Rezept«, zischt sie.

Ich bin verblüfft. »Das ist Ihres?«

»Brownies und Geister. Das ist ja verrückt. Lass mich hier raus!«

»Ich halte Sie nicht auf«, sage ich.

Doch anstatt durch die Tür zu verschwinden, bleibt sie im Rahmen stehen und verschränkt erneut die zerbrechlichen, bleistiftdünnen Arme. Ich kann nicht an ihr vorbei. Wie bewege ich sie zum Gehen?

»Das ist ein bescheuerter Psychotrick, stimmt's?«, sagt der Geist. »Den hat sich mit Sicherheit der Doc ausgedacht. Man kann ja nie wissen. Ich war so in ihn verknallt, aber er hat sich als echt nachtragendes Arschloch entpuppt.«

Dad war Arzt. Aber nein, mit Doc kann sie unmöglich Dad meinen. Ich mag sie nicht danach fragen, weil ich nicht will, dass sie Ja sagt. Im Augenblick will ich weder etwas erfahren noch ein Geheimnis anvertraut bekommen noch Fragen klären. Ich will nur, dass sie mich allein lässt. Ich weiche noch weiter vor ihr zurück.

»Bitte gehen Sie.«

»Ein Psychotrick, genau! Erst werde ich entführt, und dann wird behauptet, ich wäre frei. Von wegen!«

»Bitte gehen Sie«, wiederhole ich zitternd.

»Oho! Sieh mal an. Du hast Angst vor mir! Das ist … interessant.«

Ihr Tabakgestank verschlägt mir beinahe den Atem.

»Du scheinst mich tatsächlich für ein Gespenst zu halten«, sagt Evangelines Geist.

Sie ist ganz nahe an mich herangekommen, zu nahe. Ich kann den ausgefransten Rand des Bändchens sehen, das in den Ausschnitt genäht ist. Ich will nicht wissen, was passiert, wenn mich ein Geist berührt. Bisher habe ich das nicht für möglich gehalten. Aber jetzt habe ich eine Todesangst davor. Evangeline ist verstummt. Wahrscheinlich schaut sie mich an. Ich weigere mich, sie anzusehen. Ich kann das nicht.

»Buh!«, ruft sie.

Mir bleibt keine andere Wahl. Ich stürze durch sie hindurch ins Nebenzimmer. Ich stolpere über die Türschwelle, falle, schlage auf den Boden, bevor ich überhaupt begreife, dass ich gestürzt bin, und stoße mir die Schläfe. Alles verschwimmt.

Evangeline johlt laut auf.

»Da hast du was zum Weinen!«, schreit sie.

Ich drehe mich um, werfe einen Blick zurück. Doch ich hoffe vergebens.

Sie tritt über die Küchenschwelle und folgt mir. Beugt sich über mich.

»Ein Geist. Huh! Vielleicht bin ich tatsächlich einer. Vielleicht bin ich gespenstisch und kann tun, was Gespenster so können«, spottet sie.

Nein!, denke ich.

Mit dieser kaputten Stimme sagt sie: »Doch.«

Sie sagt noch mehr, aber ich höre es nicht, ich presse die Hände auf meine Ohren, um ihre Worte auszublenden. Sie redet und lacht immer noch. Der Klang ist jämmerlich, aber wenigstens verstehe ich nicht mehr, was sie sagt.

Um aufzustehen, müsste ich mich mit den Händen vom Boden abdrücken. Also stehe ich nicht auf, sondern krieche bis ans andere Ende des Zimmers, bewege mich auf Knien und Ellenbogen vorwärts wie eine Eidechse, wie ein Soldat. Denk an andere Lebensmittel, an andere Speisen. Ich denke an das komplizierteste Menü, das ich mir vorstellen kann, es ist mein letzter Halt, wenn ich völlig verzweifelt bin. Ich denke an die geplante Dinnerparty, die ich schon immer einmal geben wollte, an das siebengängige »Kontinente-Menü« mit einem Gang pro Kontinent. Der erste Gang besteht aus dem Gruß aus der Küche, Ceviche aus Jakobsmuscheln und Shrimps, dazu wird in einem hohen Glas Leche de tigre serviert, um den Appetit anzuregen. Der zweite Gang besteht aus einer marokkanischen Linsensuppe mit viel Kardamom, Kreuzkümmel und Pfeffer. Der dritte Gang, ein Fischgang, ist mit Misosoße glasierter Kabeljau. Der vierte ein weißes Sorbet mit einem Hauch von Zitrone, das für die Antarktis steht, denn wer kocht schon Pinguin? Der fünfte Gang ist australisches Lamm nach Paula Wolferts Rezept, bei dem das Lamm sieben Stunden lang gegart und so zart wird, dass es einem wie Butter auf der Zunge zergeht. Der sechste Gang besteht aus einem kleinen Stück der klassischen American Apple Pie, deren Kruste mit weißem Cheddar aus Vermont angereichert wird. Der siebte Gang sind drei europäische Käsesorten: pikanter Manchego mit Membrillo, cremiger Morbier mit Ascheschicht samt rotem Paprikahonig und ein süßer, milder Gorgonzola auf …

Direkt neben meinem Ohr zischt Evangeline: »Klingt köstlich.«

Ein Gedankenblitz, eine Inspiration: Wenn sie mich umbringen könnte, hätte sie es längst getan.

Der Zigarettengestank dringt mir in die Nase. Sorbets, Käsesorten und Kabeljau verflüchtigen sich. Sie ist nicht verschwunden. Ich kann mich nicht einfach verstecken. Ich muss etwas tun. Der Geruch von Brownies, von Zigaretten, von meinem kalten Schweiß. Ich überlege fieberhaft.

Als ich die Hände von meinen Ohren nehme, sagt sie: »Warum stirbst du nicht einfach? Der Tod ist fantastisch. Bisher bin ich einfach nur begeistert.«

Ich krieche zur Wand, presse mich dagegen, gehe mühsam auf die Knie. Ich öffne das Fenster. Als sich der Duft der mitternächtlichen Trostbrownies im Luftzug verflüchtigt, krächzt Evangeline: »Meine Güte, du verstehst wirklich keinen Spaß!«, und beginnt endlich, endlich zu verblassen.

Ich bin wieder allein. Ich ziehe Bilanz. Mein Nacken schmerzt, ich habe mir den Hals verrenkt. Und ich fühle mich, als hätte ich überall blaue Flecken, auch innerlich.

Ich reiße noch weitere Fenster auf und fächle wild mit einer Zeitung, um mehr frische Luft hereinzuwedeln, obwohl draußen bestimmt Minusgrade herrschen. Nur so kann ich sicherstellen, dass alle Gerüche verschwinden, auch wenn sie sich sowieso hauptsächlich in meinem Kopf festgesetzt haben. Mein Kopf ist ein gefährlicher Ort.

Ich schlage die Auflaufform umgedreht gegen die Kante des Mülleimers, bis der Brownieteig hineinfällt. Es wird lange dauern, bis ich diesen Duft wieder ertrage.

Der Müll wird erst in drei Tagen abgeholt, also drehe ich den Beutel oben zusammen und trage ihn nach draußen. Ich biege um die Ecke in die Ninth Street und dann in die Gasse ein, die unseren Häuserblock von dem der Cypress Street trennt. Fünf Häuser weiter werfe ich den Beutel in eine fremde Mülltonne. Auf dem Weg dorthin wird mir heiß vor Aufregung, aber auf dem Rückweg wird es kühl. Ich habe vergessen, eine Jacke anzuziehen. Ich hatte es eilig. Das dünne schwarze Kleid, das ich trage, wärmt nicht. Die Kälte beißt mir wie Zähne in die nackten Arme.

Trotzdem starre ich lange auf die Haustür, anstatt wieder hineinzugehen. Alle Häuser auf meiner Straßenseite sind fast identisch. Jedes hat einen Marmorsäulenvorbau, eine glatte Ziegelfassade und drei

Stockwerke. Nur die Türen und Hausnummern unterscheiden sich. Unser Haus hat eine hohe, schmale Holztür ohne Glasfenster, wie es andere Häuser haben. Ich stehe unter dem Marmorsäulenvorbau und lege meine Hand auf das kalte schmiedeeiserne Treppengeländer.

Das ist mein Zuhause, der einzige Ort, wo ich sein will. Aber gleichzeitig fühlt sich das Vertraute fremd an. Es ist so wie immer, nur ohne die Menschen, die eigentlich hierhergehören, nämlich meine Eltern, und das ist ein entscheidender Unterschied. Ich bin die Einzige, die noch hier wohnt, ich bin allein. Einsam. Ich war noch nie so allein, so unfreiwillig allein. Je mehr ich darüber nachdenke, desto schlimmer wird es. Mir wird immer kälter, und ich gehe trotzdem nicht hinein. Irgendwie ist es mir plötzlich unmöglich, die Schwelle zu überschreiten.

Keine Ahnung, wie lange ich auf der obersten Stufe stehen bleibe. Ich spüre nichts als Kälte. Anders als Joghurtbakterien überlebt Hefe auch Minustemperaturen. Heute begreife ich vielleicht zum ersten Mal, wie es sich anfühlt, eine Hefe zu sein.

Hinter mir sagt eine leise Stimme: »Haben Sie sich ausgesperrt?«

Vor Schreck beginne ich nach hinten zu fallen und greife verzweifelt nach dem Geländer. Ich bekomme es zu fassen. Aber die Schwerkraft fordert ihren Tribut, und das Geländer entgleitet mir wieder. Ich greife erneut danach, verfehle die obere Stange, meine rechte Hand verfängt sich in den schmiedeeisernen Schnörkeln darunter, und eine rostige Kante schürft mir die Handfläche auf.

Ich habe das Gefühl, sämtliche Stufen hinuntergepurzelt zu sein und auf dem Gehsteig zu liegen, denn ich spüre etwas Festes in meinem Rücken, bis ich merke, dass ich mich noch in der Senkrechten befinde und sich das Feste hinter mir bewegt. Ich werfe mich nach vorn, sodass meine Brust gegen das Geländer prallt und mir die Luft wegbleibt.

»Herrje!«, ruft die Stimme. »Es tut mir leid. Alles in Ordnung?«

Ich lasse mich auf die Stufen sinken. Dann presse ich meine Stirn gegen die kalte Marmorsäule zwischen den Eisenverstrebungen. Erst Evangeline und jetzt das! Ich bin ein Tropfen Wasser im Küchensieb. Ich bin völlig aus der Fassung und höre den Anfang des Singsangs *raus/hier!* Aber jetzt, da mich niemand mehr anfasst, schaffe ich es vielleicht, die Außenwelt auszublenden: eine Orange filetieren.

Die Orange schälen, aber nicht mit den Fingern. Die obere und untere Kappe abschneiden. Die Orange auf ein Schneidebrettchen legen. Die weiße Schale nach und nach mit einem Filetiermesser vom Fruchtfleisch trennen, das Messer von oben nach unten drücken und dabei leicht spiralförmig nach unten schneiden. Alle weißen Schalenteile entfernen. Die kühle, feuchte gehäutete Frucht in die Hand nehmen. Sorgfältig arbeiten, nichts überstürzen. Die Klinge so dicht wie möglich links und rechts neben den Häutchen der Orangenschnitze in das Fruchtfleisch gleiten lassen. Links und rechts. Links und rechts. Das Messer mit leichtem, gleichmäßigem Druck zur Fruchtmitte führen. Bei korrekter Ausführung fällt der Schnitz dreieckig und glänzend auf das Schneidebrett. Links und rechts. Links und rechts.

Ich atme ein und wieder aus. Löse meinen Kopf von dem tröstlich kalten Stein. Und sehe auf.

Seine Haut ist von einer Farbe, die die meisten als Olivton bezeichnen würden. Aber Oliven gibt es in vielen Farben, in Schwarz, Violett und saurem Grün. Kalamata. Gaeta. Castelvetrano. Wenn er eine Olive wäre, hätte er die Haut einer eingelegten Arbequina. Ich weiß nicht, wie alt er ist. Älter als ich, aber nicht so alt wie meine Eltern. Seine Haare stehen ihm vom Kopf ab, sehen aber trotzdem weich aus.

»Alles in Ordnung?«, fragt er mit einer leisen Stimme, die ich schlecht einordnen kann.

»Ja«, sagte ich, weil das am einfachsten ist. »Ich kenne Sie nicht.«

»Ich bin David«, sagt er und hält mir seine Hand hin.

»Fassen Sie mich nicht an.«

»Gut.«

Ich lege meine verletzte Hand in die unverletzte. »Kommen Sie bitte auf keinen Fall näher.«

»Gut«, sagt er. »Es tut mir wirklich leid. Geben Sie mir nur eine Sekunde, ich meine, ich gebe Ihnen eine

Sekunde. Ich muss nachschauen, was zu Bruch gegangen ist.«

Merkwürdigerweise erinnert mich diese Stimme an irgendetwas, aber ich weiß nicht, an was. Er läuft flink die Stufen hinunter, und jetzt sehe ich auch die Papiertüten mit den Lebensmitteln. Ihr Inhalt ist über den ganzen Gehsteig verstreut. Die Haferflocken, die Butter, die Orangen. Ich sehe einen verirrten Apfel über die unebene Straße kullern und in einem Gully liegen bleiben. Der Mann sammelt rasch den Rest ein und trägt die Tüten wieder die Treppe hoch.

»Bis auf die Eier scheint alles in Ordnung zu sein«, sagt er. »Aber die können Sie vergessen. Ich wollte Sie wirklich nicht erschrecken.«

Seine Stimme klingt schlammig, genau das ist es! Dunkel, braun und schlammig. Sie hat einen Hauch von Kaffee, der zu lange auf der Herdplatte gestanden hat. Und von ungesüßter Bitterschokolade. Aber es ist auch Schmutz darin, erdiger dunkler Schmutz wie ein Garten im Oktober.

»Gut, danke. Ich werde jetzt hineingehen«, sage ich.

»Ist mit Ihnen auch wirklich alles in Ordnung? Müssen Sie nicht ins Krankenhaus oder so?«

»Selbst wenn – ich könnte hinlaufen«, sage ich. Ich zeige auf das Schild mit der Aufschrift PENNSYLVANIA HOSPITAL, NOTAUFNAHME, das wir von hier aus sehen können. Leuchtend weiße Buchstaben auf kirschrotem Grund. Direkt darunter ist die genaue Lage des Gebäudes in Schwarz-Weiß angegeben: BARTOLOZZI ECKE BALDERSTON.

»Gut. Sind Sie einverstanden, wenn ich das hier kurz unters Vordach stelle?«

Ich erhebe mich und gehe Richtung Tür, während er näher kommt. Und als ich sie öffne, um hineinzugehen, trifft mich der noch vorhandene Brownie-Duft wie ein Schlag. Mir fällt wieder ein, warum ich draußen in der Kälte stand, und ich lasse die Tür zufallen.

Ich presse meinen Rücken gegen den massiven, beruhigenden Türkörper und sage: »Ich bleibe noch ein wenig hier draußen.« Seine Füße stehen auf der Veranda, auf derselben Fläche wie meine. Wenn er nicht näher kommt, kann ich damit umgehen.

»Sind Sie von Sinnen? Es ist eiskalt!«

»Ich bin nicht von Sinnen«, entgegne ich und lasse seine Füße nicht aus den Augen.

»Aber Sie müssen Ihre Hand desinfizieren«, sagt er. »Da ist Rost drin.«

Seine Hand auf meiner ist ein kitzelnder Reiz, der mich wahnsinnig macht, und ich zucke zurück.

»Nein!«

»Gut.«

Er geht die Stufen hinunter und bleibt neben einem Fahrrad stehen, das an ein Parkverbotsschild gekettet ist. Auf seinem Gepäckträger befindet sich ein Korb, damit muss er die Lebensmittel transportiert haben. Er greift in den Korb und zieht eine Flasche Wasser hervor. Zu meiner Überraschung kommt er damit die Stufen wieder hoch.

»Strecken Sie die Hand aus!«, verlangt er. Ich rühre mich nicht.

»Rost«, sagt er. »Sie wollen doch nicht, dass sich die Wunde infiziert.«

Als Tochter meines Vaters weiß ich, dass er recht hat. Also zwinge ich mich, stillzuhalten, und öffne die Hand. Er gießt Wasser darüber, und es strömt seitlich herunter, rinnt mir durch die Finger und plätschert auf die Veranda. Ich sehe zu, wie die spritzenden Tropfen auf Davids Schuhe treffen – das fällt mir leichter, als mir die blutige Schramme anzusehen, die quer über meine Handfläche verläuft und anfängt zu schmerzen.

»Hm, es blutet nicht stark, aber es sieht übel aus.«

»Das ist nur eine Narbe«, sage ich. »Die habe ich mir schon vor Jahren zugezogen.«

»Aber hat Ihr Vater nicht gerade solche Wunden verarztet? Beruflich, meine ich?«

»Ja! Er war unglaublich.« Die Geschichte kenne ich, also erzähle ich sie. »Leute verloren bei Unfällen ein, zwei, drei Finger, und mein Dad konnte sie wieder annähen. Das geht nur sofort – ist erst eine gewisse Zeit vergangen, ist es nicht mehr möglich. Der Körper wehrt sich gegen das Verbluten, also verschließt er Wunden, und genau das ist bei mir passiert. Nicht einmal Dad konnte da noch etwas ausrichten. In der Chirurgie kommt es auf jede Minute an. Erscheint der

Patient rechtzeitig, kann man Erstaunliches leisten. Man kann einen sauber abgetrennten Finger wieder annähen.

David streckt seine rechte Hand aus und sagt: »Glauben Sie mir, ich weiß, wovon Sie reden.«

Dort, wo die Finger ansetzen, verläuft in Davids Handinnenfläche eine deutlich zu erkennende, knochenweiße Linie, die an den Rändern rosa ist und leicht glänzt wie rohe Schweinelende. Sie reicht vom kleinen bis zum Mittelfinger und bildet dann in der Mitte der Handfläche einen Haken wie ein J.

»Die waren ab«, sagt er und fährt mit dem linken Zeigefinger über die Narbe, womit er alle drei Finger bezeichnet.

»Wie ist denn das …«

»Ein Autounfall«, sagt er. »Wie es genau passiert ist, weiß ich nicht. Ich war nicht bei Bewusstsein. In einem zerquetschten Auto gibt es viel scharfes Metall.«

»Bewegen Sie die Finger«, fordere ich ihn auf.

Er gehorcht, beugt einen nach dem anderen, beginnend vom kleinen Finger bis hin zum Daumen und wieder zurück. Sie lassen sich einwandfrei bewegen.

»Man konnte Sie also wieder zusammenflicken.«

»Ihr Dad hat mich zusammengeflickt«, sagt er. »Ich habe ihn allerdings nie kennengelernt, weil ich nicht bei Bewusstsein war. Später ist ein anderer Arzt gekommen und hat mit mir gesprochen.«

»Dr. Shaw«, sage ich. Dad hat von ihm erzählt.

»Ja. Aber Dr. Selvaggio war derjenige, der mich operiert hat.« David zeigt auf das Krankenhaus, auf das betreffende Schild. »Gleich da drüben.«

»Das ist ja toll! Und alle Finger wieder dran!«

»Ich hatte Glück«, sagt er und starrt auf das schmiedeeiserne Geländer. »Aber wir waren zu zweit. Und meine Frau, Elena, hatte kein Glück.«

»Wurde sie schwer verletzt?«

»Sie ist gestorben.«

»Das tut mir leid«, sage ich, denn das sagt man so, wenn jemand gestorben ist.

»Das ist jetzt ungefähr ein Jahr her.«

»Jemand hat einmal gesagt, dass man sich von seiner Trauer nicht erdrücken lassen darf.«

»Das sagt meine Mutter auch immer. Aber das hilft mir nicht.«

»Sie glauben, man sollte sich davon erdrücken lassen?«

»Ich glaube nicht, dass man das selbst bestimmen kann. Sie erdrückt einen«, sagt er mit seiner schlammigen, dunklen Stimme.

»Fühlen Sie sich immer noch erdrückt?«

»An manchen Tagen schon«, sagt er. »An manchen Tagen auf jeden Fall.«

»Sie meinte, es wird mit der Zeit anders.«

»Wer?«

»Die Frau, die mir gesagt hat, dass ich mich von meiner Trauer nicht erdrücken lassen soll. Gert. Sie hat gesagt, dass es vielleicht nicht besser wird, aber anders.«

Er nickt mehrmals. »Nun, ihre Trauer liegt weit zurück. Sie hat sie bereits verarbeitet. Mein Dad ist schon lange tot.«

»Wie bitte?« Plötzlich redet er Unsinn, und ich habe das Gefühl, dass die Geister in meinem Leben logischer sind als die Lebenden. Das gefällt mir gar nicht.

»Sie scheinen völlig verwirrt zu sein«, sagt David.

»Ganz einfach, weil ich vollkommen verwirrt *bin*.«

»Es ist bestimmt fünfzehn Jahre her, dass Dad starb. Vielleicht sogar sechzehn. Nicht dass sie es vorher leicht hatte, aber das war das letzte Mal, dass sie einen solchen Verlust erlitten hat. Was ich damit sagen will: Es ist nicht so, dass sie nicht weiß, was Trauer bedeutet. Sie weiß das besser als viele andere. Aber vielleicht weiß sie nicht mehr, wie schlimm sich das jeden Tag anfühlt, wenn alles noch frisch ist. Wie schwer es ist, nicht einfach ins Wasser zu gehen und sich zu verabschieden. Sie sehen immer noch kein bisschen weniger verwirt aus.«

»Gert kannte Ihren Dad?«

»Ja«, sagt er. »Gert kannte meinen Dad. Sehr gut sogar. Gert ist meine Mom, müssen Sie wissen.«

Das klingt zuerst absurd, aber dann einleuchtend. »Das wusste ich nicht!«

»Na, kein Wunder, dass Sie so verwirrt waren.«

Sein Lachen ist kurz und weich. Es klingt so anders als seine schlammige Stimme, dass ich erst gar nicht begreife, dass es von ihm stammt.

»Deshalb liefere ich die Lebensmittel. Sie hat mich darum gebeten. Ich gehöre nicht zum Lieferservice eines Lebensmittelladens. Ich bin nur ein Kerl mit einem Fahrrad. So komme ich ab und zu mal vor die Tür, und das wollte sie bestimmt auch damit erreichen.«

»Sie sind also derjenige, der immer meine Einkäufe bringt?«

»Ganz recht.«

»Tja, dann danke«, sage ich.

»Ich komme wieder«, verspricht er. »Nächste Woche. Und mit Ihnen ist auch bestimmt alles in Ordnung?«

»Ja.«

»Verbinden Sie die Hand. Sie wissen, wie das geht?«

»Ja.«

»Natürlich. Mom hat mir das mit Ihren Eltern übrigens erzählt. Es tut mir wirklich leid.«

»Danke. Mir tut es auch leid.«

»Ich verspreche Ihnen nicht, dass es besser wird. Ich finde es nicht fair, anderen vorzuschreiben, wie sie trauern sollen. Denn manche Menschen brauchen sehr lange, bis sie darüber hinweg sind.«

»Was ist mit den anderen?« frage ich.

»Wie?«

»Sie sagten, manche Leute brauchen sehr lange, bis sie darüber hinweg sind. Was ist mit den anderen? Geht es bei denen schneller?«

»Nein«, sagte er. »Nein, manche Menschen kommen sehr langsam darüber hinweg und die anderen … Nun ja, die anderen vielleicht nie.«

Kapitel fünf

Omelett

Ich trage die Lebensmittel hinein. David hat recht. Die Eier sind ausnahmslos zerbrochen. Das Innere des Eierkartons trieft nur so von goldgelbem Eigelb. Ich werfe den ganzen Karton in einen neuen Müllbeutel. Alles andere räume ich in den Kühlschrank oder die Küchenschränke. Solange ich in der Küche bin, geht es mir gut. Ich konzentriere mich auf meine Aufgaben. Aber als ich in mein Zimmer gehe, packt mich wieder die Angst. Der Brownieduft ist bis nach oben gestiegen und hat sich dort festgesetzt. Obwohl er nur ganz schwach ist, kann ich ihn keine Minute ertragen. Also trete ich auf den oberen Treppenabsatz und lege meine Hand auf den kiefernzapfenförmigen Geländerknauf. Ich wölbe meine Hand darüber, weil er mir vertraut ist.

Evangelines Geist – was für eine Horrorvision! Sie hat behauptet, das sei ihr Rezept. Ich habe es gebacken, und sie ist gekommen. Und als der gröbste Backduft verschwand, ist auch sie verschwunden. Ist das die Antwort? Dass der Essens- oder Backduft sie heraufbeschwört? Zumindest weiß ich jetzt, was ich vermeiden sollte. Wenn ich ihre Rezepte nicht koche, kommen auch keine Geister. Ich kann das nicht noch einmal riskieren. Und wer weiß, vielleicht war das mit Nonna ein Zufall und die Botschaft gar nicht für mich bestimmt?

Ich werde damit aufhören. Zwar nur ungern, weil ich mir weitere Informationen von den Geistern erhoffe, aber noch so ein Geist wie Evangeline, und ich bekomme einen Herzinfarkt. Das sollte ich lieber nicht riskieren.

Ich stecke alle handgeschriebenen Rezeptkarten wieder in Mas Chrysanthementeebox und stelle sie zurück aufs obere Brett, hinter die Glastür. Genug davon. Selbst wenn ich etwas gefunden hätte, um Dad heraufzubeschwören, wäre vielleicht eine Katastrophe passiert. Vielleicht wäre er wütend zurückgekehrt. Vielleicht hat er mich gar nicht so geliebt, wie ich dachte. Solange ich ihm nicht von Angesicht zu Angesicht gegenübertreten kann, werde ich das niemals erfahren, und vielleicht ist das nicht mal so schlecht. Ich denke an David und seine Arbequina-Haut, an seine schlammige Stimme und seine erdrückende Trauer. Dad hat seine Hand zusammengeflickt, aber der Rest von ihm ist nach wie vor zerstört.

Es kann immer noch schlimmer kommen. Wieso sollte das bei mir anders sein?

In Gedanken vertreibe ich den hartnäckigen Brownieduft mit einem kräftigen, ganz anderen Geruch:

mit angebratenem, weichgoldenem Knoblauch, der unter einer glänzenden Schicht Olivenöl jeden Biss verloren hat. Ich befreie ihn sorgfältig von seiner papiernen, klebrigen Haut. Ich drücke eine mürbe Knoblauchzehe gegen meine Zunge und spüre ihre Wärme, ihren süß-salzigen Geschmack. Die Süße ist anders als bei Zucker, irgendwie vielschichtiger, magischer. Durch die Hitze hat eine Verwandlung stattgefunden, hin zu etwas, das es vorher noch nicht gab. Das Neue ist weder besser noch schlechter, sondern einfach anders.

Ich verarzte meine Wunde genau so, wie Dad es mir beigebracht hat. Zuerst Wasserstoffperoxid, damit Schmutz und Rost weggeätzt werden, alles, was keine gesunde Haut ist. Es schäumt wie Backpulver in Essig. Dann eine entzündungshemmende Salbe und ein nicht zu enger Verband. Hautwunden heilen in einer feuchten Umgebung am besten. So bilden sich am wenigsten Narben. Ich weiß noch, wie er mir genau erklärt hat, wie der Heilungsprozess funktioniert. Dass sich die Hautzellen nach einer Verletzung wieder miteinander verbinden. Ich habe nicht alles verstanden, weil ich damals fünf Jahre alt war. Aber den Klang seiner Tomatensaftstimme habe ich immer geliebt.

Ich überlege, mich aufs Gästebett zu legen, aber ich bin nicht müde, noch nicht. Stattdessen gehe ich in die Bibliothek. Dort wird mich niemand heimsuchen. Dort kenne ich mich aus. Dort gibt es nichts als hohe Regale voller Bücher, vom Boden bis zur Decke.

Wie den Schrank mit den Kochbüchern im Erdgeschoss haben wir auch diese Regale aufgeteilt. Rechts neben der Tür stehen Mas Bücher, es gibt auch ein Regal mit Koch-DVDs, die ich allesamt mehrmals gesehen habe. In allen anderen Regalen stehen Dads Bücher. Nur in das unterste Regalfach links, in dem sich drei schwarze Aufbewahrungsschachteln befinden, habe ich noch nie hineingeschaut. Es gibt genug Bücher, die mich interessieren. Es ist nicht weiter schwer, ihre Bücher von seinen zu unterscheiden. Ihre sind Taschenbücher.

Ma hatte mit Freundinnen einen Literaturkreis. Dort beschäftigte man sich mit Südstaatenthemen. Wie den Gemeinschaftsgarten hat sie auch diesen Literaturkreis organisiert und darüber geherrscht wie eine Königin. Sie konnte perfekt organisieren, aber gelesen hat sie nicht viel. Wahrscheinlich hat sie dem Lesen weniger Zeit gewidmet als der Frage, welchen Kuchen sie zu den Treffen mitbringen soll. Sie konnte wirklich gut backen.

Einen Moment lang kann ich den Zimt beinahe riechen, höre, wie ihr Schneebesen in einer Melaminschüssel klappert, doch gleich darauf verflüchtigt sich die Illusion.

Früher einmal hat Amanda dieses Zimmer genauso geliebt wie ich. Wir haben so wenig gemeinsam, aber früher waren wir beide richtige Leseratten. Als ich klein war, las ich fast ununterbrochen, und das hat mich auch in der Schule gerettet. Ich hasste den

Unterricht und die Lehrer. Ständig sollte ich Sachen machen, zu denen ich keine Lust hatte. Aber weil ich gern las, wussten sie, dass ich nicht dumm bin, nur anders. Sie waren nachsichtig mit mir, und so schaffte ich die Schule.

Doch das Lesen konnte mir nicht dabei helfen, Freundschaften zu schließen. Ich habe nie verstanden, wie das geht. Ich sprach mit den anderen Kindern, und mit der Zeit mochte mich eine Handvoll von ihnen sogar so sehr, dass sie mich besuchen wollten. Aber schon nach dem ersten Besuch wandten sie sich wieder von mir ab. Ma hat mir erklärt, was ich falsch machte, aber es gelang mir nie, es richtig zu machen. *Versuch, Interesse an dem zu zeigen, was sie dir erzählen*, sagte sie, aber sie erzählten nie irgendetwas Interessantes. *Rede nicht so viel*, sagte sie, aber mir kam es nie zu viel vor. Es gelang mir nicht, feste Freundschaften zu schließen.

Ich habe mich daran gewöhnt. Ich hatte mich an vieles gewöhnt. Daran, zusätzliche Aufsätze zu schreiben, um meine mangelnde Mitarbeit im Unterricht wettzumachen. Daran, mich freiwillig dafür zu melden, bei Gruppenarbeiten das Planen und Protokollschreiben zu übernehmen. Ganz einfach weil ich wusste, dass ich in der Gruppe nicht arbeiten kann. Das funktionierte eine ganze Weile lang – erst nach drei Jahren am College kam ich trotz Mas Bitten, mich mehr zu bemühen, nicht mehr weiter. Seitdem habe ich jedes Semester aufs Neue versucht, dieses eine Rhetorikseminar zu schaffen, bei dem ich schon mehrmals durchgefallen bin. In diesem Semester habe ich es nur sechs Wochen besucht, bis klar war, dass ich nicht bestehen würde. Inzwischen hatten wir wohl beide die Hoffnung aufgegeben.

Ich nehme wahllos ein Buch aus Mas Regal. Statt mich in Dads Ledersessel niederzulassen, gehe ich ins Schlafzimmer meiner Eltern, um mich in ihren Erker zu setzen und dort zu lesen. Das finde ich nur passend. Das Buch ist einer von Mas Südstaatenromanen über eine Belle auf einem schmiedeeisernen Balkon. Sie stammt aus einer strengen Familie. Dann kommt ein junger Mann, ein Emporkömmling, der von der guten Gesellschaft verachtet wird, aber von Belles Schönheit hingerissen ist und von Liebe ermutigt wird. Das Übliche, trotzdem verschlinge ich den Roman Seite um Seite, weil ich wissen will, was als Nächstes passiert. Ich kann gut verstehen, warum Ma solche Bücher geliebt hat. Es hat etwas für sich, zu wissen, wie eine Geschichte ausgeht, sich aber bis zu ihrem Ende von immer neuen Wendungen überraschen zu lassen.

Ich lese noch, als ich höre, wie unten die Tür aufgeht und Amanda ruft: »Da bin ich endlich!«

Bis ich im Erdgeschoss ankomme, ist sie schon in der Küche und stellt eine Leinentasche mit Lebensmitteln auf die Arbeitsfläche. »Ich habe Frühstücksflocken, Milch und noch ein paar andere Dinge besorgt. Damit wir hier nicht verhungern.« Dann öffnet sie den Kühlschrank und sieht, dass er nicht leer ist. »Oh. Was ist denn das?«

»Ich habe die Lebensmittel für diese Woche bestellt«, sage ich. »Das mache ich jede Woche. Was dachtest du denn, wovon ich mich ernährt habe, während Ma und Dad weg waren?«

»Ehrlich gesagt habe ich mir nicht groß Gedanken darüber gemacht. Ich hatte einiges um die Ohren. Na ja, jetzt haben wir viel zu viel.«

»Das wird schon gegessen.«

»Stimmt. Es ist so kalt hier drin! Warum ist das Fenster da offen?«

Ich gehe hin und schließe es. »Entschuldige.«

»Was ist passiert, Ginny?«

»Wieso?«

»Deine Hand!«

»Oh. Ich habe mich im Geländer vor der Haustür verfangen.«

»Im Geländer verfangen?«, wiederholt Amanda. »Tut es sehr weh? Was hat Dad …« Sie verstummt. »Du solltest die Hand untersuchen lassen.«

»Sie ist schon in Ordnung.«

»Verletzt du dich oft?«

»Es tut nicht sehr weh.«

»Ob du dich sonst auch öfter verletzt, wollte ich wissen!«

»Einmal ist nicht gerade oft.«

»Na gut, vergessen wir's.«

»Vergessen wir's«, wiederhole ich.

»Und, hat Angelica heute Vormittag vorbeigeschaut?«, fragt Amanda.

»Nein.« Mir wird klar, welche Katastrophe es gewesen wäre, wenn sie mich dabei ertappt hätte, wie ich einen Geist befrage beziehungsweise umgekehrt von ihm befragt werde. Ich kann zudem von Glück sagen, dass David in keinem unpassenderen Moment gekommen ist. Aber wahrscheinlich hätte er die Tüten dann wie sonst auch einfach nur abgestellt und geklingelt, sodass ich vorgewarnt gewesen wäre und die Kontrolle gehabt hätte. Denn so bewältige ich meinen Alltag: indem ich stets die Kontrolle behalte. Sobald mir die Dinge entgleiten, bin ich vollkommen verloren.

»Nun, dann schaut sie wahrscheinlich später vorbei«, sagt Amanda. Sie nimmt einen Zettel aus der Krimskramsschublade und notiert etwas darauf. »Ich hänge ihre Nummer hier an den Kühlschrank, falls du sie anrufen musst. Aber solange ich da bin, wird sie hauptsächlich mich fragen.«

»Ich möchte das Haus wirklich nicht verkaufen.«

»Lass uns nicht schon wieder über dieses leidige Thema sprechen.«

Ich versuche es anders. »Was steht im Testament?«

»In Bezug auf das Haus? Dass es uns beiden gehört.«

»Zu gleichen Anteilen?«

»Zu gleichen Anteilen. Können wir jetzt bitte anfangen?«

»Gut.«

Ich ziehe die Rolle mit Müllsäcken unter der Spüle hervor, und Amanda holt die leeren Kartons aus ihrem Wagen.

Wir packen die Kleider unserer Eltern für eine Wohltätigkeitsorganisation zusammen. Ich beginne mit der Kommode, bin aber nicht richtig bei der Sache. Mir geht zu viel durch den Kopf, aber nichts davon kann ich mit Amanda besprechen, nicht einmal ansatzweise. Die Geister. Die Geheimnisse. Während ich Dads Kleider in die Kartons lege, versuche ich, nicht an den Brief zu denken, den er geschrieben hat. Und als ich Mas Kleider packe, versuche ich, nicht daran zu denken, wie sie ihn erhalten hat. Sie muss ihm vergeben haben, was auch immer er getan hat. Ich versuche, nicht an Necies Geist zu denken, der sagt: *Sie schienen so gar nicht zusammenzupassen. Die beiden waren wie Feuer und Wasser.* Sie hat ihn geliebt. Sie haben sich geliebt.

Meine aufgeschürfte Hand juckt unter dem Verband, aber ich zwinge mich, nicht daran zu kratzen. Aus dem Bad, in dem Amanda gerade zugange ist, höre ich das Klirren von Glas und danach eine Weile lang gar nichts mehr.

Ich rufe nach ihr. »Amanda?«

»Ich bin hier«, sagt sie, aber leise. Ihre Stimme klingt merkwürdig gepresst. Ich sehe nach.

Sie sitzt im Schneidersitz auf dem Boden, einen Parfümflakon in der Hand. Es ist ein geriffelter Zylinder mit einem Vogel auf dem Stöpsel. Mas *L'Air du Temps*.

»Weißt du noch?«, sagt Amanda. »Bei besonderen Anlässen durften wir ein bisschen davon auftragen. Hier. Und hier.« Sie dreht das Handgelenk und klopft sich auf den Puls, dann neigt sie den Kopf und legt ihren Finger in die Halsbeuge.

»Ja.«

»Es riecht anders. Ich sitze schon eine Ewigkeit hier und schnuppere daran. Aber es riecht einfach anders als an ihr.«

»Das ist Chemie«, sage ich. »Die Körperwärme und das Hautfett reagieren mit dem Parfüm. Deshalb riecht es bei jedem anders.«

»Oh, Ginny!«, sagt sie. »Es wird nie mehr … Sie wird nie mehr … Sie ist tot.«

»Ich weiß«, sage ich. Dann begreife ich, dass sie das nicht zu mir, sondern zu sich selbst gesagt hat.

»Sie sind tot«, sagt sie und macht sich ganz klein, zieht Arme und Beine eng an den Körper.

Sie sitzt auf dem Boden, eingekeilt zwischen dem Schminktisch und der Wand, sodass ich mich schlecht dazusetzen kann. Stattdessen lege ich meine Hand auf ihren Scheitel und streiche ihr übers Haar. Sie zieht die Knie an die Brust. Sie weint leise und stetig, so wie man bei der Zubereitung von Mayonnaise das Öl zugießen soll. Immer nur ein bisschen, aber stetig.

»Mir fehlen sie auch«, sage ich.

Mit tränenerstickter Stimme erwidert Amanda:

»Das weiß ich doch, Liebes. Man kommt schnell auf die Idee, dass du nichts empfindest, weil du es nicht zeigst. Aber ich weiß, dass du sie geliebt hast. Ich weiß, dass es schwer ist.«

»Es ist schwer«, wiederhole ich.

Amanda wischt sich die Tränen von den Wangen und sagt: »Damit habe ich eigentlich nicht gerechnet.«

»Mit dem, was Ma und Dad passiert ist?«

»Ich meinte eigentlich … Egal. *Damit* habe ich natürlich nicht gerechnet … Na gut, ich muss aufhören zu weinen. Du hast mich schon wieder zum Weinen gebracht. Nein, ich dachte, ich würde das packen.«

»Du packst es doch.«

»Ohne zu weinen. Gut, von nun an werde ich nicht mehr weinen. Ich werde so sein wie du, okay? Ich mache einfach irgendwas anderes. Es gibt viel zu tun. Ich werde erst mal auflisten, welche Möbel in welchen Zimmern stehen. Ich fange unten an.« Sie steht auf und wischt sich erneut die Tränen ab, diesmal allerdings energischer.

»Gut«, sage ich.

Ich mache mit der Kommode weiter und räume Sachen aus Schubladen in Kartons. Die Dessous werfe ich gleich in einen schwarzen Müllsack. Denn was auch immer wir mit den übrigen Sachen meiner Eltern machen, Mutters Unterwäsche wird auf keinen Fall aufbewahrt. Ich weiß nicht immer, was richtig und angemessen ist, aber das weiß sogar ich.

Als die Wäsche aus der obersten Schublade ausgeräumt ist, bleiben nur noch zwei Dinge übrig. Das eine ist ein Kästchen aus Zedernholz. Ich glaube, sie hat ihren Schmuck darin aufbewahrt. Es ist verschlossen, und ich finde keinen Schlüssel in der Schublade. Vielleicht weiß Amanda, wo er ist. Ich stelle das Kästchen auf die Kommode, damit wir es nicht vergessen.

Und dann liegt da noch ganz hinten Mas Bibel. Sie hat einen abgegriffenen schwarzen Einband aus weichem Leder. Ich blättere darin. Außer dem Familienstammbaum, der auf der Innenseite des Einbands steht, sehe ich keine Anmerkungen, aber das ist nicht weiter erstaunlich. Ma war nicht der Typ, der in Bücher schreibt. Uns hat sie es verboten. Dads medizinische Fachbücher sind von vorn bis hinten voll mit Anmerkungen – mit Füller, Bleistift und drei verschiedenfarbigen Leuchtmarkern –, aber in Mas Büchern gibt es nur den gedruckten Text.

Ich versuche gerade, mich zu erinnern, wann Ma uns zum letzten Mal heimlich mit in die Kirche genommen hat, als ich die Klingel höre. Amanda kann das regeln, ich brauche mich also nicht zu beeilen. Andererseits soll sie merken, dass ich allein zurechtkomme. Deshalb lege ich die Bibel neben das Schmuckkästchen und gehe zur Treppe.

Währenddessen höre ich jene schrillen Laute, die Frauen von sich geben, wenn sie sich begrüßen. Es sind nichtssagende Laute wie »Hi! und »Huhu!« Dann lassen sie ein zwitscherndes Gelächter ertönen.

In der Diele neben der Haustür stehen ein Mann im Anzug und zwei Frauen mit unglaublich glänzendem blonden Haar, das ihnen genau bis zur Schulter reicht. Eine davon ist Amanda. Sie könnte aber genauso gut die andere sein. Das spitze Kinn, die glänzenden Schuhe, das taillierte dunkle Kostüm, das mich an jenes erinnert, das Amanda auf der Beerdigung trug. Ich frage mich, ob sie zusammen einkaufen gehen.

»Hi!«, sagt sie. »Ich bin Angelica! Schön, dich zu sehen, Ginny!«

Als ob ich nicht schon verwirrt genug wäre. Sie klingt auch wie Amanda. Diese Orangensaftstimme, tröstlich und säuerlich zugleich.

Ich weiß, dass ich ihr jetzt die Hand geben sollte, also reiße ich mich zusammen und tue es. Angelicas Hand fühlt sich an wie Nierenspitz, das längst nicht mehr rosa gebraten, sondern zäh und zusammengeschrumpelt ist.

»Ihr müsst wirklich entschuldigen!«, ruft sie. »Ich wollte anrufen, aber wir waren zufällig gerade hier um die Ecke, und da habe ich Warren von diesem Haus erzählt, und er fand, das könnte was für ihn sein, also dachten wir, schauen wir gleich vorbei!«

Warren ist ein puddingfarbener Mann im Anzug, mit einem dieser Hemden, bei denen der Kragen eine andere Farbe hat als der Rest. Er will mir die Hand geben, steht aber zu weit entfernt, was mir nur recht ist. Also reagiere ich mit einer Art Nicken und winke ihm kurz zu. Er bleckt die Zähne und sagt: »Tut mir leid. Sie scheinen im Stress zu sein.«

Im Wörterbuch steht *Stress* auf einer Seite mit Streuner, Streuobst und Strichcode. »Ja«, sage ich.

»Na ja, wir haben niemanden erwartet«, sagt Amanda. »Deshalb ist es hier noch nicht, ihr wisst schon, nicht richtig aufgeräumt.«

»Sehen Sie?«, sagt Angelica zu Warren.

»Ich bin auch gleich wieder weg, ich möchte mir nur einen Eindruck verschaffen«, erwidert Warren.

Ich halte mich zurück. Das ist keine Situation, die ich kontrollieren kann, also sage ich lieber nichts und gehe den Leuten aus dem Weg. Ich schaue nach oben und werde vom langsam herumwirbelnden Deckenventilator hypnotisiert. Schon beim Hochsehen merke ich, dass ich den Blick abwenden sollte, aber ich kann einfach nicht anders. Das liegt an dem Muster.

Es hypnotisiert mich.

Es ist schon eine Ewigkeit her, seit mir das zuletzt passiert ist. Als ich noch klein war, passierte es mir ständig. Wenn ich mich nicht davon losreiße, stehe ich noch die nächste halbe Stunde hier und starre mit weit offenem Mund den Ventilator an.

Also kneife ich die Augen zusammen und denke an ein koreanisches Restaurant, in das Dad mich zu meinem fünfzehnten Geburtstag eingeladen hat. Ma war verreist, und Amanda war nicht dabei. Auf einem Tischgrill garten wir feuchtes, glitschiges Rindfleisch, aber am tollsten fand ich das Banchan: unzählige

Schälchen mit exotischen Sachen, die Dad mir der Reihe nach erklärte. Kimchi, sauer und scharf. Scharfer Meerrettich, in einem Gelb, das so grell war, dass es einen fast blendete. Grüne Bohnen, die mit Jalapeño-Schnitzen verziert waren. Durchsichtiges, zitterndes Walnussgelee. Ich erinnere mich noch an jedes Banchan, koste in Gedanken erneut davon.

Als ich mich wieder beruhigt habe, öffne ich die Augen. Ich bin wieder in die normale Welt zurückgekehrt und sammle meine Kräfte. Das Erste, was ich höre, ist Warrens Stimme: »Es ist ziemlich kalt hier drin! Funktioniert die Heizung nicht?«

»Die Heizung funktioniert tadellos«, versichert ihm Angelica.

»Wir mögen es nicht so warm«, schaltet sich Amanda ein.

»Solange sie funktioniert«, erwidert er.

»Sie funktioniert.«

»Oki doki«, sagt Warren.

Ich verstehe kein Wort.

Angelica weist auf ein paar Besonderheiten hin, auf den intakten Kamin, die hohen Decken mit dem prachtvollen Stuck, die langen Hartholzdielen im gesamten Erdgeschoss. Warren folgt mit dem Blick ihren Beschreibungen. Amanda führt die beiden in die Küche. Ich bin unsichtbar.

Ich gehe nicht mit, aber Warrens Stimme ist schrill und laut, deshalb höre ich, wie er sagt: »Wissen Sie, ehrlich gesagt hatte ich auf eine modernere Küche gehofft, eine aus Edelstahl. Mit Geräten von Sub-Zero und Granitplatte. Auf etwas wirklich Hochwertiges.«

»Kochen Sie viel?«, fragt Angelica.

»Nein«, sagt er. »Aber ich hätte gern etwas, das weniger … retro ist.«

Ich gehe nach oben, während sie den Rundgang durchs Erdgeschoss beenden. Ich nehme an, dass sie nicht heraufkommen werden, und ich behalte recht. Vom Fenster meiner Eltern schaue ich auf die Straße. Warren und Angelica stehen auf der Veranda und geben sich zum Abschied die Hand. Er geht. Angelica dreht sich um und klingelt erneut. Amanda lässt sie herein.

Als ich herunterkomme, höre ich, wie Angelica sagt: »Hey, es tut mir leid, ehrlich. Ich hätte erst allein vorbeischauen sollen, um mir das Haus anzusehen. Ich glaube, es entsprach nicht seinen Vorstellungen. Aber er will ständig neue Häuser besichtigen, also habe ich es drauf ankommen lassen.«

»Er wirkt wie einer, dem man nichts abschlagen kann«, sagt Amanda.

»Das kannst du laut sagen!«, erwidert Angelica. »Oh, hallo, Ginny.«

Ich muss etwas erwidern, also versuche ich es mit: »Schön, dich kennenzulernen.«

»Wir haben uns bereits kennengelernt«, sagt Angelica. »Aber das ist schon eine Ewigkeit her. Als wir auf der Highschool waren, kam ich oft zum Lernen her.«

»Zum Lernen!« Amanda lacht. »Sie kam, um Teeniezeitschriften zu lesen.«

»Meine Eltern haben mir die verboten. Ich komme aus einem strengen Elternhaus. Ihr hattet Glück.«

»Ja«, sage ich. »Das wissen wir.«

»Einmal war ich auch an Thanksgiving bei euch. Ich weiß es noch wie heute. Was es da alles zu essen gab! Eure Mum war eine fantastische Köchin.«

»Das stimmt«, sage ich, weil es wahr ist, auch wenn ich bestimmt die Hälfte dieser Speisen selbst zubereitet habe. Und Angelica ist das nicht mal aufgefallen. Wahrscheinlich hat sie nie einen Blick in die Küche geworfen.

»Nun, diese Gabe ist komplett an mir vorübergegangen«, sagt Amanda.

»Das kann jeder lernen«, erwidere ich.

»Übrigens«, schaltet sich Angelica ein, »ich konnte das schlecht sagen, als Warren da war, aber das mit euren Eltern tut mir leid.«

»Danke«, sagen Amanda und ich im Chor.

Danach schweigen wir.

»Ich habe ganz vergessen, wie fantastisch dieses Haus ist!«, ruft Angelica schließlich. »Natürlich kann ich mich noch an den Stuck erinnern, an die hohen Decken und hohen Türen – es wirkte immer so riesig. Aber die Details hier sind auch toll, wie diese Fliesen um den Kamin. Ihr werdet euch dumm und dämlich daran verdienen.«

Amanda ahnt bestimmt, dass ich etwas einwenden

will, denn sie kommt mir rasch zuvor: »Nun, noch ist nichts entschieden, wir wissen nicht mal, ob uns jemand ein Angebot machen wird, das für uns infrage kommt. Wir sind noch weit davon entfernt, einen Kaufvertrag zu unterschreiben.«

»Aber natürlich«, sagt Angelica. Sie fährt mit den Fingern über den Kaminsims. Hoffentlich sucht sie nicht nach Staub, denn wie ich Gert kenne, wird sie keinen finden.

»Du musst es vermisst haben, als du in L.A. warst«, sagt Angelica zu Amanda.

»L.A. ist so völlig anders«, erwidert Amanda, »dass ich das Haus eigentlich gar nicht vermisst habe.«

Angelica wendet sich an mich: »Und du hast dein Leben lang hier gewohnt?«

»Ja.«

»Wenn du ausziehst, wird das eine enorme Veränderung für dich sein.«

»Ja, allerdings.«

»Wo du schon mal da bist, Süße«, mischt sich Amanda ein, »willst du dich nicht etwas umschauen?«

»Gern, aber ich verhungere.«

»Dann lass uns doch erst etwas essen gehen.«

»Fantastisch!«

»Gut, Ginny«, sagt Amanda, »wir sehen uns dann gleich wieder. Kommst du klar?«

»Natürlich.«

Zu Angelica sagt sie: »Wir können sofort los, ich

muss mir nur eben die Hände waschen.« Und schon ist sie verschwunden.

Ich schaue zu Angelica hinüber und denke an Nonnas Warnung: *Hindere sie daran.* Ist sie diejenige, die ich aufhalten soll? Aber wie? Wenn ich den richtigen Geist für meine Fragen fände, könnte ich es vielleicht herausbekommen. Aber noch hält mich meine Angst davor zurück.

»Amanda sagt, du kochst gern«, bemerkt Angelica.

»Ja.«

»Du könntest doch jeden Morgen etwas zubereiten, wenn wir das Haus zeigen«, sagt sie und schaut zu dem verschnörkelten Stuck hinauf. »Am besten wäre es, du backst etwas. Kuchen, Plätzchen, Brot. Dann finden die Leute größeren Gefallen an dem Haus. Sie bekommen dann den Eindruck von einem echten Zuhause.«

»Es *ist* ein Zuhause«, sage ich.

»Von *ihrem* Zuhause«, stellt sie klar.

Amandas Orangensaftstimme kommt aus dem Flur: »Los, auf geht's, Süße!« Beide zwitschern und schnattern auf dem Weg zur Tür, und ich bleibe allein zurück.

Ich gehe die Treppe hoch, die Stufen knarren unter meinen Füßen. Ich betrete den Kleiderschrank meiner Eltern, ziehe die Tür hinter mir zu und setze mich, die Hände in Dads Schuhen. Ich brauche die Dunkelheit. Ich brauche den Trost. Ich versuche, an etwas Essbares zu denken, um mich zu beruhigen, und entschließe mich für Ceviche. Ein Biss ins Törtchen, eine saubere, frische Aromaexplosion. Denk an die Zubereitung! Roher Fisch ist durchscheinend, aber wenn man Limettensaft darüberträufelt, verwandelt er sich. Würfel weißfleischigen Fisches beginnen zu flocken. Shrimps werden knallrosa. Aus Textur wird Farbe. Sichtbare Schlieren, fast schon wie Streifen, betonen die Fasern.

Die Schuhe haben nicht immer zu meinem Selbstberuhigungsritual gehört, aber der kleine dunkle Raum schon. Ma nannte es Batterien aufladen. Sie wusste, dass mich der Kontakt mit anderen Menschen anstrengt. Deshalb erlaubte sie mir, nach der Schule oder anderen Aktivitäten außer Haus eine Stunde lang meine Batterien aufzuladen. Eine Stunde, aber keine Minute länger. Wenn ich mich auf den Schrankboden setze, stelle ich innerlich die Uhr. Obwohl Ma nicht mehr da ist und mir nichts mehr vorschreiben kann, tue ich, was sie mir vorschreiben würde, wenn sie da wäre.

Ob das ein gutes oder ein schlechtes Zeichen ist, weiß ich nicht.

Die Stunde ist noch nicht um, als es an der Tür klingelt. Ich will das Klingeln ignorieren. Ich sitze bequem in der hintersten Schrankecke, wo keinerlei Licht hinkommt. Aber was, wenn es Amanda ist, die den Schlüssel vergessen hat? Sie wird ausrasten.

Ich stelle Dads Schuhe an ihren Platz zurück, den rechten rechts und den linken links, und gehe hinunter, um die Tür zu öffnen.

»Hi, erkennen Sie mich wieder?«, fragt er. »Ich bin's, David.«

»Ja, natürlich.« Seine Stimme klingt weniger schlammig als zuvor, eher ein bisschen wie sehr starker Kaffee. Seine braunen Haare stehen ihm auch jetzt vom Kopf ab.

»Wie geht es Ihrer Hand?«

Ich halte den Verband hoch. »Gut, danke.«

»Ich habe Ihnen etwas mitgebracht.«

Er überreicht mir einen Eierkarton, klappt den Deckel auf und zeigt mir die runden, glatten, weißen Kappen. »Voilà! Ein Dutzend, und alle sind heil.«

»Oh, meine Schwester hat auch welche gekauft. Dann haben wir jetzt mehr, als wir brauchen.«

»Ich dachte nur, ich bringe Ihnen neue, weil ich sie doch kaputtgemacht habe. Ich hatte ein schlechtes Gewissen deswegen.«

Ich merke, dass ich unhöflich war. Ma wäre entsetzt. »Tut mir leid, Eier kann man schließlich immer gebrauchen, nicht wahr? Kommen Sie doch herein. Ich stelle sie in den Kühlschrank.«

Ich eile in die Küche, und er folgt mir mit etwas Abstand. Er lässt mir ausreichend Raum, und das gefällt mir.

»Wow, ist das eine tolle Küche!«, sagt er. »Die ist ja riesig! Und der altmodische Herd. Ich liebe das.«

»Kochen Sie gern?«

»Ich kann es nicht besonders gut.«

»Es ist ganz einfach.«

»Leute, die irgendwas gut können, sagen immer, es ist ganz einfach«, sagt David.

»Nein, man muss es nur lernen, das ist alles.«

»Und man muss die richtigen Zutaten einkaufen, die entsprechenden Vorbereitungen treffen, und das kostet viel Zeit … Den Aufwand ist es mir einfach nicht wert. Ich habe keine Energie dafür.«

»Sie machen sich zu viele Gedanken darüber. Haben Sie Hunger?«

»Ja, ehrlich gesagt schon. Ich habe nichts zu Mittag gegessen.«

»Geben Sie mir die Eier.«

Er reicht mir den Karton. Ich halte inne und denke nach. Die Geister sind immer nur gekommen, wenn ich nach Rezepten gekocht habe. Nach handgeschriebenen Rezepten. Ich kann es also wagen.

»Hier«, sage ich. »Ich zeige Ihnen, wie einfach es ist, ein Omelett zu machen. Sie werden sich wundern, wie schnell das geht.«

»Das ist wirklich nicht nötig«, wendet David ein.

»Ich weiß. Aber es geht wirklich schnell.« Es gefällt mir, zur Abwechslung mal die Expertin zu sein, und ich konzentriere mich sofort auf meine Aufgabe: Butter und Eier sind alles, was ich dafür brauche. Eine Gabel, eine Schüssel, einen Teller. Ein Messer für die Butter. Die Pfanne steht schon auf dem Herd. Schweigend schlage ich die Eier auf und verquirle sie. Ich mache die Pfanne heiß, gebe die Butter hinein, gieße das Ei dazu, schwenke und schwenke und falte es, um es dann mit einer schwungvollen Bewegung zu wenden und auf den Teller gleiten zu lassen. Das Ganze dauert keine zwei Minuten.

»Das ist ja unglaublich!«, sagt David und nimmt mir den Teller ab. »So wie Sie das machen, sieht es ganz einfach aus.«

»Ich liebe das«, sage ich. »Also habe ich es gelernt.« Das ist eine Erklärung, die vieles verschweigt. Aber ich habe schon vor langer Zeit erkannt, dass die Menschen keine Erklärungen hören wollen.

David lehnt sich an die Küchenwand und isst. Er schlingt das fragile Eiergebilde regelrecht hinunter.

Als der Teller leer ist, sagt er: »Danke. Das war perfekt.«

»Möchten Sie noch eines?«

»Ich habe Ihre Gastfreundschaft bereits über Gebühr strapaziert.«

»Das war nicht über Gebühr!«

»Es war nicht wortwörtlich gemeint«, erklärt David. »Trotzdem danke, es muss wirklich nicht sein.«

»Nur damit Sie noch einmal zuschauen können«, sage ich und mache mich erneut daran. Die Pfanne erhitzen, die Butter hineingeben, schütteln, schwenken, wenden.

»Unglaublich! Wie schnell Sie sind«, sagt er. »Ich könnte das nie.«

»Natürlich können Sie das. Sie müssen es nur lernen.«

Das zweite Omelett isst er schon langsamer. Sein

Blick ruht auf dem Teller und nicht auf mir, und so erkläre ich ihm alles. Wie er die Eier verquirlen, die Pfanne erhitzen muss. Wie viel Butter er wann hineingeben muss. Aber das Wichtigste ist, wie er die Pfanne schwenken und die Eier fast durchbraten muss, aber eben nur fast. Wie er die Pfanne halten muss, damit das gerollte Omelett genau richtig auf dem Teller landet. Julia Child, die Fernsehköchin, von der ich es gelernt habe, macht das auf der DVD in etwa zwanzig Sekunden, aber nur, weil ihre Eier bereits verquirlt bereitstehen. Solche Tricks gehören einfach dazu.

Die Haustür knallt, und Amanda ruft: »He, was duftet denn da so?«

»Omeletts!«, rufe ich. Zu David sage ich: »Kennen Sie meine Schwester?«

»Nein«, erwidert er mit vollem Mund.

»He, Amanda, ich möchte dir gern …«, beginne ich, als sie auf der Schwelle erstarrt und sich am Türrahmen abstützt.

»Entschuldigen Sie, aber wer sind Sie?«, fragt sie beißend.

»Ich glaube, Ginny war gerade dabei, mich vorzustellen«, erwidert er. »Ich bin David. Ich bin …«

Sie unterbricht ihn und ignoriert seine ausgestreckte Hand. »Was haben Sie in meiner Küche zu suchen? Bei meiner Schwester?«

»Das ist nicht deine Küche. Ich habe ihm ein Omelett gemacht, er hat mir erzählt, dass er nicht kocht, er hat die Eier gebracht«, versuche ich ihr die Situation zu erklären, aber sie sieht mich nicht einmal an.

»Immer mit der Ruhe!«, sagt David, und ich fühle mich schon angesprochen, dabei meint er gar nicht mich. »Ich bin Gerts Sohn, David.«

»Er bringt die Lebensmittel«, sage ich. »Die Eier sind kaputt gegangen, deshalb hat er neue gebracht.«

»Ich schwöre, ich hatte keinerlei Hintergedanken.«

Amanda lässt den Türrahmen los und sagt: »Entschuldigen Sie. Am besten, wir fangen noch mal von vorn an. Ich bin Amanda, Ginnys Schwester.«

»Wohnen Sie auch hier?«

»Ja«, antwortet sie.

»Aber das stimmt doch gar nicht«, protestiere ich.

»Es ist ein schönes Zuhause«, sagt David.

»Danke«, erwidert Amanda. »Wohnen Sie und Ihre Frau auch hier in der Nähe?«

Niemand sagt etwas.

»Wegen Ihres Eherings, da dachte ich …«

»Wir hatten einen Unfall. Letztes Jahr.« Jetzt höre ich wieder die ungesüßte Schokolade in seiner Stimme, trocken und bitter.

»Es tut mir leid«, sagt Amanda. »Das wusste ich nicht. Ich lebte zu der Zeit in Kalifornien. Mom hat mich über einiges auf dem Laufenden gehalten, aber – es tut mir wirklich leid.«

»Sie konnten es ja nicht wissen«, sagt David. Wieder tritt Schweigen ein.

»Amanda, möchtest du ein Omelett?«

»Nein, danke.«

Dann fällt mir wieder ein, dass sie gerade vom Essen zurückgekehrt ist, also war das keine sehr intelligente Frage. Immerhin habe ich überhaupt etwas gesagt. Ma meinte, die Natur hasst das Vakuum, und für Unterhaltungen gilt das ganz besonders.

»Meine Mom liebt Ihre Familie«, sagt David. »Wissen Sie, dass sie niemandem sonst erlaubt, bei Ihnen sauber zu machen?«

»Wer sollte das denn sein?«, frage ich.

»Sie hat eine Reinigungsfirma«, sagt er. »Mit vier Angestellten. Dies ist das einzige Haus, in dem sie noch selbst sauber macht.«

»Das wusste ich gar nicht!«, sagt Amanda. »Arbeiten Sie auch für sie?«

»Nein. Ich mache das nur, um ihr einen Gefallen zu tun. Ich trage nicht hauptberuflich Lebensmittel aus.«

»Oh, und was machen Sie sonst?«

»Nun, zurzeit hänge ich gerade zwischen zwei Jobs.«

Wieder folgt Schweigen, und diesmal fällt mir beim besten Willen nicht ein, wie ich es brechen könnte.

Schließlich wendet sich David an mich und sagt: »Schön, Sie kennengelernt zu haben. Danke für den Kochunterricht, und lassen Sie sich die Eier schmecken!«

»Danke«, erwidere ich.

Wir alle bewegen uns etwas verlegen zur Haustür.

»Noch einen schönen Abend«, sagt er.

»Ihnen auch«, antworten meine Schwester und ich im Chor.

Amanda öffnet die Tür und lässt ihn wie eine Fliege hinaus.

Gleich nachdem die Tür ins Schloss gefallen ist, dreht sie sich zu mir um und sagt: »Ich fasse es nicht, dass ich so ein Pinsel sein konnte.«

»Du bist kein Pinsel.« Ich weiß nicht, wie sie das meint. Ein Malerpinsel? Ein Backpinsel?

»Ein Einfaltspinsel. Erst das mit seiner Frau und dann noch das mit seinem Job. Hilfe! Manchmal rede ich wirklich nur Unsinn.«

»Jetzt weißt du, wie ich mich oft fühle.«

Sie sagt nichts darauf, also schaue ich ihr kurz ins Gesicht, aber sie mustert mich aufmerksam, und ich schaffe es nicht, ihren Blick zu erwidern.

»Nun, es ist wirklich kein schönes Gefühl«, fährt sie fort. »Wie dem auch sei, ich war einfach völlig überrumpelt. Ich komme nach Hause, und du stehst mit einem Wildfremden in der Küche. Was sollte ich da denken? Du hast nicht die geringste Menschenkenntnis. Du würdest auch einen Axtmörder reinlassen und ihm Fettuccine Alfredo kochen.«

»Das stimmt nicht.«

»O doch. Ich mache mir Sorgen um dich.«

»Hör auf damit.«

»Das kann ich aber nicht«, zischt sie.

»Na dann hör wenigstens auf, es mir ständig unter die Nase zu reiben.«

»Gut.«

Sie geht nach oben, um weiterzupacken. Ich spüle die Pfanne und trockne sie mit einem Geschirrtuch ab. Ich wische ein paar hartnäckige Tropfen fort und bücke mich, um die Pfanne wegzuräumen. Dann spüle ich den Pfannenwender, trockne ihn ab und lege ihn in eine Schublade voller Utensilien mit langen Griffen. Jetzt ist alles wieder an seinem Platz.

Amanda täuscht sich. Ich habe Menschenkenntnis, und die sagt mir, dass David in Ordnung ist. Ich frage mich, ob er nicht kocht, weil seine Frau immer gekocht hat, bevor sie starb. Wie sie wohl war? Vielleicht so wie Ma, praktisch und geschickt und für alles verantwortlich, immer mit irgendwelchen Vorschriften auf den Lippen und gleichzeitig beschützerisch. Manchmal fühlte ich mich von ihr erdrückt, aber ich weiß, dass Ma immer nur mein Bestes wollte. Eine ihrer wenig erfolgreichen Lektionen zum Thema, wie man Freundschaften schließt, lautete: *Gib dich ein wenig geheimnisvoll.* Natürlich gelang es mir nie, das richtige Maß zu finden. Wenn ich mich durchsetzte, sagte sie: *Sei nicht zu dominant.* Und wenn ich mich zu sehr zurücknahm, hieß es: *Sei kein solches Mauerblümchen.* Ich zog es vor, mich als Katze zu sehen. Wenn ich mein Verhalten als das einer Katze betrachte, ergibt es meist einen Sinn. Vielleicht liebe ich Midnight deshalb so sehr. Weil sie mich an mich selbst erinnert.

Vielleicht ist es so, wie David gesagt hat: Leute, die etwas gut können, glauben, es sei einfach. Ma kam mit Charme zur Welt, also konnte sie mir nicht erklären, wie man charmant ist. Amanda kann mir die Menschen auch nicht erklären. Als wir noch klein waren, waren wir die besten Freundinnen, aber je älter sie wurde, desto mehr hat sie sich von mir zurückgezogen. Ich kann nicht mehr gut mit Amanda umgehen. Früher konnte ich es. Aber da hat sie noch zu mir aufgeschaut. Jetzt glaubt sie, dass sie alles besser weiß. Ob es bei Parker und Shannon wohl auch so ist? Dass die ältere Schwester der jüngeren alles beibringt, was sie wissen muss? Ich frage mich, ob sich ihr Verhältnis über die Jahre auch ändern wird, so wie bei uns.

Als es Zeit zum Schlafengehen wird, macht Amanda das Bett in ihrem alten Zimmer. Ich höre, wie sie ihre Familie anruft, um allen gute Nacht zu sagen. Sie hat immer noch diese Orangensaftstimme, ganz gleich, mit wem sie redet, aber wenn sie mit den Mädchen spricht, wird sie manchmal höher und weicher, wie Orangensaft, der mit Mineralwasser gemischt wurde.

Ich warte, bis es sehr spät ist, und kehre dann in Mas und Dads Zimmer zurück. Das ist riskant. Amanda könnte aufwachen. Aber ich brauche Bestätigung, und es gibt nur einen Weg, sie zu bekommen.

Ich ziehe das Normalbuch aus seinem Versteck im Kamin und achte darauf, dass nichts von dem Paprikastaub auf meine Kleider kommt. Dann setze ich mich in den Erker und lese. Ich wünschte, draußen wäre es Tag. Ich hätte gern mehr Licht, aber ich will keine Lampe anmachen. Das könnte Aufmerksamkeit erregen.

Während ich im Schneidersitz im Erker sitze und Midnight zusammengeringelt wie ein fetter, nutzloser Wachmann auf der Türschwelle liegt, blättere ich das Buch durch. Manche der Ausschnitte stammen aus Zeitungen. Manche sind Ausdrucke. Die ersten Ausschnitte sind vergilbt. Ich sammle sie schon seit Langem. Ich schneide sie sorgfältig aus und klebe sie in zwei Spalten auf jede Seite.

Liebe Abby, normalerweise bitte ich nicht um Hilfe, aber ich mache mir ernsthaft Sorgen über meinen

für manche normal, aber im Vergleich dazu ist Caligula ein Waisenknabe.

wie gelähmt, deprimiert, wütend. Ist das noch normale Trauer? Eine typische Reaktion von

Übelkeit ist im ersten Schwangerschaftstrimester normal. Wenn Sie in dieser Phase einen Widerwillen gegen Ihren Körper empfinden

Er wird seine Mutter vermissen, wenn sie zur Arbeit geht, und vielleicht weinen. Das ist normal

wuchs in einer Familie auf, in der es normal war, geschlagen zu werden, wenn man sich schlecht benahm, insofern

normal, bei ein oder zwei Glas Bier nach der Arbeit Dampf abzulassen. Aber mein Chef hat erfahren, dass

Lieber Abweichling in Aberdeen: Hör auf, dich zu fragen, ob du noch »normal« bist! Das ist

Es gibt so viele Nuancen von normal, dass es keine Rolle spielt, welche auf mich zutrifft. Genau das sagt mir das Normalbuch. So etwas wie Normalität gibt es nicht. Nach all den Aufregungen der letzten Woche, nach der Beerdigung, den Geistern, meiner uneinsichtigen Schwester und allem anderen, muss ich mir das wieder vor Augen führen. So sonderbar mein Leben auch ist – es ist und bleibt mein Leben. Ich befinde mich mittendrin. Egal, was passiert, ich muss eine Möglichkeit finden, damit zurechtzukommen. Hoffentlich allein. Denn die anderen Optionen gefallen mir nicht.

Kapitel sechs

Punsch

PUNSCH
Apfelwein
Orangensaft
Pfefferkörner
Zimt
Nelken
Den Apfelwein langsam auf niedriger Flamme erhitzen. Die Gewürze im Ganzen hineingeben. Zwei Stunden köcheln lassen, bis sich die Aromen entfaltet haben. Vor dem Servieren Orangen in Scheiben schneiden und in den Topf oder die einzelnen Becher geben.

Am nächsten Tag arbeiten Amanda und ich die meiste Zeit schweigend. Da es mir nichts bringt, wenn ich mich offen gegen ihre Pläne sperre, habe ich einen neuen Plan ausgeheckt: Ich verzögere alles. Ich packe so langsam wie möglich. Ich denke über jede

Handbewegung nach – bevor ich sie verrichte, aber auch anschließend. Ich falte alles sorgfältig zusammen, sorgfältiger, als nötig wäre. Ich falte die Sachen mehrmals neu, bis alles perfekt ist. Ich kontrolliere jede Tasche, stülpe sie um, fahre mit den Fingern in jede Ritze, um nach vergessenen Dingen zu tasten.

Nachdem die Kommoden meiner Eltern ausgeräumt sind, beginne ich mit dem Kleiderschrank, aber das fühlt sich vollkommen anders an. Die Kleider in der Kommode waren einfach nur Kleidungsstücke. Die Kleider auf den Bügeln erinnern mich an ihre Körper, so, als steckten meine Eltern noch darin, ohne dass ich ihre Gesichter oder Hände sehen kann. Das ist zutiefst verstörend. Also rede ich mir gut zu: *Alles in bester Ordnung. Alles in bester Ordnung.* Ich denke an Mas Red Velvet Cake – Weißmehl, das herabrieselt wie unschmelzbarer Schnee, die Grundlage für alles Weitere: vermengen, färben, gehen lassen. Der weiche, flüssige Teig wird im Ofen fest und fester. Er geht auf, verdickt und setzt sich und bleibt dabei unglaublich rot. Umhüllt wird der Kuchen mit steifer, süßer Buttercreme, sodass er reinweiß aussieht, bis man das Messer hindurchgleiten lässt und sein rotes Herz entblößt.

»Ginny?«, sagt Amanda. »Hörst du mir zu?«

»Ja«, erwidere ich, weil ich es ab sofort tue.

»Schaffst du das?«, fragt sie.

Ich starre auf einen Spitzenkragen, der einmal um den Hals meiner Mutter lag, und sage: »Im Moment nicht.«

»Gut«, sagt sie. »Das ist schon in Ordnung. Wie wär's, wenn du stattdessen die Schachteln in meinem alten Zimmer durchsiehst?«

»Einverstanden.«

Ich wende mich vom Kleiderschrank ab und gehe in Amandas altes Zimmer. Ich ziehe die Kartons unter ihrem Bett hervor. Mehrere alte Paar Schuhe, ein Karton mit T-Shirts von der Uni, eine kleine Sammlung Stofftiere. Die Schachteln sind bereits sortiert und müssen nur noch beschriftet werden.

In ihrem Kleiderschrank steht ein weiterer unbeschrifteter Karton, und ich ziehe ihn hervor, um ihn durchzusehen. Darin befinden sich Lagen von Buntpapier, Hefte und selbst gebastelte Bucheinbände ohne Bücher. Kinderzeichnungen. Amandas Zeichnungen. Regenbogen, Einhörner, Blumen. Nach der Hälfte verliere ich das Interesse. Ich schreibe AMANDAS KINDHEIT auf die Seite und stelle ihn zu den bereits an der Wand aufgestapelten Kartons. Das sind alles Dinge, die Amanda mitnehmen kann. Egal, ob wir das Haus verkaufen oder nicht – das muss nicht hier bleiben.

Ich sollte ihr noch mal sagen, dass ich das Haus nicht verkaufen will. Sie wollte gestern nicht darüber reden, aber irgendwann werden wir darüber sprechen *müssen*. Ich muss das Thema anschneiden und herausfinden, was Nonnas Warnung bedeutet. Und ich muss mir klarmachen, dass Ma und Dad nie mehr nach Hause kommen werden. Im Großen und Ganzen fühlt es sich so ähnlich an, wie wenn man sich auf einer Geburtstagsparty den Magen verdorben hat. Mit Sandkuchen, Schokoguss und zu vielen Bechern von dem widerlich süßen Punsch. Ich hatte nie eigene Geburtstagspartys, aber ich war auf denen von Amanda.

Das Normalbuch ist versteckt. Der Brief, den ich im Kamin gefunden habe, ist versteckt. Muss ich sonst noch etwas verstecken? Ich gehe hoch in mein Zimmer und zähle die Umschläge mit dem Bargeld, die mir Ma dagelassen hat. Mir fällt auf, dass ich vergessen habe, David für die Lebensmittel zu bezahlen. Aber er wird in ein paar Tagen wiederkommen, und dann kann ich ihm das Geld für beide Lieferungen geben. Bis es so weit ist, stecke ich die Umschläge unter meine Matratze. Sollte Amanda sie finden, werde ich einfach sagen, dass ich sie sicher aufbewahren wollte. Und sie außerdem ermahnen, meine Privatsphäre zu respektieren.

Ich gehe langsam die Treppe hinunter. Als ich mich dem Zimmer unserer Eltern nähere, ist meine Schwester nirgends zu sehen. Ich werfe einen Blick in den Kleiderschrank. Er ist leer. Sie hat alles eingepackt. Ich trete zwei Schritte zurück. Neben der Tür steht ein Schuhkarton, darauf Dads feine Schuhe und Mas Pantoffeln. Ich lausche, wo Amanda stecken könnte. Irgendwo weit weg klirrt ein Glas, und dann höre ich ein leises Klicken, so, als fiele die Kühlschranktür zu. Sie muss in der Küche sein. Ich nehme beide Paar Schuhe und stelle sie auf den Boden des Kleiderschranks, wo sie hingehören. Dann schließe ich die Tür.

Amanda sitzt am Esstisch, isst ein Sandwich mit Erdnussbutter und Marmelade und trinkt ein Glas Milch.

»Hi«, sagt sie, ohne aufzusehen.

»Hi.«

»Ich hätte dich fragen sollen, ob du auch etwas essen willst.«

»Nein, ich habe keinen Hunger«, erwidere ich.

»Du bist noch gar nicht angezogen.«

»Ich bin angezogen.«

»Du hast einen Schlafanzug an, aber richtig angezogen bist du nicht. Nachher kommt Angelica. Niemand wird das Haus kaufen, wenn du hier in einem schwarzen Schlafanzug auf der Lauer liegst wie ein Ninja.«

»Na, das wäre gar nicht mal das Schlechteste – ich will es ja nicht verkaufen.«

»Bitte nicht schon wieder«, murmelt Amanda leise vor sich hin, aber doch laut genug, dass ich es hören muss.

»Es gehört zur Hälfte mir«, sage ich. »Ich habe ein Vetorecht.«

»Bitte lass uns nicht wieder damit anfangen! Ich möchte jetzt nicht streiten. Stell dir lieber die Frage, ob du dich noch irgendwie nützlich machen kannst.«

Ich denke an Angelica. Daran, was sie gesagt hat. »In Ordnung.«

Zuerst gehe ich nach oben und ziehe mich um, wie Amanda es wollte. Dann mache ich mich in der Küche an die Arbeit.

Im Grunde brauche ich kein Rezept, trotzdem hole ich eines meiner Lieblingskochbücher aus dem Schrank. Es ist groß und unhandlich, ein schwerer alter Band mit dem Titel *Getränkelexikon*. Wie sagte Dad immer? Auf seinen 738 Seiten steht nichts, das es nicht wert wäre, getrunken zu werden. Ich fahre mit dem Finger die Zutaten für den Apfelwein-Punsch entlang und lege los.

Ich reiße die Versiegelung des harten roten Plastikverschlusses auf. Ich gieße den Apfelwein in einen großen Topf und drehe die Herdflamme hoch. Ich schleife das Messer, bevor ich die Orange in hauchdünne, fast durchsichtige Scheiben schneide. Ich angle die Gewürze aus ihren kleinen Gläsern. Ganze Nelken, Sternanis. Eine Zimtstange. Ein paar schwarze Pfefferkörner. Ich lege die Orangenscheiben ein, drehe die Hitze herunter, sodass der Punsch leise vor sich hin köchelt und sich nur noch ein paar kleine Bläschen am Topfrand bilden.

Da ich gerade dabei bin, mir das Gewürzregal anzusehen, notiere ich, was ich demnächst online bestellen muss. Auf jeden Fall Zimt. Lorbeerblätter. Ein paar von den interessanteren Chilipulvermischungen. Ancho, Aleppo, Chipotle. Die Leute denken, Chilis sind gleich Chilis, dabei haben sie eine unterschiedliche Schärfe. Das süße Brennen von Habanero, die rauchige Hitze von Chipotle, die beißend-grüne pflanzliche Schärfe von Jalapeño.

»Machst du dir einen Punsch?«, fragt Amanda und guckt in den Topf.

»Wegen des Duftes. Angelica meinte, es sollte lecker riechen im Haus. Bedien dich, wenn du magst.« Ich halte ihr die Kelle hin.

»Wenn du nichts dagegen hast, gern!«, sagt sie und schöpft sich einen Becher voll. »Das ist wirklich lieb von dir. Es freut mich, dass du Angelicas Vorschlag aufgegriffen hast. Danke.«

Es klingelt.

Als ich sehe, wer hereinkommt, sehne ich mich nach dem relativ unaufdringlichen puddingfarbenen Warren zurück. Ich denke beinahe schon liebevoll an seinen albernen Anzug.

Neben Angelica stehen zwei Erwachsene und zwei Kinder, kleine Jungen, deren Alter ich schlecht schätzen kann. Sie sind älter als Amandas Töchter, aber noch keine Teenager. Sobald ich sie sehe, weiche ich ein paar Schritte zurück. Der eine ist sehr laut. Der andere sogar noch lauter. Sie rennen durchs Erdgeschoss. Ich stelle mich auf die Treppe und hoffe, sie so daran zu hindern, auch noch in den ersten Stock zu stürmen. Ihre Eltern machen keine Anstalten, sie zu ermahnen. Sie einsperren zu wollen wäre, als wollte man Rennwagen, Wiesel oder Tornados einsperren.

Angelica klatscht in die Hände und sagt: »Sind Sie bereit? Dann möchte ich Ihnen als Erstes das prächtige Wohnzimmer zeigen. Hier entlang, bitte!« Die meisten Familienmitglieder folgen ihr, aber die Mutter kommt auf mich zu.

»Sie sind hier aufgewachsen, nicht wahr?«, fragt sie. Ich weiche zurück, um ein Minimum an Abstand zu wahren. Das massive geschnitzte Treppengeländer dient als unauffällige Barriere. Ich umschließe es mit beiden Händen. Ich sollte mich immer mit Leuten unterhalten, die durch ein Treppengeländer von mir getrennt sind. Dann wäre mein Leben vielleicht glücklicher.

Ich beantworte ihre Frage: »Ja.«

»War es toll, hier aufzuwachsen?«

»Klar«, sage ich. »Ich hab mir das Bein gebrochen, als ich die Treppe runtergefallen bin. Aber das war bloß einmal.«

»Oh. Aber die Gegend ist sicher, oder?«, fragt sie.

»Ja. Es gibt längst nicht mehr so viele Überfälle wie früher.«

Plötzlich ertönt ein Klirren und dann ein Heulen. Wie sich herausstellt, hat sich eines der Kinder verbrannt, als es in den Topf mit heißem Punsch gefasst hat. Das andere hat die Flamme hoch- statt runtergedreht und die Sache dadurch noch verschlimmert. Ich höre nichts als schrilles Wehklagen, Gemurmel und Geschrei. Also halte ich mich heraus und bleibe auf der Treppe. Die Besucher treten eilig den Rückzug an. Ich gehe in die Küche, in der jetzt Stille herrscht. Bei dem ganzen Tohuwabohu hat niemand daran gedacht, den Herd auszumachen. Ich drehe die Flamme aus und gieße mir eine Kelle Punsch in einen Becher. Den Rest lasse ich abkühlen, um ihn später in den Kühlschrank zu stellen.

Amanda kehrt zurück, trampelt ein wenig hin und her, spricht aber nicht mit mir. Wahrscheinlich gibt sie mir die Schuld an dem Vorfall. Was mir vor einer halben Stunde noch Lob eingebracht hat, ist jetzt ein Beweis für meine Unfähigkeit. Wenn ich ihr ohnehin nichts recht machen kann, brauche ich es auch nicht länger zu versuchen. Zumal ich ohnehin keine Lust dazu habe.

Stattdessen gehe ich in die Bibliothek meiner Eltern. Der Schreibtisch, der Ledersessel, die deckenhohen Bücherregale. Da lese ich doch lieber. Ich fahre mit den Fingern über die Buchrücken, Titel für Titel. Nach drei Vierteln des Raumes stoße ich auf *How to be Good*. Neugierig geworden, schlage ich das Buch auf. Als ich sehe, dass es sich um einen Roman handelt, bin ich enttäuscht.

Ich überfliege das Regal auf der Suche nach etwas, das mich interessieren könnte. Liebesromane. Wissenschaftliche Bücher. Wörterbücher. Ein paar Geschichtsbücher. Am Ende läuft es auf die beiden Bücher mit den interessantesten Titeln hinaus: *Die älteste noch lebende Rebellenwitwe erzählt* und *Eine Anthropologin auf dem Mars*. Ich denke über Witwen und über den Mars nach und finde, dass Mars besser klingt. Ich lausche auf Amanda. Sie ist in ihrem ehemaligen

Zimmer und sieht wohl die Kartons durch, die ich beiseitegestellt habe. In regelmäßigen Abständen höre ich ein leises, begeistertes Quietschen. Sie scheint sich über verloren geglaubte Dinge zu freuen.

Am schönsten wäre es, in Mas Erker zu lesen und dabei tief in den gelben Sofapolstern zu versinken. Aber ich will nicht, dass Amanda mich dort sieht. Ich lehne die Tür zur Bibliothek an und lasse mich in Dads großen Lesesessel fallen.

Eine Anthropologin auf dem Mars entpuppt sich als Sachbuch, als wissenschaftliches Sachbuch. Es besteht aus mehreren Fallgeschichten. Die Leute in dem Buch sind alle irgendwie gestört, und es beruhigt mich, das zu lesen, weil es die Botschaft des Normalbuchs bestätigt: So etwas wie normal gibt es nicht. Menschen sind Menschen, und das umfasst ein breites Spektrum. Lose Verbindungen, Störsignale. Das Gehirn kann die seltsamsten Wendungen in seiner Entwicklung nehmen, sei es von Geburt an oder danach. Ich bin bei Weitem keine Ausnahme.

Eine Fallgeschichte handelt von einer Frau, die sich eine Umarmungsmaschine gebaut hat. Das macht mich ein bisschen neidisch: ein Ding, in das man kriechen kann, um sich geliebt zu fühlen. Menschen machen mir Angst, trotzdem sehne ich mich nach körperlichem Trost. Meine Familie umarmt mich, aber meine Familie ist geschrumpft. Ich zapple auf dem Sessel herum, der breit ist und wuchtige Armlehnen hat. Ich versuche, mich von ihm umarmen zu lassen, aber es fühlt sich nicht richtig an. Eine Maschine wäre perfekt.

Nach einer Weile sehe ich, dass das Sonnenlicht, das unter der Tür hervordringt, gewandert ist. Es ist spät geworden.

Ich höre, wie Amanda ruft: »Ginny, wo bist du?«

»In der Bibliothek!«, schreie ich, so laut ich kann. Ich stehe aus dem Sessel auf und klappe das Buch zu. Dann sehe ich mich um und überlege, was ich tun könnte, damit es nicht so aussieht, als hätte ich die letzten beiden Stunden nur gelesen.

Der Sessel steht vor Dads schwarzen Archivboxen. Ich habe noch nicht hineingeschaut. Ich ziehe eine hervor und nehme den Deckel ab.

Amanda kommt nicht herein, und wenn sie noch einmal nach mir ruft, höre ich es nicht. Ich versenke mich ganz in den Inhalt der Schachtel.

Es sind Fotos, und das überrascht mich. Dad hat viel fotografiert, aber ich dachte immer, er hätte die Bilder ordentlich in Alben geklebt. Dad war ein Ordnungsfanatiker, genau wie Ma. Aber die Bilder in dieser Schachtel liegen wild durcheinander, ohne jedes geografische, chronologische oder sonstige Ordnungsprinzip.

Sie zeigen ihn und Ma vor langer Zeit. Sie schaut in die Kamera, er nicht. Es gibt Bilder von seiner Mom, Nonna, auf denen sie viel jünger aussieht. Ich kann nicht erkennen, wo sie aufgenommen wurden. Ein verschwommener Schnappschuss zeigt vermutlich Grandma Damson. Ich öffne die nächste Archivbox, und mir bietet sich genau das gleiche Bild: zahllose wie zufällig zusammengewürfelte Fotos. Bei der dritten Box ist es dasselbe. Ingesamt müssen es Hunderte von Fotos sein.

Ich ordne sie auf dem Boden zu Stapeln. Es gibt Hügel, Strände, Ziegel und Bäume, Menschen, die aus der Nähe und von weit entfernt aufgenommen wurden. Alle kommen mir irgendwie bekannt vor, bis auf eine Person. Ihre Fotos lege ich auf einen eigenen Stapel.

Als ich damit fertig bin, zähle ich sie. Es sind neunundzwanzig Schwarz-Weiß-Fotos, die fast identisch aussehen. Eine Frau vor grauem Himmel. Ich lege die Bilder nebeneinander. Warum so oft dasselbe Motiv? Wer ist sie? Die Fotos sind auf der Rückseite nicht beschriftet. Ihre Ränder sind glatt, und ich kann nicht sagen, wie alt sie sind. Sie könnten vor fünf oder vor zwanzig Jahren aufgenommen worden sein. Verblichene Farben wären ein Anhaltspunkt, aber diese Bilder haben keine Farben. Von der Kleidung erkenne ich nur den gestärkten weißen Kragen. Der Hintergrund verrät auch nichts, er zeigt weder Gebäude noch Bäume. Ich betrachte ihr Gesicht. Auf manchen Bildern schaut sie direkt in die Kamera, auf anderen nach unten und zur Seite. Ob sie wohl jemanden ansieht? Jemanden, der nicht im Bild ist?

Noch rätselhafter für mich ist jedoch, warum mein Vater neunundzwanzig Fotos von einer Frau besaß, die nicht die seine war.

Ich weiß nicht, warum diese Fotos hier sind. Ich weiß nicht, wer die Frau ist. Trotzdem hilft sie mir bei der Entscheidung, was ich als Nächstes zu tun habe. Es gibt Fragen, die ich nicht beantworten kann. Aber es gibt eine besonders wichtige Frage, die ich vielleicht beantwortet bekomme.

Wen hat Nonna gemeint, als sie sagte, *Hindere sie daran*?

Ich hatte eine Riesenangst vor dem Geist Evangeline, aber Angst ist keine Entschuldigung. Es muss einen Grund geben, warum ich Geister mit dem Duft ihrer Rezepte heraufbeschwören kann, und er muss etwas mit Nonnas Warnung zu tun haben. Evangeline war ein Fehler. Ich könnte stattdessen ein Familienmitglied heraufbeschwören. Bei Familienmitgliedern kann mir nichts passieren. Nonna oder Ma zum Beispiel.

Es wird Zeit, die Rezepte der Toten zu kochen und zu sehen, was passiert.

Dummerweise reicht es nicht, diese Entscheidung zu treffen. Ich muss auf die passende Gelegenheit warten. Amanda ist in den nächsten Tagen allgegenwärtig. Sie packt Wertsachen ein, mal rasch und zielstrebig, mal eher zögerlich, verbringt den ganzen Tag im Haus und übernachtet in ihrem alten Zimmer. Wenn Angelica vorbeikommt, legt Amanda manchmal eine kurze Pause ein und geht mit ihr zum Mittagessen, nicht ohne mich daran zu erinnern, dass

Angelicas Nummer für den Notfall am Kühlschrank hängt. Leider weiß ich nie, wie lange sie fortbleibt. Einmal sind es drei Stunden, dann wieder nur fünfzehn Minuten. Sie kommt herein und sagt, Angelica habe einen Anruf bekommen und eine Hausbesichtigung vornehmen müssen. Ich kann mir also nie sicher sein, dass sie lange genug wegbleibt, damit ich ein Geisterrezept kochen kann. Als sie einmal Kaffee trinken geht, verstecke ich die Fotos von der Frau in Schwarz-Weiß unter einem losen Stück Auslegeware in meinem begehbaren Schrank. Doch für mehr bleibt mir keine Zeit. Ich muss vorsichtig sein.

Nach dem Punsch koche ich nichts mehr, das andere ermutigen könnte, mein Zuhause als ihres anzusehen. Ich räume alle Töpfe fort und hinterlasse einen makellos sauberen, leeren Herd. Einmal bin ich unten, als Angelica einen rothaarigen Künstlertypen anschleppt. Und als Angelica schnuppert und fragt: »Was riecht denn hier so gut?«, kann ich guten Gewissens sagen: »Nichts.«

Bei Angelicas Besuchen versuche ich, die Leute im Auge zu behalten, und belohne mich anschließend am Computer. Für mich hat das Internet etwas Magisches. Es bietet alle Vorteile des Umgangs mit Menschen, aber ohne die Nachteile. Hätte es das schon gegeben, als ich noch klein war, hätte ich wahrscheinlich in den Computer gestarrt, bis mir die Augen gebrannt hätten, und mich in obskuren, nutzlosen Archiven verloren. Dann hätte Ma Regeln aufstellen müssen, wie lange ich im Internet surfen darf. Inzwischen weiß ich jedoch, wie ich damit umgehen und worauf ich mich dabei konzentrieren muss.

Zuerst bestelle ich Gewürze. Den Zimt, die Lorbeerblätter und das Ancho-Chilipulver. Dann surfe ich zu Kitcherati. Ich lese die Diskussionsbeiträge zum Thema »Angst vor Brot«. Ich sehe, dass sie von Leuten handeln, die Angst vor dem Brotbacken haben. Ich kann verstehen, warum. Ma sagte, es sei ganz leicht: *Hefe in warmer Flüssigkeit auflösen, genug Mehl hinzugeben, bis die Flüssigkeit aufgesogen ist, kneten, bis es sich richtig anfühlt.* Aber ich konnte ihr nicht dabei zusehen. Die Vorstellung, dass die Hefe lebt, machte mich jedes Mal krank. Es ist schon komisch: Magen, Leber und Hühnerembryos machen mir nichts aus. Aber ich kann keinen Joghurt essen, und ich koche nie nach einem Rezept, das Hefe enthält. Das Einzige, worauf ich bei meinen Zutaten bestehe, ist, dass sie tot sind.

Zu diesem Thema habe ich im Netz nichts beizutragen, aber ich stelle fast jeden Tag etwas auf Kitcherati ein. Wenn mir die Person nicht direkt gegenübersteht, mag ich es sogar, gefragt zu werden. Wenn ich viel Zeit zum Nachdenken habe, kann ich intelligente Antworten zusammenstellen. Der Internetbegriff für jemanden, der nur mitliest, ohne selbst etwas beizutragen, lautet *lurker*. Im Internet bin ich kein *lurker*, im richtigen Leben schon eher.

Drei Tage verstreichen. Amanda packt, Angelica

zeigt Interessenten das Haus. Die Eindringlinge kommen meist paarweise. Mit lauten Ohs und Ahs kommentieren sie das ganze Gebäude: das Oberlicht über der Treppe, die Fleur-de-lis-Tapete im oberen Bad, ja, sogar der ausgebaute Dachboden, den ich als Zimmer nutze, entlockt ihnen solche Laute. Trotzdem haben sie immer irgendetwas auszusetzen. Einerseits mag ich es nicht, das mitzuerleben. Andererseits würde sie meine Abwesenheit auch nicht davon abhalten. Ich denke, es ist besser, sie auf meine Art zu warnen. Auch wenn es eine Qual ist und ich mir inzwischen mehr einstündige Pausen zum Batterieaufladen gegönnt habe, als ich zählen kann.

Das ist natürlich Unsinn. Ich kann sie sehr wohl zählen. Es waren fünf.

Wegen der Geister habe ich Angst zu kochen, aber ich kann unmöglich ganz darauf verzichten. Dafür ist es ein viel zu großer Teil meines Lebens, meines Alltags. Also schaue ich mir stattdessen Kochsendungen an. Einige Serien liebte Ma besonders. Manche Sendungen waren noch auf Video, aber Dad hat sie ihr alle auf DVD überspielen lassen. Ich schiebe eine in meinen Laptop und sehe sie mir an. Dann noch eine und noch eine. Julia Child macht ein Omelett nach dem anderen. Die »Two Fat Ladies« legen eine Terrine mit Speck aus. Jacques Pépin entbeint ein Huhn.

Ich sehe ihnen zu. Ich weiß, dass ich die Sachen auswendig nachkochen könnte, wenn ich müsste. Ich kenne ganze Dialoge auswendig, die ich jederzeit abspulen kann. Ich sehe, wie Julia Child Crêpes, Gans, Spanferkel und Seeteufel macht. Sie steckt Blumen in die Augenhöhlen des Spanferkels, was ich ziemlich gruselig finde. Aber selbst das ist noch besser, als mir die Leute anzusehen, die unser Haus kaufen wollen und über unsere Teppiche trampeln.

Einmal am Tag verbinde ich meine Hand neu und lausche dabei Dads Anweisungen und seiner Tomatensaftstimme. *Den alten Verband entfernen und wegwerfen. Entzündungshemmende Salbe auf die Wunde auftragen, damit sie gut feucht bleibt. Alles gründlich verbinden.* Nach drei Tagen ist die Schürfwunde kaum noch zu sehen. Ich lasse den Verband noch einen Tag länger dran, weil er mich an Dad erinnert.

Als es wieder Donnerstag wird, habe ich wenigstens etwas, worauf ich mich freuen kann: Gert kommt zum Saubermachen und nimmt die Einkaufsliste mit.

Neben den üblichen Lebensmitteln notiere ich noch getrocknete Ananas, Hühnerbrüste und Mozzarella.

Gert erscheint am späten Vormittag. Amanda begrüßt sie beim Hereinkommen mit einem lang gezogenen »Hiii!« und hält ihr sofort die Wange hin. Dann verschwindet sie wieder nach oben. Ich sollte mich mehr bemühen, sie zu bremsen, aber das überfordert mich. Was gepackt ist, kann auch wieder ausgepackt werden.

Gert drückt ihren Handballen gegen meine Stirn und sagt: »Ich habe dir eine Kleinigkeit mitgebracht.«

Sie reicht mir eine Karteikarte. Es ist ihr Rezept für die Kokostaschen, die ich noch in so guter Erinnerung habe. Ich habe ihren Geschmack bereits auf der Zunge, während ich noch die Worte lese. Alles ist sorgfältig von Hand mit tiefschwarzer Tinte notiert. Ich erkenne, dass sie beim Schreiben fest aufdrückt. Die Buchstaben wölben sich auf der Rückseite der Karte unter meinen Fingerspitzen wie Braille.

»Danke«, sage ich.

»Es ist immer schön, mal etwas Neues auszuprobieren«, sagt sie. »Mir ist das Rezept vertraut, aber für dich könnte es neu sein.«

»Du hast uns vor Jahren mal welche mitgebracht.«

»Aber du hast sie noch nie gebacken. Ich dachte, das macht dir vielleicht Spaß.«

»Ganz bestimmt.«

»Du bist eine hervorragende Köchin«, sagt sie. »Du kannst besser kochen als ich, ja, sogar noch besser als deine Mutter.«

»Niemand kann besser kochen als Ma«, widerspreche ich.

Gert wiederholt: »Du kannst besser kochen. So, jetzt ist es aber höchste Zeit, dass ich loslege.« Mit diesen Worten eilt sie zuerst ins Bad. Ich folge ihr und frage: »Kann ich dir etwas helfen?«

»Das ist mein Job, Ginny. Du brauchst mir nicht zu helfen.«

»Gut.«

Also sehe ich wie so oft von der Tür aus zu, während sie mit ihrer üblichen Runde beginnt. Sie hat eine ganz bestimmte Reihenfolge, eine feste Struktur: Sie lässt etwas Wasser in die Badewanne und wischt sie sauber. Sie gießt Bleiche in die Toilette und lässt sie einwirken. Dann säubert sie den Schminktisch, bis zum kleinsten Kristallknauf an jeder Schublade. Ist der erledigt, putzt sie das Waschbecken, anschließend sprüht sie den Spiegel ein. Danach widmet sie sich wieder der Toilette und schrubbt sie. Anschließend wischt sie den Spiegel trocken, sodass wir uns wieder streifenfrei darin sehen können. Putzen hat seinen eigenen Rhythmus.

Ich folge Gert in die Küche, wo sie nach einer halben Stunde zum ersten Mal wieder etwas sagt. »Das ist eine herrliche Küche. Ich liebe es, wie die Sonne hereinscheint.«

»Ja«, sage ich, und wir verfallen wieder in Schweigen. Sie scheuert die Spüle mit weißem Pulver, wischt sie aus und spült nach. Dabei wippt ihr Pferdeschwanz hin und her. Sie legt den Schwamm in seine Halterung zurück, füllt einen Eimer mit Wasser, taucht den Mopp hinein und beginnt den Boden mit langen, weit ausholenden Bewegungen zu wischen. Der Mopp gleitet über all die Quadrate, ein formloses Ding über Formen.

Ich versuche, mich zu entspannen, und genieße einfach nur den frischen, leicht beißenden, sauberen Geruch. Aber bei Gerts Anblick muss ich an David denken, und mir fällt ein, was er neulich gesagt hat.

»David sagt, dass unser Haus das einzige ist, das du noch selbst putzt.«

»Wann hat er das denn gesagt?«

»Letzte Woche. Ich habe ihn getroffen, als er die Lebensmittel gebracht hat.«

»Das freut mich«, sagt sie.

»Nun, mich freut, dass du unser Haus noch putzt.«

»Deine Mutter hat mir vor langer Zeit einmal sehr geholfen. Ich schulde ihr mehr als nur das, aber immerhin kann ich dies für sie tun.«

Keine Ahnung, warum ich nicht längst darauf gekommen bin. Vielleicht haben nicht nur Geister Antworten. »Wie lange kennst du meine Eltern schon? Zwanzig Jahre?«, frage ich.

»Länger.«

»Gert«, sage ich, »weißt du von etwas, das mein Vater getan hat und wofür ihm meine Mutter vergeben musste?«

Der Mopp erstarrt. Dann sagt Gert: »Ginny, woher soll ich das wissen?«

»Keine Ahnung. Ich habe einen Brief gefunden, den er ihr geschrieben hat. Und darin bittet er sie um Vergebung. Aber ich weiß nicht, wofür.«

»Vielleicht brauchst du das gar nicht zu wissen«, sagt sie.

»Ich bin neugierig.«

Sie schaut blinzelnd hoch, so, als betrachte sie das Oberlicht. Aber vielleicht verschafft sie sich auf diese Weise nur etwas Zeit zum Nachdenken. »Kennst du das Sprichwort, ›Neugier ist der Katze Tod‹?«, sagt sie.

»Ich kenne mich nicht so gut aus mit Sprichwörtern«, sage ich. Ich nehme sie zu wörtlich. Mit Regeln komme ich besser zurecht als mit Sprichwörtern. Im Normalbuch steht: *Es ist normal, auf Sprichwörter und Binsenweisheiten zurückzugreifen.* Aber sie hat recht. Vielleicht brauche ich es gar nicht zu wissen.

Der Mopp fährt in Schlangenlinien über die Bodenquadrate, tropft, wenn er gehoben wird, und schlängelt sich dann weiter.

»Ich habe keine Antwort auf deine Frage. Aber du weißt, was deine Mutter jetzt sagen würde«, bemerkt Gert und fährt damit fort, den Mopp in gleichmäßigen Bewegungen über den Boden zu führen, ohne ein einziges Mal innezuhalten.

Ich ahne, was sie meint, aber Ma hat vieles gesagt. Zum Beispiel: *Ich weiß nicht, ob ich mich freuen soll, dass du so hübsch bist. Wenn du hässlich wärst, würde man dich in Ruhe lassen.* Und auch: *Manchmal muss man wider besseres Wissen zum Daumen hin schneiden. Jeder hat seine Schwäche, und deine größte ist es, leichtgläubig zu sein.* Sie hat auch gesagt: *Lass das!* und *Nicht anfassen!* und *Pass besser auf, Ginny!* und *Genau wie dein Vater!* und *Nein, das geht nicht!* und *Bei Amanda ist das was anderes* und *Zurück an deine Bücher!* und *Achte nicht weiter auf sie* und *Um Punkt vier bist du wieder hier* und *Du weißt, wie sehr wir dich lieben.*

Ich nehme das Küchenhandtuch vom Haken neben der Spüle und werfe es in Gerts Korb. Es muss gewaschen werden. Ich hole ein frisches aus dem Schrank und hänge es auf. Als fast der ganze Küchenboden nass ist und das Wasser in Gerts Eimer braun und seifig, stelle ich mich in den Türrahmen und lasse sie zu Ende putzen, ohne ihr im Weg zu stehen. Die Küche riecht jetzt frisch und sauber, wie Koriander oder eine gerade ausgepackte Seife.

Nachdem die letzte Fliese gewischt ist, lehnt Gert den Mopp gegen die Wand, sieht mich an und sagt: »Du hast also David kennengelernt.«

»Er wirkt sympathisch.« Ma hat mir beigebracht, das zu sagen, egal, ob es nun stimmt oder nicht.

»Er ist auch sympathisch, aber er hat große Probleme.«

»Seit dem Unfall?«

»Schon davor, aber seit dem Unfall ist es besonders schlimm.«

»Seit seine Frau gestorben ist.«

»Was für eine Trauer«, sagt sie kopfschüttelnd.

»Schlimmer als meine?«

»Keine Trauer ist schlimmer als die andere. Trauer ist immer schlimm. Trauer zerstört. Aber du musst einen Weg finden, einen Nutzen daraus zu ziehen. Ich habe meine in diesen Eimer gesteckt und schütte sie am Ende des Tages fort. Vielleicht steckst du deine in die Kocherei. Amanda nutzt ihre vielleicht, um Ordnung zu schaffen, Dinge zu regeln, oder um einen

Schutzwall um ihre Familie zu errichten. Aber sie ist deine Schwester, du kennst sie besser als ich.«

»Vielleicht.«

»Es gibt Wege, sich die Trauer zunutze zu machen«, sagt Gert. »Jeder muss seinen eigenen Weg finden. Und David hat den seinen noch nicht gefunden.«

»Kann man ihm irgendwie helfen?«

»Ich habe schon alles versucht, wollte ihn aus sich herauslocken. Aber bisher ohne Erfolg.«

Sie streckt die Arme und zupft das saubere Geschirrtuch zurecht. »Er hat Probleme«, sagt sie. »Aber er ist mein Sohn, und er ist ein guter Sohn. So wie du eine gute Tochter bist.«

Ich bin eine so gute Tochter, dass ich Angst habe, den Geist meiner Mutter heraufzubeschwören. Weil es dann passieren könnte, dass wir streiten und sie mir sagt, sie sei froh, tot zu sein. Aber von alldem weiß Gert nichts, und ich werde es ihr bestimmt nicht erzählen. Stattdessen sage ich: »Ich weiß nicht, ob ich eine so gute Tochter bin.«

»Doch, das bist du«, beharrt sie. »Du hast ein gutes Herz.«

»Danke.«

Sie gibt mir einen Wink, und ich gehe mit ihr nach oben zur Waschmaschine. Sie stopft weiße Handtücher in die Maschine, misst Waschpulver ab und startet den Waschgang. Die dunkleren Handtücher legt sie für die nächste Wäsche beiseite. Sie trennt Dinge säuberlich. Beim Kochen hingegen geht es darum, die Aromen zusammenzubringen.

Wir haben alle unsere Gewohnheiten. Gert hat die ihren, und ich habe die meinen. Und ob wir wollen oder nicht – wir werden sie nicht so leicht los.

Kapitel sieben

Biscuits mit Bratensoße

Biscuits mit Bratensoße

240 g Mehl	2 TL Zucker
2 TL Backpulver	1 TL Salz
75 g Butter	160 ml Milch

Die klein geschnittene Butter mit den trockenen Zutaten vermengen. Milch dazugießen (eventuell mehr nehmen), bis der Teig weich und locker ist. Zwanzigmal leicht verkneten. Den Teig 2,5 cm dick ausrollen, Kreise ausstechen. Bei 230°C 10 bis 12 Minuten im Ofen backen.

375 g Bratwurst
30 g Mehl
260–350 ml Milch

Die Wurst in eine große Pfanne krümeln, anbräunen, dann das Mehl unterrühren. So viel Milch zugießen, dass die Wurst bedeckt ist. Zehn Minuten kochen, dabei regelmäßig rühren, während die Soße eindickt. Bei Bedarf noch etwas Milch nachgießen. Mit schwarzem Pfeffer bestreuen und servieren.

Am Donnerstagnachmittag höre ich, wie Amanda telefoniert. Das ist nichts Neues, denn Amanda telefoniert häufig. Aber anschließend ruft sie nach mir, und als ich komme, sehe ich, wie sie in eine Schachtel mit Weihnachtsschmuck starrt und das Telefon mehrmals in ihre Handfläche schlägt.

Ma pflegte bestimmte Fleischteile mit einer hölzernen Teigrolle flach zu klopfen. Das machte dasselbe Geräusch.

»Da bist du ja! Hör zu«, sagt sie. »Brennan wurde abberufen. Mist, das ist wirklich schlechtes Timing. Er muss zurück nach L.A. Vielleicht nur für ein paar Tage, vielleicht auch für länger; wir wissen es nicht.«

»Gut.«

»Er darf seinen Trauerurlaub nicht verlängern. Die Firmenpolitik ist einfach drakonisch.«

Drakonisch steht auf einer Seite mit *drall*, *Drahtzieher* und *Drainage*. »Gut.«

»Er kann also nicht mehr auf die Mädchen aufpassen. Das heißt, ich muss sie mitbringen«, fährt Amanda fort.

»Gut.«

»Gut ist daran gar nichts«, sagt sie, senkt den Kopf und bindet ihr helles Haar zu einem Pferdeschwanz zurück. »Du bist für niemanden verantwortlich, du weißt nicht, wie das ist.«

»Du hast recht, das weiß ich nicht.«

»Ich muss also jetzt nach Hause. Aber du kannst ja mitkommen.«

»Jetzt?«

»Ja, wie ich schon sagte, jetzt.«

»Aber warum denn?«

»Meine Güte, Ginny, das ist doch egal!« Sie schlägt erneut das Telefon in ihre Handfläche. »Brennans Flug geht in drei Stunden. Die Fahrt dauert eine halbe Stunde, und die Mädels flippen bereits aus. Am besten, wir übernachten dort und kommen morgen wieder her. Wir müssen etwas mitnehmen, womit sie sich beschäftigen können. Mit dem richtigen Buch ist Shannon stundenlang beschäftigt, aber Parker kann nicht so lange stillsitzen, sofern sie überhaupt stillsitzen kann.«

»Wir haben keine Eile«, sage ich. »Bleib, so lange du willst, und komm wieder, wenn es dir passt.«

»Wenn ich warte, bis es passt, kriegen wir nie was erledigt.«

Sie macht eine weit ausholende Geste in Richtung Treppe. »Lauf nach oben, zieh dich um und lass uns fahren.«

»Gut.«

Ich stopfe eine Jeans und ein dunkelblaues Polohemd in einen Rucksack. Einen Moment lang überlege ich, auch das Normalbuch mitzunehmen, aber das ist zu riskant. Ich packe den Laptop, meinen Geldbeutel und frische Unterwäsche ein.

»Nun komm schon!«, ruft Amanda.

Mein erster Fuß ist schon auf der Treppe, und meine Hand liegt auf dem kiefernzapfenförmigen Geländerknauf, als mir Nonnas Worte wieder einfallen.

Hindere sie daran.

Meine Sinne werden von Oregano, Tomaten und lange vor sich hin kochendem Rindfleisch überwältigt. Ich versuche, einen plötzlichen Kloß in meinem Hals hinunterzuschlucken. Vielleicht sollte ich das Haus nicht verlassen. Vielleicht soll ich Amanda daran hindern, mich mitzunehmen.

Sie steht am Fuß der Treppe und schaut zur Tür. Ich fixiere die Stelle, wo ihr Pferdeschwanz vom Hinterkopf absteht.

»Nein, ich bleibe hier«, sage ich.

Der Pferdeschwanz peitscht durch die Luft. »Du hast gesagt, du kommst mit!«

»Ich habe es mir anders überlegt.«

Amanda hebt ihr Kinn, sodass es zur Treppe und zu mir zeigt. »Ehrlich, Ginny, du bist so was von frustrierend.«

»Ich möchte Midnight nicht allein lassen.« Das ist die Wahrheit, wenn auch nicht die ganze. »Ich muss hierbleiben und mich um sie kümmern.«

»Die Katze kommt schon klar.«

»Ich komme nicht mit.« Ich verstärke meinen Griff.

»Na toll. Dann bleib eben hier. Aber wir müssen uns was überlegen, wenn du bei uns einziehst … Langhaarkatzen machen so viel Dreck. Dir fällt das wahrscheinlich gar nicht auf, weil Gert sich darum kümmert.«

»Ich soll bei euch einziehen? Dem habe ich nie zugestimmt.«

»Na großartig!«, sagt Amanda. »Findest du, dass dies der richtige Moment ist, Diskussionen anzufangen?«

Ich schlucke meine Wut hinunter und sage stattdessen: »Du solltest jetzt fahren.«

»Ja, das stimmt. Ich hab dich lieb. Mach keine Dummheiten.«

Dann ist sie verschwunden.

Jetzt schön eins nach dem anderen.

Ich höre, wie die Autotür zugeschlagen, der Motor angelassen wird und die Reifen die verschneite Straße hinunterzischen. Als ich mir sicher sein kann, dass sie fort ist, gehe ich ans Werk. Ich habe viele Vermutungen angestellt, doch jetzt ist die Zeit der Vermutungen vorbei. Ich muss die Wahrheit wissen.

Ich muss Nonna fragen, was sie gemeint hat.

Das Ribollita-Rezept liegt vor mir auf der Küchentheke, als ich anfange zu kochen. Ich versuche, jeden Schritt so schnell wie möglich auszuführen, ohne mich zu hetzen. Wenn ich mich schneide und aufhören muss, wäre womöglich alles verdorben. Ich mache alles genauso, wie es im Rezept steht. Zwiebeln und Knoblauch, Schneiden und Hacken. Bohnen, Tomaten und Kohl. Brot. Ich gebe die Zutaten in den Topf und rühre um.

Aber nichts geschieht.

Ich probiere ein bisschen von der Ribollita und lese das Rezept noch einmal. Daran liegt es nicht. Ich habe nichts falsch gemacht. Es ist nur nichts mehr von dem Zauber übrig. Habe ich ihn aufgebraucht?

Hier liegt ein ganzer Stapel Rezeptkarten, den ich benutzen könnte. Nonnas andere Spezialgerichte. Ragù di carne oder Bistecca fiorentina zum Beispiel. Allerdings müsste ich dazu einkaufen gehen, aber zur Not kann ich das durchaus tun. Ich kann zum koreanischen Lebensmittelladen an der Ecke gehen, meine Kreditkarte auf die Theke legen und den Beleg unterschreiben. Ich kann das, wenn es sein muss.

Ich will tapfer sein. Wenn ich entschieden dranbleibe und mich meiner Angst stelle, kommt die Tapferkeit vielleicht wie von selbst. Vielleicht machen das normale Menschen so. Du bist nicht normal, also denk nicht wie normale Menschen, halte ich mir vor. Wie Durchschnittsmenschen. Andere Menschen. Tapferkeit bedeutet, einfach dranzubleiben, statt Fragen zu stellen. Den Spruch *Erst handeln, dann fragen* fand ich noch nie besonders überzeugend. Erst handeln, das schon, das hört sich sinnvoll an, aber der zweite Teil deutlich weniger. Ist eine Sache bereits erledigt, gibt es keine Fragen mehr, und wenn doch, sind es andere. Und wenn man erst versagt hat, helfen einem Fragen auch nicht weiter.

Mir fällt wieder ein, was Amanda gesagt hat: Du kennst nur zwei Gefühlsregungen, Angst und Wut. Vielleicht sollte ich es mal mit einer Mischung aus beidem versuchen.

Aber hierbei geht es um mehr als nur bis zum Laden an der Ecke zu gehen. Es gibt noch etwas Beängstigenderes, das ich tun kann und tun sollte. Und das hat nichts mit Nonna zu tun.

Ich muss mit Ma reden.

Ich habe Angst, aber ich darf es nicht länger vor mir herschieben. Ich weiß nicht, wann ich das nächste Mal allein sein werde. Vielleicht ist dies meine letzte Chance. Ich gehe nach oben und hole die Fotos sowie den Brief aus ihrem jeweiligen Versteck. Ich betrachte sie und treffe eine Entscheidung. Ich nehme die Fotos mit in die Küche und lege sie auf den Schlachtblock.

Dann steige ich auf den Hocker und hole die chrysanthemenbezogene Teekiste aus dem obersten Regal. Der durchscheinende Fettfleck auf dem Notizblock stammt von Ma. Nicht das Wissen, dass sie tot ist, sorgt dafür, dass ich sie vermisse. Es sind die kleinen Dinge, die mich unerwartet treffen. Dann bekomme ich Bauchweh und muss mich ablenken, Zuflucht suchen in einem kleinen, dunklen Raum oder in einer Routinetätigkeit, die mich ganz vereinnahmt. Ich vermisse sie, weil sie nicht hier ist.

Wenn ich es jetzt nicht tue, werde ich mich immer fragen, was gewesen wäre, wenn.

Ich mische die Rezeptkarten und hole tief Luft. Ich mische sie erneut, zwinge mich, die Augen zu öffnen und zu lesen, was auf der obersten steht.

Gut. Biscuits und Bratensoße also.

Dafür muss ich nichts einkaufen. Ich habe alles,

was ich brauche, im Haus. Im Grunde könnte ich beides zubereiten, ohne auch nur einen Blick auf das Rezept zu werfen, wenn es nicht genau auf dieses Rezept ankäme.

Wird es überhaupt funktionieren? Es gibt nur einen Weg, das herauszufinden.

Noch ein paarmal tief durchatmen. Die Butter mit dem Mehl vermengen, es mit trockenen Fingerspitzen zu kleinen Klümpchen rollen, die sich anfühlen wie Hafermehl. Die Küchentheke mit etwas Mehl bestäuben und noch etwas davon zurückbehalten für den Fall, dass der Teig mehr Mehl erfordert. Den Teig nicht zu viel und nicht zu wenig kneten, sich dabei nicht verzählen: achtzehn, neunzehn, zwanzig. Den Teig genau 2,5 cm dick ausrollen. Mit einer Plätzchenform Kreise ausstechen. Die Form dabei nicht drehen, das ist wichtig, denn sonst werden die Ränder zerquetscht und gehen anschließend nicht richtig auf. Die Teigreste einsammeln und neu ausrollen, und zwar mit möglichst wenig Druck. Die Biscuits in den Ofen schieben und den Küchenwecker stellen.

Die Bratensoße ist noch einfacher: die Bratwurst anbräunen, einen Esslöffel Mehl dazugeben, rühren und braten. Zusehen, wie das Mehl das Wurstfett aufsaugt und seinen Glanz verliert. Unter ständigem Rühren Milch dazugießen, bis die Wurst ganz bedeckt ist. Weiß, vermischt mit Sandfarbe, bis sich der Unterschied zwischen beiden Farben auflöst. Die

Flamme herunterdrehen und gut umrühren. Die Soße dickt an, etwas davon bleibt am Löffel kleben. Jetzt ist sie fast fertig.

Der letzte Schritt auf der Karte: viel schwarzer Pfeffer, der direkt hineingerieben wird.

Anfangs ist sie noch etwas durchsichtig, doch dann nimmt sie auf dem Hocker feste Formen an. Ihre Haare sind länger, als ich sie in Erinnerung habe. Aber sonst sieht sie aus wie immer. Eine weiße Schlafanzughose mit dazu passendem Oberteil. Eine marineblaue Schlafmaske, die in der Mitte schmal zusammenläuft wie eine Erdnussschale, baumelt an Bändern um ihren Hals. Gerötete Wangen. Auf dem rechten Knie ihrer Schlafanzughose prangt ein münzgroßer Fleck. Er hat die Farbe von Schokolade oder geronnenem Blut, worüber sie bestimmt nicht begeistert ist.

»Hi, Ma«, sage ich.

»Oh … o mein Gott, Ginny! Ich kann kaum fassen, dass ich hier bin.« Sie macht eine ausholende Geste, die die ganze Welt der Lebenden einschließt.

»Du bist ein Geist, Ma«, sage ich.

»Ich habe nie an Geister geglaubt«, erwidert sie.

Daraufhin muss ich mindestens eine halbe Minute lang unkontrolliert lachen. Und zwar wirklich unkontrolliert. Ich kann nicht mehr damit aufhören, das Gelächter sprudelt nur so aus mir heraus. Als ich mich wieder beruhige, höre ich, dass auch sie eine Art Lachen von sich gibt.

Ich sehe auf, erkenne die vertraute Geste. Ma

streicht sich das Haar aus den Augen. Normalerweise nehme ich das kaum wahr, aber diesmal verfolge ich die Bewegung genau. Ich fixiere ihre Hand, ihr Haar, ihr Gesicht. Das schmerzt mehr als alles andere. Ich muss die Hände verschränken, die Nägel in meine Haut graben, damit ich nicht den Arm ausstrecke und sie berühre.

»Ist Amanda hier?«, fragt sie. Das schmerzt am allermeisten.

»Nein, Ma, sie ist gerade nicht da.«

»Alles in Ordnung?«

»Natürlich.«

»Wo ist sie?«

»Zu Hause«, sage ich. »Sie kommt später wieder. Ich habe dich heraufbeschworen, Ma. Du bist hier, weil ich eines deiner Rezepte koche.«

»Biscuits und Bratensoße«, sagt sie. »Ich habe es gerochen.«

Dabei fällt mir ein, dass die Biscuits noch im Ofen sind, also nehme ich sie hastig heraus.

»Sie riechen ein wenig angebrannt«, sagt Ma.

»Die sind sicher noch gut.« Aber das stimmt nicht. Auf der Unterseite sind sie so braun wie Dads Schuhsohlen.

»Kannst du jeden heraufbeschwören?«, fragt sie.

»Das weiß ich nicht.«

»Hast du mit Julia Child gesprochen?«

»Warum sollte ich mit Julia Child reden wollen, Ma?«

»Ich würde mit ihr sprechen wollen, wenn ich …« Eine lange Pause entsteht. Endlich beendet sie ihren Satz: »… das könnte.«

»Wir sind verschieden.«

»Ich weiß.«

Dass ich sie vor mir sehe, überwältigt mich. Ich möchte vernünftig, erwachsen und intelligent sein. Aber ich möchte mich auch in ihrem Schoß einrollen und jahrelang schlafen. Doch am allermeisten wünsche ich mir, dass sie mir sagt, sie vermisse mich genauso wie ich sie.

»Wir vermissen dich«, sage ich. »Amanda, die Mädchen und ich. Und Gert. Alle.«

»Wann kommt sie zurück?«

»Gert?«

»Amanda.«

»Rede mit mir!«, sage ich lauter. »Ich bin diejenige, die dich heraufbeschworen hat.«

»Hier bin ich. Und wir reden.«

»Mehr oder weniger.«

»Jetzt sei nicht so schwierig.«

»Das sagst du immer! Dabei bin ich gar nicht schwierig. Ich bin einfach nur ich.«

»Dann bist du vielleicht schwierig.«

Meine Angst hat sich mittlerweile in Wut verwandelt, und ich verliere zunehmend die Kontrolle. Nichts täte ich jetzt lieber, als Ma einen dieser Biscuits an den Kopf zu werfen. Aber dann würde sie sich nur bestätigt fühlen. Nur schwierige Menschen werfen mit warmen Biscuits nach ihren toten Müttern.

Einatmen, ausatmen. Um mich zu beruhigen, stelle ich mir vor, eine grüne Traube auf der Zunge zu haben, die ich sanft an meinem Gaumen zerdrücke. Ich möchte mich noch länger beruhigen, aber ich weiß nicht, wie lange Ma bleiben wird. »Schwierig« hat sie mich genannt. Die imaginäre Traube kullert über den Boden, und ich zische: »Ich komme auch allein klar.«

»Ach ja?«

»Ma!«

»Ich will nur, dass du ehrlich mit dir selbst bist.«

»Dir kam es doch nie auf Ehrlichkeit an. Nur darauf, möglichst wenig Stress zu haben.«

»Das stimmt nicht.«

»Du hast Amanda vorgezogen, weil sie immer tat, was du von ihr wolltest.«

»Das stimmt nicht«, wiederholt sie. Aber wenn man sich wiederholt, lügt man, das hat sie mir selbst beigebracht.

»Du hast mich nie wirklich gemocht.«

»Ginny«, sagt sie. »Bitte! Glaubst du wirklich, das ist jetzt der richtige Zeitpunkt für so etwas?«

Eine sehr vernünftige Frage, die erneut den Wunsch in mir weckt, ihr einen Biscuit an den Kopf zu werfen. Doch stattdessen sage ich: »Du hast recht. Kommen wir zur Sache. Sag mir, wer das ist.«

Ich halte ihr eines der Fotos hin. Es ist die Schwarz-Weiß-Aufnahme der Frau vor grauem Himmel, die zur Kamera oder zu jemandem hinter der Kamera aufblickt. Zu meinem Vater.

Ma senkt den Blick. Das fühlt sich komisch an – es ist noch nie vorgekommen, dass ich sie fixiert habe und sie den Blick gesenkt hat. Wenn, war immer ich es, die die Augen niederschlug. Aber jetzt ist alles anders.

»Darüber werde ich nicht mit dir sprechen«, sagt sie.

»Warum nicht?«

»Das soll dir Dad erzählen. Nicht ich.«

»Aber ist sie ... Wer ist sie?«

»Sie ist niemand, Ginny.«

Das macht mich wütend. »Natürlich ist sie jemand.«

»Es gibt sie, ja. Aber ... du verstehst das nicht, Ginny. Sie ist unwichtig.«

»Dann sag mir wenigstens, wer sie war.«

»Na gut.« Ma seufzt. »Sie war Krankenschwester im selben Krankenhaus, in dem Dad gearbeitet hat.«

»Wie hieß sie?«

»Ginny, wozu willst du das wissen?«

»Ich will es eben wissen.« Ich fuchtele erneut mit dem Foto vor ihr herum, damit sie merkt, dass ich es ernst meine.

»Von mir aus. Sie hieß Evangeline.«

»Das kann nicht stimmen!« Evangeline, das Gespenst. Ausgemergelt, ohne Haare, Angst einflößend. Sie hat den Doc verwünscht, ihre Liebe und ihren Hass auf ihn herausgeschrien. Wenn sie Krankenschwester war … Wenn Dad all diese Fotos von ihr hatte –

Ma sagt: »Was schaust du so verängstigt? Was hast du nur, mein Schatz?« Sie streckt eine Hand nach mir aus, hält aber inne.

»War sie … Waren sie …?«

»Langsam, Schätzchen, immer mit der Ruhe.«

»Ist sie … Haben sie … Ist es das, wofür du Dad vergeben musstest?«

Ma streicht sich erneut das Haar aus dem Gesicht und sieht kopfschüttelnd zu mir auf. »Dein Vater hat mich nie wegen … ihr um Vergebung gebeten. Was stellst du nur für Fragen, Ginny?«

»Das hast du doch gehört. Musstest du Dad wegen ihr vergeben?« Ich wedele mit dem Bild herum.

»Du verstehst überhaupt nichts, Ginny«, sagt sie.

»Dann hilf mir, es zu verstehen!« Ich würde das Bild am liebsten auf den Boden werfen, möchte es aber nicht beschädigen. Ich spüre, wie meine Arme kribbeln und sich mir die Kehle zuschnürt. Ich schlage mit der freien Hand so fest auf den Schlachtblock, dass es wehtut. Ich konzentriere mich auf das Gefühl, damit ich nicht zusammenbreche.

»Das kann ich nicht«, sagt sie. »Was das angeht, muss dir dein Dad helfen.«

»Aber ich kann nicht mit ihm reden. Ich kann nur mit dir reden!«

Mit ihrer frustrierend kühlen Pfefferminzstimme erwidert Ma: »Ginny, dein Dad wollte nie mit dir darüber reden, und das habe ich respektiert. Das respektiere ich immer noch.«

»Aber ihr seid beide tot!«, schreie ich. »Und ich bin noch am Leben! Findest du nicht, dass mein Wunsch jetzt schwerer wiegt?«

Sie sieht mir in die Augen und sagt: »Nein.«

Diesmal senke ich den Blick. Wieder stecke ich mir die imaginäre Traube in den Mund. Ich lege das Foto behutsam fort, nehme den Löffel, rühre in der Bratensoße. Ich kann sie noch riechen, und solange ich das kann, haben wir Zeit. Ich muss mich zwingen, ganz ruhig zu bleiben. Ich zwinge mich, langsam zu sprechen, und sage: »Es gibt einen Brief von Dad, in dem er dich um Vergebung bittet …«

»Was für ein Brief?«

»Oben im Kamin. Im Schlafzimmerkamin.«

»Ich habe nie … Oh.« Ihre Schultern verkrampfen sich. »Ich fürchte, den habe ich dort versteckt. Und vergessen. Das ist … Das ist lange her.«

»Aber ich habe ihn gefunden. Dad bittet dich darin um Vergebung, und ich will nur wissen, ob er es getan hat, weil er eine Affäre mit Evangeline hatte.«

Wieder diese Pfefferminzstimme. »Schatz, das geht dich nichts an.«

»Natürlich geht mich das was an! Ihr seid meine Eltern.«

»Das ist noch lange kein Grund.«

Ich bin verwirrt. »Du hast doch gesagt, Dad könnte mit mir darüber reden.«

»Das ist was anderes. Etwas ganz anderes.«

»Du redest Unsinn.«

»Schätzchen«, sagt Ma. »Ich liebe dich wirklich sehr, aber du verstehst das nicht, und ich kann es dir einfach nicht erklären.«

Der Essensduft wird schwächer. Rühren hilft nicht mehr.

»Ginny, wir haben keine Zeit für so was. Ich versuche dir etwas zu sagen. Es geht um Amanda.«

»Immer Amanda!«, rufe ich.

»Nein, du verstehst mich falsch. Hör mir zu.«

Ich sehe sie direkt an und höre zu.

»Es ist überaus wichtig, dass du Amanda daran hinderst …« Ihr Mund bewegt sich, aber ich vernehme nicht, was sie sagt. Zu spät merke ich, dass sie an den Rändern durchsichtig wird wie Aspik, und kurz darauf ist sie verschwunden.

Ich lasse mich auf den Küchenboden sinken, mir ist schwindelig, und ich bin erschöpft. Ich habe zu viel Zeit mit den falschen Fragen vergeudet.

Kaum dass sie weg ist, wünsche ich sie mir zurück. Und wenn sie da ist, wünsche ich mir, dass sie wieder verschwindet. Sie hat recht, ich bin schwierig. Und zwar in vielerlei Hinsicht. Mir wird das alles zu viel. Ich lehne mich an die Wand neben dem Schrank mit den Kochbüchern und starre auf die Ofentür. Im Ofen brennt noch Licht. Die Ofentür ist so sauber, dass ich die Umrisse der Glühbirne erkennen kann. Ich frage mich, wie wohl Amandas Ofentür aussieht.

Auf ihrer Hochzeit hat sie ein Paket mit einem großen Topf ausgepackt und ausgerufen: Dabei bin ich doch zu nichts weiter imstande, als im Restaurant zu reservieren! Alle haben gelacht, nur Ma und ich nicht.

Ich hätte Ma alles fragen können. Sie war hier. Aber ich bin sofort wieder in alte Gewohnheiten zurückgefallen, in alte Verhaltensmuster. Sie aber auch.

Ich stehe auf und wende mich dem Herd zu, drehe die Flamme unter der Bratensoße aus, rühre darin und hoffe. Der Duft ist schwach, aber unverkennbar, es riecht intensiv nach Schweinefleisch, nach zu Hause. Aber es bringt sie nicht zurück. Nichts bringt sie zurück. Die Bratensoße kühlt ab und verwandelt sich in einen dickflüssigen Brei. Als ich noch klein war, habe ich sie regelrecht verschlungen, dabei aber immer darauf geachtet, dass auf jedem Biscuit gleich viele Wurststückchen lagen. Doch dann hörte ich nicht auf zu essen, bis alles weg war. Heute esse ich drei Kellen Soße zu den Biscuits. Ich sitze auf dem Küchenboden und hoffe bei jedem Bissen vergebens.

Midnight kommt und schmiegt sich an meine nackten Füße. Ich lasse sie den letzten Rest Soße von meinen Fingern lecken. Während ich über ihr langes, weiches Fell streiche, gelingt es mir, die Gedanken von mir zu schieben, die wild in meinem Kopf brodeln. Ich darf jetzt nicht so aufgewühlt sein. Gerade jetzt nicht. Amanda kommt in wenigen Stunden zurück.

Ma hat auf diesem Hocker hier gesessen, in dieser Küche, so nahe, dass ich sie hätte anfassen können. Solange ich sie wieder heraufbeschwören kann, ist sie nicht ganz verschwunden. Das ist gut und schlecht zugleich.

War ich erfolgreich oder habe ich versagt? Ich habe nicht Nonna heraufbeschworen, sondern Ma, und ihre Botschaft ist mehr oder weniger dieselbe. Ich weiß ein wenig mehr als zuvor, habe ein Puzzleteilchen mehr erhalten.

Amanda. Hindere Amanda. Ich weiß nicht, woran ich sie hindern soll, aber wenigstens weiß ich jetzt, wo ich ansetzen muss.

Das Haus. Angelica macht mir im Moment keine Angst. Im Moment macht mir gar nichts Angst. Im Moment verletzt mich nichts mehr, als dass der Geist meiner Mutter hier erscheint, die Situation auf einen Blick erfasst und sich nach meiner Schwester erkundigt. Genau der richtige Moment also, um Dinge anzugehen, die mich normalerweise dazu treiben, verzweifelt die Flucht zum rettenden Kleiderschrank anzutreten.

Angelicas Nummer hängt am Kühlschrank, dort, wo Amanda sie vor einer Woche mit einem Magneten befestigt hat. Ich wähle sie, erreiche aber nur den Anrufbeantworter. Ich hinterlasse keine Nachricht. Ich beschließe, dass das nicht schlimm ist. Wahrscheinlich wird sie bald mit weiterem unwillkommenen Besuch hier auftauchen, und dann kann ich es ihr immer noch sagen.

In der Zwischenzeit durchsuche ich akribisch sämtliche Küchenschränke. Mit sechsundzwanzig buchstäblich in einen Schrank zu kriechen, ist etwas anderes, als dasselbe mit fünf zu tun. Zum einen, weil es mit fünf einfach toll ist. Zum anderen, weil man in diesem Alter tatsächlich noch hineinpasst.

Aber Dad hat dort seinen Scotch versteckt. Es könnte also sein, dass da noch mehr versteckt ist. Deshalb gehe ich auf die Knie und räume das gesamte All-Clad- und Le-Creuset-Geschirr samt Grandma Damsons lange vernachlässigter patinierter gusseiserner Pfanne aus den Schränken. Ich fahre mit den Fingern die Ritze entlang, dort, wo sich Schrankrückwand und Schrankboden berühren.

Das Interessanteste, was ich hier finde, ist die Kurbel der Nudelmaschine. Das ist prima, denn jetzt kann ich Pasta machen. Dieser Gedanke muntert mich auf. Ich liebe es, Pasta zu machen, und das letzte Mal ist schon eine Ewigkeit her. Ich glaube, es ist noch etwas Hartweizenmehl von Talluto's da. Ich stelle mir vor, wie der weiche, zähe Teig schlaff und glatt wird. Das Mehl aufnimmt. Lange, durchscheinende Teigblätter werden zu sich kräuselnden Tagliatelle-Bändern. Mein Magen knurrt.

Noch aus der Tiefe des Holzschranks höre ich, wie die Haustür aufgeht. Ich höre Stimmen. Intuitiv möchte ich einfach bleiben, wo ich bin. Mich verstecken. Aber das ist unvernünftig. Ich mag mich zwar manchmal unsichtbar fühlen, aber wenn die Hälfte meines Körpers hervorschaut, bin ich es nicht.

Ich ziehe mich langsam aus dem Schrank zurück, wobei ich aufpassen muss, mir nicht den Kopf zu stoßen. Als ich aufstehe und mein Haar glatt streiche, stehen sie schon im Wohnzimmer. Angelica und zwei Frauen. Ich beobachte sie von der Küchentür aus. Noch haben sie mich nicht gesehen. Die größere Frau trägt ein graues Kostüm, das aussieht wie das marineblaue von Angelica. Dazu so enge Schuhe, dass das Fleisch ihrer Füße über die Ränder quillt. Die andere Frau ist ganz in Schwarz gekleidet und gestikuliert heftig. Ihre Fingernägel sind rot und glänzend. Perfekte, lange Ovale wie Hot Tamales. Amandas sehen manchmal genauso aus. Man nennt das Maniküre. Ich hatte noch nie eine. Mir gefällt die Vorstellung nicht, dass andere meine Hände berühren. Daran zupfen, kratzen und rubbeln. Das könnte böse ausgehen.

»Sehen Sie die hohen Decken – ist das nicht toll?«, sagt Angelica. »Wenn die Sonne scheint, ist es hier ganz hell.«

»Hübsch«, sagt die mit den engen Schuhen.

Angelica zeigt nach oben auf den Stuck an der Decke, der ihnen Ohs und Ahs entlockt. Es reicht. Und zwar endgültig.

»Entschuldigen Sie«, sage ich zu den drei Frauen.

»Hi, Ginny«, begrüßt mich Angelica. »Tut mir leid, ich dachte, du wärst nicht zu Hause. Wir bleiben nur kurz.«

»Nein«, sage ich.

»Nein?«, fragt die Frau im Kostüm.

»Nein?«, wiederholt die Frau mit den roten Fingernägeln.

»Nein«, sage ich.

Schweigen.

Nach einer Weile sagt Angelica: »Das ist eine der Besitzerinnen.« Sie klingt genau wie Amanda, sogar ihre Art, Luft zu holen, ist dieselbe.

»Es tut mir leid«, sage ich, »aber dieses Haus steht nicht zum Verkauf.«

Die im Kostüm sagt: »Ist uns jemand zuvorgekommen? Dann lassen Sie uns ein Gegenangebot machen.«

»Es steht nicht zum Verkauf.«

»Wozu haben wir dann den weiten Weg hierher auf uns genommen?«, fragt sie.

»Es tut mir leid«, sage ich erneut.

Angelica schaltet sich ein. »Nein, nein, keine Sorge, Jen. Das ist nur ein kleines Missverständnis.«

»Es tut mir leid, wenn Sie umsonst gekommen sind«, sage ich.

»Ginny!«, ruft Angelica. Ihre Orangensaftstimme wird schriller und klingt jetzt mehr nach einer Grapefruit. »Wir können das nachher besprechen. Erst möchte ich Jennifer und Holly noch die anderen Zimmer zeigen.«

»Nein. Bitte geht jetzt.«

Die im Kostüm sagt: »Also, das ist zu schräg! Hol, lass uns gehen.«

»Sie haben ein schönes Zuhause«, bemerkt die andere mit weit ausholender Geste, während sie ihrer Freundin zur Tür folgt.

»Ich rufe Sie später an! Entschuldigen Sie bitte, aber wir werden das klären.«

Die Tür fällt ins Schloss, und ich höre Absätze über den Gehsteig klappern.

Ich weiß, dass ich unhöflich war, aber so ist es nun mal. Ich halte das einfach nicht mehr aus, und es gibt Wichtigeres, als höflich zu sein. Es gab Regeln, aber die gelten jetzt nicht mehr.

»Das war aber nicht sehr nett, Ginny«, sagt Angelica.

Ich stoße leise und hastig hervor: »Ich weiß. Ich möchte nur, dass du damit aufhörst, verstanden? Keine weiteren Besichtigungen! Wir verkaufen nicht. Ich bleibe.«

»Mit Amanda habe ich aber etwas ganz anderes besprochen«, sagt Angelica. »Sie hat mir zu verstehen gegeben, dass ihr verkaufen wollt und du zu ihr ziehst.«

»Nein.«

»So lautet der Plan, hat sie gesagt.«

Ich versuche, sachlich zu bleiben, und sage: »Der Plan wurde geändert.«

»Ich weiß nicht, ob das so einfach geht«, sagt sie

und verfällt in ein langes Schweigen. Auch ich lasse mir Zeit.

»Das Haus gehört zur Hälfte mir«, sage ich schließlich. Rein rechtlich gesehen stimmt das ja auch.

»Ich werde das mit deiner Schwester besprechen müssen«, sagt Angelica.

»Verstehe.«

»Wie wäre es, wenn wir sie gleich anrufen?«

»Sie hat zu Hause zu tun. Brennan muss noch heute Nacht nach L.A. zurück.«

»Ich könnte sie trotzdem …«

»Stör sie nicht«, sage ich mit letzter Kraft. Ich hebe den Blick und starre Angelica direkt in die Augen. Sie sind braun und schmal und kein bisschen so wie die von Amanda. Einundzwanzig. Zweiundzwanzig.

Sie senkt den Blick.

»Na gut, wenn du meinst. Ich werde trotzdem mit Amanda reden.«

»Tu das.«

Ich schließe die Tür hinter ihr.

War ich erfolgreich? Ich weiß es nicht. Meine Hände kribbeln ein wenig. Mein Magen fühlt sich leer und hohl an. Zumindest bin ich nicht panisch. Ich kann von Zimmer zu Zimmer gehen, ohne mich in den Schrank flüchten oder das Kontinente-Menü durchgehen zu müssen.

Ich sollte das Wort *normal* nicht benutzen. Denn so etwas gibt es nicht, rufe ich mir wieder ins Gedächtnis. Eine Zeile aus dem Normalbuch lautet: *Normal ist eine Waschgangbezeichnung am Geschirrspüler.* Trotzdem frage ich mich, ob ich mich vielleicht gerade ausnahmsweise so fühle. Weder glücklich noch traurig, einfach nur … normal?

Ich schiebe die Schwarz-Weiß-Aufnahmen von Evangeline wieder unter die Auslegeware in meinem begehbaren Kleiderschrank. Ich darf jetzt nicht an sie denken. Was Ma mir erzählt hat, ergibt keinen Sinn. Aber ich werde nach einem Rezept suchen, das Dad geschrieben hat, damit ich ihn sehen und ihm diese Fragen stellen kann. Ich ziehe Buch um Buch aus den Regalen in der Bibliothek, blättere sie durch und stelle sie zurück. Nichts, keine Spur von einem Rezept.

Ich kehre in die Küche zurück, aber dort habe ich schon alles durchsucht. Hinter den gläsernen Türen des Schranks mit den Kochbüchern ist nichts mehr zu finden, auch nicht zwischen den Töpfen und Pfannen. In der Krimskramsschublade ebenfalls nicht. Ein aufgebogener Drahtbügel, mit dem ich von links nach rechts fahre, beweist, dass sich nichts unter dem Kühlschrank versteckt. Mein Vater hat nie etwas geschrieben, das auch nur entfernt an ein Rezept erinnert. Mich quält die Vorstellung, dass ich nie in der Lage sein werde, seinen Geist heraufzubeschwören, gleichgültig, ob das nun eine Gabe, ein Fluch oder beides ist.

Das Abendessen besteht aus einer Schale Frühstücksflocken mit Milch, die kurz davor ist, umzukippen. Sie ist der letzte Rest aus einer Packung, und ich habe keine Lust, eine neue aufzumachen.

Ich wundere mich nicht, als mein Telefon klingelt. Allenfalls wundere ich mich, dass es so lange gedauert hat.

»Ginny«, sagt Amanda. »Lass den Unsinn!«

»Ich habe versucht, es dir klarzumachen«, stoße ich hervor, presse meinen Rücken gegen die Stuhllehne und tauche den Löffel in den Rest Milch.

»Trotzdem, das war wirklich gemein von dir. Angelica war völlig außer sich.«

»Ich wollte nicht gemein sein.«

»Tja, wie ich immer zu meinen Töchtern sage: Manchmal sind wir eben gemein, ohne es eigentlich zu wollen.«

»Hat Brennan seinen Flieger bekommen?«

»Ja, wir haben ihn gerade noch rechtzeitig hingebracht. Er sitzt im Flugzeug und ruft an, sobald er gelandet ist. Versuch nicht, das Thema zu wechseln. Ich bin wütend auf dich.«

»Du darfst gern wütend auf mich sein«, sage ich, »solange du mir zuhörst.«

Sie schweigt eine Minute lang und sagt dann: »Also gut, Ginny, ich höre.«

»Ich will das Haus nicht verkaufen. Und das habe ich dir auch gesagt.«

»Und du verstehst wirklich nicht, warum wir es verkaufen müssen? Vielleicht findest du das egoistisch, aber ich kann mich nicht um zwei Häuser kümmern. Und du hast überhaupt keine Ahnung davon.«

»Ich kann es lernen.«

»Das ist nicht gesagt. Es wäre so viel leichter ...« Sie verstummt. Im Hintergrund ertönt wildes Geschrei. Sie ruft: »Alles in Ordnung?«, so laut, dass ich den Hörer weghalte.

»Das ist jetzt wirklich ein denkbar ungünstiger Zeitpunkt, um darüber zu sprechen. Ich muss auflegen.«

»Gut. Dann lass uns eben nicht darüber sprechen. Aber solange wir das nicht besprochen haben, darf Angelica nicht mehr zu Besichtigungen herkommen.«

»Hör zu!«, sagt Amanda scharf. »Ich habe jetzt wirklich keine Zeit, mit dir zu streiten.«

»Ich streite nicht. Ich rede nur.« Ich fühle mich stark. Ich sage klar, was ich will. »Du hast recht. Du hast zu viel um die Ohren. Lass uns die Sache vertagen, einverstanden?«

»Hm«, macht sie.

»Nur für eine Woche«, sage ich. »Man kann die Besichtigungen doch eine Woche lang aussetzen.«

»Na gut«, willigt sie schließlich ein.

»Dann sehe ich euch drei morgen früh?«, frage ich.

»Ja.«

»Gute Nacht, Amanda«, sage ich. Geschafft!

Ehe ich an diesem Abend zu Bett gehe, schaue ich noch aus dem Fenster im Zimmer meiner Eltern. Ich war so mit anderen Dingen beschäftigt, ich habe gar nicht gemerkt, dass es geschneit hat. Die Welt ist unter einer Schneedecke verschwunden, die so dick ist, dass der Schein der Straßenlaternen vom Schnee reflektiert und hoch zu den Fenstern geworfen wird. Ich lasse mich in die gelben Sofapolster im Erker fallen und schaue hinaus.

Kapitel acht

Kürbissuppe

Als ich im Erker wieder aufwache, scheint mir die Morgensonne in die Augen. Hier bin ich noch nie eingeschlafen. Kurz befürchte ich, Ma könnte mich deswegen ausschimpfen, aber dann fällt mir alles wieder ein. Die ganze Wahrheit. Also bette ich meinen steifen Hals auf ein bequemeres Kissen und versuche, mir auf alles einen Reim zu machen.

Die Ereignisse der Vergangenheit. Dad wollte, dass Ma ihm vergibt. Dad hat neunundzwanzig Fotos von Evangeline gemacht. Evangeline hat jemanden namens Doc geliebt und verloren. Aber Ma meint, das alles sei unwichtig. Sollte es doch wichtig sein, darf niemand anders als Dad mir davon erzählen. Aber ich kann ihn nicht heraufbeschwören, weil er mir kein Rezept hinterlassen hat. Ich stecke in einer Sackgasse.

Und dann die Gegenwart. Ich soll Amanda an irgendetwas hindern. Ma und Nonna sagen das. Geht es um das Haus? Wenigstens was das angeht, konnte ich einen Aufschub erreichen. Immerhin etwas! Vielleicht finde ich innerhalb der einwöchigen Gnadenfrist noch mehr heraus. Ich weiß zwar nicht, wie, aber möglich wäre es.

Ich habe gerade noch Zeit, zu duschen und frische Kleidung anzuziehen, als es klingelt. Ich gehe hinunter, um aufzumachen – wahrscheinlich hat Amanda beide Hände voll. Aber dann sehe ich die Lebensmitteltüten und merke, dass nicht Amanda, sondern David geklingelt hat.

Ich öffne die Tür, als er gerade sein Fahrrad vom Parkverbotsschild losketten will. Der Schnee von letzter Nacht beginnt zu schmelzen, deshalb liegt Matsch auf den Straßen, und seine Schuhe sind nass und schlammbespritzt. Er hat sich bereits den Fahrradhelm aufgesetzt. Er ist weiß und netzartig und erinnert mich an Kutteln.

Ich gehe hinaus auf die Marmorstufen unter dem Vordach und rufe: »Danke!«

»Oh, gern geschehen!«, ruft er zurück. Dann konzentriert er sich wieder auf sein Rad, dreht den Schlüssel im Schloss.

Er hat es eilig weiterzukommen. Ich überlege, warum. »Sie ist nicht da«, sage ich.

Er dreht den Schlüssel wieder in die andere Richtung, lehnt das Rad gegen den Pfahl und kommt mit drei großen Schritten die Stufen herauf. »Was ist bloß mit Ihrer Schwester los?«, fragt er, wobei seine schlammige Stimme die tiefen Vokale in die Länge zieht. »Als sie in die Küche kam und mich sah, dachte ich, sie haut mir gleich eine runter.«

»Sie ist beschützerisch.«

»Das kann man wohl sagen!«

»Meine Mutter war auch so.«

»Sie sind doch erwachsen, oder nicht?«

»Ja. Aber …« Ich suche nach den richtigen Worten. Ich entscheide mich für: »Ich war noch nie auf mich allein gestellt.«

»Das hört sich schlimmer an, als es ist«, erwidert David und wedelt mit der Hand, wie um eine lästige Fliege zu verscheuchen. »Ich lebe jetzt auch allein. Im Souterrain. Das nervt.«

»Aber vorher haben Sie mit Ihrer Frau zusammengelebt.«

»Ja.«

»Und das hat nicht genervt.«

»Na ja, manchmal schon«, gibt er zu. »Aber meist nur wegen Kleinigkeiten. Man streitet, wer mit dem Abwasch an der Reihe ist. Man streitet über Geld. Über Banalitäten. Darüber, dass einer von beiden später nach Hause gekommen ist als angekündigt und nicht angerufen hat. Missverständnisse, Verdächtigungen, Streit, der nicht hätte sein müssen, wenn wir uns nur ein bisschen zusammengerissen hätten. Nichts, was jetzt noch von Bedeutung wäre. Nichts, was wirklich eine Rolle gespielt hat.«

Er reicht mir eine aufgeklappte Brieftasche. Ich sehe das Foto einer Frau, die auf eine besondere Art schön ist. Ihr Gesicht ist nicht feminin, es hat viele Ecken und Kanten und so gar nichts Nachgiebiges, Rundes.

»Wir haben uns in Peru kennengelernt«, sagt er. »Beim Mountainbiken. Wir haben die Cordillera Blanca überquert. Es war auf Anhieb so, als würden wir uns schon seit einer Ewigkeit kennen.«

»Liebe auf den ersten Blick?« Das hat mich schon immer fasziniert.

»So was in der Art, nehme ich an.« Seine Stimme ist jetzt ganz schwarzer Kaffee und Kochschokolade, dunkel, aber angenehm. »Es war alles sehr intensiv und ging so schnell, dass ich länger blieb als geplant. Ich versuchte Tag und Nacht, sie zu überzeugen, mit mir in die Staaten zu gehen.«

Das Ende ist bekannt. Ich weiß, wie die Geschichte ausgegangen ist. Sie klingt trotzdem romantisch. »Und sie ist mitgegangen.«

»Richtig. Es war wunderbar, denn ich hatte es mir so gewünscht. Selbst an Tagen, an denen ich wütend auf sie war oder sie auf mich. Ich konnte mir gar nicht mehr vorstellen, ohne sie zu leben. Und eines Tages musste ich es dann doch.«

Ich klappe die Brieftasche zu und halte sie ihm hin. Als seine Hand die meine streift, zucke ich heftig zurück.

»Apropos«, sagt er.

»Apropos was?«

»Ich habe viel von mir preisgegeben«, sagt David. »Jetzt fände ich es nur fair, wenn Sie mir auch etwas von sich erzählten. Was haben Sie? Lassen Sie sich nicht gern anfassen? Oder liegt es an mir? Haben Sie Angst vor mir?«

»Nein«, sage ich. »Es hat nichts mit Ihnen zu tun. Ich ... Ich mag es nicht, berührt zu werden.«

»Grundsätzlich gar nicht?«

»Äh, na ja, manche Berührungen sind schon okay.«

»Zum Beispiel?«

»Zum Beispiel wenn mich meine Eltern oder Amanda umarmen. Wenn es jemand aus der Familie ist, jemand, dem ich vertraue. Das ist etwas anderes. Und Ihre Mom macht immer so.« Ich zeige es ihm, drücke den Handballen gegen seine Stirn. »Das ist in Ordnung.«

»Es betrifft also nur Fremde, die Sie berühren wollen?«

»Ja. Und es gibt noch ein paar andere Dinge.« Ich zähle sie ihm an den Fingern auf. »Ich mag keine lauten Geräusche wie Sirenen, da schrecke ich zusammen. Bestimmte Gefühle auf der Haut können mich auch stören. Ich habe schon als Kind sämtliche Etiketten aus meinen Kleidern geschnitten, weil ich sie sonst die ganze Zeit spüre und nur noch daran denken kann, wie sehr sie mich kratzen.« Bei dem bloßen Gedanken schaudere ich leicht und spüre ein unangenehmes Gefühl im Nacken, obwohl ich weiß, dass da kein Etikett ist.

Ich fahre fort: »Außerdem sage ich, was ich denke, und das mögen die Leute nicht.«

»Nein, normalerweise nicht.«

»Deshalb hat mir Ma Regeln beigebracht. Das war ihre Art, damit umzugehen. Und solange ich mich an diese Regeln halte, geht es mir gut.«

»Und deshalb flippt Ihre Schwester so aus, wenn sie einen Fremden in der Küche sieht. Weil es dafür keine Regel gibt. Und Sie gehen nicht oft aus dem Haus.«

»Manchmal schon«, sage ich. »Ich meine, als Ma noch lebte, bin ich nicht oft rausgegangen, um einzukaufen oder so. Das konnte sie ja machen. Aber wenn ich aus dem Haus gegangen bin, kam es eigentlich fast nie zu besonderen Zwischenfällen.«

»Fast nie?«

»Vielleicht in einem von zehn Fällen gab es mal Probleme. Zum Beispiel, als ich einmal zum koreanischen Feinkostladen gegangen bin, hat mich an einer Parkuhr jemand am Arm berührt und wollte wissen, ob ich ihm Geld wechseln könnte. Oder im Laden hat sich mal jemand an mir vorbeigedrängt, um zur Tiefkühltruhe zu kommen. Solche Sachen. Davon kann ich ausflippen. Also ist Ma lieber selbst gegangen, weil das für uns beide das Einfachste war.«

»Das klingt hart.«

»So schlimm war es auch wieder nicht. Ich habe eben bestimmte Situationen gemieden. *Wir* haben bestimmte Situationen gemieden. Ich bin ganz normal zur Schule gegangen. Auf die Grundschule, aufs Gymnasium und aufs College.«

»Sie haben einen Universitätsabschluss?«

»Fast. Mir fehlt noch ein Seminar. Rhetorik. Alles andere habe ich problemlos geschafft. Ich bin sehr intelligent. Ich schreibe ausgezeichnete Seminararbeiten.«

»Das kann ich mir vorstellen.«

»Aber Reden halten ist nicht meine Stärke.«

»Auch das kann ich mir vorstellen. Sie schauen mich nicht einmal an.«

»Das hat nichts mit Ihnen zu tun«, sage ich.

»Ich weiß«, erwidert David. »Also, was haben Sie?«

»Haben?«

»Eine Art Komplex? Eine Phobie? Eine Störung?«

»Eine Persönlichkeit«, sage ich.

Daraufhin muss er lachen. Es ist ein weiches Lachen, ein Laut, der Wellen schlägt.

»Eine Persönlichkeit«, wiederholt David. »Das gefällt mir. Hören Sie, ich muss los. Ich habe einen neuen Job, und ich möchte keinen schlechten Eindruck machen.« Er zeigt mit dem Daumen in Richtung Straße und auf sein wartendes Fahrrad.

»Was für einen Job?«

»Fahrradkurier«, sagt er. »Das habe ich schon vor dem Unfall gemacht, und Mom hat mir nahegelegt, wieder damit anzufangen. Und nach dem, was Ihre Schwester gestern gesagt hat, wurde mir klar, dass ich nicht mein Leben lang zu Hause rumsitzen kann. Ich fahre gern Rad, also warum nicht? Das Geld kann ich auch gut gebrauchen. Wobei mir einfällt, dass Sie letzte Woche vergessen haben, mich zu bezahlen.«

»Ja.«

»Und so, wie Sie jetzt dreinschauen, hätten Sie es diese Woche auch vergessen.«

»Ich hab's wirklich vergessen.«

»Na, wenn Sie das Geld nicht haben, dann eben nicht«, sagt er und befestigt erneut den Kinnriemen seines Fahrradhelms. »Solange es nicht zur Gewohnheit wird.«

»Gut.«

»Ich mache Ihnen einen Vorschlag«, sagt er. »Jetzt, wo ich den neuen Job habe, weiß ich nicht, ob ich nächste Woche wiederkommen kann. Können Sie mir einen Scheck ausstellen?«

»Nein, ich habe kein Scheckbuch.« Mir fällt ein, dass ich hochgehen, das Bargeld holen und ihn damit bezahlen könnte. Aber er denkt inzwischen, dass ich kein Geld hier habe, sodass es mir unpassend erscheint, wieder umzuschwenken.

»Kann Ihre Schwester mir einen Scheck ausstellen?«

»Ja.«

»Gut. Sie können ihn mir einfach zuschicken, hier, ich gebe Ihnen meine Adresse.«

Er beugt sich vor, reißt eine Ecke von der Papiertüte mit den Lebensmitteln ab und kritzelt mit einem Stift aus seiner Hosentasche etwas darauf. Diesen Zettel legt er mir aufs Geländer, und ich stecke ihn in meine Jeans.

»Danke«, sage ich.

»Wünschen Sie mir Glück!«, sagt David.

»Viel Glück.«

Ich bleibe auf der Veranda stehen und schaue seinem Rad nach, wie es immer kleiner wird und in Richtung Broad Street verschwindet, und ich stehe immer noch dort, als Amanda mit den Mädchen vorfährt. Sie parkt den Wagen, und ich winke ihnen zu. Ich will gerade anbieten, ihnen das Gepäck tragen zu helfen, als mir auffällt, dass ich zuerst die Lebensmittel ins Haus bringen muss. Also tue ich das und brauche noch einen Moment, um Davids Adresse in einer Küchenschublade zu verstauen, damit ich sie nicht versehentlich mitwasche.

Als ich wieder an der Haustür bin, schleppt Shannon gerade schweigend zwei kleine pinkfarbene Koffer die Stufen hoch. Einer ist mit Regenbogen verziert, der andere mit Comic-Katzen. Bei jeder Stufe poltern beide gleichzeitig auf den Boden. Amanda trägt Parker auf der Hüfte und sagt: »Guten Morgen, Tante Ginny.«

Beide Mädchen wiederholen: »Guten Morgen, Tante Ginny.«

»Guten Morgen«, sage ich. »Shannon, ich nehme dir einen Koffer ab, ja?«

Sie schüttelt den Kopf, wobei die dunklen Haare heftig vor ihrem kleinen Gesicht hin und her schwingen. »Nein, so komme ich nicht aus dem Gleichgewicht«, sagt sie. »Und so schwer sind sie auch nicht.«

»Dann halte ich dir die Tür auf, okay?«

»Okay.«

Als wir alle im Haus sind, setzt Amanda Parker ab. Sofort saust die Kleine in den hinteren Teil des Hauses und kommt dann zurück zur Haustür.

»Ja, nur zu, tob dich aus«, sagt Amanda, aber nur ganz leise.

Shannon stellt die Koffer am Fuß der Treppe ab und fragt: »Geht das so?«

»Ja, mein Schatz«, sagt Amanda.

Parker stürzt sich auf mich und schlingt die Arme um meine Beine. Mit etwas Verspätung wird mir klar, dass ich umarmt werde.

»Hi, Tante Ginny!«, sagt sie.

»Hi, Parker.«

Dann saust sie wieder davon.

Shannon sagt: »Parker hat dich lieb, Tante Ginny. Und ich hab dich auch lieb.« Dann umarmt sie meine Beine wie ihre Schwester. Diesmal bin ich vorbereitet und kann es analysieren. Diese Art von Umarmung stört mich nicht. Es ist eine feste, entschiedene Umarmung. Außerdem sind die beiden viel kleiner als ich und so gar nicht bedrohlich.

»Tante Ginny hat dich auch lieb, Shan«, sagt Amanda. »Und jetzt zieh bitte deine Jacke aus und leg sie zu deinem Koffer, ja?« Shannon nickt und zieht den Reißverschluss ihrer rosa Jacke auf.

»Es verwirrt sie, wenn du nichts erwiderst«, flüstert Amanda mir zu.

Bevor ich darauf antworten kann, nähern sich hastige kleine Schritte. Parker bleibt vor uns stehen und sagt: »Das ist Omas Haus! Wo ist Opa? Wo ist Oma?«

Amanda, die gerade ihre Jacke an die Garderobe neben der Tür hängen will, erstarrt. Ich sehe, wie sie sich in einem Augenblick von einer normalen Frau in einen Eisblock verwandelt.

Shannon antwortet an ihrer Stelle. »Weißt du nicht mehr, dass sie uns erzählt haben, Grandma und Grandpa sind nicht mehr da? Sie hatten einen Unfall, und sie sind gestorben.«

»Aber ich wollte Grandma und Grandpa sagen, was ich mir zu Weihnachten wünsche!«, erwidert Parker.

»Du kannst es mir sagen«, schlage ich vor.

»Ich will einen kleinen Hund!«, sagt Parker.

»Hunde kommen nicht infrage«, entgegnet Amanda, die sich wieder aus ihrer Erstarrung löst. »Erst wenn ihr älter seid. Ihr seid zu klein, um euch um einen Hund kümmern.«

»Ich mag keine Hunde«, sagt Shannon. »Ich mag Katzen. Ich hab welche auf meinem Koffer. Du hast eine süße Katze, Tante Ginny. Wo ist sie?«

»Wahrscheinlich oben. Midnight ist sehr scheu.«

»Genau wie Shannon«, sagt Amanda. »Die beiden werden sich bestimmt prächtig verstehen.«

»Shannon, bist du scheu?«, frage ich.

Sie zuckt nur die Achseln, dann sagt sie: »Langhaarige Katzen sind am schönsten. Es gibt auch kurzhaarige, die heißen Hauskatzen. Es gibt sogar Katzen, die gar keine Haare haben.«

»Sie heißen Sphynx, stimmt's?«

»Sphynx, ja, genau. Aber die meisten Katzen haben weiches Fell, und deswegen mag ich sie. Katzen ohne Haare sehen nicht schön aus.«

»Sie weiß ganz genau über Katzen Bescheid«, sagt Amanda. »Und nicht nur über Hauskatzen. Du solltest sie mal hören, wenn sie von der Fischkatze erzählt, die wir im Zoo gesehen haben.«

»Sie stammt aus Asien. Sie ist nicht weiß wie deine Katze, Tante Ginny. Sie ist grau mit schwarzen Streifen. Und größer.«

»Vielleicht kannst du nachher für Tante Ginny ein Bild von der Fischkatze malen. Ihr könntet euch beide ins Esszimmer setzen und mit Wachsmalkreiden malen – was haltet ihr davon?«

Den Mädchen gefällt der Vorschlag. Der Esstisch ist breit und stabil, und wir müssen Bücher auf den Stühlen stapeln, sonst reichen die Mädchen nur gerade mit dem Kinn über die Tischplatte. Amanda holt ein Malbuch für Parker und ein paar weiße Blätter Papier für Shannon.

»Ihr bleibt hier, und wenn ihr etwas braucht, ruft ihr mich einfach, okay?«

»Okay«, erwidern die beiden im Chor.

An mich gewandt sagt Amanda: »Ich fange mit der Bibliothek an.«

»Gut.« Ich gehe mit ihr. Als sie nach der Box mit den Fotos greift, werde ich kurz panisch, aber dann fällt mir wieder ein, dass die Fotos von Evangeline nicht mehr hier sind.

Amanda stellt die Box auf Dads Schreibtisch und sieht die Fotos durch. »Warum sind die nicht in den Alben? Sie sind fantastisch.«

»Ich weiß.«

Sie dreht ein Foto um und hält es mir hin. »Ist das Nonna?«

»Ja.«

»Einfach fantastisch«, murmelt sie kopfschüttelnd. »Wir können froh sein, dass sie noch heil sind, so wie sie hier herumfliegen. Meinst du, die gehören alle Dad?«

»Ich glaube schon.«

»Er war … erstaunlich. Wir lassen sie vorläufig in der Archivbox, aber ich glaube, ich möchte sie haben. Ich kann sie dir einscannen.«

Ich höre nur mit halbem Ohr zu, weil mir auffällt, dass das Foto in ihrer Hand anders ist als die anderen. Es ist schwarz-weiß. Die Wand, der Kragen, das Gesicht. Evangeline.

Auf diesem Bild schaut sie direkt in die Kamera, und ich habe das Gefühl, von ihrem Blick durchbohrt zu werden. Das ist mir so unbehaglich, dass ich wegsehen muss, obwohl sie nicht echt ist. Kein Wunder, dass ich fortsehen will, wenn ich an ihren Geist in meiner Küche denke, daran, wie sie mit ihrer brüchigen Stimme gejammert und geschrien hat, weil sie etwas begreifen wollte, das ich ihr nicht erklären konnte: warum Menschen grausam sein können.

Ich habe die Fotos versteckt, aber eines habe ich übersehen.

Amanda wirft einen Blick darauf und sagt: »Wer ist das denn?«

Mir wird klar, dass das Bild für sie eine völlig andere Bedeutung hat als für mich. Vielleicht ist das gut so. Eigentlich hat sie nicht solch ein gutes Gedächtnis wie ich, aber Gesichter kann sie sich besser merken.

»Keine Ahnung. Kommt sie dir nicht bekannt vor?«

»Nein, kein bisschen. Ist das hier das einzige Foto von ihr, oder gibt es noch mehr?« Amanda fängt an, in der Archivbox zu kramen.

»Nein«, sage ich, was streng genommen der Wahrheit entspricht: Kein anderes Foto in der Box zeigt Evangeline. Es gibt zwar noch achtundzwanzig weitere, aber die sind oben unterm Dach.

»Tja, ich erkenne sie nicht. Es gibt ja auch nicht viele Anhaltspunkte. Das Foto ist ein wenig grobkörnig, ich schätze, so um die zehn Jahre alt. Oder fünfzehn? Dad hatte immer tolle Kameras, es könnte also auch älter sein. Das Alter von Schwarz-Weiß-Aufnahmen lässt sich nur schwer schätzen. Dir kommt sie auch nicht bekannt vor?«

»Nein, überhaupt nicht. Das heißt, ich dachte – vielleicht war sie eine der Schwestern im Krankenhaus?« Die Lüge geht mir leicht über die Lippen.

»Kann sein, keine Ahnung«, sagt Amanda und gibt mir das Foto zurück. »Ich habe die Leute da nie kennengelernt, Dad hat mich ja nie ins Krankenhaus mitgenommen.«

Sie zieht ein Foto aus der Box, das uns vier zeigt: Ma, sie, Dad und mich. Die ganze Familie.

Leise sagt Amanda: »Ich glaube, er hat mich nie besonders gerngehabt.«

Mit fester Stimme erwidere ich: »Aber das ist doch albern!«

»Meinst du? Bei ihm hatte ich immer das Gefühl, erst an zweiter Stelle zu kommen.« Sie deckt die andere Bildhälfte mit ihr und Ma ab, sodass man nur noch Dad und seine zweite Tochter, also mich, sehen kann.

So etwas habe ich noch nie aus ihrem Mund gehört. »Das Gefühl brauchst du aber nicht zu haben«, sage ich.

»Du solltest eigentlich am allerbesten wissen, dass man anderen nicht sagen kann, wie sie sich fühlen sollen.« Sie lässt beide Fotos wieder in die Box fallen, stülpt den Deckel darauf und drückt behutsam jede Ecke einzeln herunter.

»Du hast recht.«

»Wie dem auch sei, ich weiß wirklich nicht, wer diese Frau ist. Und auch nicht, warum wir ein Foto von ihr haben. Wahrscheinlich hat Dad es gar nicht selbst aufgenommen. Es ist bestimmt nur zufällig unter unsere Fotos geraten, vielleicht weil es beim Entwickeln auf dem falschen Stapel gelandet ist.«

Ich weiß, dass es nicht stimmt, aber trotzdem klingt das, was sie sagt, völlig plausibel. Vielleicht hatte Ma recht, zumindest in einer Hinsicht: dass es meine größte Schwäche ist, leichtgläubig zu sein. Leichtgläubig steht natürlich auf einer Seite mit *leicht, Leichtmetall* und *Leichtsinn.*

»Sonst noch was?«, fragt Amanda und stellt die schwarze Archivbox mit den Fotos auf Dads Schreibtisch. Nicht dahin, wo sie hingehört, aber auch nicht auf den Stapel der Dinge, die aussortiert werden sollen. »Machen wir uns wieder an die Arbeit.«

»Ach, übrigens, kannst du mir einen Scheck für Lebensmittel ausstellen?«

»Für nächste Woche?«

»Nein, für die Lieferungen von letzter Woche und von heute.«

»Was tätest du nur ohne mich?« Sie sieht mir an, dass ich etwas entgegnen will, und fügt rasch hinzu: »Sag nichts. Stell ihn einfach selbst aus, und bring ihn mir zum Unterschreiben. Das Scheckbuch ist in meiner Handtasche in der Küche. Bei der Gelegenheit kannst du gleich mal nachsehen, was die Mädchen treiben.«

Shannon und Parker malen schweigend und schauen nicht einmal auf, als ich an ihnen vorbeigehe. Das berichte ich Amanda, als ich ihr das Scheckbuch bringe.

»Dem Himmel sei Dank, dass sie Mädchen sind!«, sagt sie. »Wären es Jungen, dann wäre ich schon mit den Nerven am Ende. Meine Freundin Lily hat zwei Söhne, die fallen ständig irgendwo runter, spucken sich in die Haare oder pinkeln aus Fenstern. Der helle Wahnsinn!«

»Das klingt wirklich wahnsinnig.«

»Aber was soll man machen«, fährt Amanda fort und beugt sich über Dads Schreibtisch, um den Scheck zu unterschreiben. »So sind Kinder nun mal. Jedes hat seine eigene Persönlichkeit. So wie Shannon und Parker: Sie sind sehr unterschiedlich. Sie haben die gleichen Gene, und trotzdem sind sie wie Tag und Nacht. Shannon ist so still und Parker so extrovertiert. Wahrscheinlich kann ich von Glück sagen, dass ich nicht zwei Kinder von Parkers Sorte habe. Aber natürlich bin ich sehr glücklich so, wie es ist. Tut mir leid, aber manchmal rede ich einfach dummes Zeug. Du willst bestimmt nie Kinder haben. Sie treiben einen zum Wahnsinn.«

»Ich will Kinder«, entgegne ich.

»Komm bloß nicht auf dumme Gedanken«, sagt sie. »Das hätte mir jetzt gerade noch gefehlt: dass du schwanger wirst.«

»So habe ich das nicht gemeint«, erkläre ich meiner Schwester. »Erst würde ich heiraten.«

»Du bist doch nicht etwa mit jemandem zusammen?«

»Nein.« Ich weise sie nicht darauf hin, was für eine dumme Redewendung das ist. Wir sind ständig mit so vielen Menschen zusammen.

»Denkst du denn an jemand Bestimmten?«

»Nein.« Ich wollte immer einen Mann und Kinder, aber ich habe nie darüber nachgedacht, wie man dazu kommt.

»Nun, ich sollte mich nicht darüber lustig machen. Meine Freundin Lorna kam mit einem Typen zu meiner Hochzeit, und ein halbes Jahr später lud sie mich zu ihrer Hochzeit ein. Nur dass sie einen ganz anderen Typen geheiratet hat. Und Angelica hat einen Heiratsantrag bekommen, als sie und ihr Freund gerade aus einem Flugzeug sprangen. Skydiving, du weißt schon. Und das bei ihrem zweiten Date! Manche machen die verrücktesten Sachen. Das soll aber nicht heißen, dass du das auch so tun solltest.«

»Keine Sorge.«

»Heiraten ist schließlich keine Kleinigkeit. Und ein Kind ist kein Pappenstiel«, sagt sie, trennt den Scheck heraus und legt ihn mir auf die Ecke des Schreibtischs. »Da darf man sich nichts vormachen.«

Ich stecke den Scheck in meine Hosentasche. »Ich mache mir nichts vor.«

»Nein, wahrscheinlich nicht. Tut mir leid. Ich will nur nicht, dass dir was passiert. Mom hatte immer Angst, dir könnte was passieren.«

»Aber mir ist nichts passiert«, sage ich.

»Noch nicht«, erwidert sie. »Aber wie wollen wir sicherstellen, dass es so bleibt?«

»Ist dir irgendwann mal was Schlimmes zugestoßen?«, frage ich.

»Oft.«

»Wie kannst du dann von mir erwarten, dass mir nichts zustößt? Jeder erlebt schlimme Dinge.«

»Das beruhigt mich jetzt nicht sehr«, sagt Amanda.

Ich weiß nicht, was ich erwidern soll.

»Hör mal«, sagt sie. »Bevor die Mädchen das Malen leid werden, möchte ich alles, was in diesem Regal steht, eingepackt haben.« Ihre ausholende Geste umfasst die ganze westliche Wand mit Reihen von Fachbüchern, Nachschlagewerken und Geschichtsbüchern, die vom Boden bis zur Decke reichen. »Entweder du hilfst mir, oder du gehst die Sachen in deinem Zimmer durch.«

»In meinem Zimmer?«

»In deinem alten Zimmer«, verbessert sie sich.

Wenn ich es tue, wird sie nicht auf die Idee kommen, es selbst zu tun, deshalb gehe ich bereitwillig auf ihren Vorschlag ein.

Bevor ich nach oben laufe, werfe ich einen Blick in das Zimmer meiner Eltern. Nicht, dass Amanda den Kamin durchsucht hat! Aber die roten Geranien in ihrem rechteckigen Übertopf stehen genau da, wo ich sie hingestellt habe. Niemand hat sie angerührt. Als ich in den Schrank schaue, sehe ich, dass die Schuhe weg sind, also suche ich aus dem Kartonstapel an der Wand den mit der Aufschrift SCHUHE heraus. Die zwei Paar, auf die es mir ankommt, liegen zuoberst. Ich stelle sie wieder an ihren Platz. Vielleicht merkt sie es diesmal nicht. Wenn ich mich in dem Schrank verkriechen muss, was hoffentlich nicht der Fall sein wird, will ich, dass die Schuhe da sind.

In meinem alten Zimmer angekommen, finde ich in dem Schrank dort einen unbeschrifteten braunen Karton, der an den Ecken notdürftig mit inzwischen vergilbten Klebestreifen geflickt ist. Er erinnert mich an die Kiste, die ich in Amandas Zimmer gefunden und mit AMANDAS KINDHEIT beschriftet habe. Als ich den Karton öffne, sehe ich, dass er meine eigene Kindheit enthält.

Ich setze mich auf den Boden, lehne mich an eine chardonnayfarbene Wand und beginne, die Sachen herauszunehmen und auf mehrere Stapel zu sortieren. Fotos und Hefte, Schulzeugnisse und Mappen. Ein Schuljahr nach dem anderen. Ein Ginny-Jahr nach dem anderen.

Ich arbeite mich bis zu den untersten Schichten vor: zweite Klasse, dritte Klasse, vierte Klasse. Fotos von mir als kleinem Kind, dazwischen meine Bastelarbeiten. Zweite Klasse, ein dichter Pony über einem runden Gesicht und eine grässliche rot-marineblau gestreifte Bluse. Dritte Klasse, das Jahr, in dem ich nur Schwarz, Weiß und Grau trug, in wechselnden Kombinationen.

Ich wappne mich innerlich und nehme eines der Hefte in die Hand. Sie sehen genauso aus, wie ich sie in Erinnerung habe. Ich habe auf die Seitenränder gekritzelt, aber ganz andere Dinge als Amanda in ihre Hefte. Keine Karikatur des Lehrers, keine Herzchen oder Nachnamen. Selbst wenn mir die eckige Glitzerstift-Zwei auf dem Einband nicht sagen würde, dass es mein Heft aus der zweiten Klasse ist, könnte ich an den Kritzeleien erkennen, aus welcher Zeit es stammt.

»Tante Ginny«, sagt ein leises Stimmchen. »Ist deine Katze hier bei dir?«

Ich sehe auf. Shannon.

»Ich weiß nicht genau, wo sie ist«, sage ich.

»Aber es geht ihr gut?«

»Ganz bestimmt.«

»Was ist das?« Sie zeigt auf das Heft, das ich aufgeschlagen in der Hand halte. Die Seiten sind mit Mustern bedeckt. Ein eindeutiger Beleg dafür, dass ich gerade in meiner Orientteppichphase war.

»Das sind nur Zeichnungen, die ich vor langer Zeit gemacht habe.«

»Shannon!«, ertönt Amandas Stimme. »Wo bist du?«

»Ich bin hier bei Tante Ginny!«

»Komm runter!«

»Ich passe schon auf sie auf!«, rufe ich und bedeute Shannon, sich zu mir zu setzen. Vielleicht liegt es daran, dass sie so klein ist, jedenfalls macht es mir nichts aus, sie so nah an mich heranzulassen. Sie schmiegt sich an mich und hebt ihr winziges Kinn, um die ganze Seite zu überblicken.

»Was ist das hier?«, fragt Shannon und zeigt darauf.

Das Muster hypnotisiert mich nicht mehr so wie früher. Aber tief in meinem Inneren weiß ich noch genau, wie es war. »Das sind Muster von Orientteppichen. Jedes hat eine ganz bestimmte Bedeutung.«

»Wie ein Geheimcode?«

»Genau.«

»Ich mag Geheimcodes. Aus einem Buch habe ich den ganzen Hobo-Code gelernt. Ich weiß zum Beispiel, dass eine Katze für eine nette Dame steht und eine Kurve für das Haus von einem bösen Mann.«

»Das hier ist so ähnlich« sage ich. »Schau mal das hier, das aussieht wie eine Sanduhr – es heißt ›das Haarband‹.«

»Meine Haarbänder sehen aber anders aus.«

»Na ja, in der Türkei haben sie wahrscheinlich andere Haarbänder als wir. Wie dem auch sei, das Haarband bedeutet, dass die Frau, die den Teppich gewebt hat, unverheiratet war.«

»Genau wie du.«

»Genau wie ich.«

Sie zeigt auf ein anderes Muster. »Und das hier?«

»Das ist ein Phönix. Er soll Regen bringen.«

»Ich mag keinen Regen.«

»Ich auch nicht, aber die Bauern brauchen ihn.«

»Das sagt Mom auch immer, wenn es regnet.«

»Deine Mom und ich haben es von derselben Frau gelernt.«

»Von Grandma Selvaggio?«

»Ja.« Ich wappne mich innerlich, falls sie wieder über den Tod reden will, aber stattdessen zeigt sie auf den Bösen Blick und fragt: »Was ist das?«

»Der Böse Blick.«

»Warum will jemand was Böses auf seinem Teppich haben?«

»Er ist nicht wirklich böse. Das Symbol steht dafür, dass Gott über einen wacht. Man dankt Gott dafür, dass er einen im Auge behält.«

»Aber wenn es Gott ist, warum ist der Blick dann böse?«

»Eine gute Frage! Ich weiß es auch nicht.«

Shannon fängt an, selbst weiterzublättern, um sich die Symbole anzusehen. Ich betrachte sie ebenfalls. Wenn ich die Augen schließe, sehe ich den Teppich in seiner Gesamtheit vor mir: die Farben, das Muster und seine Größe, so, als läge er hier in diesem Zimmer. Aber er interessiert mich nicht mehr.

Midnight kommt herein und springt aufs Bett. Mit einem Freudenschrei hüpft Shannon hinterher. Während sie über das Fell der Katze streicht und einen endlosen Singsang anstimmt, räume ich den Rest des Kartons aus. Als ich alles nach Jahren sortiert habe, teile ich die Stapel neu auf und ordne nach Kategorien: die Fotos zu den Fotos, die Hefte zu den Heften. Die Botschaft bleibt dieselbe. In den frühen Zeugnissen stehen Sätze wie *Locken wir Ginny aus ihrem Schneckenhaus!* und *Eine echte Leseratte!*, und in den späteren: *Ungewöhnlich still im Unterricht* und *Keine aktive Mitarbeit*. Doch wie man sie auch liest, es bedeutet, dass mit mir irgendwas nicht stimmt.

Ich trage die Stapel nach oben in mein Zimmer

und lege sie ordentlich auf den Boden. Wahrscheinlich lässt Midnight sie in Ruhe, und falls sie sie doch durcheinanderbringt, ist es auch egal, da ich ohnehin nicht weiß, was ich damit machen soll. Sie erinnern mich nur daran, wie gestört ich bin.

Ich brauche dringend Bestätigung, zwinge mich aber zu warten, bis Amanda und die Mädchen schlafen. Wir essen Sandwiches mit Erdnussbutter und Gelee zum Abendbrot, und Shannon malt mir ein Bild von der Fischkatze. Es wird dunkel.

Während ich warte, hole ich getrocknete Ananas aus dem Schrank. Ich habe sie mit auf die Einkaufsliste gesetzt, weil sie auf mich beruhigend wirkt, aber es muss die richtige Sorte sein. Ma hat in den letzten Jahren die teure ungeschwefelte von Trader Joe's gekauft, die viele Ballaststoffe hat und schmeckt, als ob sie gut für die Gesundheit ist. Die hier ist die Sorte aus meiner Kindheit, die schmeckt einfach nur gut. Sie ist zitronengelb und hat eine Zuckerkruste. Ihr Inneres ist so zäh und saftig wie Gummibärchen. Als ich sechs war, habe ich mich wochenlang davon ernährt. Das war die Zeit, in der ich von allem Runden fasziniert war.

Als alle schlafen, gehe ich ins Zimmer meiner Eltern. Beinahe schaffe ich es, mir einzureden, dass ich es gar nicht nötig habe, aber das stimmt nicht. Ich ergreife wieder einmal das Normalbuch. Alles in dem Karton sagt mir, dass ich nicht normal bin. Und alles in dem Normalbuch sagt mir, dass ich normal bin. In gewisser Weise stimmt beides.

Ihre Situation ist zwar ungewöhnlich, aber gleichzeitig ist es nicht anormal, sich zu fragen

Normalerweise wäre mir das völlig egal, aber als Brautjungfer finde ich

Ein Vater, der nachts um sein Pflegeheim schleicht? Ist das noch normal? Und was sollte

findet es normal, mit seinen Exfreundinnen befreundet zu sein, aber ich

behauptet, Monogamie sei für Männer nicht normal und deshalb sei ich es ihm schuldig

Mein Normalgewicht beträgt etwa 65 kg, aber meine Frau findet das zu wenig, sodass ich

ist doch nicht normal, Tausende von Dollar Schulden zu machen – für Kleider, die nicht einmal passen

gern ein geregeltes Leben führen wie ein ganz normaler Mann, aber sie wissen nicht, dass mein Mitbewohner

Amanda flüstert: »Warum bist du nicht im Bett?«

Sie steht mitten im Zimmer, vielleicht anderthalb Meter von mir entfernt. Überrascht frage ich zurück: »Warum bist *du* nicht im Bett?«

Ich sitze im Erker, damit ich im Schein der Straßenlaterne lesen kann. Von dort aus kann ich den Kamin genau erkennen, und auch, dass die Geranien gerade nicht an ihrem Platz stehen. Hoffentlich bemerkt Amanda es nicht.

»Ich hatte ein Geräusch gehört«, sagt sie.

»Ich bin's nur.«

»Dieses Haus ist so laut«, bemerkt sie. »Früher dachte ich, alle Häuser wären so, bis ich bei Brennan eingezogen bin. Unser Haus in L.A. war ein Neubau, und das Einzige, was man da hörte, war die Autobahn.«

»Sind nicht alle Häuser so?«

»Du wirst unser Haus lieben!«, sagt sie. »Nachts ist es dort so still wie im Weltraum.«

»Ich glaube nicht, dass mir das gefallen würde.«

»Du wirst dich daran gewöhnen.«

»Ich will mich aber nicht daran gewöhnen«, sage ich. »Willst du wirklich, dass ich zu dir ziehe?«

»Nun, eine bessere Lösung habe ich nicht«, erwidert sie und kommt näher. Ich klappe das Buch zu und lasse es auf den Schoß sinken. Ich kann nur hoffen, dass sich der schwarze Einband nicht von meinem schwarzen Schlafanzug abhebt.

»Aber ich will hier bleiben.«

»Ich wüsste nicht, wie das funktionieren soll.« Wenn sie flüstert, erinnert mich ihre Stimme noch mehr an Orangensaft. »Du wohnst hier ganz allein. Glaub mir, das ist gefährlich.«

»Und ich sage dir, das stimmt nicht.«

»Ach, Ginny! Wir sind doch die einzigen Verwandten, die du noch hast.«

»Ich will eine eigene Familie«, sage ich. »Nicht deine.«

»Meine Familie ist auch deine Familie«, erwidert sie. »Und wir sollten zusammenhalten. Meinst du nicht auch, dass Mom und Dad es so gewollt hätten?«

»Und was ich will, spielt das etwa keine Rolle?«

»Ich glaube, du hast das einfach noch nicht richtig durchdacht. Genau das meinte ich neulich: Da gibt es so viel mehr zu bedenken! Willst du dich um die Nebenkosten kümmern? Schnee schaufeln? Glühbirnen auswechseln? Was, wenn der Boiler kaputtgeht? Du wüsstest doch gar nicht, was du tun musst. Du würdest noch die alltäglichsten Dinge vergessen. Was, wenn jemand einbricht?«

Ich muss ziemlich verschreckt aussehen, denn sie sagt: »Schon gut, schon gut! Weißt du, um solch eine Uhrzeit sollte man keine schwerwiegenden Entscheidungen treffen. Denk einfach mal drüber nach – einverstanden?«

»Aber …«, setze ich an. Ich will hier nicht fort. Ich will nicht bei ihr und ihrer Familie wohnen. Am liebsten hätte ich mein eigenes Haus und eine eigene Familie, aber wenn ich das schon nicht haben kann, will ich mir wenigstens nicht wie ein Eindringling in ihrem Leben vorkommen. Angeblich hätte sie mich gern bei sich, aber das nehme ich ihr nicht ab. Ich an ihrer Stelle würde das nicht wollen.

»Was, aber?«

Da wird mir etwas klar.

Es gibt keinen wirklichen Grund, hierzubleiben. Das Haus ist einfach nur ein Haus. Die Menschen, die mir am meisten bedeuten, leben nicht darin. Ich kann das Haus sowieso nicht behalten, wenn Amanda nicht mitspielt. Ich rede mir ein, ich käme hervorragend allein klar, aber stimmt das wirklich? Ich habe keine Freunde, an die ich mich wenden könnte, niemanden, der mir hilft.

»Gute Nacht, Amanda«, sage ich, denn mehr bringe ich gerade nicht heraus. Sie wünscht mir ebenfalls gute Nacht und geht.

Ich lege das Normalbuch zurück in die Nische im Kaminschacht und schiebe die roten Geranien wieder an ihren Platz. So geistesgegenwärtig bin ich dann doch noch. Aber anschließend bin ich völlig erledigt. Ich krieche in den Schrank und stecke beide Hände in Mas Pantoffeln. Sanft streiche ich mit den Marabufedern über meine Wangen, bis die Welt um mich herum verschwindet und ich nichts mehr spüre als die weichen Federn und die Wände des Kleiderschranks, die meinem Rücken Halt geben. Dunkelheit. Halt. Federn. Meine Welt wird klein, überschaubar und behaglich. Ich genieße es, wohl wissend, dass sie morgen wieder groß, hell und unbehaglich sein wird.

Am nächsten Vormittag wird gepackt und sortiert, sortiert und gepackt, wobei ich die Aktion noch immer möglichst in die Länge ziehe. Wir kümmern uns um die Bücher in der Bibliothek, und weil uns die Mädchen helfen, nimmt es viel Zeit in Anspruch. Sie ziehen Bücher aus den untersten Regalen und versuchen, uns die Titel vorzulesen, was wirklich witzig ist. Shannon gelingt es fast immer, Parker schafft ungefähr die Hälfte. Bei den medizinischen Fachbüchern mit Wörtern wie *Hämatom* und *ösophageal* muss sogar Amanda passen, während ich ein bisschen Ahnung davon habe, weil mir Dad über die Jahre so viele Gutenachtgeschichten erzählt hat. Dads Gutenachtgeschichten enthielten Wörter wie *Phalanx*. Phalanx stand auf einer Seite mit *pharmazeutisch* und *Pharmakologie*, aber diese Seite gehörte zu einem der medizinischen Lexika, nicht zu einem normalen Wörterbuch. Parker zerrt an einem dicken, schweren Band, vielleicht ist es sogar der, aus dem ich den Begriff habe. Sie zerrt und zerrt, und als er sich aus dem Regal löst, fällt sie rückwärts um. Zum Glück fängt ihre Schwester den Sturz ab, und es gibt Gelächter statt Tränen. Allmählich freunde ich mich mit der Vorstellung an, bei Amanda zu wohnen. Wirklich überzeugt bin ich noch nicht, aber ich ziehe es immerhin in Erwägung.

Am späten Vormittag sagt Amanda: »Wir sollten uns Gedanken übers Mittagessen machen. In einer halben Stunde etwa.«

»Gut.«

»He, habe ich dir nicht einen Scheck für Lebensmittel ausgestellt? Wir haben viel mehr im Haus als nur Erdnussbutter und Gelee.«

»Ich mag Erdnussbutter und Gelee!«, kräht Parker. »Ich mag Himbeergelee! Ich mag Traubengelee!«

Mit einer Stimme, die viel flauschiger und weicher ist als sonst, sagt Amanda: »Ja, wir auch, Schätzchen, aber manchmal hat man Lust auf etwas Abwechslung. Fändest du es nicht toll, wenn uns Tante Ginny was zum Mittagessen kocht?«

»Ja!«, ruft Parker. So langsam begreife ich, dass sie sich für fast alles begeistert.

»Natürlich kann ich was kochen«, sage ich. »Mal schauen, was wir dahaben.«

In der Küche mache ich mich an die Arbeit. Ich hole einen Topf hervor, suche die Zutaten zusammen. Ich krame im Kühlschrank und in den Schränken. Auf der Küchentheke türmt sich bald ein kleiner Berg: Zwiebeln, Gewürze, Butternusskürbis.

»Wie wär's mit einer Suppe?«, rufe ich Amanda zu.

»Suppe? Gern.«

In einem meiner Kochbücher habe ich das Rezept für Kürbissuppe mit einem Lesezeichen markiert. Da es sich in einem Buch befindet, beschwört es bestimmt keine Geister herauf, aber zur Sicherheit wandle ich es ein wenig ab. Es ist ohnehin nicht das Aroma, das mich fasziniert, sondern die Technik. Normalerweise höhlt man einen Kürbis aus, bevor man ihn kocht. Dieses Rezept funktioniert jedoch anders, und deshalb möchte ich es ausprobieren. Ich möchte wissen, ob man den Unterschied schmeckt oder ob diese Variante nur notiert wurde, weil der Autor Kürbis immer so zubereitet.

Ich lege los. Ich schneide die Kappen ab und trenne den dünnen vom bauchigen Teil.

»Kann ich dir helfen?«, fragt Amanda. »Parker ist so müde, dass sie auf dem Boden eingeschlafen ist, und Shannon hat deine Katze wiedergefunden.«

Normalerweise lasse ich mir beim Kochen nicht

helfen. Entweder Ma hat gekocht oder ich. Wir haben nicht viel gemeinsam zubereitet.

»Wenn nicht, ist das auch kein Problem«, versichert Amanda. »Aber es wäre toll, wenn du mir was beibringst. Ich kann ungefähr sechs Gerichte kochen, und eines davon sind Fertig-Cheeseburger. Du könntest mir also helfen, meinen Horizont zu erweitern.«

»Gern«, sage ich. »Füll diesen Topf ungefähr zwei Fingerbreit mit Wasser.«

»Wird gemacht!«, ruft Amanda. Sie befolgt auch meine Anweisungen, den Dämpfeinsatz einzulegen, den Herd anzumachen und den Deckel aufzulegen.

Beim Kürbis habe ich den komplizierteren Teil bereits erledigt, also erkläre ich ihn Amanda noch einmal in der Theorie. Anschließend zeige ich ihr, wie man den Kürbis erst in Streifen und dann in große Würfel schneidet. Sie geht ungeschickt, aber flink mit dem Messer um. Wären ihre Bewegungen langsamer, könnten sie präziser sein. Ich weiß, dass es unhöflich wäre, ihr das zu sagen. Midnight kommt herein, um zu sehen, was wir treiben, aber als ich ein Stückchen Kürbis fallen lasse, damit sie davon kosten kann, ist sie nicht sehr angetan.

Nachdem der Kürbis gedämpft ist, gebe ich ihn in eine große Schale. Dann versuchen meine Schwester und ich, die heißen Kürbisstücke zu schälen. Bei jedem Stück verbrennen wir uns die Finger.

»Warum müssen wir das noch mal so machen?«, fragt Amanda.

»Dies ist das erste und letzte Mal, dass ich Kürbis auf diese Art schäle«, sage ich. »Aber schauen wir mal, wie es schmeckt.«

Als wir je einen Haufen Schale und einen mit Kürbiswürfeln vor uns haben, sehen Amandas Fingerspitzen genauso aus, wie sich meine anfühlen.

»Gut«, sagte ich. »Jetzt kommt der einfache Teil.«

Ich leite Amanda an, eine Mischung aus Milch und Hühnerbrühe zu erhitzen und die Flamme sofort herunterzudrehen, sobald die Flüssigkeit aufkocht. Dann gibt man die Kürbiswürfel hinein und taucht den Stabmixer ein. Vorsichtig pürieren. Zur Sicherheit weiche ich von dem gedruckten Rezept ab und röste das Paprika- und Cuminpulver in einer Pfanne, bevor ich es unter die Suppe rühre. Wir lassen sie eine Weile eindicken.

»Sind wir bald fertig?«, fragt Amanda.

»Fast.« Ich empfinde Befriedigung.

»Dann gehe ich schon mal die Mädchen holen«, sagt sie.

Dicke Flüssigkeiten, die Blasen werfen, amüsieren mich. Ich könnte ihnen dabei stundenlang zusehen und habe es auch schon getan. Diese hier blubbert nicht so explosiv wie Polenta, aber doch mehr als beim typischen Köcheln.

Wenige Minuten später kehrt Amanda mit einer gähnenden Parker und einer missmutigen Shannon zurück.

»Die Dame hier konnte sich nicht von Midnight trennen.«

»Ich hab sowieso keinen Hunger«, murrt Shannon.

»Du wirst schon Appetit bekommen, wenn du das hier probierst«, versichere ich ihr.

»Igitt, all die Katzenhaare! Geh dir erst mal die Hände waschen, Shan«, befiehlt Amanda, und das Mädchen trottet davon.

Wir stapeln wieder Bücher auf den Esstischstühlen, damit die Mädchen hoch genug sitzen. Als das erledigt ist, schöpfe ich Suppe in vier Schalen und stelle sie auf den Tisch. Amanda gießt Milch in vier Gläser, zwei kleine und zwei große. Ich stelle ein Plastikfläschchen mit scharfer Chilisoße in die Tischmitte.

Alle geben anerkennende Laute von sich, während sie die Suppe essen. Ich tröpfele Chilisoße in meine Suppe, bis sie mehr rot als orange ist und angenehm warm auf meinen Lippen brennt. Amanda nimmt auch einen kleinen Spritzer und verzieht das Gesicht, nachdem sie die Schärfe gekostet hat. Die Mädchen will sie nicht davon probieren lassen.

Ein Handy klingelt, und Amanda sagt: »Brennan sitzt noch im Flieger, also muss es Angelica sein. Nein! Das ist gar nicht mein Handy.«

»Dann muss es meins sein«, sage ich und recke mich, um es vom Kaminsims zu nehmen. Die Nummer auf dem Display kenne ich nicht. »Hallo?«

»Ginny, ich bin's, Gert«, sagt die vertraute Stimme, die durch und durch nach süßen dunklen Mohnsamen klingt.

»Gert! Ist irgendwas?«

»Nein, alles bestens.«

»Weil heute nicht Donnerstag ist.«

»Heute rufe ich als Freundin an und möchte dich um einen Gefallen bitten.«

»Ja?«

»Ich brauche eine gute Köchin«, sagt sie, »und du bist die beste. Darf ich dich abholen? Ich erkläre es dir später.«

Wie kann ich da Nein sagen? Gert braucht meine Hilfe. Sonst braucht nie jemand meine Hilfe. »Gut«, sagte ich. »Muss ich irgendetwas mitbringen?«

»Nur dich selbst.«

Sie sagt, dass sie mich in einer Viertelstunde abholen wird, und ich verspreche ihr, bis dahin fertig zu sein. Als ich auflege, isst Shannon noch stumm vor sich hin, während Parker Suppe vom Löffel auf den Tisch tropfen lässt. Amanda hingegen sitzt mit verschränkten Armen da.

»Wer war das?«, fragt sie.

»Ich muss Gert bei etwas helfen.«

»Wobei?«

»Keine Ahnung. Es hat was mit Kochen zu tun.«

»Wie lange wirst du weg sein?«

»Keine Ahnung.«

»Du musst lernen nachzufragen«, murrt Amanda. »Was, wenn *ich* dich gebraucht hätte?«

»Du brauchst mich aber nicht, zumindest jetzt nicht«, sage ich.

»Na gut, aber bevor es dunkel wird, bist du wieder da, verstanden?«

»Jawohl.« Ich bin solche Ermahnungen gewohnt. Mit Ma war es genauso.

Kapitel neun

Hart gekochte Eier

12-Minuten-Eier
Die Eier in einen Topf mit kaltem Wasser legen.
Eine Prise Natronpulver zugeben.
Zum Kochen bringen.
Den Herd ausschalten.
Zwölf Minuten warten.
Abschrecken.
Abpellen.
Servieren.

Ich stehe vor dem Haus. Erstaunlicherweise kommt Gert nicht wie erwartet mit dem Auto, sondern zu Fuß. Zuerst erkenne ich sie gar nicht, weil sie ihr Haar nicht zu einem Pferdeschwanz gebunden hat. Als sie den Kopf dreht, um sich zu vergewissern, dass die Straße frei ist, sehe ich, dass sie es stattdessen im Nacken zu einem adretten Knoten aufgesteckt hat. Er erinnert mich an Mas Zimtbrötchen, die weich und heiß aus dem Ofen kommen und nach Karamell duften.

Gert berührt meine Stirn. »Danke, dass du mitkommst«, sagt sie. Mit schnellen Schritten wendet sie sich am Fuß der Treppe nach rechts und läuft in Richtung Ninth Street. Ich beeile mich, mit ihr Schritt zu halten. Wir marschieren nach Süden.

»Wohin gehen wir?«

»Wir gehen kochen.«

»Bei dir zu Hause?« Ich weiß, dass sie in der Nähe wohnt, allerdings nicht, wo genau.

»Nein, in der Synagoge.«

Ich beginne mich zu verkrampfen. »Zusammen mit anderen Leuten?«

»Mit ein paar wenigen, aber mach dir keine Sorgen. Dort ist es ganz leise, und niemand wird dich ansprechen oder berühren.«

»Bist du sicher?«

»Ich kenne diese Frauen schon sehr lange«, sagt Gert. »Es sind nette Frauen.«

»Kennst du sie aus Kuba?«

»Nein, nein«, erwidert sie. »Die Leute von damals spüre ich manchmal, aber sie sind nicht hier.«

Es hört sich an, als spräche sie von Geistern. Ich gehe auf Nummer sicher. »Ich habe manchmal auch das Gefühl, als wären meine Eltern noch da«, sage ich.

»Das sind sie auch«, erwidert sie. »Auf eine gewisse Art bleiben sie bei einem.«

»Gut.«

Ich stelle mir das bildlich vor: lauter Leute hinter ihr und hinter mir. Mich begleiten meine Eltern, deren Eltern und wiederum deren Eltern – eine Generation nach der anderen, eine endlose Reihe, die sich im Dunkeln verliert. Wir gehen unter einem Baum hindurch, an dessen Zweigen noch ein paar Blätter hängen. Alle anderen Bäume in diesem Block sind vollkommen kahl.

»Alles in Ordnung, Ginny?«, fragt Gert.

»Ja, alles bestens.«

»Manchmal kann es unangenehm sein, wenn die Toten bei einem sind«, sagt sie.

Ich denke an Evangeline. »Hast du Angst, sie könnten dir wehtun?«

»Bei manchen schon. Es gibt gute und böse Tote, genau wie bei den Lebenden. Mein Mann, der vor zehn Jahren starb, ist nach wie vor bei mir. Und er ist genau wie immer.«

»Das klingt so, als ob du ihn vermisst.«

»Ich hasse ihn«, entgegnet sie, »genau wie immer.«

»Aber …« Ich versuche, aus ihren Worten schlau zu werden. »Wie konntest du deinen Mann hassen?«

Gert zieht ihre Jacke am Hals enger zusammen und sagt: »Es fällt mir schwer, darüber zu reden. Wir haben sehr jung geheiratet, damit ich Kuba verlassen konnte. Als ich merkte, dass ich Umberto hasste, war es bereits zu spät. Eine Frau, allein in Amerika, mit zwei kleinen Söhnen …«

»Zwei? David hat einen Bruder?« Ich kenne Gert besser als die meisten Menschen, habe sie aber noch nie nach ihrer Familie gefragt. Ich weiß nicht, was sie denkt oder wo sie wohnt. Ich kenne sie kein bisschen. Und das ist allein meine Schuld.

»Hatte«, sagt Gert. »Er ist gestorben. David kann sich nicht einmal mehr an ihn erinnern. Ich glaube, das ist auch besser so.«

Wir marschieren im selben Rhythmus, unsere Schritte sind gleich lang. Ich sehe, wie unsere Füße im selben Moment den Boden berühren.

»Als David geboren wurde, zog auch einer meiner Brüder in die Vereinigten Staaten. Von da an konnte sich seine Frau um die Jungen kümmern. Und ich fing an, putzen zu gehen, um etwas Geld zu verdienen. Ich lernte die Sprache. Als ich glaubte, allein zurechtzukommen, wollte ich mich von Umberto trennen. Aber er hat es nicht zugelassen.«

»Wie konnte er dich davon abhalten?«

»Das verstehst du nicht«, sagt sie. »Du bist privilegiert. Du bist intelligent, und du hast Geld. Du hast ein richtiges Zuhause. Als ich in deinem Alter war, hatte ich nichts von alledem.«

»Ich habe kein Geld.«

»O doch! Deine Eltern hatten Geld, und das haben sie dir und Amanda hinterlassen. Du hältst es vielleicht nicht in Händen, aber es gehört dir trotzdem.«

»Oh.«

»Für mich war es schwer. Ich bin eingeknickt und bin geblieben. Aber dann ... wurde alles anders. Tomas starb. Als ich erneut versuchte, meinen Mann zu verlassen, hat mir deine Mutter geholfen. Sie hat uns Geld gegeben, damit David und ich ausziehen konnten.«

»Und Umberto hat dich gehen lassen?«

»Anfangs nicht«, sagt sie. »Als er herausfand, wo wir wohnten, kam er jeden Abend und trommelte gegen die Tür. Ich zählte die Abende, bis es zwanzig waren, danach habe ich aufgehört zu zählen. Ich habe gewartet und gebetet, und viele Abende später fand Umberto eine Frau, die ihm besser gefiel. Da hat er mich gehen lassen.«

»Du hast also bekommen, was du wolltest.«

»Das schon«, sagt Gert, »aber es war ein schmerzhafter Prozess. Und manchmal höre ich Umberto immer noch.«

Das ist die Gelegenheit, sie nach den Geistern zu fragen. Aber ich kann sie nicht direkt darauf ansprechen. »Du ... hörst ihn? Seine Stimme? So, als wäre er mit dir im Raum?«

»Nein«, erwidert sie. »Aber das Poltern, seine Faust an der Tür, und das ist mehr als genug.«

»Ich weiß nicht, was ich sagen soll.«

»Das macht nichts. Ich bin deiner Familie zu großem Dank verpflichtet«, entgegnet sie. »Ohne deine Mutter hätte ich nichts. Und dein Dad hat Davids Hand geheilt. Auch das ist mehr, als wir je vergelten könnten. Aber deine Mutter hat uns das Leben gerettet. Und deshalb stehe ich für immer in ihrer Schuld.«

Mein Magen krampft sich zusammen, und ich weiß, dass das nicht an der Chilisoße liegt. »Aber jetzt ist Ma tot.«

»Ja. Es gibt so viel Trauer in der Welt … Es tut mir leid.«

»Mir tut es auch leid.«

»Du und ich, wir wissen, was Trauer bedeutet«, sagt sie. »Aber so ist das Leben. Wenn man trauert, ist es gut, dass Menschen einander trösten können.«

Gert biegt links ab und bleibt vor einem großen, eckigen Gebäude mit einem sechszackigen Stern über dem Eingangstor stehen. »Aber jetzt lass uns nicht länger an unsere eigene Trauer denken. Wir sind da.«

Als wir die Synagoge betreten, weiß ich nicht, was mich erwartet. Ich bin überrascht, dass sie mich an eine Kirche erinnert. Ma hat uns früher hin und wieder mitgenommen und Amanda mit Schokolade bestochen und mich mit einem Buch, damit wir Dad nichts davon sagten. Soweit ich mich daran erinnern kann, hat das Gotteshaus, das Ma so liebte, viel Ähnlichkeit mit dem, in das Gert mich gerade führt. Hohe Decken, lange Sitzreihen und große Fenster, die viel Licht hereinlassen. In der Kirche zeigten die Buntglasfenster Gesichter, aber hier gibt es nur Farben und Formen. An der Stirnseite des Raumes befindet sich ein quadratisches Etwas, aber wir gehen nicht nahe genug heran, dass ich erkennen könnte, was es ist.

Gert läuft zügig weiter in einen langen Flur mit niedriger Decke. Ich folge ihr.

Ich vertraue Gert. Wenn sie sagt, dass ich hier keine Probleme bekommen werde, dann wird es so sein. Dennoch richte ich meine Gedanken auf Zwiebeln – in der Pfanne warten weiße Ringe darauf, dass die Hitze sie weich und süß werden lässt. Nur zur Sicherheit.

Die Luft ist kühl, wird aber wärmer, als wir das andere Ende des Flurs erreichen. Wir betreten die Küche. Die gesamte Küchentheke ist voller Teller, auf denen sich strikt voneinander getrennt verschiedene Lebensmittel häufen. Ich sehe Backbleche mit Spargel. Blöckeweise Käse. In drei Schüsseln türmen sich Eier, weiß und glatt wie Flusskiesel.

Die Lebensmittel hypnotisieren mich so, dass ich einen Moment brauche, bis ich die Menschen wahrnehme.

Drei Frauen stehen in der Küche, alle dunkel gekleidet. Die größte hat weißes Haar, die beiden anderen haben rötliches und ein Grübchen im Kinn. Eine ist älter als die andere und steht leicht gebeugt da.

»Hallo«, murmelt die Weißhaarige, aber niemand stellt sich vor. Das kommt mir entgegen. Gert erklärt mir, wie ich hart gekochte Eier zubereiten soll: die Eier in kaltes Wasser legen, eine Prise Natronpulver dazugeben und sie zum Kochen bringen. Den Herd ausschalten und sie anschließend genau zwölf Minuten ruhen lassen. Mit kaltem Wasser behutsam und gründlich abschrecken. Ich machte zwei Ladungen in kleinen Töpfen, bis Gert es bemerkt und den Rest in einen größeren Topf gibt. Sie notiert die Anweisungen auf einem Zettel, und ich setze sie abermals um. Kaltes Wasser, Natronpulver, alles zum Kochen bringen, den Herd ausschalten, die Eier zwölf Minuten ruhen lassen. Abschrecken. Pellen.

Als das erledigt ist, gibt Gert mir ein paar Pfund Trockenlinsen und beauftragt mich, die schlechten Linsen und kleinen Steinchen herauszulesen. Diese Arbeit kommt mir entgegen. Wenn es auch nur ein einziges Steinchen gibt, finde ich es. Ich frage mich, wie viel Gert aus jahrelanger Beobachtung über mich weiß.

Während sie neben mir Karotten schält und ich die Linsen lese, erklärt Gert mir, worum es hier geht.

»Das ist die Beerdigungsbruderschaft. *Chewra kadischa.*« Es ist seltsam, diesen jiddischen Begriff aus Gerts Mund zu hören. Normalerweise spricht sie mit leichtem kubanischem Akzent. Aber ich rufe mir wieder ins Gedächtnis, dass sie, bevor sie Kubanerin wurde, Rumänin war und von Geburt an Jüdin ist. Insofern gehört das Jiddische zu ihr wie alles andere auch.

Ich finde eine schwarze Linse unter den braunen und sortiere sie zur Sicherheit aus. »Die Beerdigungsbruderschaft?«, sage ich. »Ihr … beerdigt Menschen?«

»Nein, nein. Es gibt viele Möglichkeiten zu helfen. Manche waschen den Leichnam. Andere erledigen

Aufgaben, die so geheim sind, dass ich nicht darüber sprechen darf.«

Ich sehe mich in der geschäftigen Küche um. »Und manche kochen.«

»Ja. Wir bereiten Mahlzeiten zu. Wir einigen uns untereinander, wer wann kocht. Meist nach Todesfällen, was am traurigsten ist, aber auch, wenn es Probleme oder Krankheitsfälle in einer Familie gibt. Nach einer Beerdigung sollen die Hinterbliebenen nicht selbst kochen müssen. Das erledigen andere für sie. Die Gemeinde.«

Ich hänge dieser Vorstellung nach, während ich die Linsen nach Stückchen durchsuche, die dort nicht hingehören. Liebe ohne große Worte. Handeln statt reden. So, wie sich Amanda um ihre Familie kümmert, mich eingeschlossen, auch wenn mir nicht immer gefällt, wie sie es tut. So wie David es für Elena tut, auch wenn es dafür zu spät ist.

Wir arbeiten schweigend. Als ich mit den Linsen fertig bin, warten weitere Aufgaben auf mich, Servietten falten, Obst waschen und dergleichen. Meist reicht Gert mir die Sachen und erklärt mit knappen Worten, was ich tun soll. Als ich eine Ungeschicklichkeit begehe und zwei Erdbeeren zu Boden fallen, reicht mir die jüngere Rothaarige eine Rolle Küchenpapier. Nachdem alles fertig ist, verladen wir Tabletts und Schüsseln in Kofferräume und auf Rücksitze und brechen zu einem Haus auf. Die Sonne steht schon tief am Himmel, deshalb hinterlasse ich kurz die Nachricht auf Amandas Mailbox, ich wisse noch nicht, wann ich nach Hause käme. Sie solle ruhig ohne mich zu Abend essen. Gert spricht nicht viel während der Fahrt, aber alles, was sie sagt, hat Gewicht.

»Ich will dir das Haus ein wenig erklären«, sagt Gert. »Es sind Trauernde anwesend, Verwandte. Sie sitzen die Schiwa, das ist so Tradition. Die Familie bleibt sieben Tage lang zu Hause. Freunde und Gemeindemitglieder kommen, um mit ihnen die Schiwa zu sitzen. Das ist eine Mitzwa, ein Gebot. Es soll die Hinterbliebenen trösten.«

Einerseits verstehe ich, warum das zum Trauerprozess gehört. Andererseits bin ich dankbar, dass meine Familie nicht jüdisch ist. Es war schon schlimm genug, am Tag der Beerdigung von so vielen Menschen beachtet zu werden – wie viel schlimmer wären sieben solcher Tage! Gut, dass es bei Ma und Dad schneller vorbei war.

Nur dass ich noch ständig daran denken muss. So gesehen ist es nicht wirklich vorbei, aber ich verdränge diesen Gedanken wieder. Heute steht nicht meine Trauer im Mittelpunkt.

Das Auto, in dem Gert und ich mitfahren, hält in einer langen Auffahrt. Wir tragen die Speisen ins Haus. Ich folge Gert und beobachte schweigend.

Wir fünf machen uns in der Küche zu schaffen. Die Frauen sind perfekt aufeinander eingespielt. Hin und wieder schert Gert aus und gibt mir leise Anweisungen: Ich soll schweigen. Ich soll ihr folgen. Aber die meiste Zeit wird sie mich in der Küche brauchen. Ich soll kein Besteck verwenden, das sie mir nicht in die Hand gibt, denn in einem koscheren Haushalt hat man ein Besteckset für Fleisch und eines für Milchspeisen, und beide dürfen nicht verwechselt werden.

»Gut«, sage ich.

»Ich reiche dir, was du brauchst«, sagt Gert.

»Gut.«

Wir fangen an. Die Frauen tragen Schüsseln hin und her.

»Wir sind hier, weil heute die Beerdigung stattfand. Die Familie wird von uns bedient. Das nennt man *Se'udat Havra'ah*, das Mahl der Trauernden.« Gert gibt die letzten Schüsseln mit hart gekochten Eiern aus.

Alle Speisen sind ausgepackt, und meine Hände haben nichts mehr zu tun. Wir tauschen die Plätze, sodass ich direkt neben der Tür stehe. Ich sehe die Leute, deretwegen wir gekommen sind. Die Trauernden sind leicht zu erkennen. Sie sitzen getrennt von den anderen auf langen, niedrigen Bänken, den Blick geradeaus gerichtet.

Als noch mehr Leute eintreffen, merke ich, dass sie mich ansehen. Ich frage mich, warum. Nicht wegen meiner Kleider, denn die unterscheiden sich nicht sehr von denen der anderen. Wir alle tragen dunkle Farben. Ich schaue nach unten auf ihre Füße und beobachte die sich langsam bewegenden Schuhe. Vielleicht schauen mich die Leute an, weil ich ihnen nicht ins

Gesicht sehe. Das bereitet mir normalerweise Probleme, wenn ich neue Leute kennenlerne. Jedenfalls ist irgendetwas an mir merkwürdig. Nicht in Ordnung. Alle merken es. Bis auf die Trauernden. Die Angehörigen. Sie schauen ins Nichts.

Ich beobachte die Familie. Dabei muss ich an meine eigene Traurigkeit denken. Ich hätte auch gern ein Mahl der Trauernden gehabt. Wahrscheinlich habe ich genau das versucht, als ich aus Versehen Nonnas Geist heraufbeschwor. Indem ich Ribollita kochte, wollte ich mich in die Vergangenheit, in eine glücklichere Zeit zurückversetzen. Aber was dann geschah, war alles andere als tröstlich.

Hinter mir sagt Gert: »Ginny, salze diese Schüssel Linsen, bitte.«

Ich nehme die Schüssel entgegen und wende mich vom Wohnzimmer ab.

Um mich von meinen Gedanken zum Thema Trauer abzulenken, frage ich Gert: »Gibt es das immer? Eier und Linsen?«

»Zumindest Nahrungsmittel in dieser Form, aber nur beim Mahl der Trauernden. Bei anderen Mahlzeiten ist alles erlaubt.«

»Warum?«

»Es gibt keinen Grund dafür.«

Jemand ruft vom Herd aus nach ihr. Ich überlege, welche Nahrungsmittel in ähnlichen Formen es gibt. Runde, längliche Dinge. Bestimmte Obstsorten müssten gehen. Mangos vielleicht? Kiwis, Papayas?

In der nächsten Stunde laufen wir zwischen Küche und Wohnzimmer hin und her, füllen Schalen nach, räumen ab, was es abzuräumen gibt. Ich entdecke einen Wasserkrug neben der Tür und greife danach, weil er leer scheint, aber Gert legt ihre Hand auf meine, und ich ziehe sie rasch zurück.

»Damit waschen sich die Trauernden«, sagt sie.

Den Rest des Abends mache ich einen Bogen um den Krug.

Es gibt eine Tradition, die mir Gert nicht zu erklären braucht. Ich sehe selbst, was sie bedeutet. Die Familienmitglieder tragen alle ein zerrissenes schwarzes Band, das sie mit einer Sicherheitsnadel an ihre Kleidung geheftet haben. Es ist nur ein einziger Riss darin.

Das beschäftigt mich, bis es Zeit wird zu gehen. Es erscheint mir eine passende Art, seiner Trauer Ausdruck zu verleihen. *Ich bin traurig, also zerreiße ich mich, und sei es mit einer noch so kleinen Geste.*

Jemand fährt uns zurück zur Synagoge, und Gert und ich laufen im kühlen Abendlicht durch die Spruce Street zu mir nach Hause. Am Fuß meiner Treppe sagt Gert: »Danke, Ginny. Gute Nacht.«

»Gute Nacht.«

Sie wendet sich zum Gehen, und fast ist es zu spät dafür, aber ich will es trotzdem wissen, also frage ich: »Warum hast du mich auf eine Beerdigung mitgenommen?«

»Das war keine Beerdigung«, sagt sie.

»Aber so etwas Ähnliches.«

Ich vermag sie in der Dunkelheit kaum zu erkennen. Es müsste mehr Straßenlaternen geben.

»Ginny, du kannst nicht in dem Haus bleiben«, sagt Gert.

»Fang du nicht auch noch an!« Ich werde wütend, versuche aber, mich zu beherrschen. »Amanda sagt, dass ich nicht bleiben kann, aber ich hätte nie gedacht, dass du das auch so siehst.«

»Du verstehst mich falsch«, sagt sie. »Du sollst hier wohnen bleiben. Aber du darfst dich nicht den ganzen Tag im Haus verstecken. Du kannst mehr.«

Sie legt ihre Hand auf meine Stirn, gibt mir ihren Segen und geht.

Vielleicht hat sie recht.

Ich sperre die Haustür auf. Im Erdgeschoss brennt nirgendwo Licht. Ich spüre, wie Midnight um meine Knöchel streicht, also gehe ich in die Küche und gebe etwas Futter auf einen Teller. Dann steige ich nach oben. Amanda liest den Mädchen gerade eine Gutenachtgeschichte vor und sieht nicht auf, als ich in der Tür stehe. Aber Parker entdeckt mich und sagt: »Tante Ginny! Mom, darf uns Tante Ginny eine Geschichte vorlesen?«

»Na, wie wär's?«, fragt Amanda, und ich nicke schweigend.

Wir tauschen die Plätze. Ich setze mich auf die Bettkante, während Amanda in der Tür stehen bleibt und die Mädchen sich wieder hinlegen. Ich lese in einem kleinen Lichtkegel. Parker schläft schon ein, bevor ich zur zweiten Seite gekommen bin, aber Shannons kleine Augen sind geöffnet und starren an die Decke statt ins Buch. Sie sieht so aus, wie ich mich fühle. Als ich das Licht lösche, protestiert sie nicht.

Ich gehe nach oben in mein Zimmer und nehme die gleiche reglose Haltung ein, die Arme seitlich neben dem Körper, die Bettdecke bis zum Kinn hochgezogen. Unten höre ich eine leise Erwachsenenstimme. Amanda sagt ihrem Mann, der Tausende von Meilen entfernt ist, gute Nacht. Ich verstehe ein paar unzusammenhängende Wörter. *Verschwinden, morgen* und *ein Machtwort sprechen.* Irgendwo im Haus klappert die Steuermarke am Halsband der Katze, aber so leise, dass es kaum zu hören ist.

Damit mich die Gesichter der Trauernden nicht bis in den Schlaf verfolgen, verliere ich mich im Brennen der Chilisoße, versuche, mich an jede feinste Geschmacksnuance zu erinnern: das Brennen der Chili-Schärfe, kräftig, aber ausgewogen. Der leichte Knoblauchgeschmack im Hintergrund. Ein Hauch von Schmerz, aber nicht so wie von einer Stecknadel oder von einem Messer, sondern stumpfer und schärfer zugleich, wie ein Radiergummi, den man fest in das weiche Fleisch der Zunge drückt. Ein Geschmack, der gleichzeitig weh und wohl tut. Eine rätselhafte Mischung aus chemischen Verbindungen, nicht aus menschlichen Gefühlen. Und das sind die einzigen Rätsel, bei denen ich weiß, dass ich sie lösen kann.

Am nächsten Morgen denke ich über Amandas Plan nach, zu ihr zu ziehen. Soll ich es wirklich tun? Ich habe mich so darauf versteift, hierzubleiben, das Haus nicht zu verkaufen, dass es mir schwerfällt umzudenken. Aber wäre es wirklich so schlimm?

Doch Ma hat ihren Satz nicht beendet. *Es ist überaus wichtig, dass du Amanda daran hinderst* … mich zu überreden auszuziehen? Will Amanda jemandem weh tun? Mir? Sich selbst? Es gibt zu viele Möglichkeiten, und das lähmt mich.

Amanda sitzt am Esstisch, sieht von ihrem Laptop auf und sagt: »He, gerade habe ich an dich gedacht. Möchtest du etwas frühstücken?«

»Noch nicht.«

»Parker schläft noch«, sagt sie. »Und Shannon ist, wo immer deine Katze gerade ist. Sie ist völlig besessen von dem Vieh! Aber das kommt mir ehrlich gesagt gerade gelegen. Wir müssen reden.«

»Ach ja?«

»Ich habe es bisher nicht wieder angesprochen, weil wir beide so aufgewühlt waren. Aber jetzt müssen wir den Tatsachen ins Gesicht sehen.«

»Welchen Tatsachen?«

»Deinem Problem.«

Hinter mir ertönt ein leises Geräusch. Ich werfe einen kurzen Blick zur Treppe und sehe, wie Midnight herunterkommt. Ihr Schwanz wandert durch die Luft, von rechts nach links und wieder zurück, würdevoll und langsam. Ich versuche, mich nicht von dieser hypnotisierenden Bewegung ablenken zu lassen.

»Wie ich schon sagte, ich habe kein Problem.«

»Findest du es normal, dass man sich bei der Beerdigung der eigenen Eltern im Schrank versteckt? Findest du es normal, den Leuten auf die Schuhe zu starren, statt ihnen ins Gesicht zu sehen? Findest du es normal, laut loszuschreien, wenn man in der Öffentlichkeit leicht von einem Fremden gestreift wird?«

»Das ist nicht immer so. Es passiert mir nur ganz selten.«

»Aber es passiert. Ich weiß, Mom hat getan, was sie konnte. Aber vielleicht hätte sie dir besser helfen können, wenn sie gewusst hätte, was du hast.«

»Eine Persönlichkeit.«

»Ginny, das ist nicht witzig!«, sagt Amanda.

»Es soll auch nicht witzig sein«, sage ich.

Kleine, knarrende Schritte, die vom Teppich gedämpft werden, folgen Midnight die Stufen herab. Ich sehe, wie Shannon auf der untersten Stufe in die Hocke geht und eine Hand nach dem weißen, weich aussehenden Schwanz ausstreckt, der knapp außer Reichweite ist.

»Ginny, hast du gehört, was ich gesagt habe?«, fragt Amanda.

»Entschuldigung«, sage ich geistesabwesend. Meine ganze Aufmerksamkeit wird von der Katze und dem Mädchen gefangengenommen – und von der

Anstrengung, meine Schwester nicht aufzufordern, die Klappe zu halten.

»Ich sagte … Ich glaube … Ginny, ich glaube, du brauchst mehr Hilfe.«

»Ich habe Gert.«

»Ich rede von einer anderen Art Hilfe.«

Ich weiß das. Midnight setzt sich, um ihre Pfote zu lecken, als gäbe es nichts Dringenderes auf der Welt. Shannon beugt sich ein wenig zu weit vor und fällt von der untersten Stufe. Es geht so schnell, dass sie sich nicht rechtzeitig abstützen kann, und sie schlägt hart mit dem Kopf auf den Dielenboden. Sofort erfüllt ihr Geschrei das ganze Haus.

Amanda ist aufgesprungen. »Shannon, Schätzchen, ist ja gut!« Sie nimmt sie auf den Arm. »Komm, Kleines. Alles ist gut.«

Shannon schluchzt, und Amanda streicht ihr über den Hinterkopf. Amanda dreht sich zu mir um und sagt: »Wir sind noch nicht fertig. Hör zu, die Sache ist eigentlich ganz einfach: Ich möchte nur, dass du zu einem Arzt gehst. Dass er eine Diagnose stellt und dich behandelt, denn das könnte vieles erleichtern.«

Shannons Geschrei umfasst alle Oktaven. Amanda hört auf, sie zu streicheln, und legt die flache Hand sanft auf ihren Kopf. Midnight huscht davon.

»Nein«, sage ich zu Amanda. »Ich will keinen Arzt.«

»Irgendwann wird dir etwas zustoßen. Darüber mache ich mir Sorgen. Am Tag der Beerdigung hättest du beinahe das Haus in Brand gesteckt. Außerdem lässt du fremde Männer in die Küche. Das ist doch nicht normal, Ginny!«

»Es war nur einer.«

»Einer?«

»Ein Mann.«

»Dir wird etwas zustoßen«, wiederholt sie.

Ich starre auf ihren Hals.

»Das sind Tatsachen. Shannon, pssst, Liebes, alles ist gut, ja?«

Shannon stößt Wörter hervor, die ich nicht verstehe. Sie schluchzt sie ihrer Mutter ins Ohr.

»Hier, Ginny, versuch du es mal«, sagt Amanda. »Sie will zu dir.«

Ich nehme Shannon entgegen. Sie ist schwer. Sofort fällt ihr Kopf auf meine Schulter, als würde er magnetisch davon angezogen. Meine Hand wandert nach oben, ohne dass mein Gehirn es befehlen müsste. Ich sehe zu Amanda. Sie starrt mich mit verschränkten Armen an. Ich weiß, was das bedeutet. Ihre Bluse hat sich an der Schulter verfärbt, sie ist nass von Shannons Tränen.

»Bitte!«, sagt sie. »Du denkst, du brauchst keinen Arzt. Aber tu es mir zuliebe, Ginny. Tu mir den Gefallen. Geh zum Arzt und lass dich durchchecken.«

Das Wort »durchchecken« weckt in mir die Vorstellung von ›durchpassieren‹. Das ist eine französische Technik. Suppen werden passiert, und Soßen. Man drückt sie durch ein Tamis oder ein Chinois.

Was dann auf der anderen Seite rauskommt, ist flüssig oder breiig, sämtliche feste Teile bleiben hängen und werden weggeworfen. Ich will nicht durchpassiert werden.

Amanda macht einen Schritt auf mich zu. Sie spricht leise. »Deine Krankheit hat einen Namen.«

»Schüchternheit?«

»Nein.«

»Soziale Auffälligkeit?«

»Nein.«

»Ikonoklasmus?«

Shannon ist jetzt ruhiger, sie weint nicht mehr, sondern wimmert nur noch. Amanda tritt noch näher heran und legt ihre Hände über die kleinen Ohren ihrer Tochter.

»Verdammt noch mal, Ginny, sie heißt Asperger-Syndrom.«

»Ich bleibe bei Ikonoklasmus.«

»Hör mir zu!« Sie lässt ihre Hände auf Shannons Ohren liegen. Wir stehen dicht beieinander. »Als Shannon in die Vorschule kam, hieß es, sie sei ungewöhnlich still. Sie spielt für sich allein und redet nicht so viel wie die anderen. Ich bin mir sicher, dass mit ihr alles in Ordnung ist. Aber ich habe ein bisschen im Internet recherchiert, und als ich die Liste mit Symptomen sah, die beim Asperger-Syndrom vorkommen, dachte ich: Ach du meine Güte! Das ist Ginny.«

»Ich habe kein Syndrom, Amanda«, entgegne ich scharf.

»Denk drüber nach. Ziehe es wenigstens in Erwägung.«

»Nein.« Hätte ich nicht Shannon auf dem Arm, würde ich jetzt schnurstracks zum Kleiderschrank laufen.

Amanda lässt nicht locker. »Ich habe mit Angelica gesprochen, und sie hat mir erzählt, dass ein Cousin von ihr etwas Ähnliches hat. Er musste bloß ein paar Tabletten nehmen, und jetzt geht es ihm gut.«

»Ich will keine Tabletten nehmen.«

»Sei nicht unvernünftig. Ich will dir nur helfen.«

Parker kommt die Stufen heruntergepoltert, und Amanda eilt wie der Blitz zum Fuß der Treppe. Das kleine Mädchen ist etwas wackelig auf den Beinen. Meine Arme werden müde, also gehe ich zum Sessel am Kamin und will Shannon absetzen.

Amanda schreit mich an: »Wir sind noch nicht fertig!«

Shannon hält sich die Ohren zu.

»Geht's dir wieder gut?«, frage ich sie.

»Mommy ist so laut«, murmelt sie in meine Schulter.

»Es ist alles in Ordnung«, versichere ich ihr. Sie schweigt. »Soll ich dich runterlassen?«

»Okay.«

Ich setze Shannon ab. Sie läuft sofort zum Sofa und legt sich davor auf den Boden, den Kopf auf einem Teppichläufer.

»Warum macht sie das?«, fragt Amanda.

»Weil die Katze unterm Sofa verschwunden ist«, sage ich. Parker geht zu ihrer Schwester und tut es ihr nach.

Amanda redet leise auf mich ein. »Geh zum Arzt. Tu es für mich.«

»Nein.«

»Komm schon. Nach allem, was ich für dich zu tun bereit bin.«

»Und das wäre?«

»Ich biete dir ein Zuhause. Lasse dich bei uns wohnen.«

Ich überlege kurz und erwidere: »Aber ich möchte gar nicht bei dir wohnen.«

»Genau daran merke ich, dass etwas mit dir nicht stimmt«, sagt Amanda. »Weil du vernünftigen Argumenten nicht zugänglich bist.«

»Was stimmt denn nicht mit Tante Ginny?«, fragt Parker.

»Mit mir stimmt alles«, sage ich. Aber Amanda sieht das anders. Amanda will mich in eine Schublade stecken. Wie ein Küchenmesser. Wie eine Gabel.

Shannon sagt: »Die Katze will da nicht rauskommen.«

»Lass sie einfach in Ruhe!«, ruft Amanda, wieder einmal zu laut.

Meine Schwester will mich in eine Schublade stecken. *Es ist überaus wichtig, dass du Amanda daran hinderst* … dich in eine Schublade zu stecken? War es das, was Ma mir sagen wollte? Das ergibt einen Sinn.

Amanda sagt: »Meine Güte, hörst du mir überhaupt zu?«

Ich antworte wahrheitsgemäß: »Nein.«

»Das macht mich traurig.«

»Dann sei eben traurig«, entgegne ich.

»Ich bin wirklich traurig« sagt sie. »Im Ernst.«

»Warum denn, Mommy?«, fragt Parker. »Du sollst glücklich sein!«

»Ich weiß, mein Schatz«, sagt sie. »Aber manchmal wollen die anderen einfach nicht hören. Hör mal, hast du Lust, im Café zu frühstücken?«

»Ja!«, ruft Parker begeistert.

»Shannon, hast du Lust auf Pfannkuchen?«

»Pfannkuchen!«, ruft Shannon und steht vom Teppich auf.

»Das ist doch albern, ich kann auch hier Pfannkuchen machen«, sage ich, aber Amanda geht schon zur Tür und nimmt die Wintermäntel ihrer Töchter von der Garderobe. Sie rennen hinter ihr her.

Gut. Sie ist wütend. Sie braucht ihren Freiraum. Von mir aus. Aber ich werde nicht tun, was sie von mir verlangt, und das nicht nur aus Protest. Allmählich glaube ich zu wissen, wovor mich die Geister warnen wollen.

Wenn Amanda mich in eine Schublade steckt, befinden wir uns nicht mehr auf einer Ebene. Dann ist sie der Chef. Dann kann sie über das Haus bestimmen, mich rauswerfen oder es verkaufen, ganz wie sie will. Wenn ich krank bin, hat sie das Sagen.

Es spielt keine Rolle, welche Krankheit es ist – abgesehen davon, dass ich sie sowieso nicht habe. Trotzdem kann es nicht schaden, mich zu informieren. Ich habe das Wort schon mal gehört, kann mich aber nicht erinnern, wo – in der Schule vielleicht? Aber ich weiß nur, wie man es schreibt, nicht, was es damit auf sich hat.

Ich schlage Asperger im Wörterbuch nach, aber da finde ich es nicht. Die Seite, auf der es stehen müsste, gefällt mir, denn sie verzeichnet viele Namen für Lebensmittel. *Asparagus. Aspartam. Aspik.*

Aber es gibt auch böse Wörter wie *asozial.*

Ich klappe das Buch zu und gehe ins Zimmer meiner Eltern. Dort knie ich mich auf den Schrankboden und stecke meine Hände in Dads Schuhe. Ich bleibe sehr lange dort. Ich verstoße gegen einen von Mas kardinalen Grundsätzen. (*Kardinal* steht auf einer Seite mit *Kardiologie* und *Kardone.*) Ich erlaube mir, meine Batterien eine ganze Stunde, ja sogar zwei und schließlich drei Stunden lang aufzuladen. Ma wäre entsetzt. *Ginny, hör auf meine Worte!*, würde sie sagen. Aber sie kann es nicht sagen, sie ist nicht hier.

Als ich wieder rauskomme, sind Amanda und die Mädchen immer noch nicht zurück. Ich gehe in mein Zimmer, setze mich mit meinem Laptop in die Nische und rufe die Website Kitcherati auf. Ich lese Diskussionsbeiträge zum Thema Küchenunfälle. Ich selbst habe unzählige kleine Schnitte, Verbrennungen und blaue Flecken davongetragen, aber nichts Ernsteres als den Schnitt über meinen Daumen, den Dad nicht rechtzeitig behandeln konnte. Und selbst der ist nicht so schlimm wie das, wovon viele Leute auf Kitcherati berichten. Sie beschreiben, wie sie sich an Zuckerwatte verbrannt haben, die extrem heiß und gefährlich ist. Oder sie haben ihre Fingerkuppen durch den Fleischwolf gedreht. Sie haben reines Wasabi verschluckt, sich auf heiße Backbleche gesetzt oder sind irgendwie in kochende Brühe getreten. Die Küche ist voll von messerscharfen, heißen und todbringenden Dingen. Ma hätte mir nie das Kochen beigebracht, wenn ich nicht immer wieder in die Küche gekommen wäre. Aber sie muss es mir richtig beigebracht haben, denn ich habe mich nie ernsthaft verletzt. Amanda traut mir nichts zu, aber sie täuscht sich.

Nach Kitcherati rufe ich eine meiner Lieblings-Ratgeberkolumnen auf und lese das Problem des Tages. Die Leserin beklagt sich über etwas Verletzendes, das ihre Schwiegermutter zu ihr gesagt hat. Etwas, worauf sie nichts erwidert hat, das sie ihr aber niemals verzeihen kann. Die Kummerkastentante rät ihr, das Problem direkt anzusprechen oder aber es loszulassen, da aufgestauter Hass ungesund ist. *Kanalisieren Sie Ihre negative Energie und verwandeln Sie sie in etwas Positives*, lautet der Ratschlag.

Ich beschließe, es einmal zu versuchen.

Da ich ohnehin im Internet bin, gebe ich den Suchbegriff Asperger ein.

Der Begriff liefert zahlreiche Suchergebnisse. Blogs, Selbsthilfegruppen, eine bunte Mischung. Ich klicke etwas an, das medizinisch und somit seriös klingt. Aus dem Internet kann man eine Menge erfahren, aber man weiß nie, ob es auch stimmt. Genau wie im richtigen Leben. Man muss misstrauisch sein.

Ich entscheide mich für eine weißblaue Seite in einer einheitlichen Schrift, die weder zu groß noch zu klein ist. Die Definition von Asperger besteht aus Punkt für Punkt aufgelisteten Symptomen: *Probleme, Blickkontakt herzustellen. Die Unfähigkeit, Emotionen richtig zu deuten. Mangelndes Einfühlungsvermögen. Unangemessene soziale Reaktionen.* Bisher klingt das nicht nach Shannon. Ich lese weiter.

Die Tendenz, sich auf bestimmte Themen zu versteifen, die andere nicht interessieren. Das scheint mir auf jeden Menschen zuzutreffen, den ich je kennengelernt habe. Jeder hat ein Thema, über das er besonders gern spricht. Ich erinnere mich an einen Jungen im Kindergarten, der die ganze Zeit nur über Planierraupen sprach, und an ein Mädchen in der vierten Klasse, das auf Schmetterlinge fixiert war. Die Mädchen, die in den College-Seminaren hinter mir saßen, schienen sich ausschließlich über Bier und Sex zu unterhalten. Dad redete ununterbrochen über Chirurgie. Und bei Amanda waren es Einhörner. Als wir noch klein waren, war Amanda mehr als ein Jahr lang völlig besessen von Einhörnern. Sie kaufte Einhornaufkleber, Einhornschuhe und bat Ma, Einhornaufnäher an jedem Kleidungsstück anzubringen. Heißt das etwa, dass Amanda am Asperger-Syndrom leidet? Ich lese weiter.

Eine mehr oder weniger stark ausgeprägte Störung innerhalb des Autismus-Spektrums. Dazu zählen auch mimische Ticks, stereotypes Verhalten, Aggression, grobmotorische Störungen. Das Hauptunterscheidungsmerkmal gegenüber Autismus ist, dass kein Rückstand in der Sprachentwicklung auftritt. Wie Autismus kommt es häufiger bei Männern vor.

Häufiger heißt nicht ausschließlich. Je mehr ich über diese Punkte nachdenke, desto überzeugter bin ich davon, dass sie auf Shannon mehr zutreffen als auf mich.

Ich kopiere die Liste mit den Symptomen in eine E-Mail und schicke sie an Amandas Adresse. Mein Kommentar dazu besteht nur in einem einzigen Wort: *Shannon?*

Vielleicht leidet sie an diesem Syndrom, vielleicht auch nicht. Natürlich ist sie normal. Wir sind alle normal. Ich überlege, ob Shannon wohl gern ein Normalbuch hätte. Vielleicht, wenn sie etwas älter ist.

Ich will nicht mehr darüber nachdenken. Ich muss mich ablenken. Ich sehe zum Schrank hinüber, wobei mir wieder einfällt, was unter der Auslegeware versteckt ist.

Ich hebe sie hoch, ziehe die Fotos von Evangeline hervor und lege das eine, das Amanda gesehen hat, zu den anderen. Seit mir Evangelines Geist erschienen ist, habe ich mir die Fotoserie nicht mehr angeschaut. Ich war einfach zu schockiert. Aber jetzt, da etwas Zeit vergangen ist, werden meine Gefühle mich hoffentlich nicht mehr überwältigen, und ich kann die Bilder wieder mit der gebotenen Distanz betrachten. Mit einem analytischen statt mit einem verängstigten Blick.

Die Frau auf den Fotos hat kaum Ähnlichkeit mit dem Geist, den ich gesehen habe. Vielleicht war es ja eine andere Evangeline. Ich erinnere mich an die kahlköpfige Geistererscheinung, ihre tief eingesunkenen Augen. An die faltige Haut am Hals, die dünnen Zahnstocherarme. Die Frau auf dem Bild ist rundlich, weich und jung. Aber als ich mir ihr Gesicht ansehe – was mir nicht gerade leichtfällt, aber ich tue es trotzdem –, erkenne ich die Ähnlichkeiten. Die Form der Augen und Ohren. Ein heller Fleck an der linken Schläfe. Hinter dieser Sache steckt noch viel mehr, da bin ich mir sicher. Ich muss nur herausfinden, was.

Ob Dad diese Frau geliebt hat? Mit seinen Fingerspitzen diesen Hals liebkost, diese Lippen geküsst hat? Aber warum sollte er? Wie konnte er, wo es doch Ma gab?

Ich lege alle neunundzwanzig Bilder in einer langen Reihe vor mich auf den Boden. Der graue Himmel dehnt sich über dem Kopf der Frau, und der weiße Kragen betont den Fleck. Es ist eindeutig dieselbe Frau.

Eine Schwester aus dem Krankenhaus, hat Ma gesagt. Der weiße Kragen gehört zu ihrer Schwesternuniform. Ich kann nicht beurteilen, ob die Aufnahmen vor dem Krankenhaus gemacht wurden oder nicht – fest steht nur, dass sie im Freien aufgenommen wurden. Vielleicht im Hof hinter der Klinik.

Mir fällt wieder ein, dass ich erst dachte, sie fixiert etwas. Etwas, das sie in der Hand hält. Sie sieht nach rechts unten.

Aber nicht immer.

Auf manchen Bildern ist ihr Blick gesenkt, aber auf anderen schaut sie direkt in die Kamera.

Ich ändere die Reihenfolge der Bilder. Aufzustehen und zwischen den Enden der Reihe hin und her zu gehen ist ermüdend, also knie ich mich in die Mitte des Zimmers und lege die Bilder in einem Kreis um mich herum aus. Ich beginne mit jenen, auf denen sie den Blick gesenkt hat, dann folgen die, auf denen sie nach oben schaut. Ich erkenne eine Art Muster, aber irgendetwas stimmt nicht. Ich versuche etwas anderes.

Ich lege sämtliche Bilder zu einem sauberen Stapel aufeinander. Dann blättere ich die einzelnen Bilder ab wie bei einem Daumenkino. Evangelines Blick huscht hin und her. Ich lege die Fotos wieder im Kreis um mich aus und sortiere sie anders, wobei ich auf die kleinsten Details achte, damit die Reihenfolge stimmt. Anschließend stapele ich sie wieder sorgfältig aufeinander und blättere das Daumenkino erneut ab.

Das Ergebnis: Ihre Augen richten sich langsam auf mich und wenden sich dann ebenso langsam wieder ab.

Das ist anfangs ein unbehagliches Gefühl. Ich hasse es, wenn Menschen den Blick auf mich richten, und dadurch, dass die Bilder in Bewegung sind, scheint sie genau das zu tun. Aber ich rufe mir ins Gedächtnis, dass dies keine reale Person ist, sondern nur eine Reihe von Fotos. Ich schaue mir das Daumenkino erneut an. Sie sieht zu mir her und dann wieder fort.

»Bist du jetzt zur Vernunft gekommen?«, ertönt Amandas Stimme von der Tür her. Ich habe ihr den Rücken zugekehrt. Ich war so in die Fotos vertieft, dass ich sie gar nicht habe kommen hören. Ich beuge mich vor, um die Bilder vor ihr zu verstecken, und zwinge mich, ruhig zu bleiben. Vorhin war ich einfach nicht dazu in der Lage.

Als ich mich umdrehe und zu ihr aufsehe, achte ich darauf, Blickkontakt zu ihr herzustellen, und sage: »Ich weiß nicht, was ich darauf antworten soll.«

Sie schaut mir direkt in die Augen. Mit einer Drehung des Handgelenks schiebe ich sämtliche Fotos unters Bett. Ich wende mich wieder zu ihr um, stehe auf und sehe sie an.

»Es tut mir leid, wenn ich zu heftig in dich gedrungen bin. Ich bin einfach frustriert. Ich könnte dir wirklich helfen, damit umzugehen. Dir zeigen, wer du bist.«

»Ich weiß, wer ich bin.«

»Lass uns nicht streiten«, sagt sie und reicht mir zur Versöhnung die Hand. Ich weiß nicht, ob diese

Geste aufrichtig gemeint ist oder ob sie mich nur auf die Probe stellen will. Ich strecke ihr beide Hände entgegen, und sie drückt sie kurz, aber liebevoll.

Dann sagt sie: »Tut mir leid, dass ich nicht angerufen habe. Brennan ist früher zurückgekommen. Ich habe die Mädchen nach Hause gefahren, sie sind jetzt bei ihm. Ich dachte, wir beide bekommen mehr geregelt, wenn wir unsere Ruhe haben.«

»Klar.«

»Wir sind in der Bibliothek noch nicht fertig.«

Wir packen weitere Bücher in Kisten. Während ich die Bände verstaue, schüttle ich jeden, um zu sehen, ob etwas zwischen den Seiten steckt. Sollte Amanda das bemerken, sagt sie jedenfalls nichts dazu. Aber es gibt nichts. Keinen Brief, kein Rezept, keinen Hinweis auf die Vergangenheit. Das Interessanteste ist ein weiteres Buch von Dad. Es trägt den seltsamen Titel *Der Mann, der seine Frau mit einem Hut verwechselte*. Ich zeige es Amanda.

»Das kenne ich nicht«, sagt sie. »Ich bin in letzter Zeit kaum zum Lesen gekommen.«

»Du liest doch so gern.«

»Früher, ja. Heute finde ich kaum noch die Zeit dazu.«

»Du kannst sie dir nehmen, wenn du nur willst«, sage ich.

»Nein, Ginny«, widerspricht sie kopfschüttelnd. »*Du* kannst das. Ich nicht. Ehrlich gesagt … Komm, ich zeig dir was.«

Wir gehen nach unten in ihr altes Zimmer, das mit den buttergelben Wänden. Sie wendet sich dem Stapel mit den beschrifteten Kartons an der Wand zu und öffnet jenen, auf dem AMANDAS KINDHEIT steht.

»Einhörner«, sagt sie, während sie ein Heft durchblättert, und zeigt darauf. »Einhörner, wohin man schaut. Hier habe ich ein Rezept für Schoko-Erdnussbutter-Kugeln abgeschrieben. Und hier bin ich in Trent Dillinger verliebt.« Sie zieht ein weiteres Heft hervor. »Das hier stammt aus der Highschool, das ist gerade mal zehn Jahre her. Und hier habe ich rückwärts geschrieben, so haben Angelica und ich uns beim Hausaufgabenmachen verständigt. Hier steht, Moment: ›JW hat einen dicken Pickel auf der Nase.‹« Sie blättert ein paar Seiten weiter. »Hier habe ich LANGEWEILE in die Randspalte geschrieben und geübt, wie winzig ich ›Mrs Amanda Davis‹ schreiben kann, weil ich unbedingt mit Greg Davis auf den Abschlussball gehen wollte. Wenn nichts daraus würde, wollte ich sterben. Er hat mich nicht aufgefordert, und ich bin nicht gestorben. Aber damals war es das Wichtigste überhaupt. Dieses Gefühl! Und heute kann ich mich kaum noch daran erinnern, wie er aussieht.«

Ich schon – sie hat ihn in jenem Sommer einmal mit nach Hause gebracht –, aber das behalte ich für mich. Ich weiß nicht, was sie mir mitteilen will.

»Er ist unter den Erinnerungen so vieler Jahre verschüttet«, sagt sie und spricht jetzt schneller. »So vieles hatte ich seitdem zu erledigen – Rechnungen bezahlen, herausfinden, wie wir nach dem Umzug unsere Kaution zurückbekommen. Kleinigkeiten wie an unserem Jahrestag einen Platz im Restaurant reservieren, aber auch große Dinge, wie die Entscheidung treffen, in welchem Krankenhaus unsere Kinder zur Welt kommen sollten. Und dann jenes Weihnachten, als wir durch einen Schneesturm fahren mussten, um rechtzeitig bei Brennans Eltern zu sein. Ich hatte eine Riesenangst, weil ich fest davon überzeugt war, dass wir in einem Graben landen und sterben würden. Es gibt wirklich Tausende von Dingen, Millionen von Dingen, die seitdem passiert sind.«

Sie nimmt in jede Hand ein Heft und sagt: »Weißt du, was ich daraus lerne?«

»Nein.«

»Ich habe mich verändert«, sagt sie. »Ich bin älter geworden, habe geheiratet, bin Mutter, mehrmals umgezogen, und all das hat mich verändert. Ich bin erwachsen geworden.«

»Ich weiß.«

»Aber du nicht«, sagt sie.

Einen Moment lang bin ich sprachlos, dann erwidere ich: »Das stimmt nicht.«

»Es ist nicht deine Schuld«, sagt sie. »Das weiß ich auch. Mom und Dad haben sich um alles gekümmert. Du wohnst hier, und alles ist so herrlich bequem. Aber die Frage ist, *kannst* du überhaupt erwachsen werden?«

»Ich bin erwachsen!«

»Tatsächlich?«

»Ja!« Jetzt bin ich nicht mehr sprachlos, sondern wütend.

»Jemand, der sich im Kleiderschrank versteckt, ist nicht erwachsen«, sagt sie. »Das ist doch nicht normal.«

»Nur weil du das nie tun würdest, heißt das noch lange nicht, dass es nicht normal ist.«

»Erwachsene schließen das College ab«, sagt sie.

»Du hast dein Studium doch auch nicht abgeschlossen!«, schieße ich zurück.

»Weil ich schwanger geworden bin! Das ist doch etwas völlig anderes. Meine Pläne haben sich geändert, weil ich etwas erlebt habe. Reale Dinge. Du hast nie etwas wirklich Reales erlebt, weil Mom es nicht zugelassen hat.«

»Glaubst du etwa, ich wollte das so?«, schreie ich. »Ich habe es gehasst!«

»Blödsinn«, sagt Amanda.

Ich bin so wütend, dass ich beinahe die Beherrschung verliere, aber gerade das darf ich nicht, weil sich Amanda sonst im Recht fühlt. Ich weiß, dass ich sie nicht schlagen darf, also schlage ich auf einen der Kartons. Ein lauter Knall ertönt.

Ich konzentriere mich auf Essen. Ich brauche das.

Ich entscheide mich für flüssiges, nussiges Sesamöl. Ich kann mir keine anderen Adjektive vorstellen, die den Geschmack von Sesamöl besser beschreiben. Ein

Tropfen jedes anderen Öls breitet sich auf der Zunge aus und verliert sich, nicht aber Sesamöl. Es bleibt, wo man es hingetropft hat.

»Hast du denn gar nichts dazu zu sagen?«, fragt sie.

»Doch«, erwidere ich. »Aber sosehr du mich auch dazu drängst – ich gehe zu keinem Arzt. Eher noch zu einem Anwalt.«

»Wieso denn das?«

Ich bemühe mich sehr, meine Stimme weich klingen, keine Wut darin mitschwingen zu lassen. »Dieses Haus gehört zur Hälfte mir«, sage ich. Logik ist alles, was mir noch bleibt. »Rein rechtlich gesehen. Und wenn du darauf bestehst, es zu verkaufen, werde ich dafür sorgen, dass das nicht geschieht.«

»Genau, jeder gehört die Hälfte. Wir sollten gleichberechtigt sein, auch wenn wir es de facto nicht sind.«

»Wir *sind* gleichberechtigt.«

»Ja«, seufzt sie und wirft die Hefte zurück in den Karton. »Wir sind gleichberechtigt. Und weißt du was? Ich habe zwei kleine Töchter, die in jeder Hinsicht von mir abhängig sind. Ich hatte Freunde, wirklich gute Freunde, damals in Los Angeles. Aber ich wollte, dass meine Töchter ihre Großeltern gut kennen. Dad ging in Pension, und ich wusste, dass beide viel Zeit haben würden. Also habe ich Brennan überredet, sich zurück an die Ostküste versetzen zu lassen. Ich habe das Leben in L.A. aufgegeben, um hierher zurückzukommen, und dann wurde mir plötzlich der Boden unter den Füßen weggezogen. Sie sind *tot*, Ginny!«

Sie knallt den Deckel auf den Karton.

»Ich weiß, dass du traurig bist«, setze ich an, aber sie macht eine abwehrende Geste.

»Versuch's erst gar nicht!«, sagt sie. »Du weißt nicht, wie das ist. Du hast nicht die geringste Ahnung. Hast *du* den Anruf bekommen, als sie verunglückt waren? Warst du diejenige, die alles geregelt hat? Die Grabsteine? Die Blumen? Die Särge? Musstest du dorthin fahren, um ihre *Leichen* zu identifizieren?«

Sie sieht mich an, und ich merke, dass sie eine Antwort erwartet. Also starre ich auf den Karton und erwidere wahrheitsgemäß: »Nein.«

»Nein! Denn du hast nichts getan. Nur ich. Du stehst hier hilflos rum, wohnst mit deiner blöden Katze in diesem riesigen leeren Haus und kannst deiner eigenen Schwester nicht mal ins Gesicht sehen, wenn du mit ihr redest. Und du behauptest, wir wären gleichberechtigt? Jeder stünde die Hälfte zu? Von wegen gleichberechtigt! Ich gehe, dann kannst du zusehen, wie du klarkommst.«

Ich laufe ihr nach, die Treppe hinunter, aber mir fällt nichts ein, was ich sagen könnte. Ich bin wütend, verängstigt und noch viel mehr.

An der Haustür zischt Amanda: »Und glaub bloß nicht, ich hätte es nicht gemerkt. Sie kommen nicht mehr zurück, Ginny. Sie brauchen ihre Schuhe nicht mehr.«

Statt die Tür zuzuknallen, lässt sie sie weit offen stehen, und während mir die Kälte entgegenschlägt, sehe ich, wie Amanda mit jedem Schritt immer kleiner und kleiner wird.

Dann fällt mir auf, dass sie die E-Mail mit der Aufzählung der Symptome und der Frage *Shannon?* gar nicht erwähnt hat. Die könnte sie wütend machen – aber wütender als jetzt kann sie wohl kaum noch werden.

Meine Schwester hasst mich. Und sie hat recht. Ich habe nicht das Geringste getan, ich tue nie irgendetwas. Ich bin hilflos. Vielleicht leide ich an einem Syndrom. Vielleicht bin ich nicht normal.

Mir wird schwarz vor Augen. Das passiert mir sonst nicht, es sei denn, ich werde körperlich bedroht. Aber da mir keine Zeit bleibt, darüber nachzudenken, eile ich zurück ins Haus, nach oben, in den Kleiderschrank, zu den Schuhen, in die Dunkelheit. Sesamöl, Sesamöl, Sesamöl. Denk an all die köstlichen Sachen mit Sesam! Tahini, und natürlich Hummus. Sesamwaffeln. Kalte Sesamnudeln. Pasteli. Halva. Cremig und knusprig zugleich. Körnig, aber rund. Ein Widerspruch. Ich gehe ganz in dem Essen auf und ziehe mich von dem Licht, der Welt und der Wut meiner Schwester zurück.

Als ich mich etwas beruhigt habe, trete ich aus dem Schrank und warte, bis meine Augen sich wieder an die Helligkeit gewöhnt haben. Ich werfe einen

Blick auf die Schuhe. In einem Punkt muss ich Amanda recht geben: Ich stelle die Schuhe nicht nur deshalb wieder in den Schrank, damit ich meine Hände hineinstecken kann, wenn ich mich vor der Welt verkrieche. Ich mag ihren Anblick, die Vorstellung, wie die Füße meiner Eltern hineinschlüpfen. Die vielen Kartons spielen keine Rolle mehr, solange ich nur einen Kontakt zu den Schuhen herstellen kann. Der Rest der Menschheit mag das unlogisch finden, aber für mich ergibt es einen Sinn.

Aber ich kann mir die Welt nicht zurechtbiegen, wie ich sie gern hätte. Ich kann bestimmte Dinge nicht leugnen. Ich bin wütend, weil Amanda mich für ein Kind hält, aber ein Leben ohne meine Schwester kann ich mir auch nicht vorstellen. Sie ist alles, was ich noch habe. Aber die Dinge liegen noch viel komplizierter: Viele Familienmitglieder sind zwar tot, aber ich kann sie zurückholen, wenigstens für einen kurzen Moment, und zwar mithilfe ihrer Rezepte. Diese Fähigkeit würde jeden verwirren. Keine Ahnung, warum ich sie besitze. Irgendetwas an der Art, wie ich ihre Rezepte zubereite, beschwört sie herauf. Ich sage mir, das bedeutet aber nicht, dass ich verrückt oder anormal bin oder ein Syndrom habe. Ich habe nur Schwächen.

»Schwierig« hat Ma mich immer genannt. Und das kann man so oder so interpretieren: Für sie war es schwierig, mit mir umzugehen. Aber für mich war es umgekehrt auch schwierig. Es war schwierig, mich immer ein bisschen als Außenseiter zu fühlen. Es war schwierig, mich zu Dingen zu zwingen, die andere einfach als gegeben hinnehmen, wie die Schule, eine Vorlesung, eine Mensa, wohl wissend, dass ich plötzlich in einer Weise reagieren könnte, die ich nicht unter Kontrolle habe.

Schwierig, aber nicht hoffnungslos. Ich bin nicht hoffnungslos.

Kapitel zehn

Hühnersuppe

Später klingelt das Telefon, und Amanda sagt ohne jede Begrüßung: »Ich habe über das nachgedacht, was du gesagt hast.«

»Was meinst du denn?« Nicht, dass ich mich nicht daran erinnern könnte.

»Ich möchte dir einen Namen geben.«

»Ich habe einen Namen.«

»Den Namen einer Frau«, sagt sie. »Jemand, an den du dich wenden kannst.«

Jetzt glaube ich zu verstehen, was sie meint. »Eine Anwältin?«

»Warum nicht?«, sagt sie. »Du brauchst jemanden, der deine Interessen vertritt. Wir hatten einen Riesenstreit, aber das muss doch nicht sein. Ich habe es wirklich ernst gemeint, als ich sagte, wir sollten zusammenhalten.«

Ihre Worte ergeben keinen Sinn, aber das kann schon mal vorkommen.

»Du wirst also hingehen?«

»Zu einer Anwältin? Klar.«

»Hier sind Name und Adresse«, sagt sie und rasselt sie herunter. »Ich habe einen Termin für dich vereinbart. Für zwei Uhr.«

»Heute?«

»Ja«, sagt sie in steifem Ton. Ich glaube, ich weiß, was das bedeutet. Sie ist nicht glücklich. Aber im Moment interessiere ich mich nicht für ihr Glück, sondern für mein eigenes.

»Danke.«

»Ich möchte nur, dass wir uns wieder vertragen«, sagt Amanda. »Ich möchte, dass du dir darüber klar wirst, was du willst. Vielleicht habe ich das bisher nicht genügend berücksichtigt. Also überleg es dir, einverstanden?«

»Einverstanden.«

Die Kanzlei befindet sich in der Broad Street, unweit des Kimmel Center. Ich gehe die Spruce Street entlang, immer geradeaus. Den Weg kenne ich, mit der Straße bin ich vertraut. Ich könnte genauso gut die Locust Street nehmen. Dann käme ich am Gemeinschaftsgarten vorbei, den Ma so geliebt hat, aber ich biege nicht ab. Stattdessen bleibe ich an der Broad Street stehen und schaue in Richtung City Hall. Ich liebe dieses Gebäude. Es ist so bizarr verschachtelt und viel zu riesig. Von der einen Seite sieht es aus wie ein gewaltiges Ungeheuer. Von der anderen sieht man nur einen seltsam schmalen Turm. Aber es ist beides auf einmal. Nachts hat die Uhr ein leuchtendes gelbes

Zifferblatt. Jetzt bei Tag hat es dieselbe Farbe wie der restliche Turm. Und William Penn schaut von mir weg nach Norden.

Es wird langsam Zeit. Ich gehe zu der Adresse, die Amanda mir genannt hat. Ich nehme den Lift in den achten Stock und übe insgeheim den Satz *Ich möchte mit Ms Stewart sprechen. Ich habe einen Termin für zwei Uhr.* Das dürfte mir nicht schwerfallen.

Aber ich sehe, dass auf dem Klingelschild Dr. Stewart steht, nicht Ms Stewart, und wenn ich nicht schon dabei wäre, die Tür aufzudrücken … Aber da ist es bereits zu spät, denn schon schaue ich der Empfangsdame direkt in die Augen. Es ist ein beinahe körperlicher Schmerz.

Ich senke den Blick.

»Ich glaube, das ist ein Missverständnis«, sage ich. »Tut mir leid.«

»Sind Sie Ms Selvaggio? Mit dem Termin um zwei?«

»Ja.«

»Bitte gehen Sie direkt durch.«

Ich möchte das nicht, ich möchte nur noch weglaufen.

»Bitte!«, sagt die Empfangsdame erneut ausgesucht höflich. »Einfach durchgehen.«

Also tue ich, was sie sagt. Wenn man mir mit Autorität begegnet, kann ich kaum noch klar denken.

Ich erwarte eine kühle, klinische, ganz in Weiß gehaltene Praxis. Aber offensichtlich ist Dr. Stewart eine andere Art Ärztin. Die Wände sind in einem warmen Beigeton gestrichen und erinnern an süße Plätzchen. Das Licht ist gedämpft. Es gibt einen dicken Polstersessel und einen schmaleren aus Leder. Es ist noch schlimmer als bei einer ganz normalen Ärztin, sogar um einiges schlimmer.

»Hallo, Ms Selvaggio. Schön, Sie kennenzulernen.« Eine graue Hose mit kaum sichtbaren Nadelstreifen, ein tief ausgeschnittenes T-Shirt, Schuhe mit runden Kappen.

»Ich kenne Ihre Schwester sehr gut«, sagt Dr. Stewart.

»Natürlich«, bringe ich mühsam heraus. Ob die Schuhe hohe Absätze haben, kann ich nicht sehen. Ich sehe nur die Kappen und fixiere sie.

»Nun, erzählen Sie mir doch ein bisschen von sich.«

»Das ist ein Missverständnis«, sage ich. Ich wünschte, ich könnte wirklich glauben, dass es ein Missverständnis ist. »Amanda hat mir gesagt, Sie wären Anwältin. Deshalb bin ich hergekommen. Aber Sie sind gar keine Anwältin, oder?«

»Nein. Ich bin Psychiaterin, und ich glaube, das wissen Sie auch.«

»Ich habe das Schild gesehen.«

»Also gut.« Sie deutet auf den weichen, tiefen Sessel. »Da Sie nun einmal hier sind …«

»Nein.« Ich bleibe stehen.

»Sie klingen wütend.«

»Das wären Sie an meiner Stelle auch.«

»Sie haben recht«, sagt sie. »Trotzdem würde ich an Ihrer Stelle versuchen, offen zu sein.«

»Ich bin offen«, sage ich. »Und wie.« Ich setze mich, nur um ihr zu zeigen, dass ich keine Angst habe.

Sie hat schmale Finger, die an ihrem Ausschnitt zupfen. »Aber Sie wollen nicht mit mir reden. Obwohl es Menschen gibt, die Sie lieben und die glauben, dass Ihnen das gut tun würde. Warum? Sie haben doch nichts zu verlieren.«

»Aber auch nichts zu gewinnen.« Es ist wie ein Reflex.

»Glauben Sie das wirklich?«

»Wie soll ich etwas anderes glauben?«, entgegne ich, wobei mir plötzlich auffällt, dass ich flüstere.

»Ihre Schwester sagt, Sie seien menschenscheu.«

»Meine Schwester lügt.«

»Mögen Sie Menschen?«

»Na ja, nein, in diesem Punkt hat sie nicht gelogen.«

»In diesem Punkt hat sie also die Wahrheit gesagt. Sie mögen keine Menschen.«

»Das stimmt«, sage ich.

»Warum nicht?«

Ich denke nach, und meine Antwort überrascht mich selbst. »Weil ich nie weiß, was sie denken.«

»Das kann man lernen. Man kann lernen, die Signale anderer zu deuten.«

»Das habe ich schon versucht.«

»Erzählen Sie mir darüber.«

»Nein.«

»Nun, ich kann es mir immerhin vorstellen. Es muss frustrierend sein.«

»Sie haben ja keine Ahnung!«, sage ich. Ich muss mich beherrschen, stehe kurz vor einem Wutausbruch. Wut ist leider so ziemlich das einzige Gefühl, das ich bei mir selbst richtig deuten kann. An den Rändern meines Gesichtsfeldes tanzen ein paar schwarze Pünktchen, die platzen und sich auflösen wie Seifenblasen. Ich lehne mich in dem dicken Polstersessel zurück, sodass er mich umgibt. Er sah weich aus, fühlt sich aber fester an als gedacht. Ich denke an Pfefferkörner in einem Mörser, an einen Stößel, der kleine Kreise beschreibt, bis sie schließlich nachgeben und zerbröseln.

»Vielleicht doch«, sagt Dr. Stewart.

»Das bezweifle ich.«

»Ginny, eine der schlimmsten Folgen des Asperger-Syndroms ist die Isolation. Aber es liegt in Ihrer Macht, das zu ändern.«

»Mit Pillen? Mit Hirnmagneten?« Ich weiß noch, was ich im Internet gesehen habe. Es klang alles andere als angenehm.

»Manche Menschen entscheiden sich für solche Methoden, ja. Aber Sie brauchen nicht diesen Weg zu wählen. Sie haben eine Wahl.«

»He«, sagte ich, »ich leide ja gar nicht daran! Warum gehen Sie davon aus, dass ich das habe? Nur weil meine Schwester es sagt? Meine Schwester ist eine Lügnerin, das steht fest. Sie hat mich angelogen, damit ich herkomme.«

»Ich möchte nicht, dass das Ihre Sicht auf mich beeinflusst. Ich wusste nichts davon.«

»Aber sie hat Ihnen erzählt, dass ich ein Problem habe, und Sie haben ihr, ohne mich zu kennen, geglaubt. Das tut doch keine ernst zu nehmende Medizinerin! Meiner Meinung nach haben Sie Ihren Beruf verfehlt, Dr. Stewart.«

Sie antwortet langsam und mit Betonung: »Ginny, es wäre verfrüht, eine Diagnose zu stellen. Aber schon während dieses Gesprächs sehe ich, dass Sie meinem Blick ausweichen. Das ist ein Schlüsselsymptom.«

Ich sehe ihr in die Augen. Das tut weh, aber ich mache es trotzdem, damit ich sagen kann: »Ich habe keine *Symptome*, denn ich habe keine *Krankheit*.«

»Ihre Schwester macht sich Sorgen um Sie.«

»Meine Schwester will mich kontrollieren.« Und mir mein Zuhause wegnehmen – mein ganzes Geld wahrscheinlich auch noch. Aber ich weiß, dass ich nicht alles zu sagen brauche, was ich denke.

»Das sehe ich anders.«

»Nun, ich kenne sie schon länger als Sie«, erwidere ich.

Die Ärztin zupft noch etwas an ihrem Ausschnitt herum und sagt dann: »Sie sollten nur wissen, dass es Hilfe gibt, wenn Sie welche in Anspruch nehmen möchten. Bei kleineren Kindern können wir beobachten, dass sie nicht solche Barrieren um sich herum aufbauen, wenn wir sie ermutigen zu interagieren, sich zu sozialisieren …«

Ich falle ihr ins Wort. »Angenommen, ich hätte dieses Syndrom: Wollen Sie mir sagen, dass es jetzt ohnehin zu spät für mich ist? Das ist ja sehr motivierend.«

»Nein, das habe ich nicht gesagt. Aber wenn das Verhaltensmuster erst einmal etabliert ist … Als Sie sieben oder acht waren, hatten Sie bereits eine eigene Auffassung davon entwickelt, was normal ist, und …«

Das Wort »normal« lässt mich stutzen. »Mit sieben oder acht?«

»Etwa in diesem Alter, ja.«

»Shannon ist also noch jung genug, um – wie haben Sie es genannt? Um sich zu sozialisieren?«

»Oh, Amanda hat nie geglaubt, dass Shannon Asp …« Sie verstummt mitten im Wort. So etwas wie Stolz wallt in mir auf. Sie hätte so tun müssen, als wüsste sie nichts von Shannons Problematik. Zum ersten Mal erlebe ich für einen kurzen Augenblick, wie es sich anfühlt, »die Oberhand zu haben«, wie es in den Ratgeberkolumnen immer heißt. Kurzfristig hilft es mir.

Dann sagt sie: »Wir reden hier nur über Sie, Ginny, und darüber, wie ich Ihnen helfen kann. Sie können daran arbeiten zu verstehen, was andere Menschen denken. Sie fühlen sich bestimmt einsam, erst recht jetzt, nachdem Sie Ihre Eltern verloren haben.«

»Ich habe sie nicht verloren.« *Mist!* »Ich habe das Gefühl, dass sie noch immer bei mir sind. Ich meine, ich wohne ja noch in ihrem Haus. Alle ihre Sachen sind noch da. Natürlich weiß ich, dass sie tot sind. Trotzdem fühle ich mich nicht einsam.« Ich nehme mir vor, meine Worte wahr zu machen. Im Laufe der Zeit.

»Vielleicht können Sie mir etwas über Ihre Gefühle erzählen.«

»Vielleicht«, entgegne ich und verschränke demonstrativ die Arme, »versuchen Sie nur, mich am Gehen zu hindern. Mich dazu zu bringen, dass ich weiter mit Ihnen rede, damit Sie meiner Schwester, mit der Sie sich verbündet haben, Bericht erstatten können über Ihre Erkenntnisse oder so.«

»Ich werde ihr gar nichts sagen«, erwidert Dr. Stewart. »Diese Unterredung ist streng vertraulich.«

Wenn sie mit dieser Nummer anfängt, bitte sehr. »Woher hätten meine Eltern es wissen sollen?«, sage ich. »Sagen wir, als ich fünf Jahre alt war – woran hätten meine Eltern gemerkt, dass ich dieses Syndrom habe? Wie hätte ich mich verhalten?«

»Nun, in diesem Alter sozialisiert sich ein neurotypisches Kind in der Regel. Es nimmt Kontakt zu anderen Menschen auf, spielt mit anderen Kindern. Ein Asperger-Kind dagegen zieht sich eher in sich zurück und sondert sich ab.«

»Für mich klingt das völlig normal«, sage ich bewusst. Ich denke an Shannon, die auf der untersten

Treppenstufe hockt und nach Midnights weichem, peitschendem Schwanz greift.

»Der Begriff normal umfasst viel mehr, als die meisten Menschen denken«, sagt sie. »Ich würde nie behaupten, dass Sie nicht normal sind.«

»Wir reden hier nicht von mir«, sage ich. »Wir reden über eine hypothetische Fünfjährige.«

»Natürlich, Sie haben recht. Die hypothetische Fünfjährige hat vielleicht ein außergewöhnlich gutes Gedächtnis, das weit über das hinausgeht, was sich andere Kinder in diesem Alter merken können. Sie besitzt die Fähigkeit, eine ganze Buchseite oder eine Unterhaltung, die sie vor drei Monaten gehört hat, wortgetreu wiederzugeben. Und dann wäre da noch, wie bereits erwähnt, das Vermeiden von Blickkontakt, was häufig vorkommt. Oft fällt auch der besondere Tonfall auf. Eine Sprechweise, die weniger natürlich klingt als die einer neurotypischen Person. Andere würden sie als emotionslos oder roboterhaft beschreiben.«

Ich denke an Shannons Stimme. Sie klingt wie die eines kleinen Mädchens. »Und daran erkennt man das? An der Stimme?«

»Noch einmal, es gibt ein breites Spektrum, deshalb lässt es sich schwer an einzelnen Merkmalen festmachen.«

»Wenn es sich aber so schwer festmachen lässt – woher wissen Sie dann, ob diese hypothetische Fünfjährige eine Fünfjährige ist wie alle anderen oder einfach anders?« Allmählich werde ich nervös. Ich trommle mit den Fingern auf den Tisch, eins, zwei, drei, vier, fünf, vier, drei, zwei eins und so weiter.

»Im Wesentlichen kommt es auf den Grad der Ausprägung an. Die meisten Kinder interessieren sich intensiv für bestimmte Dinge, und die meisten lieben bestimmte Geschmacksrichtungen oder Tastempfindungen oder lehnen sie ab. Aber die Interessen eines Kindes mit Asperger gehen tiefer, seine Aversionen sind stärker. Man kann es auch so erklären: Ein neurotypisches Kind verweigert unter Umständen alle weißen Nahrungsmittel. Ein Asperger-Kind dagegen reagiert unter Umständen wütend, wenn es einen Teller damit vorgesetzt bekommt, schreit, wirft mit dem Teller um sich oder deckt ihn mit etwas zu, damit es ihn nicht ansehen muss.«

Mir fällt etwas auf. »Sie sagen ständig ›vielleicht‹ oder ›unter Umständen‹.«

»Es ist Teil eines Spektrums, Ms Selvaggio«, sagt sie noch einmal, stellt die Beine nebeneinander und beugt sich vor. »Es ist bei jedem anders ausgeprägt. Es gehört zum selben Spektrum wie Autismus, und es gibt Grenzfälle. Aber schauen wir uns doch mal das Beispiel mit den weißen Lebensmitteln genauer an: Ein autistisches Kind wird wahrscheinlich nicht mitteilen können, dass es keine weißen Lebensmittel mag. Stattdessen wird es eher den Teller fortwerfen oder ihn von sich schieben. Das ist ein Ende des Spektrums. Aber weil sich Asperger-Kinder mit Worten ausdrücken können, haben sie verschiedene Möglichkeiten, mit ihren Aversionen umzugehen oder ihre Interessen zu verfolgen. Manche werden auf ihren Interessensgebieten sogar extrem erfolgreich. Viele Menschen, die sich mit Asperger beschäftigen, glauben, dass Albert Einstein Asperger hatte. Aber genau lässt sich das nicht sagen. Asperger-Patienten finden oft einen Weg, mit ihren Aversionen und Neigungen umzugehen. Entweder indem sie sich daran gewöhnen oder indem sie ihr Verhalten ändern. Ich persönlich empfehle eine Verhaltensänderung.«

»Was heißt das?«

»Man kann sich bestimmte Verhaltensweisen gewissermaßen abtrainieren, besonders wenn man schon im Kindesalter damit anfängt. Wird der Gewöhnungseffekt zu groß, werden die Verhaltensweisen eines Menschen, und seien sie noch so ungewöhnlich, Teil eines Verhaltensmusters. Angenommen, ein Kind bekommt einen Wutanfall. Man kann ihm erlauben, diese Wutanfälle auszuleben, wann immer es will. Oder man kann ihm beibringen, dass ihm ein Wutanfall nicht weiterhilft. Irgendwann wird es dann aufhören, Wutanfälle zu haben.«

»Ich bin also wie ein Kind?«

»Das habe ich nicht behauptet. Und sagten Sie nicht eben, wir reden gar nicht über Sie?«

Ich hole tief Luft. Und wage gedanklich einen Riesensprung. »Gut«, sage ich. »Dann tun wir das. Nur für eine Minute. Reden wir über mich.«

»In Ordnung. Das mit dem Wutanfall war nur ein Beispiel. Erzählen Sie mir von einer Bewältigungsstrategie, die Sie anwenden. Keine Angst, ich stecke Sie deswegen nicht in eine Schublade. Jeder hat Bewältigungsstrategien. Ich, Ihre Schwester, sogar der Präsident der Vereinigten Staaten. Wenn Sie sich unwohl fühlen oder unglücklich sind, wie gehen Sie dann damit um?«

»Essen.«

»Sie essen?«

»Nein, ich denke nur an Essen. An die Aromen, an die Form bestimmter Lebensmittel, daran, wie man sie verwenden kann, an die Zubereitung.«

»Geben Sie mir ein Beispiel.«

Ich erzähle ihr von karamellisierten Zwiebeln. Wie sie sich durch die Hitze verwandeln. Wie sie erst weiß und roh und knackig sind und einem dann weich und süß auf der Zunge zergehen. Ich beschreibe ihr den ganzen Prozess.

»Das ist eine tolle Arbeitsgrundlage«, sagt sie. »Sie fühlen sich also unwohl, zum Beispiel, wenn Sie jemand am Arm berührt? Das mögen Sie nicht, also schließen Sie die Augen und gehen gedanklich den Prozess des Zwiebelkaramellisierens durch. Ist das so?«

»Ja.«

»Es unterbricht das Gespräch, oder? Wenn Sie sich in der Gegenwart anderer unwohl fühlen und sich mit dem Gedanken an Essen trösten müssen, dauert das sicher ein paar Minuten?«

»Ja.«

»Eine Verhaltensänderung könnte darin bestehen, dass Sie die Vorteile Ihrer Bewältigungsstrategie nutzen, ohne den ganzen Prozess zu durchlaufen. Indem Sie einfach nur die Augen schließen, ›karamellisierte Zwiebeln‹ denken und beruhigt sind. Dann könnten Sie die Augen wieder öffnen und das Gespräch fortsetzen. Ihr Gegenüber würde nichts davon mitbekommen.«

Das klingt vernünftig.

Jetzt ist der richtige Moment gekommen. Ich wappne mich innerlich. »Also, Frau Doktor, glauben Sie, dass ich es habe?«

Es folgt ein langes, quälendes Schweigen, in dem ich mich fühle wie ein rohes Stück Fleisch, das an einem Fleischerhaken hängt und hängt und hängt.

»So funktioniert das nicht«, sagt Dr. Stewart schließlich. »Es ist nicht wie ein Ausschlag oder ein Knochenbruch. Ich kann es nicht auf Anhieb erkennen. Ich müsste Sie erst ein wenig durchchecken, ein paar Fragen mit Ihnen durchgehen. Wir können das gern jederzeit tun – jetzt oder auch ein anderes Mal.« Ich versteife mich beim Wort ›durchchecken‹, lasse sie aber ausreden. »Sie sind offenbar eine hochintelligente junge Frau. Ich würde Ihnen Fragen dazu stellen, wie Sie bestimmte Dinge wahrnehmen, wie Sie in bestimmten Situationen reagieren. Und wie ich schon sagte, das alles wäre streng vertraulich. Ihre Schwester hat den Termin vereinbart, aber ich bin nicht Ihrer

Schwester verpflichtet, sondern Ihnen. Wenn Sie wiederkommen möchten, können wir über hypothetische Fälle reden oder über Sie. Über Verhaltensweisen, die Sie gern ändern würden, und über Möglichkeiten, das zu tun.«

»Es klingt so einfach, wenn Sie das sagen.«

»Einerseits ist es das, andererseits auch wieder nicht. Jeder hat mit solchen Dingen zu kämpfen. Mit sozialem Unbehagen, mit Trauer und dem Gefühl, irgendwo fehl am Platz zu sein. Menschen mit Syndromen, Menschen mit Störungen, Menschen, bei denen eine Krankheit diagnostiziert wurde, aber auch Gesunde. Menschen, die man als neurotypisch einordnet. Genies und Wahnsinnige, Dienstmädchen und Ärzte. Keiner kommt mit allem klar.«

»Nicht einmal Sie?«

»Nicht einmal ich.«

»Es ... Es ist also im Grunde egal, ob ich es überhaupt habe?«

»Das habe ich nicht gesagt«, entgegnet sie. »Aber wenn Sie meine persönliche Meinung hören wollen: Es spielt eine deutlich geringere Rolle, als manche Menschen denken.«

Als ich Dr. Stewarts Praxis verlasse, habe ich ein warmes Gefühl. Aber schon als ich den Gehsteig betrete und mir die Kälte entgegenschlägt, ändert sich das. Sie war nett, aber sie hätte ebenso gut auch schrecklich sein können. Amanda konnte nicht wissen, wie das Treffen verlaufen würde. Sie hat mich zu ihr geschickt, damit ich analysiert und als gestört klassifiziert werde, und ich weiß nicht, ob ich ihr das verzeihen kann.

Den Heimweg über nehme ich mir fest diverse Dinge vor. Erst zehn, dann zwanzig, dann dreißig. Ich werde nie mehr mit Amanda reden. Ich werde mich auf dem Küchenboden einrollen und dort drei Wochen lang liegen bleiben. Ich werde ein Schweigegelübde ablegen und meine Hände in den Taschen halten, damit ich nicht einmal über Gesten kommunizieren kann. Ich werde tausend Jahre lang duschen. Ich werde irgendeinen verbitterten Geist heraufbeschwören und ihn wie einen Höllenhund auf alle hetzen, die mir unrecht getan haben. Auf Amanda, weil sie mich so reingelegt hat. Auf Brennan, weil er sie nicht daran gehindert hat. Auf Angelica, die ihr nur zu gern dabei behilflich ist, mir mein Haus wegzunehmen. Auf Ma, weil sie mich verlassen hat, indem sie gestorben ist. Dasselbe gilt für Dad. Bis jetzt war mir noch nicht klar, dass ich wütend auf meine Eltern bin. Sie können nichts dafür, aber das ändert nichts an meinen Gefühlen. Alles wäre besser, wenn sie noch da wären.

Als ich zu Hause ankomme – inzwischen fällt aus dem grauen Himmel Nieselregen auf das, was vom Schnee noch übrig ist –, ist meine Wut verraucht. Niemand verdient sie wirklich, außer Amanda.

Ich werfe einen Blick auf den Schrank, meinen kleinen, dunklen Zufluchtsort, und denke über das nach, was Dr. Stewart gesagt hat. Ist es wirklich so einfach? Muss ich nur eine Methode finden, mit der ich dieselbe Wirkung erziele, ohne in meinem Verhaltensmuster stecken zu bleiben? Oder versucht sie, genau wie Amanda, mich hereinzulegen? Vielleicht tut sie nur so, als wäre sie auf meiner Seite, damit sie mich diagnostizieren, mich in eine Schublade stecken kann.

Wenn das so ist, habe ich furchtbar versagt. Dann war das bisschen, das ich ihr erzählt habe, schon zu viel. Aber ich kann es nicht mehr zurücknehmen. Nahrung lässt sich auch nicht ungegessen machen. Herzlich wenig Dinge im Leben sind umkehrbar.

Statt mich in den Schrank zu setzen, gehe ich in mein Zimmer und starre auf die Papierstapel. So war ich als Kind. Das habe ich gedacht, getan und gefühlt.

Ich sehe die Stapel erneut durch. Zweite, dritte, vierte, fünfte, sechste Klasse. Sechs, fünf, vier, drei, zwei.

Eins?

Es muss noch eine andere Schachtel geben.

Ich gehe hinunter in mein altes Zimmer, knie mich hin und strecke den Arm weit in den Schrank, taste nach einem Gegenstand.

Und tatsächlich stoße ich auf einen Koffer. Er lässt sich leicht herausziehen, da er leer ist. Hinter dem Koffer ist noch etwas. Hastig gehe ich in die Hocke: die letzte Schachtel.

Die erste Klasse und alles, was davor war, bis hin zu meinem Babyalbum. Wenn ich mich recht erinnere, war mein Babyalbum nicht besonders reichlich bestückt, aber wenigstens habe ich eines. Amanda hat keines. Aber ich will jetzt nicht an Amanda denken.

Ich bin versucht, die Schachtel sofort zu öffnen, stattdessen nehme ich sie mit nach unten ins Zimmer meiner Eltern. Es ist das größte Zimmer, also kann ich alles auf dem Boden ausbreiten. Ich hole auch die Stapel aus meinem Zimmer. Zwei, drei, vier, fünf, sechs. Ich nehme den Deckel der letzten Schachtel ab. Das mürbe Klebeband protestiert, bricht und gibt nach.

Als ich die ersten Blätter herausziehe, höre ich die Haustür gehen. Ich lehne mich zurück, warte und lausche.

Keine Schritte in der Diele, keine Schritte auf der Treppe. Das Geräusch muss von draußen gekommen sein, eine Autotür, die zugeschlagen wurde. Midnight kratzt irgendwo an einer Tür. Danach höre ich nichts mehr. Bald bin ich ganz in den Inhalt der Schachtel vertieft und denke nur noch an meine Kindheit.

Diese Schachtel ist andersherum geordnet, die ältesten Dokumente liegen zuoberst. Das Babyalbum. Der Einband hat ein rosa-blau kariertes Muster, wie um sich nicht festzulegen. Ich schlage die erste Seite auf, lese die ersten Einträge. Mein Gewicht und meine Körpergröße bei der Geburt. Das Krankenhaus, in dem ich geboren wurde, das Pennsylvania Hospital, Dads Krankenhaus, nur einen Straßenblock von hier entfernt. Weitere Seiten, weitere Einträge. Eine Haarlocke. Ein Foto von mir und Grandma Damson, irgendwo aufgenommen. Ich lächle. Daneben Mas säuberliche Handschrift. Sie hat eingetragen, wann ich zum ersten Mal den Kopf heben, mich aufsetzen, mich umdrehen konnte. Mein erstes Wort war *da-da*. Die letzten Seiten sind leer.

Ich arbeite mich bis zu tieferen Schichten vor, konfrontiere mich mit den Jahren meiner Kindheit. Handabdrücke aus Ton, einer davon weist in der dünnen Mitte einen Riss auf. Weihnachtsschmuck, offensichtlich mit der Hilfe von Erwachsenen gebastelt: ein aus roter und grüner Bastelfolie gefalteter Stern. Ein Malbuch, dessen Bilder zum Teil ausgemalt sind. Ich muss lächeln, als ich ein Haus mit einem lila Dach und dazu gelben Himmel sehe. Schon damals hatte ich meinen eigenen Kopf.

Eine winzige Figur aus selbst gemachter Knetmasse, aus einer Art Salzteig. Jetzt fällt es mir wieder ein: Amanda liebte das gekaufte Zeug, wegen der knalligen Farben. Ich bevorzugte Salzteig, weil er natürlicher aussah. Es spielte keine Rolle, dass meine winzigen Figuren gar nicht aussahen wie Figuren und meine unbeholfenen Pferdchen nicht wie Pferde. Dad hat mich stets dafür gelobt, aber sie waren alles andere als richtig. Er hat selbst immer mitgemacht beim Kneten, Modelle von Nerven, Herzen und anderen

Körperteilen geformt. Unglaublich detailliert. Aber dann durfte ich sie immer zerstören und meine weniger perfekten Arbeiten daraus machen.

Ich sortiere die Dinge aus dem Karton. Erste Klasse, Vorschule, Kindergarten, die Zeit davor. Allmählich leert er sich.

Das letzte Blatt ist ein zusammengefalteter Zettel. Er ist stark zerknittert, erdrückt vom Gewicht der vielen Jahre. Ich versuche, ihn auseinanderzufalten, ohne ihn zu beschädigen.

Dads Handschrift.

›A‹s beinahe ohne An- und Abstriche, die fast aussehen wie ›O‹s, manche Buchstaben so eng aneinandergereiht, dass sie kaum voneinander zu unterscheiden sind.

Vertraute, aussagekräftige Wörter. Mehl. Wasser. Weinstein. Salz. Öl.

Ein Rezept.

Das Rezept für Salzteig. Ob er es selbst erfunden oder aus einem Buch abgeschrieben hat, weiß ich nicht. Und es war nicht in der Küche, weil es dort seit fast zwanzig Jahren nicht gebraucht wurde.

Es ergibt zwar kein Gericht, aber es ist und bleibt ein Rezept. Etwas, das ich zubereiten kann.

Vielleicht erscheint er.

Ich bekomme kaum noch Luft.

Sorgfältig lege ich das Rezept zur Seite. Trete einen Schritt zurück. Noch nie habe ich etwas so Kostbares in der Hand gehabt. Ich wage kaum, es anzufassen.

Ich muss darüber nachdenken. Etwas, wonach ich mich sehr gesehnt habe, ist plötzlich eingetreten, und ich weiß nicht, was ich tun soll.

Mit wem kann ich reden? Nicht mit Amanda, jetzt ganz sicher nicht. Angelicas Telefonnummer hängt am Kühlschrank, aber da ich nicht mehr mit Amanda sprechen will, spreche ich mit Angelica erst recht nicht. Die Liste der Leute, die ich kenne, ist sehr kurz. Mir fällt David ein, aber ich habe seine Telefonnummer nicht, nur die Adresse in der Küchenschublade, an die ich den Scheck geschickt habe. Das Einzige, was er über meinen Dad weiß, ist, dass er verletzte Hände heilen konnte.

Aber Gert. Gert weiß mehr. Ich werde Gert fragen, was sie davon hält. Ich kann ihr nicht die ganze Wahrheit erzählen, aber ich kann sie über meinen Dad ausfragen. Vielleicht weiß ich dann, was ich tun soll.

Ich wähle ihre Nummer.

»Gert?«

Eine vertraute Stimme sagt: »Ja, ich bin's Gert.«

»Ginny am Apparat.«

»Ginny! Gerade wollte ich dich anrufen.«

»Tatsächlich?«

»Ja. Ich hatte gehofft, du könntest mir noch mal beim Kochen helfen.«

»Oh«, sage ich und denke an die Familie, die für ihren toten Angehörigen die Schiwa saß. Es kommt mir vor, als sei es ein Jahr her, dabei war es erst vorgestern. »Für die Beerdigungsbruderschaft?«

»So ähnlich. Aber diesmal ist niemand gestorben.«

»Gut.«

»Es ist trotzdem ein trauriger Anlass. Ich erzähle dir mehr, wenn wir uns sehen. Kannst du zur Synagoge kommen?«

»Jetzt gleich? Okay.«

»Findest du den Weg?«

»Ja. Und wenn ich mich verlaufe, rufe ich dich an.«

Ich will sofort aufbrechen, brauche aber mehr als eine halbe Stunde. Anfangs schaffe ich es nicht einmal, in die Diele zu gehen. Sobald ich das Rezept aus den Augen lasse, muss ich umkehren und nachsehen, ob es noch da ist. Wenn ich es sehe, bin ich wieder beruhigt, aber wenn ich wegschaue, habe ich Angst, mich geirrt zu haben. Aber es liegt immer noch da. Es ist und bleibt etwas, das mein Dad geschrieben hat und das ich zubereiten kann.

Ich will ihn sehen.

Dieses Rezept ist das Mittel dazu.

Ich starre eine Weile lang auf das Blatt und überlege, ob ich es mitnehmen soll. Ich bringe es nach unten, entscheide dann aber, dass es keine gute Idee wäre, es zusammenzufalten. Es ist empfindlich und könnte zerfallen, sodass an einer entscheidenden Stelle ein Buchstabe, eine Ziffer verloren geht. Andererseits will ich es nicht offen herumliegen lassen, deshalb suche ich nach einem geeigneten Versteck. Ich möchte es weder ins Kaminversteck zu den anderen Dingen legen noch unter die Matratze zu den Umschlägen mit dem Geld, eben weil es so empfindlich ist. Ich ziehe die oberste Schreibtischschublade auf, in der ich Mas Bibel gelassen habe, aber die Bibel ist nicht mehr da. Amanda muss sie in einen Karton gepackt haben. Schließlich stecke ich das Rezept hinten in ein Kochbuch, in das, aus dem Nonnas Rezept gefallen ist. *Kulinarische Kostbarkeiten aus der Toskana.* Ich stelle das Buch ins oberste Fach und schließe die Glastüren.

Als das erledigt ist, gehe ich zur Synagoge. Ich weiß noch, wo ich abbiegen muss. Rechts, links, rechts. Wenn ich Gert sehe, kann ich sie um Rat fragen.

Ich durchquere den großen, dunklen Gebetsraum, wie auch immer er hier genannt wird. In der Kirche nennt man einen solchen Raum Altarraum, das hat mir immer gefallen. *Altarraum* steht auf einer Seite mit *altbacken* und *Altertum.* Als ich mich der Küche nähere, wehen mir Düfte entgegen. Ich bin spät dran.

»Komm rein; ich habe mir schon Sorgen gemacht«, sagt Gert.

Die Rothaarige ist da und noch eine Frau. Sie werfen mir nur einen kurzen Blick zu und widmen sich wieder ihrer Arbeit. Auf dem Herd köchelt Hühnerbrühe. Ich nehme den Geruch von Auszugsmehl, Rindfleisch und Thymian wahr.

»Ich habe dir doch neulich gesagt, dass man nicht nur im Todesfall trauert«, beginnt Gert mit ihrer Erklärung. »Die Familie, um die es heute geht, hat eine fünfjährige Tochter. Sie bekommt eine Knochenmarkstransplantation und Kehm … Kehm …«

»Chemotherapie«, sagt die Rothaarige und fährt damit fort, kleine Teigbälle zu formen.

»Keiner in der Familie hat Zeit zu kochen. Aber essen müssen sie trotzdem, deshalb helfen wir.«

Die Frauen kochen hauptsächlich aus dem Gedächtnis, allerdings sehe ich hier und da Zettel. Ich kann nicht ausschließen, dass es Rezepte sind. Ich weiß nicht, ob es möglich ist, auch außerhalb meiner eigenen Küche Geister heraufzubeschwören, aber ich wüsste nicht, warum ich es riskieren sollte. Also halte ich mich an die Anweisungen der anderen. Ich schneide Knoblauch in feine Scheiben, Zwiebeln zu Halbmonden. Ich hacke Schalotten. Verwandle Möhren in Münzen. Ich schneide Frühlingszwiebeln quer und schräg. Ich bin nicht ganz bei der Sache und frage mich, wo und wann ich Gert ansprechen und um Rat fragen kann. Weil ich zu schnell arbeite, schneide ich einen meiner Fingernägel ab, erwische ihn aber sofort und werfe ihn in den Abfluss, bevor es jemand merkt.

Wir machen Aufläufe und Suppen. Speisen, die man gut aufbewahren kann. Speisen, die man einfrieren und bei Bedarf problemlos wieder auftauen kann. Hühnerbrühe mit den Matzebällchen, die die Rothaarige formt. Eine Gemüselasagne mit Möhren, Paprika und Käse. Rindereintopf mit viel Knoblauch, Thymian und Tomaten.

Ich genieße es zu kochen, und alles gerät so, wie es sein muss. Aber gleichzeitig läuft ein komplizierter Prozess ab: Immer wieder kommt der Gedanke an den Geist meines Vaters hoch – wie Blasen in der kochenden Brühe. Dad, Dad, Dad, geht es mir ständig durch den Kopf.

Teig machen. Bandnudeln schneiden. Das Huhn abseihen. Ich versuche, nicht an Dad zu denken, und konzentriere mich auf das kleine Mädchen, dessen Familie wir helfen. Es ist ein krankes kleines Mädchen, und ich hoffe, dass das, was wir hier tun, genügt, um es wieder zu einem normalen kleinen Mädchen zu machen. Ich weiß nicht, wie es aussieht, deshalb kommt es, wie es wohl kommen muss: Wenn ich an dieses Mädchen denke, sehe ich Shannon vor mir.

Wir packen den Kofferraum mit Speisen in Gefrierdosen voll, und ich fahre auf dem Rücksitz mit zu einem zweistöckigen Ziegelbau. Das Erste, was ich sehe, ist ein Dreirad im Blumenbeet, danach starre ich einfach in meinen Schoß. Ich steige nicht aus. Gert schon, aber sie bleibt nur kurz im Windfang stehen. Diesmal liefern wir die Speisen, ohne hineinzugehen. Unsere Gerichte statten an unserer Stelle den Besuch ab. Dass wir persönlich vorbeischauen, ist nicht unbedingt erwünscht. Wir würden sie nur ablenken, und sie wollen nicht abgelenkt werden.

Ich sehe an der Fassade hinauf und erkenne am Fenster die Silhouette des Vaters, der zu mir herunterschaut. Ich brauche weder seinen Gesichtsausdruck zu sehen noch mit ihm zu sprechen, um zu wissen, wie er sich fühlt. Ich versetze mich in ihn hinein. Er hat eine kleine Tochter, die ihn liebt und ihm vertraut, und er wünscht sich nichts mehr auf der Welt, als ihr helfen zu können. Aber er ist machtlos. Mir wird klar, dass ich nicht mehr mit Gert reden muss, ich brauche ihren Rat nicht. Ich weiß, was ich tun werde.

Kapitel elf

Salzteig

Gut vermengen
120 g Mehl
240 ml kochendes Wasser
2 T Weinstein
60 g Salz
1 TL Öl

Alles steht schon auf der Küchentheke bereit. Mehl. Salz. Weinstein. Das Wasser beginnt zu sieden, bald wird es sprudelnd kochen.

Ich kann es tun, wenn ich will. Ich kann den Teig herstellen. Und dann wird vielleicht Dad auf dem Küchenhocker erscheinen. Ich werde ihn in den Kleidern sehen, die er trug, als er starb. Ich werde ihn nicht umarmen können, aber ich könnte so tun, als ob. Indem ich die Luft um seine Erscheinung umarme. Das ist vielleicht fast so schön wie eine echte Umarmung.

Das Rezept befindet sich in sicherer Entfernung von allem, was Flecken machen oder kleben könnte. Daneben liegt Dads Brief an Ma, in dem er sie um Vergebung bittet. Und wiederum daneben liegen die Fotos, alle neunundzwanzig Fotos von Evangeline, in der richtigen Reihenfolge.

So schnell ich kann, vermenge ich die Zutaten. Ich schütte das Mehl, den Weinsein, das Salz und das Öl ins kochende Wasser. Das Mehl bildet Schlieren im Wasser, zunächst bleibt beides getrennt, dann verbindet es sich. Das Salz sinkt nach unten. Das Öl wirft Blasen und wehrt sich, zieht sich in sich selbst zurück, bevor es sich den restlichen Zutaten ergibt. Im Rezept steht nur *gut vermengen*, eine genauere Anleitung habe ich nicht, also rühre ich und rühre, in der Hoffnung, dass sich alles zu einem Teig verbindet.

Mein Atem geht flach, und ich starre auf den Hocker.

Nichts.

Ich werfe wieder einen Blick auf das Rezept, gehe es noch einmal ganz durch, obwohl ich es bereits ein Dutzend Mal gelesen habe, ja, gefühlte tausendmal. Ich kontrolliere es erneut. Konzentriere mich. Lese es laut vor. Zwei Teelöffel Weinstein. 60 Gramm Salz. Ein Teelöffel Öl.

Ich rühre weiter. Ich sehe nach den Löffeln, dem Messbecher, dem Spatel und dem Topf. Überprüfe die Herdflamme. Alles ist so, wie es sein muss.

Aber der Teig verbindet sich nicht. Und auf dem Hocker ist nichts zu erkennen. Nichts und niemand.

Irgendetwas mache ich falsch.

Ich schalte den Computer ein, trommle mit den Fingern eins, zwei, drei, vier, fünf, vier, drei, zwei, eins, während ich warte, dass die Kitcherati-Website geladen wird. Es scheint eine Ewigkeit zu dauern, und ich versuche, mich zu beruhigen, indem ich wieder an braunes, gehaltvolles, nussiges Sesamöl denke. Aber das Bild von Pflanzenöl, das in den misslungenen Teig tropft, schiebt sich immer dazwischen. Ich suche nach einem Diskussionsforum, in dem es um Salzteig geht, in der Hoffnung, dort einen Hinweis zu finden.

Es gibt mehrere, und ich lese sie alle. Dort steht, was man tun und was man lieber unterlassen sollte: nicht zu viel Salz zugeben. Keine flüssige Lebensmittelfarbe, weil sie die Mengenverhältnisse verfälscht, stattdessen Gel oder Paste verwenden. Darauf achten, dass der Teig nicht von Haustieren gefressen wird. Ich finde ein Rezept, das sehr an das von Dad erinnert, aber der Weinstein wird in Esslöffeln abgemessen statt in Teelöffeln.

Ich werfe wieder einen Blick auf Dads Gekritzel. Bei dem Weinstein sieht der erste Buchstabe aus wie das T von Teelöffel. EL würde Esslöffel bedeuten. Ich habe beides nur einmal verwechselt, als ich neun war. Vielleicht wusste es Dad nicht besser. Woher auch? Das ist sein einziges Rezept.

Ich sehe seine Handschrift deutlich vor mir, aber das ist gar nicht nötig. Ich greife nach dem Brief.

stimmt das nicht.
Es ist meine Schuld
die Verantwortung übernehme
um nichts dazu zu sagen

Der mittlere und der untere Querstrich beim großen E sind kaum zu erkennen, der obere hingegen ist sehr ausgeprägt. Normalerweise spielt das keine Rolle, aber in diesem Fall durchaus. Wenn Esslöffel gemeint sind, macht das einen Riesenunterschied.

Ich bringe erneut Wasser zum Kochen. Schütte wieder Mehl und Salz hinein. Weinstein. Ich versuche, gleichmäßig zu atmen, den Schmerz und die aufsteigende Panik zu unterdrücken.

Eine Tasse kochendes Wasser verschluckt eine Tasse trockenes, weiches Mehl. Saugt zwei Esslöffel grellweißen Weinstein auf, eine halbe Tasse Salz, die die Masse unter dem rührenden Löffel körnig werden lässt. Ein Esslöffel Öl legt sich über den Teig und verbindet sich erst nach längerem Rühren damit. Die Masse ist nun fest und bietet dem Löffel Widerstand.

Sie ist klebrig und unappetitlich. Das Mehl verströmt nicht mehr seinen köstlichen Duft, es hat nur noch eine praktische Funktion. Trotzdem hat es einen Geruch.

Dad materialisiert sich auf dem Hocker.

Er trägt einen alten OP-Kittel, dessen verwaschener blauer Stoff mit der Zeit ganz weich geworden ist. Ma konnte ihn nie überreden, einen Schlafanzug zu tragen. Er hat sich vollständig materialisiert, mit Füßen, Beinen, Armen, Händen und Kopf. Alles ist da. Dad.

»Hallo, *uccellina*«, sagt er.

Kurz geschnittenes weißes Haar, kleine Ohren, eine Tomatensaftstimme. Genau wie ich ihn in Erinnerung habe. Mein Vater, hier in der Küche.

Nur mühsam bringe ich heraus: »Hi, Dad.«

»Es tut mir so leid, Ginny!«, sagt er. »Ich hoffe, bei dir ist alles in Ordnung. Ich wollte dich nicht im Stich lassen.«

Seine Stimme ist mir unendlich vertraut, aber dies ist das erste Mal, dass ich sie wirklich erfasse. Er spricht ruhig, mit gewählten Worten. Als ich ihm ins Gesicht sehe, erwidert er meinen Blick nicht.

Das ist mir vorher nie aufgefallen.

Ich kann es mir nicht erlauben, jetzt darüber nachzudenken. Ich weiß nicht, wie lange er bleiben wird. Also schiebe ich ihm die Fotos hin und frage: »Dad, wer ist das?«

»Warum willst du über sie reden?«, sagt er. »Das ist lange her. Zwanzig Jahre.«

»Aber wer war sie?«

»Sie war eine Schwester in der Klinik. Evangeline.«

»Warum hast du sie fotografiert?«

»Sie war so nett und hat es mir erlaubt«, sagt Dad.

»Was hat sie dir erlaubt?«

»Sie zu fotografieren. Darüber reden wir doch gerade, oder nicht?«

»Aber warum wolltest du sie fotografieren?«

Dad legt die Hände auf die Knie und starrt zwischen ihnen zu Boden. Seine Lippen bewegen sich leicht, und ich habe den Eindruck, dass er die Fliesen zählt.

»Dad?«

»Zum Üben«, sagt er. »So habe ich mir vorgestellt, dass mich jemand ansieht, und ich habe geübt, den Blick zu erwidern, bis es sich nicht mehr fremd angefühlt hat. Gefallen hat es mir nie, aber von da an war es nicht mehr solch ein großes Problem.«

Ich habe alles falsch verstanden. Die Fotos waren wichtig, wenn auch aus ganz anderen Gründen. Ma hatte recht. Ich hatte nichts begriffen.

»Du … du warst Ma also nicht untreu?«

»Ich war ihr immer treu!«, beteuert er. »Caroline liebt mich, und ich liebe sie. Andere Frauen dachten, ich sei absichtlich gemein zu ihnen, dumm oder sonst was. Ich habe es nie richtig hinbekommen.«

»Weil du so bist … so warst … wie ich.«

»Du hast immer gewusst, dass ich bin wie du. Wir waren uns ähnlich.« Er lächelt mit geschlossenen Lippen, die sich an den Rändern kräuseln. Ich liebe dieses Lächeln.

»Aber nicht wirklich«, sage ich.

»Inwiefern?«

Ich werde deutlicher. »In Bezug auf das Syndrom.«
Es strengt mich an, dieses Gespräch zu führen. Es kommt mir vor, als müsste ich ihn mitschleppen, Wort für Wort.

Ich weiß nicht mal, ob er mich gehört hat. Sein Blick ruht auf meiner Schulter, auf den Schränken, der Türschwelle, aber nie auf meinem Gesicht.

»Wahrscheinlich hast du recht«, sagt er. »Als ich noch klein war, war das Syndrom noch nicht so bekannt, beziehungsweise es war noch nicht hinreichend erforscht. Also habe ich nie eine Diagnose bekommen, wurde nie in eine Schublade gesteckt. Und es ist alles gut gegangen.«

»Mehr als gut«, sage ich.

»Caroline hat mir geholfen«, erwidert er. »Sie war alles für mich. Und ist es noch.«

Ich muss mich konzentrieren. Er könnte jeden Moment verschwinden. »Dad«, sage ich. »Ich muss dich etwas fragen.«

Ich halte den Brief hoch, direkt vor sein Gesicht, um sicher zu sein, dass er ihn sieht. »Weshalb sollte Ma dir vergeben?«

»Ginny«, sagt er.

»Ich will nur wissen, was passiert ist. Was hast du getan?«

Er wirft einen kurzen Blick auf mein Gesicht und lässt ihn dann wieder auf meiner Schulter ruhen. »Es fällt mir schwer, über solche Dinge zu reden. Ich mag es nicht.«

»Ich auch nicht.«

»DANN HÖR AUF, MICH ZU FRAGEN!«, ruft er, lauter, als ich ihn jemals gehört habe. Die Worte hallen von den Fliesen, dem Metall und dem Glas des Oberlichts wider.

Wir schweigen beide eine halbe Minute lang. Länger halte ich es nicht aus, weil ich solche Angst habe, dass er verschwindet.

»Dad«, sage ich. »Mir fällt das auch schwer.«

Er scheint meine Worte auf sich wirken zu lassen. Er trommelt mit den Fingern in einem festen Rhythmus auf seinen Oberschenkel: Eins, zwei, drei, vier, fünf, vier, drei, zwei, eins, zwei, drei, vier, fünf.

»Dad«, flehe ich ihn an, »bitte sag es mir. Was hat dir leidgetan?«

»Das will ich dir nicht sagen.«

»Sag es mir.«

»Das mit dir«, murmelt er und schaut zu Boden.

Ich weiß nicht, wie ich reagieren soll. »Das mit mir?«

»Weil du so bist wie ich. Das hat mir leidgetan. Statt so zu sein wie deine Mutter.«

»Statt … normal zu sein?«, frage ich.

»Nein, deine Mutter wollte es nie so ausdrücken. Sie wusste, dass ich es schwer hatte, als ich noch klein war. Sie hatte Angst um dich, und deshalb tat es mir leid, dass ich bei dir so versagt habe.«

»Dad«, sage ich, »du hast nicht versagt.« Denn wenn er bei mir versagt hat, heißt das, dass auch ich eine Versagerin bin. Dass etwas mit mir nicht stimmt. Dass ich nicht normal bin.

»Ich hatte die Befürchtung, als ich den Brief geschrieben habe. Aber das ist lange her. Du warst damals erst ein Jahr alt, aber du hast genauso empfindlich auf Berührungen reagiert wie ich. Deshalb dachte ich, dass du so wirst wie ich.«

»Was wäre so schlimm daran gewesen, zu werden wie du?«, frage ich mit erstickter Stimme.

»Ich hatte Glück«, sagt Dad. »Ich habe dauernd die Schule geschwänzt, weil ich keinen Sinn darin sah. Sie wollten mich schon rauswerfen, ich wurde ein letztes Mal verwarnt. Dann hatten wir Biologie und mussten etwas sezieren. Dabei wurde mir alles klar. Ich brauchte jeden beliebigen Körperteil nur anzusehen und begriff sofort, wie alles zusammenhängt. Aber Hände hatten es mir am meisten angetan: das *Ligamentum metacarpale transversum superficiale*, die Sehnenscheiden im Handballen und die verschieblichen oberflächlichen Fasern. Für mich war das glasklar, aber ich wurde wieder und wieder aufgefordert, es zu wiederholen, und da merkte ich, dass ich etwas Besonderes war. Sie fanden, ich sei ein Genie, und ich habe dann Medizin studiert. Deine Mutter hat sich in mich verliebt und mir gezeigt, wie ich mich wohler fühlen kann. Und die Klinik war sehr entgegenkommend, weil ich in dem, was ich tat, so gut war und ihr viel Geld einbrachte. Ich habe meinen Platz im Leben gefunden. Aber anfangs sah es nicht danach aus.«

»Dad …«

»Aber du machst einen guten Eindruck auf mich. Vielleicht habe ich doch nicht bei dir versagt. Ich hoffe es zumindest.«

Und dann, viel, viel, viel zu früh, beginnt er zu verblassen.

»Dad, niemand hat bei mir versagt. Dad …«

Und viel zu früh ist er verschwunden.

Die Rede von gebrochenen Herzen ist Unsinn, so etwas ist gar nicht möglich. Herzen brechen nicht. Herzen werden zusammengepresst, verdreht, sie schmerzen, sie schrumpfen. Herzen lassen sich in feuchte Stücke zerteilen wie Dosentomaten. Ich krieche ganz nach hinten in den Schrank. Es reicht nicht. Ich wünschte, es gäbe noch einen Schrank hinter dem Schrank, etwas, wohin ich mich noch flüchten könnte. Ich drehe mich zur Rückwand, lehne Hände und Stirn dagegen. Ich kehre der Welt den Rücken zu, verstecke mich vor dem kleinsten Lichtschimmer.

Ich weine nicht, aber alles tut weh. Weil es meinem Vater leidtat, dass ich geboren wurde. Weil ich so bin, wie ich bin. Und dafür hat er meine Mutter um Vergebung gebeten. Alles tut weh, weil ich mich hoffnungslos und traurig fühle. Weil mir viele Menschen so viel verheimlicht haben, ohne dass ich es ahnte. Alles tut weh, weil Ma die ganze Zeit dafür gesorgt hat, dass es mir gut geht. Und jetzt, wo sie nicht mehr da ist, bricht alles zusammen.

Ich verliere jedes Gefühl dafür, wie lange ich im Schrank bleibe. Minuten. Stunden.

Aber es spielt keine Rolle. Am Ende verlasse ich ihn nicht, weil es mir besser geht. Ich verlasse ihn, weil ich etwas tun muss, und dazu gibt es keine Alternative. Ich fasse einen Entschluss und blinzle ins Licht.

Ich mag sonderbar sein, vielleicht ein hoffnungsloser Fall. Ich mag eine Enttäuschung für meinen Vater gewesen sein, dem einzigen Menschen, von dem ich dachte, dass er mich so liebt, wie ich bin. Aber jetzt weiß ich etwas, was ich bisher nicht wusste. Und ich weiß, wer diese Information noch bekommen sollte. Dad hatte das Syndrom, und er hat trotzdem erfolgreich seinen Weg gemacht. Er hat etwas entdeckt, das er gut konnte, und das hat er sich zunutze gemacht. Vielleicht könnte ich dasselbe tun. Ich kann gut kochen. Vielleicht könnte ich das nutzen, um mit der Welt zu kommunizieren, statt mich vor ihr zu verstecken. Aber im Augenblick denke ich nur an Shannon. Für mich mag es zu spät sein, aber für sie nicht. Wenn Amanda ihr hilft, könnte bei Shannon noch alles gut werden.

Mein Dad war auf seine Art normal, und dasselbe gilt für mich. Mein Herz fühlt sich an wie ein ausgewrungenes Seihtuch, und ich werde etwas Normales dagegen unternehmen.

Ich wähle Amandas Nummer, und es dauert eine gefühlte Ewigkeit, bis sie drangeht. Als sie sich endlich meldet, fragt sie: »Rufst du an, um dich zu entschuldigen?«

»Wofür sollte ich mich entschuldigen?«

»Wegen dem, was du über Shannon gesagt hast.«

»Ich habe doch gar nichts gesagt.«

»Du hast geschrieben, sie hätte dieses Syndrom.«

Ich brauche ein paar Sekunden, bis mir wieder einfällt, dass sie die E-Mail bei unserem letzten Gespräch noch nicht gelesen hatte. Es scheint eine Ewigkeit zurückzuliegen, dass ich sie geschickt habe, so viel ist seitdem passiert. »Ich habe mich nur gefragt, ob es sein könnte. Und wenn, wäre das auch nicht so schlimm. Außerdem geht es gar nicht darum.«

»Ach nein? Worum geht es dann, Ginny? Neunmalklug wie du bist, wirst du es mir bestimmt gleich sagen.«

»Ich weiß nicht, ob ich dieses Syndrom habe oder nicht«, erkläre ich. »Aber wenn Shannon es hat, solltest du ...«

»Wenn Shannon was hat?«

Sie versteht nicht. Und ich bin so erschöpft, dass ich nicht mehr weiß, wie ich mich ihr verständlich machen soll. Ich finde Worte, aber ich weiß nicht, ob es die richtigen sind.

»Wenn Shannon Asperger hat.«

»Das hat sie nicht«, sagt Amanda. »Meine Tochter ist nicht ... so.«

»Und wenn doch, wäre das auch in Ordnung. Es ist keine große Sache.«

»Keine große Sache?« Amandas Lachen klingt rot und roh wie Hackfleisch. »Und das aus dem Munde eines Menschen, der nicht begreift … der einfach nicht … Du kapierst rein gar nichts – weder wie es ist, mit dir umzugehen, noch was es heißt, Mutter zu sein.«

Ich kann ihr die wichtige Nachricht nicht sagen, wenn ich sie nicht dazu bringe, mir zuzuhören. Ich muss mich verteidigen. »Natürlich weiß ich nicht, was es heißt, Mutter zu sein. Ich bin keine.«

»Eben. Also versuch nicht, dich in meine Erziehungsmethoden einzumischen.«

»Das versuche ich doch gar nicht. Ich versuche nur …«

Sie schneidet mir das Wort ab. »Weißt du was? Du bist doch so versessen darauf, dir selbst überlassen zu sein, dass ich jetzt genau das tun werde: Für eine Weile überlasse ich dich einfach dir selbst. Vielleicht sogar für immer. Vielleicht bleibst du einfach in dem Haus wohnen, an dem du so sehr hängst. Dann lässt du meine Familie in Ruhe und vergisst, dass ich dir helfen wollte, besser klarzukommen und ein besseres Leben zu haben. Ganz einfach, weil ich die Nase voll davon habe, kapiert? Ich habe die Nase voll von dir, Ginny.«

Sie legt auf.

Ich habe Angst, so viel steht fest. Ich erkenne Wut, wenn ich sie höre. Ich habe sie bei Evangeline wahrgenommen und jetzt bei meiner Schwester – etwas, das ich so von ihr gar nicht kannte.

Ich muss mich mit aller Macht beherrschen, um nicht sofort wieder zum Kleiderschrank zu rennen, aber ich balle die Fäuste, bemühe mich um einen festen Stand und weigere mich, dem Drang nachzugeben. Ich analysiere meine Wut. Nehme sie als gegeben hin. Wenn Milch sauer wird, kann man sie wie Buttermilch verwenden: für Pfannkuchen, Kekse, für alles, was Säure braucht. Sie ist wütend, ich bin wütend. Sie ist außer sich, ich bin außer mir. Sie weiß nicht, was das Beste für mich ist, und ich kann mich ihr nicht verständlich machen. Wäre ich ruhiger, könnte ich es ihr sagen.

Dieses Syndrom betrifft unsere Familie, aber es verdammt uns nicht zur Hilflosigkeit. Ich bin nicht hilflos. Dad war nicht hilflos. Wenn Shannon es hat, braucht auch sie nicht hilflos zu sein. Aber das erfordert, dass man die Sache wirklich angeht, statt sie vor aller Welt zu verstecken. Ich habe mich versteckt, und jetzt fällt es mir umso schwerer, mich aus dieser Verhaltensweise zu befreien. Trotzdem glaube ich, dass ich es kann. Dass es noch nicht zu spät dazu ist. Das Normalbuch hat die richtige Botschaft, aber es reicht nicht, sie nur zu lesen. Man muss sie auch leben.

Ich gehe nach oben und hole Evangelines Fotos unter dem Bett hervor. Ich sehe sie durch. Es geht nicht um das, was ich befürchtet hatte. Mein Vater hatte keine Affäre mit ihr. Ihr Geist war Angst einflößend, und ich weiß nicht, was für ein Mensch sie war. Aber früher einmal war sie eine junge Krankenschwester, die jemandem einen Gefallen tat. Sie stellte sich in den Hof hinter dem Krankenhaus, zusammen mit einem unbeholfenen jungen Arzt, den sie kannte, und sah zu ihm hin und wieder weg. Sie ließ zu, dass er sie fotografierte, weil sie nett sein wollte. Es gibt solche Menschen: Menschen, die auch über meine Unbeholfenheit hinwegsehen. Menschen wie Dr. Stewart, die verstehen, dass der Begriff normal vieles umfasst. Vielleicht kann ich draußen in der Welt leben und die sein, die ich sein will. Aber was ist mit Amanda? Was ist, wenn meine Schwester mich hasst und ich gar keine Familie mehr habe …

Eine Erinnerung holt mich ein. Ich bin fünf Jahre alt. Ich sitze auf Nonnas Schoß und schmiege mich an ihren weichen Angorapulli. Ich erzähle ihr alles Mögliche über runde Dinge, *ein Plätzchenausstecher ist rund, die Sonne ist rund und auch der Mond, der Ring, den du am Finger trägst, ist rund,* und dabei nehme ich helle, knusprige zuckerglasierte Sonnenblumenkerne aus ihrer ausgestreckten Hand. Ich weiß noch, wie sehr ich diesen Pulli geliebt habe. Ein halbes Jahr später trug sie ihn nicht mehr, und ich wollte wissen, warum. *Weißt du noch, als du dir in die Hand geschnitten hast? Da hast du deinen Vater gesucht, hast dich versteckt im Krankenhaus. Jeder, der dir helfen wollte, durfte dich nicht berühren. Das haben sie mir später erzählt. Du bist ganz still – bis jemand versucht, deine Hand zu untersuchen. Dann schreist du und läufst davon. Sie haben mich zu Hause angerufen, und ich bin gekommen. Ich habe dich auf den Schoß genommen. Und wir haben gewartet, dass dein Vater kommt. Stundenlang haben wir gewartet. Aber du warst glücklich wegen dem Pulli. Und als dein Vater dich und deine Hand untersucht hat, war es zu spät. Er hat die Wunde gesäubert und genäht, so gut er konnte. Aber Pulli war voller Blut. Die Flecken nie mehr sind rausgegangen.*

Ich hatte bereits gelernt, mich zu entschuldigen. *Nonna, es tut mir leid, dass ich deinen Pulli ruiniert habe.*

Oh, ucellina, ucellina, sagte sie. *Mach dir keine Sorge. Es gibt noch viele andere Pullis.*

Nonna gibt es nicht mehr, ihren Pulli gibt es nicht mehr. Diese Erinnerung … Nichts davon kann ich noch einmal erleben, bis auf den Geschmack. Ich will diese Sonnenblumenkerne haben, genau diese Sorte. Die mit der wachsartigen, klebrigen Schokoladenumhüllung und der unnatürlich bunten Zuckerglasur. Ich will die ovale Plastikverpackung schütteln und dieses Geräusch hören, wie von einem Regenstab. Wenn ich schon sonst nichts aus der Vergangenheit haben kann, dann wenigstens dies.

Also nehme ich die Kreditkarte und gehe zum koreanischen Lebensmittelgeschäft. Es sieht ganz so aus, als ob es einer der neun von zehn Ausflügen wird, die ohne Zwischenfälle verlaufen. Ich hole die Sonnenblumenkerne und eine Limonade und stelle beides auf die Ladentheke.

Die Frau an der Kasse nimmt meine Karte, und ich lese die lange Zutatenliste auf der Sonnenblumenkernverpackung. *Getrockneter Rohrzuckersaft, Kakaobutter, Vollmilch, Kakaomasse, Sojalecithin, Palmfett.* Ich bin mit den Gedanken ganz woanders, sodass ich zusammenzucke, als sie mich anspricht.

»Nein«, sagt sie.

Kurz denke ich, dass sie mich davon abhalten möchte, etwas zu kaufen, was ihrer Ansicht nach nicht gut für mich ist. Einen Moment lang finde ich das rührend. Dann sagt sie noch einmal »Nein« und tippt auf die Kreditkarte. Da begreife ich, dass die Karte nicht funktioniert.

Amanda.

Sie hat gesagt, dass ich von nun an mir selbst überlassen bin. Und dass ich sehen soll, wie ich klarkomme. Anscheinend hat sie noch mehr getan. Auf mich selbst gestellt zu sein heißt nicht nur, keine Menschen mehr zu haben, die mir helfen. Es kann auch bedeuten, gewisse *Dinge* nicht mehr zu haben. Ohne es mir zu sagen, hat sie anscheinend Mittel und Wege gefunden, mir etwas wegzunehmen, wovon ich dachte, es gehöre mir. Wer weiß, was noch alles auf mich zukommt.

Ich lasse alles auf der Ladentheke liegen und gehe. Dabei hoffe ich inständig, dass mich niemand berührt, denn ich glaube, das könnte ich nicht ertragen. Tatsächlich berührt mich niemand, und ich gehe auf dem kürzesten Weg nach Hause, ja, ich renne beinahe, und im Kleiderschrank im Erdgeschoss stehen Gott sei Dank noch Dads Gummistiefel.

Eine Stunde später gehe ich nach oben in das Zimmer meiner Eltern und entdecke Midnight im Erker. Sie blinzelt, als ich das Licht anmache. Ich lehne mich an die Wand, streiche über das weiche Fell der Katze und versuche, mir über meine Lage klar zu werden. Ich könnte das Bargeld aus einem der Umschläge nehmen und die Sonnenblumenkerne damit bezahlen. Aber das wäre nur eine vorübergehende Lösung. Amanda kann mir noch viel mehr wegnehmen. Sie schneidet mich, schneidet mich von allem ab. Ich versuche, logisch zu denken. Einerseits vermag ich damit umzugehen. Ich kann die Karte wieder aktivieren lassen, das sollte eigentlich kein Problem darstellen. Mein Name steht darauf. Auf der Rückseite steht eine Telefonnummer. Ich kann dort anrufen. Und wenn sie mich für eine Weile in Ruhe lässt, ist das auch in Ordnung. Weil ich getan habe, was mich Nonna und Ma gelehrt haben. Worauf meine Eltern, wie Dad sagte, mein Leben lang geachtet haben: Ich habe verhindert, dass sie mich in eine Schublade steckt. Sie lebt mit ihrer Familie, und ich lebe allein, und alle sind glücklich und zufrieden, nicht wahr?

Aber es geht hier nicht nur um mich.

Hindere sie daran. Es ist sehr wichtig, dass du Amanda daran hinderst.

Vielleicht geht es nicht um mich. Indem ich versucht habe herauszufinden, was die Geister wollen, und zu verhindern, was auch immer ich verhindern sollte, habe ich es erst heraufbeschworen. Ich habe davon angefangen, dass Shannon vielleicht dieses Syndrom hat. Wenn Amanda sie in eine Schublade steckt, ist das meine Schuld. Es ist alles allein meine Schuld.

Ich rufe Amanda an, immer wieder, aber sie geht nicht dran. Sie weiß, dass ich es bin. Es ist schon spät, als ich es ein letztes Mal versuche, und sie hat den Stecker rausgezogen.

Es gibt eine Art Schlaf, nach dem man fest davon überzeugt ist, die ganze Nacht wach gewesen zu sein. Diese Art Schlaf schlafe ich jetzt und warte auf den Morgen in der Hoffnung, dass es noch nicht zu spät ist.

Kapitel zwölf

Heiße Schokolade

Gleich am nächsten Morgen rufe ich die einzige Person an, an die ich mich wenden kann.

»Gert, du musst mir einen Gefallen tun.«

»Natürlich. Ich helfe dir gern, wenn ich kann.«

»Du musst mich wohin fahren.«

»Tut mir leid, Ginny, aber ich habe keinen Wagen. Ich fahre nicht Auto, weil ich das nicht brauche.«

»Oh.«

»Früher hat mich David immer gefahren, wenn es nötig war.«

»Hat er noch ein Auto?«

»Ja«, sagt sie.

»Danke«, sage ich.

Ich versuche erneut, Amanda anzurufen, aber es läuft genauso ab wie gestern: Sie lässt es läuten, bis der Anrufbeantworter drangeht, später zieht sie den Stecker raus.

Ich muss sie erreichen. Ich muss mir etwas anderes einfallen lassen. *Liste sämtliche Möglichkeiten auf, überlege, was machbar ist, und setze es in die Tat um.*

So lautete eine von Mas Lektionen: *Manchmal musst du in Richtung Daumen schneiden.* Das war eine harte Lektion für mich, schließlich war es ein Schnitt in Richtung Daumen, der mir die Narbe zugefügt hat; und in allen Kochbüchern steht, dass man das nicht tun soll. Nachdem ich mich verletzt hatte, beaufsichtigte sie mich in der Küche. Sie ließ mich die Messer nur noch benutzen, wenn ich versprach, ein Schneidebrett zu nehmen. Doch als ich neun war, lehrte sie mich eine Lektion, die der vorangegangenen widersprach: Sie verriet mir das Geheimnis ihres Kartoffelgratins. Erst erklärte sie mir, dass Gratin in diesem Fall nicht bedeutet, dass etwas mit Käse überbacken wird. Dann, dass andere die Kartoffeln in dünne Scheiben schneiden, sie sie aber zu Spänen hobelt. Also lernte ich, sie zu Spänen zu hobeln.

Du schneidest ein kleines Stück von der Kartoffel ab. So entsteht eine Kante. Siehst du, hier? Dann schneidest du die Kante längs ab. Dadurch entstehen weitere Kanten. Also schneidest du sie ebenfalls ab.

Ich tue, was Ma sagt. In Gedanken schneide ich Kartoffelspäne, ich schneide in Richtung Daumen, obwohl ich gelernt habe, immer von ihm fort zu schneiden. Schneiden, drehen, fallen lassen, schneiden, drehen, fallen lassen, so lange, bis meine Hände klebrig sind von der Stärke. Kartoffelspäne häufen sich auf dem Schneidebrett. Schneiden, drehen, fallen lassen. Schneiden, drehen, fallen lassen.

In meiner Vorstellung dringt das Messer so schnell ins Fleisch, dass ich den Schmerz erst viel später spüre. Pralle, feuchte rote Bläschen quellen aus der Wunde. Sie sind nicht real, aber weh tut es trotzdem.

Es wird Zeit, dass ich auf einer anderen Ebene in Richtung Daumen schneide. Ich wühle in den Küchenschubladen, bis ich den aus der Einkaufstüte gerissenen Zettel finde. Ich schaue die Adresse im Internet nach, gehe einfach nach draußen und marschiere los.

Das Haus in der Pine Street ist ein einstöckiges, imposantes Brownstone-Gebäude, nicht so groß wie das meiner Eltern, aber im selben klassischen Philadelphia-Stil. Ich drücke ein Eisentor auf und gehe ein paar schmale Stufen zur Tür hinunter, auf der 114A steht. Ich klopfe. Er öffnet, die braunen Haare stehen ihm nach allen Seiten vom Kopf ab. Ich versuche, seinen Gesichtsausdruck zu deuten. Ich kann mir nicht vorstellen, dass er etwas anderes als Überraschung empfindet.

»Ah, Sie sind es!«, sagt er.

»Ich bin's.«

»Ich habe den Scheck bekommen.«

»Deswegen bin ich nicht hier.« Ich merke, dass ich nicht so reagiere, wie er es von mir erwartet.

»Kommen Sie rein, bevor die Kälte reinkommt«, sagt er, und ich trete ein. Er schließt die Tür hinter mir. »Wissen Sie, mich hat noch nie jemand hier besucht.«

»Auch Gert nicht?«

»Ich gehe immer zu ihr«, sagt er. »Sie war höchstens einmal da. Ich gehe zu ihr, wir essen gemeinsam zu Abend, und ich übernachte in meinem alten Kinderzimmer. Wenn sie herkäme, müsste sie sehen, was ich noch alles von Elena aufbewahrt habe. Und dann wäre ich der, der ich bin, und nicht der, den sie gern hätte.«

Nach dem blendend weißen Schnee draußen müssen sich meine Augen erst an die Dunkelheit gewöhnen. Anfangs nehme ich nur wahr, dass die Wohnung klein, dunkel und warm ist.

»Entschuldigung«, sagt er. »Das war vielleicht ein bisschen heftig für den frühen Morgen. Aber aus irgendeinem Grund möchte ich Ihnen immer sofort alles anvertrauen. Sie sind eine gute Zuhörerin.«

»Da wäre ich mir nicht so sicher«, entgegne ich.

»Nun, wie dem auch sei. Aber von meinen Problemen mal abgesehen – wie geht es Ihnen?«

Jetzt, wo sich meine Augen an den Raum gewöhnt haben, sehe ich, dass er durch die vielen an der Wand aufgestapelten Kartons noch kleiner wirkt. Sie sind alle auf Spanisch beschriftet, und das kann ich nicht lesen. Es bleibt gerade genug Platz für ein Bett, einen Sessel und etwas, das aussieht wie eine Lampe, über der ein buntes Tuch liegt. Dieses Tuch ist der einzige Farbtupfer im ganzen Raum. Das einzige Fenster, das ich entdecken kann, befindet sich oben neben der Tür.

»Ich fühle mich wie in einem Ofen bei 120 Grad«, sage ich zu David.

»Ist es so heiß?«

»Nein, damit meine ich nur, dass es hier dunkel und warm ist. 120 Grad ist eine gute Warmhaltetemperatur. Viel niedriger kann man einen Ofen gar nicht einstellen.« Ich bemühe mich, Konversation zu machen, höflich zu sein und nicht mit der Tür ins Haus zu fallen. Ich glaube nicht, dass es mir gut gelingt. Aber wenn ich David geradeheraus sage, was ich von ihm will, ohne ein paar einleitende Worte, wird er mir wahrscheinlich nicht helfen.

»Oh. Soll ich Ihnen die Wohnung zeigen?«, fragt er.

»Ich glaube, ich habe schon alles gesehen.«

»Alles außer Tambo«, sagt er und greift nach dem Tuch, von dem ich dachte, dass es eine Lampe bedeckt. Aber es ist gar keine Lampe, sondern ein Vogelkäfig.

Darin sitzt ein Vogel. Er ist sehr klein und unscheinbar. Oben auf dem Kopf und unter dem Schnabel, wo normalerweise das Kinn wäre, wenn Vögel ein Kinn hätten, ist er schwarz. Die Seiten des Köpfchens sind weiß, und die Brust ist beige. Er ist kaum größer als Davids Daumen, kein Exot, eher einer der Vögel, die draußen herumfliegen. Er sieht aus, als hätte er weiches Gefieder. Er wackelt mit seinen schwarz-weißen Schwanzfedern hin und her.

»Sie hat Elena gehört«, sagt er. »Es war ihr Lieblingsvogel.«

»Was ist das für einer?«

»Ein *Chickadee*, eine amerikanische Meise. Sie hat dieses Wort geliebt. Es war ihr liebstes englisches Wort. Als sie entdeckte, dass es in Pennsylvania *Chickadees* gibt, war sie ganz aus dem Häuschen vor Freude, und wir unternahmen Radtouren, um sie zu beobachten. Sie hätten sie sehen müssen, als sie ein verletztes Vogelküken fand! Sie wollte diesen Vogel unbedingt retten, und es ist ihr gelungen. Sie ließ Tambo nicht sterben, und ich halte es genauso.«

Ich kann nicht länger warten. »David, ich muss Sie um einen Gefallen bitten.«

»Und der wäre?«

»Sie müssen mich zu meiner Schwester fahren.«

»Wo wohnt Ihre Schwester denn?«

»Draußen in Haddon Township.« Ich starre noch immer auf den Vogel. Er schüttelt seine Flügel in einer Art Wellenbewegung, so, als durchliefe ihn ein Zittern.

»Wie? Ich soll mit Ihnen Zug fahren?«, fragt David.

»Nein.«

»Wir passen nicht zu zweit auf mein Fahrrad.«

»Sie sollen mich mit dem Auto hinbringen«, erwidere ich.

Schweigen. Dann sagt David, als spuckte er Kirschkerne aus: »Sie wollen. Dass ich mich. Ans Steuer. Eines Wagens. Setze.«

»Ihre Mom sagte, Sie haben das Auto noch.«

»Sie wird nicht so dumm sein zu glauben, dass ich fahre.«

»Warum nicht? Warum haben Sie es, wenn Sie es nicht mehr benutzen?«

»Muss ich Ihnen das wirklich erklären? Schon vergessen?« Er streckt mir seine Hand entgegen, und ich sehe die wulstige Narbe, dort, wo mein Dad ihm die Finger wieder angenäht hat. Obwohl die Wunde schon so viel Zeit zum Heilen hatte, sieht sie noch frisch aus.

»Ihr Unfall«, sage ich, und plötzlich ist mir alles klar. »*Sie* sind gefahren.«

»Und es war das letzte Mal, dass ich gefahren bin. Ich habe meine Frau umgebracht. Sie werden also verstehen, warum ich nicht gerade scharf darauf bin, mich ans Steuer zu setzen.« So eine dunkle Stimme wie diese habe ich noch nie gehört. Sämtliche schokoladigen Nuancen sind unter brodelndem Schlamm begraben, der sich immer weiter ausbreitet.

»Nur dieses eine Mal!«, flehe ich ihn an. »Es ist ein herrlicher Tag. Das Wetter ist gut, es wäre eine ganz einfache Fahrt.«

»Sie haben eine merkwürdige Vorstellung davon, was einfach ist.«

»Tut mir leid«, sage ich. Ich zwinge mich, den Blick von dem Vogel abzuwenden und auf David zu richten. Ich schaffe es bis zu seinem Kinn. »Ich bin nicht besonders gut in so etwas, das weiß ich selbst. Ich weiß, dass ich sonderbar bin und mich nicht so verhalte, wie man sich als höflicher Mensch verhält. Ich werde all die Regeln niemals begreifen. Also sage und tue ich die falschen Dinge. Aber ich bin auch ein Mensch, genau wie Sie. Und ich bitte Sie nur um diesen einen Gefallen. Es bedeutet ungeheuer viel für mich. Ich muss meine Schwester sehen, und Sie müssen mich zu ihr fahren.«

»Nein«, sagt er.

»Nein?« Mein Magen fühlt sich an, als sei er voller Plätzchenteig.

»Versetzen Sie sich doch mal in meine Lage«, sagt er. »Sie bitten mich um etwas, wovor ich wirklich eine Heidenangst habe. Und Sie haben mir noch nicht einmal einen guten Grund dafür genannt.«

»Ich muss Amanda etwas sagen.«

»Dann rufen Sie sie an.«

»Das habe ich schon versucht. Seit gestern immer wieder. Sie weigert sich dranzugehen. Sie will sich nicht anhören, was ich zu sagen habe.«

»Worum geht es?«

»Das ist privat.«

»Na, dann sollten Sie sich auch privat auf den Weg machen und die U-Bahn nehmen.«

»Bis zu Amanda geht keine U-Bahn.«

»Dann rufen Sie ein Taxi.«

»Amanda hat meine Kreditkarte gesperrt«, sage ich. »Und mein Bargeld reicht nicht für die Fahrt.« Ich habe einige Zwanzig-Dollar-Scheine in die Tasche meiner Jeans gesteckt, aber ich weiß, dass sie nur für die Hinfahrt, nicht aber für die Rückfahrt reichen würden. Und ich muss zurückfahren können, schließlich weiß ich nicht, wie es bei Amanda laufen wird.

»Dann finden Sie eine andere Möglichkeit. Aber das können Sie unmöglich von mir verlangen. Nicht, ohne mir einen wirklich guten Grund dafür zu nennen.«

Mein Herz schlägt so laut, dass ich es hören kann. Ich brauche etwas, das mich beruhigt. Etwas Süßes, Mächtiges, Dekadentes. Keine Schokolade, keine Pie. Jetzt hab ich's: *Tres-leches*-Milchkuchen. Ein weißer Kuchen, der in einer weißen Auflaufform ruht. Er wird mit Sahne übergossen, aber nicht tröpfchenweise, sondern in einem dicken, gleichmäßigen Strahl. Die Sahne durchfeuchtet den trockenen Biskuitteig, der sie gierig aufsaugt. Sie scheint zu verschwinden, verwandelt aber alles. Die Textur. Den Geschmack. Doch damit ist der Kuchen noch nicht fertig. Ohne alle drei Milchsorten ist er zu trocken. Er muss sich wandeln.

Ich öffne die Augen. Ich bin gewillt, alles zu riskieren.

»Ich kann Ihnen helfen, Ihre Frau wiederzusehen«, sage ich.

»Was sagten Sie da?«

»Sie haben richtig gehört. Das klingt verrückt, aber es ist die Wahrheit. Ich kann Ihnen helfen, Ihre Frau wiederzusehen.«

Er lässt sich schwer aufs Bett fallen, springt wieder auf, ballt abwechselnd die Fäuste und öffnet sie wieder. Das ist mir zu viel Unruhe in dem kleinen Raum. Ich mache einen Schritt rückwärts in Richtung Tür. »Das ist krank, Ginny, einfach nur krank. Meine Frau ist tot. Das wissen Sie.«

»Natürlich weiß ich das! Deswegen bin ich auch die Einzige, die Ihnen helfen kann. Ich sehe Geister.«

»Das ist absurd!«

»Ich weiß, ja.« Im Raum wird es immer heißer, ich bekomme kaum noch Luft. Jetzt fühle ich mich erst recht wie in einem Ofen. Ich versuche verzweifelt, mich verständlich zu machen. »Ich habe auch nie an Geister geglaubt. Bis ich zum ersten Mal einen sah. Aber seit dem Tod meiner Eltern kann ich, wenn ich ein Rezept nachkoche, den Geist desjenigen heraufbeschwören, der es aufgeschrieben hat.«

»Das ist ... Das ist absurd. Ich weiß nicht, was ich denken soll, außer dass das absurd ist.«

»Haben Sie ein Rezept?«, frage ich ihn.

»Wofür?«

»Egal, irgendetwas. Irgendein Rezept von Elena. Eines, das sie selbst von Hand aufgeschrieben hat.«

»Ja.«

Alles ist in der Schwebe. »Erzählen Sie mir davon. Von dem Rezept.«

Er schluckt hörbar und sagt: »Doch, ich habe ihr Rezept für *aji de gallina*. Das ist ein peruanisches Gericht, ihr Lieblingsgericht, mit Huhn und Kartoffeln.

In einer gelben Soße. Als wir noch nicht verheiratet waren, gab sie mir das Rezept und sagte, wenn ich das kochen könne, wäre sie beeindruckt. Ich habe es nie gekocht, aber sie hat mich trotzdem geheiratet.«

Er zieht seine Brieftasche hervor, öffnet sie und nimmt ein zusammengefaltetes Blatt Papier heraus. Die amerikanische Meise tschilpt leise dreimal.

Sorgfältig faltet David das Papier auseinander und streicht es auf dem Bett glatt. Er winkt mich herbei, und ich gehe die wenigen Schritte, um es mir anzusehen.

Es ist ein handgeschriebenes Rezept. Schwungvolle, leicht nach links geneigte Buchstaben. Blass, aber vollständig.

In einer leisen Stimme, die hart ist wie Backstein, sagt David: »Ist es das, was Sie brauchen?«

»Ja. Ihre Schrift. Ich werde das Rezept zubereiten, und sie wird kommen. Versprochen.«

»Versprochen?«

»Ja.«

»Das genügt mir nicht«, sagt er. »Ich kann Ihnen nicht glauben, das ist einfach unmöglich.«

Er hebt rasch die Hand, und für einen Moment denke ich, dass er mich schlagen wird. Unwillkürlich weiche ich einen Schritt zurück, stolpere über einen Karton und lande unsanft auf dem Boden. Instinktiv hebe ich abwehrend die Hand. Genau deshalb wollte meine Mutter, dass ich nie in solche Situationen gerate. Ich kann sie nicht richtig einschätzen. Ich kann mich nicht in Sicherheit bringen, wenn jemand böse Absichten hegt.

»Keine Angst«, sagt David, und ich merke, dass es wirklich keinen Grund zur Sorge gibt. Er hat nicht vor, mich zu schlagen.

Er ergreift meine ausgestreckte Hand.

»Ihr Dad«, sagt er.

Will er wissen, ob ich den Geist meines Vaters gesehen habe? »Gestern hat er gesagt …«, setze ich an.

»Schluss damit!«, unterbricht mich David. »Ich möchte nicht über Geister sprechen.«

Ich weiß nicht, worauf er dann hinauswill.

Er legt seine Handfläche gegen meine. Seine Hand ist trocken und fest. Ich spüre die Wärme seiner Haut. Eine Narbe berührt die andere.

»Um Ihres Dads willen werde ich es tun. Weil er mir geholfen hat«, sagt David.

Ich setze mich auf.

»Ich werde Sie zu Ihrer Schwester fahren.«

Es dauert eine Weile, bis er die Autoschlüssel gefunden hat, doch ich dränge nicht, schließlich könnte er es sich noch anders überlegen. Ich verlange etwas Furchtbares von ihm, aber ich brauche seine Hilfe. Und im Gegenzug habe ich ihm auch etwas versprochen. Es wird noch eine Weile dauern, bis wir wissen, wer von uns beiden gerade das größere Risiko eingegangen ist.

Die Garage ist an die Rückfront des Hauses angebaut. Sie ist muffig und voller Spinnweben. Über dem Auto liegt eine Schutzdecke, und als David sie wegzieht, sehe ich, dass die silbernen Flanken des Wagens glatt und frei von Schrammen sind.

Er beantwortet meine Frage, ehe ich sie stellen kann. »Das ist das Schlimmste daran: Ich habe sie noch überredet, mich fahren zu lassen. Es war ihr Auto, ich hätte gar nicht am Steuer sitzen sollen. Und wenn Sie von mir verlangen, noch ein Wort darüber zu reden, fahren wir nirgendwohin, verstanden?«

»Verstanden.«

Wir steigen ein. Ich reiche ihm die Routenbeschreibung. Er nickt dreimal und gibt sie mir zurück. Wir fahren schweigend, seine Hände liegen weit oben auf dem Lenkrad, und meine Füße sind fest gegen den Boden gestemmt, die Beine verkrampft und gestreckt wie Selleriestangen.

Anfangs kommen mir die Straßen noch bekannt vor. Ziegelbauten aus den 1830er-Jahren wechseln sich mit hohen, modernen Glaskästen ab, alles ist bunt und dicht gedrängt. Enge Einbahnstraßen mit viel Verkehr. Nach einer Weile wirkt die Umgebung etwas offener. Wir nehmen zunächst die Schnellstraße nach Süden. Eine Fahrbahn verschwimmt mit der nächsten. Breite graue Straßen. Dann eine lange Brücke. Bei dem grauen Himmel sieht man wenig. Die warme, trockene Luft im Auto macht mich schläfrig. Beinahe dämmere ich ein. Mein Kopf lehnt am Fenster.

David fragt: »Ginny? Alles in Ordnung?«

»Es geht mir gut.«

»Das glaube ich nicht«, sagt er. »Sie sehen furchtbar aus.«

»*Sie* sehen furchtbar aus!«, erwidere ich reflexartig.

»Das kann ich mir denken. Das Fahren fällt mir wirklich nicht leicht.«

Ich entschuldige mich, aber diesmal ist es kein Reflex, sondern ernst gemeint. Ich hätte ihm das nicht antun dürfen. »Es tut mir leid.«

»Mir auch«, sagt er, den Blick auf die Straße geheftet.

Wir sind da, bevor ich überhaupt gemerkt habe, dass wir die Schnellstraße verlassen haben. Das Haus ist groß und weiß. Ich war erst zweimal hier. Es sieht einladend aus. Wie ein Ort, an dem richtige Menschen leben.

»Gut«, sagt er. »Ich warte hier.«

Ich rufe mir wieder in Erinnerung, dass es genau das ist, was ich wollte. Bevor ich es mir anders überlege, steige ich aus und gehe zur Haustür. Ich klopfe mit den Fingerknöcheln dagegen. Klopf, klopf, klopf, ein gleichmäßiger Rhythmus.

Nichts geschieht.

Ich balle die Faust und hämmere jetzt gegen die Tür. Mir wird bewusst, wie verzweifelt ich erreichen will, dass Amandas Gesicht in der Tür erscheint. Also hämmere ich und hämmere, schlage mit der Faust gegen die Holztür, als wollte ich eine Packung Müslikekse zertrümmern. Aber Hartholz gibt nicht nach, keinen Millimeter.

»Amanda!«, rufe ich. »Amanda!«

Ich glaube, kleine Gesichter am Fenster zu sehen, aber vielleicht bilde ich mir das auch nur ein.

Jemand kommt zu mir auf die Veranda. Im ersten Moment denke ich, es ist David, aber der sitzt noch im Wagen. Brennan muss durch eine Seitentür aus dem Haus gekommen sein. Vielleicht war er auch in der Garage. Ich weiche zurück.

»Hör auf zu schreien«, sagt er.

»Ich höre erst auf, wenn sie rauskommt. Amanda!«

»Nein, hör auf zu schreien«, sagt er noch einmal und streckt die Hand nach meinem Mund aus. Ich schlage kräftig danach, und er zieht den Arm hastig zurück.

Er starrt mich an, und ich zwinge mich zurückzustarren. Schweigend fixieren wir uns gegenseitig.

»Ginny, sie will nicht mit dir reden«, sagt Brennan.

»Es dauert nur eine Minute«, erwidere ich.

»Sie kommt nicht raus.«

»Ich möchte ihr nur was erklären: Es liegt in der Familie. Sie weiß nicht, dass Dad auch unter dem Syndrom litt. Und wenn ich es habe, wenn Shannon es hat, dann gibt es viele Varianten innerhalb des Spektrums, vor denen sie keine Angst haben muss …«

»Hör zu: Mir brauchst du das nicht zu erzählen.

Ich versuche hier mit zwei verängstigten kleinen Mädchen und ihrer hysterischen Mutter klarzukommen. Sie ist so außer sich deswegen – ich kann dir gar nicht sagen, wie sehr. Statt die Mädchen ins Bett zu bringen, hat sie sich gestern Abend im Bad eingeschlossen und Angelica am Handy eine Stunde lang was vorgeheult. Es können auch zwei Stunden gewesen sein.«

Er dreht sich um und schaut durch das große Fenster. Ich folge seinem Blick, aber da ist niemand. »Ich weiß nicht, ob sie heute Nacht überhaupt ein Auge zugetan hat. So habe ich sie noch nie erlebt. Sie sagte, sie wollte dir doch nur helfen, aber jetzt seist du völlig durchgeknallt und sie wolle nichts mehr von dir wissen.«

»Ich bin nicht durchgeknallt«, protestiere ich. »Ich bin normal.«

Er schweigt, legt Daumen und Fingerspitzen an die Schläfen und drückt zu, als könne er so bis zu seinem Gehirn vordringen. »Ich werde das nicht mit dir diskutieren. Ehrlich, das Ganze ist einfach nur furchtbar. Ich denke, ihr beide habt große Schwierigkeiten, mit ... Du weißt schon, mit dem Tod eurer Eltern zurechtzukommen. Und ihr seid aufeinander angewiesen, aber du weißt nicht, wie du mit alldem umgehen sollst, und kannst im Moment einfach nicht klar denken. Also geh nach Hause und beruhige dich. Versuch es ein anderes Mal wieder.«

»Aber es ist wichtig. Es geht um Shannon.«

»Shannon ist hier im Haus. Ihr kann nichts passieren«, versucht er mich zu beruhigen.

»Aber ich will ihr sagen, dass …«

»Ginny!«, unterbricht er mich. »Bitte! Was immer du ihr sagen willst – Amanda ist nicht bereit zuzuhören. Je länger du hier bleibst, desto mehr Nachbarn werden aufmerksam. Und je mehr Nachbarn aufmerksam werden, desto mehr wird sie sich aufregen. Sie legt Wert darauf, einen guten Eindruck zu machen. Bitte, sie braucht etwas Zeit, bis sie wieder ruhig mit dir reden kann. Das willst du doch auch.«

»Tatsächlich?«, entgegne ich. Es soll trotzig klingen, aber stattdessen kommt es leise und fragend heraus, und mir wird klar, dass ich es selbst nicht weiß. Ich weiß nicht, was ich will. Ich weiß nicht, wer ich bin, was hier los ist und was ich jetzt tun soll.

»Geh heim, Ginny«, sagt Brennan.

Also gehe ich. Ich steige wieder in den Wagen. Ich schlage die Tür zu, und es klingt zu laut. Ich werfe einen Blick zur Veranda, aber Brennan ist schon hineingegangen. Das Haus zeigt ein ausdrucksloses Gesicht. Im Fenster ist nichts als die Gardine zu sehen.

»Hat es was gebracht?«, fragt David.

»Nein.«

»Das tut mir leid.«

»Es ist nicht Ihre Schuld«, sage ich, aber die Anstrengung, diese Höflichkeitsfloskel herauszubringen, gibt mir den Rest. Ich lasse den Kopf auf die Knie sinken und suche nach einer Essenserinnerung, aber mir fällt nichts ein, mein Gehirn liefert nur zusammenhanglose Brocken. *Matambre lungo Fleur de sel Zeppole.* Das Aufheulen des Motors beim Anlassen. Blutorangen, denk an Orangen, denk an Zitrusfrüchte, an Zitronen, Limetten. Wir fahren los. Ich kann mir keine Speisen vorstellen, und in den Kleiderschrank kann ich auch nicht. Also schlinge ich die Arme um meine Knie und wiege mich vor und zurück. Ich weiß nicht, ob Laute aus meiner Kehle dringen, bis David sagt: »Psssst. Ruhig, Ginny, ganz ruhig. Alles wird gut.«

»Nein, nichts wird gut!«

»Aber sicher«, sagt David.

Ich presse das Gesicht gegen die Knie und spüre ein heftiges Stechen im Magen. Das Vor- und Zurückwiegen hilft mir nicht weiter. Ich sehe nur noch Schwarz. Ich wimmere, und da David nicht sagt, dass ich ruhig sein soll, wimmere ich weiter und versuche an etwas anderes zu denken. Wir sitzen im Auto. Im Auto – was steht auf derselben Seite wie *Auto*?

Auszugsmehl. Ich klammere mich daran. Ich klammere mich an die Vorstellung, ich könnte es anfassen. Ich denke an die vielen anderen Namen für Auszugsmehl: Weizenmehl Type 405, heute die gebräuchlichste Bezeichnung. Helles Mehl aus Weizen, das aus dem ersten Schrot gewonnen wird. Bei dem der innere Kern des Korns von den Schalenteilen getrennt wird. Weißmehl, Semmelmehl, Kuchenmehl oder Endospermmehl. Es ist ganz fein und besitzt hervorragende Backeigenschaften. Der Rest hat eine andere Körnigkeit oder Textur. Um ein Gefühl für die unterschiedlichen Mehlsorten zu bekommen, muss man damit experimentieren. Nur so lernt man etwas dazu.

»Ginny«, sagt David von ganz weit her. »Ginny!«

Ich öffne die Augen. Meine Hand ist vor mir ausgestreckt, ich balle die Faust, als knetete ich Teig. Ich lasse die Hand sinken. Wir haben vor meinem Haus gehalten. Die steinernen Stufen, die zur Veranda hinaufführen, erscheinen mir, als warte ein endlos langer Aufstieg auf mich.

»Ich helfe Ihnen, ins Haus zu kommen«, sagt David. »Einverstanden?«

»Einverstanden.«

Ich rechne damit, wackelig auf den Beinen zu sein, aber warum eigentlich? Mein Herz ist verletzt, nicht mein Körper. Es wurde bis auf den letzten Tropfen ausgequetscht wie eine Zitrone. Es ist in sich zusammengefallen wie zu stark geschlagenes Eiweiß. Ich setze einen Fuß vor den anderen. Erklimme die Stufen.

Als ich oben angelangt bin, merke ich, dass Davids Hand in meinem Rücken liegt und mich stützt. Seltsam, dass ich das erst jetzt spüre. Wirklich erstaunlich.

»Kommen Sie«, sagt er. »Hinein mit Ihnen!«

»Ich brauche keine Hilfe mehr«, sage ich, und er nimmt die Hand fort. Aber als ich das Haus betrete, folgt er mir bis ins Wohnzimmer.

»Setzen Sie sich«, sagt er. »Sie sehen aus wie der Tod. Hier, auf das Sofa.«

Ich will protestieren, doch dann lasse ich mich einfach darauf fallen. Ich kann mich nicht erinnern, wann ich das letzte Mal auf dem Sofa gesessen habe. Im ersten halben Jahr nach der Anschaffung verbot uns Ma, darauf zu sitzen, und obwohl das mindestens zehn Jahre her ist, fühlte es sich nie gut an, gegen dieses Verbot zu verstoßen.

Als ich die Augen wieder öffne, kehrt mir David den Rücken zu und schaut zum Kaminsims. Er starrt auf einen Zettel, der plötzlich dort liegt. Das Rezept, natürlich. Ich weiß, was er will.

»Ich habe nicht gelogen«, sage ich. »Ich habe versprochen, sie heraufzubeschwören. Ich kann es sofort tun.«

»Sie können kaum stehen«, sagt er. »Bleiben Sie lieber sitzen.«

Ich stehe auf, nur um ihm zu beweisen, dass es geht. Die Konturen des Stucks über mir verschwimmen ein wenig, nehmen dann aber wieder ihre vertrauten Formen an.

Mit einer beißenden, mineralischen Schärfe sagt er: »Ginny, was ist hier los? Sind Sie wirklich durchgeknallt, wie Ihr Schwager behauptet hat?«

»Nein!«, entgegne ich bestimmt. Mir war nicht

klar, dass er die Unterredung mit angehört hat. »Ich bin nicht durchgeknallt.«

»Haben Sie Ihrer Schwester erzählt, dass Sie Geister sehen können? Geht es darum? Will sie deswegen nicht mehr mit Ihnen telefonieren oder Sie sehen?«

»Nein«, sage ich. »Sie will, dass ich einen Arzt aufsuche.«

»Sind Sie krank?«

»Nein. Na ja, *sie* findet es schon, und genau darum geht es. Ich weigere mich, mir die Diagnose stellen zu lassen, auf die sie hinauswill. Und ich habe ihr gesagt, dass ihre Tochter vielleicht dasselbe Syndrom hat, das ich angeblich habe.«

»Sie haben ein Syndrom?«

»Ich habe eine Persönlichkeit«, erwidere ich, aber das ist nur ein Reflex. Im Augenblick glaube ich nicht daran.

»Aber es hat nichts mit den Geistern zu tun?«

»Nein, das mit den Geistern habe ich ihr gar nicht erzählt. Aber die Geister haben mich gewarnt. Sie haben mich vor ihr gewarnt …« Ich verstumme, denn ich bin mir wieder einmal nicht sicher, ob ich die Warnung richtig verstanden habe. Es ging um Amanda, aber ging es auch um mich? Oder um Shannon? Ich glaube, das mit Shannon wissen sie gar nicht. Aber sie ist das Wichtigste, selbst wenn die Geister von etwas ganz anderem gesprochen haben sollten. Ob ich jetzt Fortschritte mache oder versage – es liegt allein an mir. Shannon aber ist noch jung. Ihr Glück hängt von ihrer Mutter ab.

»Erzählen Sie mir von den Geistern«, sagt David. »Nein, warten Sie. Erst mache ich Ihnen eine Tasse heiße Schokolade.«

Instinktiv will ich Nein sagen. Wenn ich welche wollte, würde ich sie selbst machen. Aber er hat recht: Ein warmes Getränk könnte gegen diese innere Kälte und Erschöpfung helfen.

In der Küche greife ich nach dem Kakao, aber er sagt: »Lassen Sie mich das machen, einverstanden?«

Ich ziehe meine Hand zurück. »Einverstanden.«

Er beginnt das Benötigte zusammenzusuchen, schaut in die Schränke, wühlt in der Krimskramsschublade und merkt nicht gleich, dass er zwischen Hammer, Telefon- und Karteikarten nicht finden wird, was er sucht. Ich schweige und gehe zu den Glasschränken, hole das Getränkelexikon hervor und lege es neben dem Herd auf die Küchentheke. Nur für den Fall, dass er es braucht. Während er in einer anderen Schublade mit Silberbesteck klappert und nach dem richtigen Löffel sucht, schlage ich das Kochbuch an der entsprechenden Stelle auf.

»Oh, das ist nicht nötig«, sagt er. »Ich mache mein Spezialgetränk.«

»Ich dachte, Sie kochen heiße Schokolade.«

»Das tue ich auch. Aber meine ist etwas ganz Besonderes.«

»Aha.«

»Es ist heiße, scharfe Schokolade«, sagt er. »Da kommt noch eine extra Zutat rein.«

Er hält ein Gewürzglas hoch, das er aus dem Regal genommen hat. Chilipulver.

»Gut«, sage ich.

»Warten Sie nur, bis Sie davon gekostet haben!«

Während David die Milch auf dem Herd erhitzt, sagt er: »Sie schmeckt nicht nur anders, sondern besser. Ich bin mir sicher: Fortan werden Sie heiße Schokolade nur noch so zubereiten.«

»Tatsächlich?« Er lenkt mich ab, Gott sei Dank.

David rührt in der Milch, die noch nicht kocht.

»Sie können sie auch in der Mikrowelle erhitzen.«

»Ich weiß.«

»Ich finde nicht, dass es anders schmeckt, wenn man die Mikrowelle benutzt.«

»Psst! Sie haben Ihre Methode, ich habe meine.«

Wir stehen schweigend da, er konzentriert sich auf die Milch und ich mich auf ihn. Ich gehe zum Kühlschrank, um besser sehen zu können, was er tut, und beobachte seine Hände. Als sich am Rand des Topfes kleine Bläschen bilden, rührt er zuerst den Zucker hinein, immer nur einen Löffel auf einmal. Dann folgt das Kakaopulver auf die gleiche Weise. Die Milch färbt sich erst beige, dann braun und schließlich beinahe rotbraun, noch bevor das Chilipulver dazukommt. Diese letzte Zutat gibt er mit einer schwungvollen Bewegung dazu und rührt behutsam um, wobei der Löffel nicht den Topfboden berührt.

Als alles fertig ist, gießt er zwei Becher voll, einen grünen und einen braunen.

Er reicht mir den braunen. Das Braun des Bechers ist ein anderes, weniger interessantes Braun als das der Schokolade. Ich lege beide Hände um den Becher und atme den belebenden Duft ein.

»Warum halten Sie ihn nicht am Henkel?«

Ich hebe mein Gesicht kurz von der heißen Schokolade, um »Darum« zu sagen, und atme wieder tief ein. Ich versuche, das Heiße vom Scharfen zu trennen. Von dem Gewürz, sollte ich vielleicht sagen. Es ist dort drin, tief drin.

»Sie ist nicht vergiftet«, sagt er. »Trinken Sie!«

»Ich genieße den Duft.«

»Ah, okay.«

Ich nippe daran. Ich öffne den Mund. Das kenne ich aus einem Kitcherati-Beitrag über die Verkostung von Weinen, aber es funktioniert auch bei allen anderen Lebensmitteln. Die Luftzirkulation im Mund sorgt für eine differenziertere Wahrnehmung an den Geschmacksknospen. Luft verstärkt den Geschmack.

»Sie ist köstlich.« Der Kakao ist dunkel, die Milch cremig. Das Chilipulver sorgt für eine erdige Note. Die Mischung ist herrlich bitter und süß zugleich.

»Ich wusste, dass Sie sie mögen würden«, sagt er.

Wir trinken unsere heiße Schokolade im Stehen in der Küche. Ich spüre, wie die Kälte versucht, durch die Fensterritzen zu dringen, aber die Wärme des Hauses hält sie draußen.

Als ich meine Schokolade zur Hälfte getrunken habe, sagt David: »So, Ginny. Erzählen Sie mir von den Geistern.«

Ich erzähle ihm alles. Von der Ribollita, die Nonna heraufbeschworen hat. Vom Shortbread, das Grandma Damson nicht heraufbeschworen hat. Vom Schnaps, Amaretto und Necie. Von den Brownies, die Evangeline heraufbeschworen haben. Davon, wie ich es erneut mit der Ribollita versucht habe, um Nonna zu sehen, jedoch vergeblich. Von Biscuits mit Bratensoße, die Ma heraufbeschworen haben. Vom Salzteigrezept, das Dad heraufbeschworen hat. Einfach alles. Von ihren Warnungen. Von meinen Fehlern. Ich erzähle ihm sogar von Dr. Stewart, obwohl sie gar nichts mit den Geistern zu tun hat. Sobald ich einmal angefangen habe zu reden, fällt es mir schwer, wieder aufzuhören. Ich vertraue David, und ich öffne mich ihm. Es gibt nichts mehr, was ich zurückhalten müsste. Ich erzähle ihm alles, sogar das mit dem Syndrom.

Nach einem langen Schweigen sagt er: »Ich weiß nicht … Ich dachte …«

»Was?«

»Das mit den Geistern. Sie behaupten, Sie können sie heraufbeschwören.«

»Indem ich koche.«

»Wie, ist eigentlich egal«, sagt er. »Das kann einfach nicht sein. Ich sollte Ihnen eigentlich kein Wort glauben. Weil es nicht möglich ist und weil es keinerlei Sinn ergibt. Aber …«

»Wenn Sie es mit eigenen Augen sehen, werden Sie mir glauben«, sage ich.

»So, wie Sie das sagen – mit einer solchen Aufrichtigkeit, ohne jedes Zögern –, in solchen Momenten kaufe ich es Ihnen ab. Weil Sie so überzeugt klingen.«

»Ich bin überzeugt.«

»Es ergibt sogar einen Sinn, warum Sie es können«, sagt er. »Warum Sie die Geister heraufbeschwören können.«

»Ach ja?«

»Sicher«, sagt David. »Sie kochen nach den Rezepten anderer Leute, stimmt's?«

»Ja.«

»Und aufgrund dieses Syndroms, aufgrund Ihres hervorragenden Gedächtnisses, Ihrer Zwanghaftigkeit bereiten Sie die Rezepte bestimmt ganz exakt zu. Sie kochen Nonnas Rezept genau so, wie sie es täte. Und das Ihrer Mutter genau so, wie diese es zubereiten würde. Damit stellen Sie irgendwie den Kontakt zu ihnen her.«

Er hat recht. Das ergibt durchaus einen Sinn. Aber es ist nicht der Punkt, der mich im Augenblick am meisten interessiert.

»Und Sie halten mich nicht für durchgeknallt«, vergewissere ich mich.

»Nein.«

»Wofür halten Sie mich dann?«, frage ich und kann seine Antwort kaum erwarten.

»Nur für jemanden, der versucht, mit dem Leben klarzukommen«, sagt er. »Wie ich. Wie jeder Mensch. Es gibt viele, die an Geister glauben. Ich habe zwar eigentlich nie dazugehört, aber .... Mom sagt immer, dass sie die Geister spüren kann, aber das ist nur ein Gefühl. Ich glaube auch, dass ich Elenas Geist spüren kann. In den Dingen, die sie mir hinterlassen hat.«

»In ihrer amerikanischen Meise.«

»Genau«, sagt er lächelnd.

»Sie lieben sie immer noch«, stelle ich fest.

»Ich weiß, dass sie tot ist. Das ist eine Tatsache, und sie ist mir bewusst. Aber ich kann nicht loslassen. Ich kann nicht nach vorn schauen. Als Sie meinten, dass ich sie sehen könnte ... Vielleicht ist das die Lösung. Wenn ich ihren Geist sehen und mich von ihm verabschieden könnte, würde ich vielleicht auch dieses Schuldgefühl los. Sie haben ja keine Ahnung, wie das ist.«

»Jemanden zu verlieren?«

»Dafür verantwortlich zu sein.«

»Es war ein Unfall.«

»Es war *mein* Unfall«, sagt er. »Hätte ich nicht am Steuer gesessen, wären wir an jenem Abend nicht ausgegangen ... Hätte, wäre, könnte ... Sie können sich nicht vorstellen, wie oft ich gedacht habe: ›Hätte ich doch nur eine einzige Kleinigkeit anders gemacht.‹ Sogar wie alles verlaufen wäre, wenn ich sie nie kennengelernt, sie nicht aus Peru nach Philadelphia geholt hätte. Dann hätte ich sie nie geliebt, und das wäre mein einziger Verlust gewesen. Aber wie schwer wiegt ein Verlust, von dem man gar nichts weiß? Man trauert doch um die, die man geliebt und verloren hat.«

David trinkt seine Schokolade aus. Er spült den Becher und lässt ihn in der Spüle stehen.

»Also gut«, sagt er. »Ich habe nichts zu verlieren. Wenn Sie sich das Ganze nur einbilden, dann war es das eben.«

»Ich bilde mir nichts ein«, sage ich. »Außerdem habe ich gesagt, dass ich es tun werde. Ich habe es Ihnen versprochen.«

»Das stimmt«, erwidert er. »Ich werde also die Zutaten kaufen und mitbringen. Wann?«

»Jetzt gleich?«

»Welche Kräfte auch immer Sie besitzen mögen«, sagt er kopfschüttelnd. »Ich glaube nicht, dass Sie im Moment in der Verfassung dafür sind. Ich werde morgen wiederkommen.«

»Morgen also.«

Er findet allein hinaus. Ich bleibe in der Küche, umklammere den Becher mit beiden Händen und genieße das sanfte Brennen des Chilipulvers. Auch als die Schokolade längst kalt geworden ist und ich meine Finger nicht mehr daran wärmen kann, ist mein Bauch warm, und meine Lippen brennen ein wenig.

Anschließend gehe ich durch die Zimmer im Erdgeschoss. Kaum zu fassen, dass es immer noch hell ist. Der Lärm von der Straße klingt gedämpft. In der Ferne höre ich eine Sirene. Im Wohnzimmer fällt mir etwas Ungewöhnliches auf.

David hat das Rezept für *aji de gallina* auf dem Kaminsims liegen lassen, es gegen ein gerahmtes Foto gelehnt. Es ist kein Familienfoto, zumindest nicht direkt. Amanda hat die meisten bereits mit den Büchern in Kartons gepackt. Was mit ihnen geschehen soll, steht noch nicht fest. Dad hat gern Urlaubsfotos ohne Personen aufgenommen (»Lasst uns eins von der schönen Landschaft machen«), und das sind auch die Bilder, die mir wichtig sind. So kann ich mich zum Beispiel an Charleston erinnern, ohne mein siebenjähriges Ich mit schiefen Zöpfen betrachten zu müssen. An Boston, ohne die Tränen einer Zehnjährigen. An Weihnachten in Macon, an all die hübschen Lichterketten, die in einer ganz bestimmten Reihenfolge aufblinkten. Deshalb bin ich auch nicht mit auf dem Familienfoto, weil ich nicht aufhören konnte, den Blinkrhythmus mit Grandpa Damsons Stoppuhr zu kontrollieren. Nicht mal für eine Minute. Wie sich herausstellte, dauerte ein kompletter Zyklus dreiundfünfzigeinhalb Sekunden. Ich habe fast einen ganzen Tag gebraucht, um das herauszufinden.

Ich lese das *aji*-Rezept. Es ist lang und kompliziert. Die meisten der dafür benötigten Zutaten habe ich nicht im Haus. Schon gar keinen gelben Pfeffer. Aber wie immer, wenn ich ein neues Rezept lese, gehe ich es genau durch und analysiere es. Wo könnte ich den *aji*-Pfeffer bekommen? Der koreanische Lebensmittelladen an der Ecke dürfte ihn kaum vorrätig haben. Wenn Ma hier wäre, würde sie auf dem Reading Terminal Market, bei Whole Foods und bei Trader Joe's nach den Gewürzen schauen. Die meisten anderen Zutaten sind einfacher erhältlich. Eine genaue Reissorte ist nicht angegeben, also sollte Arborio-Reis passen, obwohl Kurzkornreis wahrscheinlich authentischer wäre.

In Gedanken habe ich längst mit dem Kochen begonnen.

Ich habe eine Heidenangst davor, Elenas Geist heraufzubeschwören, aber gleichzeitig bin ich fest davon überzeugt, das Richtige zu tun. Ich kann helfen, und ich habe versprochen zu helfen, also tue ich es auch. Außerdem ist Liebe eine mächtige Kraft, mächtiger als Vernunft. Auch wenn diese Liebe, und sei sie noch so intensiv, nicht die eigene ist.

Ich füttere Midnight, dann beschließe ich, einen Spaziergang zu machen, damit mir nicht die Decke auf den Kopf fällt. Ich gehe irgendwohin, wo es keine Decken gibt. Während ich laufe und mir der kalte Wind schneidend ins Gesicht weht, versuche ich, das Ganze aus Amandas Perspektive zu betrachten. Mich in ihre Lage zu versetzen.

Sie hält mich für verkorkst. Und sie glaubt, wenn es überhaupt eine Möglichkeit gibt, mir zu helfen, dann indem ich mir eine Diagnose stellen lasse. Als ich andeutete, ihre Tochter könnte so sein wie ich, kam das bei ihr an, als hätte ich gesagt, ihre Tochter sei verkorkst. Und da ist sie ausgeflippt. Gleichzeitig versucht sie, Mas Rolle zu übernehmen, die Beschützerin zu sein und auf mich aufzupassen. Sie begreift nicht, dass beschützt zu werden sich anfühlen kann wie gefangen zu sein. Und sie weiß nicht das mit Dad. Vielleicht würde ihr diese Information helfen. Sie betrachtet die Dinge auch nicht von meiner Warte.

Ich beschließe, zum Gemeinschaftsgarten zu gehen. Bislang habe ich den Ort gemieden, aber eigentlich besteht kein Grund dazu. Dort werde ich nicht stärker an Ma erinnert als in ihrem Haus. Ich gehe einen Block weit die Tenth Street entlang und dann einen durch die Locust Street. Als ich beim Garten ankomme, gibt es nichts zu sehen. Innerhalb der Umzäunung ist alles zugeschneit. Der Park ist eine von Eisenstäben umzäunte Leerstelle. Nebenan hat ein Café mit Cupcakes aufgemacht.

Ich wende mich nach links und erreiche wieder die Spruce Street. Dabei spiele ich ein altes Spiel: Ich halte nach Stiefelkratzern Ausschau. Vor allem in diesem Teil der Stadt gibt es sie überall, beinahe neben jeder alten Treppe. Sie sind alle aus Eisen, aber abgesehen davon sehr unterschiedlich. Flache, schlichte, gebogene Stangen. Verspielte florale Schnörkel, die aussehen, als hätten sie schon längst kaputtgehen müssen.

Es gibt sie in allen möglichen Varianten, aber es gibt kein Muster.

Ich lasse einen Stiefelkratzer nach dem anderen auf mich wirken. Ich biege mehrmals ab und achte nicht mehr auf die Straßen. So kommt es, dass ich mich in einer unbekannten Gegend wiederfinde. Ich schaue durch ein schmiedeeisernes Tor und sehe Reihen niedriger, dunkler Grabsteine. Ein Friedhof.

Grabsteine? Blumen? Särge?, hallt Amandas Stimme in meinem Kopf wider. *Musstest* du *dorthin fahren, um ihre Leichen zu identifizieren?*

Kein Wunder, dass sie nicht mit mir reden will.

Was, wenn sie nie mehr mit mir redet?

Ich beschleunige meine Schritte, kehre um, biege an der nächsten Ecke ab und versuche, an etwas Essbares zu denken, das mich tröstet. Hackbraten, *gelato*, Kürbissuppe, Kirschen. Ich konzentriere mich auf die bittere Intensität von Espresso – einen so kräftigen Geschmack, dass er alles andere auslöscht. Ich stelle mir vor, dass ich den Tassenrand mit Zitronenschale einreibe, wie es die Italiener tun. Indem ich am imaginären Espresso nippe, verlangsamt sich alles: mein Schritt, mein Denken, mein Herzschlag.

Das beruhigt mich so weit, dass ich immerhin mein Haus wieder betreten und die Tür hinter mir schließen kann.

Ich eile schon zur Treppe in Richtung Kleiderschrank, aber ein Geräusch hält mich zurück: Ich höre, wie jemand durchs Erdgeschoss läuft. Seltsamerweise ist mein erster Gedanke, dass David beschlossen hat, ohne mich ans Werk zu gehen. Dass er glaubt, die Magie habe nichts mit mir zu tun, sondern mit der Küche. Das ist natürlich lächerlich und außerdem falsch. Dann denke ich: Vielleicht hat Amanda Angelica hergeschickt, damit sie das Haus erneut fremden Eindringlingen zeigen kann. Aber Gott sei Dank ist auch das nicht der Fall.

Gert ist unten im Bad und schrubbt auf allen vieren die Badewanne. Ich kann sie durch die Türöffnung sehen, zumindest teilweise. Der vertraute Anblick trägt dazu bei, dass ich mich beruhige. Gert ist eine Konstante in meinem Leben. Auf Gert kann ich mich verlassen. »Hallo!«, rufe ich, gehe aber nicht hinein. Ich finde es unhöflich, hinter jemandem zu stehen, der auf allen vieren ist. Vor allem in einem so engen Raum.

Ich denke an vertraute Dinge. An Routineabläufe. Ich hole meinen Laptop herunter an den Esstisch und rufe die Kitcherati-Seite auf, um nach neuen Rezepten Ausschau zu halten. All das hat nichts mit Geistern zu tun. Und erst recht nichts mit dem einen Rezept, das ich nachkochen muss, um mein Versprechen einzulösen. Ich suche nur nach etwas, das ich gern kochen würde, weil es interessant oder köstlich klingt. So wie sonst, wenn alles in Ordnung ist.

Während ich mich durchklicke und lese, höre ich Gert in einem anderen Zimmer husten. Es ist ein tiefer, heftiger Husten. Er ruft mir in Erinnerung, dass sie schon älter ist. Ältere Menschen husten anders. Er lässt langsam nach, sodass sie nur noch alle paar Minuten hustet, danach höre ich nichts mehr.

Ich habe schon Rezepte für Klementinenkuchen, Estragon-Vinaigrette und Datteln im Speckmantel mit Lesezeichen markiert, als Gert sagt: »Ginny, brauchst du das?«

Ich sehe auf. Sie hält das *aji*-Rezept in der Hand. Es muss ihr beim Staubwischen auf dem Kaminsims in die Quere gekommen sein.

»Ja«, sage ich und strecke die Hand aus. »Es gehört David, aber ich bewahre es für ihn auf.«

Sie sieht es genauer an, liest es tatsächlich. »Das ist nicht von David, sondern von Elena.«

»Ja, genau.«

Gert starrt auf den Zettel und faltet ihn entlang des bereits bestehenden Falzes. Zum ersten Mal sehe ich, wie dünn das Papier ist, wie abgestoßen seine Kanten sind.

»Ginny, was hat das hier zu suchen?«, fragt sie.

»David hat es mitgebracht.«

»Er war hier? Davon hat er mir gar nichts erzählt.«

»Ja, er war hier«, sage ich und überlege, wie viel ich ihr erzählen darf. David hat Gründe, mir zu glauben, Gert dagegen nicht. Außerdem kennt sie die Telefonnummer meiner Schwester, und das Letzte, was ich jetzt gebrauchen kann, ist, dass Amanda mitbekommt, dass ich Geister sehe.

»Wie kommt es, dass du mit meinem Sohn Kontakt hast?«, fragt sie.

»Er ist ein Freund«, sage ich. »Er hat mir einen Gefallen getan. Er hat mich wohin gefahren, mehr nicht.«

»Er ist ein guter Junge«, sagt sie. »Aber ich mache mir Sorgen um ihn.«

»Ja. Er hat noch immer große Probleme mit seiner Trauer.«

»Er weiß nicht, wohin damit«, bestätigt Gert. »Ich will nicht, dass er sie bei dir ablädt. Du hast selbst genug zu trauern.«

»Es ist nicht so, wie du denkst.«

»Hat er dich gebeten, das hier zu kochen?«

Die Wahrheit zu sagen ist einfacher, als zu lügen, also antworte ich: »Ja.«

»Ich kann dir nichts vorschreiben«, sagt sie. »Aber ich an deiner Stelle täte es nicht. Es gibt genug, was ihn an sie erinnert, überall. Aber das muss ein Ende haben.«

»Warum?«

Gert reicht mir den Zettel und sagt: »Sie hat ihm nicht gut getan, von Anfang an nicht. Und jetzt ist es noch schlimmer. Sie ist tot. Er muss sich damit abfinden.«

»Ich verstehe.«

»Neugier ist der Katze Tod«, sagt sie. »Weißt du noch?«

»Ja.«

»Gut«, sagt sie und nickt mir kurz und entschieden zu.

Nachdem sie fort ist, falte ich den Zettel wieder auseinander. Ich lehne ihn an das Foto von Charleston, von einem ananasförmigen Springbrunnen in einem üppig grünen Park. An das Familien-Urlaubsfoto, auf dem keine Familie zu sehen ist.

Ich erinnere mich noch an das Foto vor diesem: Amanda und ich rechts im Bild, ganz Zöpfe und Zahnspangen. Ma steht in der Mitte, ein Hut mit breiter Krempe überschattet ihre Augen. Links steht Dad; er wirkt viel zu groß, um zu uns zu gehören, sein rechter Arm ist etwas verschwommen. Er pflegte den Selbstauslöser zu drücken und dann ins Bild zu rennen. Meist hat er sich noch bewegt, wenn die Blende klickte.

Auf diesem Bild hier ist keine Familie zu sehen. Aber sie war da. Vorher.

Ich gehe hinauf in mein Zimmer und lese. Die Stapel mit den Überbleibseln aus meiner Kindheit liegen noch dort. Ich weiß nicht, was ich damit machen soll, falls ich überhaupt irgendwas damit machen will. Doch im Moment kann ich mich nicht darum kümmern. Ich möchte nicht an mein früheres Ich denken, das immer zu kämpfen hatte, denn dadurch muss ich an Shannons Kampf denken. Und Shannon kann ich zurzeit nicht beschützen. Ich kann meine Schwester nicht dazu bringen, dass sie mir zuhört. Wenn sie sich beruhigt hat und bereit ist, mir zuzuhören, werde ich erneut auf sie zugehen. Immer wieder, bis ich sie erreiche. Bis sie mich angehört hat.

Heute kann ich nichts anderes tun als warten. Und morgen, wenn David kommt, einen Geist herbeirufen.

Kapitel dreizehn

Aji de Gallina

aji de gallina

1 Huhn	1 Dose Kondensmilch
25 ml Öl	120 g geriebener Parmesankäse
1 gehackte Zwiebel	Salz und Pfeffer
4 gehackte Knoblauchzehen	Schwarze Oliven
4 TL aji-Amarillo-Paste	Gekochter Reis
4 Scheiben Weißbrot, in Milch eingeweicht (Krusten entfernen)	Gekochte Kartoffeln
65 g gehackte Walnüsse	Gekochte Eier

Das Huhn im Ofen backen, währenddessen die Kartoffeln und die Eier kochen. Das Fleisch vom Knochen lösen. Öl erhitzen, die Zwiebel und den Knoblauch mit der aji-Amarillo-Paste goldbraun braten. Das eingeweichte Brot hinzufügen.
Die Flamme herunterdrehen, dann die gehackten Walnüsse, den Parmesankäse, die Kondensmilch und das Huhn hinzufügen. Reis auf einem Teller anrichten, mit Huhn in Soße bedecken und mit Pellkartoffeln, halben Eiern und Oliven garnieren.

Als David kommt, sitze ich am Esstisch und gehe das *aji*-Rezept durch. Ein Stapel Bücher liegt neben mir. Er schließt sich selbst die Tür auf und stellt zwei Tüten mit Lebensmitteln auf den Tisch.

»Ich hab alles!«, sagt er. »Wozu die Bücher?«

»Ich vergleiche einfach gern Rezepte miteinander, um zu sehen, was mit den Zutaten passiert«, sage ich. »Keine Sorge, ich werde es genauso zubereiten wie sie.«

»Das ist wichtig für den Geist.«

»Genau. Ich habe das Rezept meines Vaters mit Teelöffeln statt mit Esslöffeln einer bestimmten Zutat zubereitet, und er ist nicht erschienen. Erst als die Mengenverhältnisse gestimmt haben, kam er.« Ich muss daran denken, wie er auf dem Hocker saß und den Blick von mir abwandte. Ich möchte mich nicht mehr daran erinnern.

»Und, können Sie ihn noch mal heraufbeschwören?«

Ich schüttele den Kopf. »Sie verbraucht sich vermutlich, die Magie. Oder was immer das ist, was sie mit dem Originalrezept verbindet.«

»Und wie lange ... Wie lange bleiben sie?«

»So lange, wie der Duft bleibt, glaube ich. Ich kann nicht sagen, wie viel Zeit genau Sie mit ihr haben.«

»Dabei weiß ich nicht mal, was ich sagen soll, wenn sie kommt.«

Mir fällt auf, dass er sagt: »wenn sie kommt«, nicht: »falls sie kommen sollte«. Aus irgendeinem Grund glaubt er mir wirklich. »Dass Sie sie lieben?«, schlage ich vor.

»Das weiß sie. Ich glaube, ich muss ihr einfach sagen, dass es mir leidtut. Dass, wenn ich nicht gewesen wäre …«

»Vielleicht war sie Ihretwegen glücklicher, als sie es sonst je gewesen wäre.«

»Vielleicht«, sagt er. »Wir können uns alles Mögliche einbilden. Oder aber wir fragen sie.«

Er macht sich daran, die Tüten auszupacken. Ein rohes Huhn samt Knochen. Ein Netz Kartoffeln. Eine Dose Kondensmilch. Ein eingeschweißter Laib Weißbrot. Schwarze Oliven mit Stein. Walnüsse, Käse, Eier, Reis. Ein eckiges gelbes Glas, auf dem auf Spanisch *aji amarillo* steht. Ich schreibe die Anweisungen des Rezepts in großen, schwarzen Druckbuchstaben ab, damit mir beim Lesen kein Fehler unterläuft. Das Original stecke ich in eine Klarsichthülle, die ich auf Augenhöhe an den Schrank klebe. Dort ist es sicher aufgehoben.

David hilft mir, alles, was ich brauche, aus den Schränken zu holen: ein Backblech, einen großen und einen kleinen Topf, alles in der richtigen Reihenfolge. Ich bin es nicht gewohnt, dass mir jemand hilft. Auf diese Weise komme ich nicht in den richtigen Rhythmus. Es fiele mir leichter, wenn ich alles selbst machen könnte. Aber ich weiß, dass es ihm anders geht. Und dieses Gericht koche ich für ihn, nicht für mich selbst.

»Sind Sie so weit?«

Er nickt.

Das Rezept ist kompliziert und zeitaufwendig. Vom ersten Schritt an mache ich alles allein – nur für den Fall, dass das eine Rolle spielt. Ich rücke den Hocker ein paar Zentimeter zur Seite, damit er genau an derselben Stelle steht wie sonst. David lehnt an der Wand neben dem Schrank mit den Kochbüchern und sieht mir schweigend zu.

Ich schiebe das Huhn in den Ofen, ohne ihn vorzuheizen, weil das im Rezept nicht vorgesehen ist. Ich setze einen Topf mit Wasser auf, um die Eier und die Kartoffeln zu kochen. In einem anderen Topf kocht Wasser für den Reis. Die Zeiten ergänzen sich: eine Stunde für das Huhn, zwölf Minuten für die Eier, die Kartoffeln müssen in der Schale gekocht werden, was weitere fünfundvierzig Minuten dauert, und der Reis braucht eine halbe Stunde. Duft wallt auf und verfliegt wieder, jeder zu seiner Zeit, und vermischt sich zu ungleichen Teilen. Der rohe Stärkeduft des aufkochenden Reises weicht dem goldenen Gebrutzel des Huhns. Fett spritzt und bräunt sich auf dem Blech. Ich weiß, dass man Blicke nicht spüren kann, dennoch werde ich mir in den Pausen, in denen ich nichts zu tun habe, bewusst, dass David mich beobachtet. Ich würde ihm gern ein paar beruhigende Worte zuflüstern, aber sie wären vergebens. Das Einzige, wodurch ich ihn beruhigen kann, ist meine Tätigkeit am Herd.

Als ich die Eier pelle und sie unter kaltem Wasser abschrecke, damit sich die Schalen leichter vom glatten, glasigen gekochten Eiweiß trennen, ist das Huhn noch nicht genügend abgekühlt, als dass ich es vom Knochen lösen könnte. Während leichter Schwefelgeruch von den Eiern aufsteigt, wende ich mich den Oliven zu, lege sie auf ein Schneidebrett und drücke sie mit der flachen Messerklinge platt, um sie anschließend mit meinen Fingerspitzen, an denen die Salzlake brennt, zu entsteinen. Dann pelle ich sorgfältig in langen Streifen die Kartoffeln, mit bloßen Fingern. Ihre Wärme vermittelt mir das Gefühl, als seien sie lebendig. Dann ist endlich das Huhn so weit, und ich zerteile es mit den Händen, löse das Fleisch von den Knochen, wobei meine Finger vom Fett glänzen. Ich drehe die beiden Schlegel ab, entferne die Flügel und die langen Fleischfasern der Schenkel mit ihren dicken Fetttaschen. Mit dem Daumennagel löse ich die Pfaffenschnittchen aus dem Rücken und habe bereits eines halb zum Mund geführt, als mir einfällt, dass nichts davon für mich bestimmt ist. Nicht das kleinste Häppchen. Ich lege es zum übrigen Fleisch.

In dieser Phase geht es ums Trennen und Teilen. Erstaunt stelle ich fest, dass ich selbst auf eine Art zweigeteilt bin: So vertieft ich auch in die Prozedur bin, so sehr sorge ich mich unterschwellig. Habe ich alles richtig gemacht? Wird Elena durch den Duft heraufbeschworen werden?

Abfall häuft sich: Hühnerhaut und -knochen, Olivensteine, Kartoffelschalen, Eierschalen.

Als sämtliche Zutaten fertig sind, häufe ich alles einzeln auf Teller. Zuletzt bereite ich die Soße zu. Ich hacke Zwiebeln und Knoblauch und dünste sie in Öl an, dann gebe ich mit dem Löffel die richtige Menge Amarillo-Paste dazu und stelle das Glas anschließend in den Kühlschrank. Ich zupfe das Weißbrot in Stücke und weiche es in Milch ein. Als der Inhalt der Pfanne goldbraun angebraten ist, rühre ich die Masse aus eingeweichtem Brot, Walnüssen und Parmesankäse zusammen. Dann gieße ich langsam die Kondensmilch dazu, bis sich die goldene und die cremeweiße Flüssigkeit zu einer einheitlichen Farbe verbinden.

Ich schaue im Rezept nach und beginne mit der letzten Phase. Nach und nach füge ich die verschiedenen Komponenten zusammen. Ich gebe das Hühnerfleisch in die Soße und rühre sanft um, damit es möglichst nicht zerfällt.

Auf den Teller häufe ich eine Tasse weißen Reis, dessen Körner übereinanderpurzeln. Darauf gebe ich eine Kelle dicke gelbe Soße mit Huhn. An einer Seite des Tellers richte ich die sauberen weißen Ovale gepellter Kartoffeln an und an der anderen, spiegelbildlich, die weißen Ovale hart gekochter Eierhälften. Die leuchtend gelben Eidotter sind unversehrt, Kreise in Ovalen. Jetzt gebe ich dem Ganzen mit einer Handvoll schwarzer Oliven den letzten Pfiff. Im Rezept wird nicht gesagt, wo sie genau hingehören, also lege ich sie in die Mitte. Sie sehen aus wie Punkte am Ende eines Satzes, wie Pupillen.

Ich bin fertig.

David und ich starren auf den Hocker in der Ecke und warten gebannt auf die Erscheinung. Elena sollte jetzt hier sein und unseren Blick erwidern.

Stattdessen starren wir ins Leere.

Er flüstert: »Warum kommt sie nicht?«

»Das weiß ich nicht.«

Schon etwas lauter sagt David: »Sie haben behauptet, Sie könnten sie herholen.«

»Das kann ich auch«, erwidere ich. »Ich dachte, sie würde erscheinen. Ich dachte, ich hätte alles richtig gemacht.«

Ich greife nach dem von mir abgeschriebenen Rezept und halte es neben das Original. Beide sind identisch, die Zutaten, die Kochzeit, die Reihenfolge. Ich hebe den Teller hoch und betrachte ihn, nehme jedes Detail in mich auf. Es stimmt. Es muss stimmen, denn ich habe genau nach Vorschrift gekocht.

Noch lauter als zuvor sagt David: »Was stimmt dann nicht? Warum ist sie nicht hier? Wo ist Elena?«

»Ich weiß es nicht.«

»Was soll das heißen, Sie wissen es nicht?«

»Es soll heißen, dass ich es nicht weiß, Punkt!«

David ist so schnell, dass ich zusammenzucke, aber er greift nicht nach mir: Er nimmt eine Handvoll *aji de gallina* und schließt die Finger darum. Der schwere Teller in meiner Hand gerät in Schieflage, und ich bemühe mich, ihn gerade zu halten. Gelbe Soße tropft auf meinen Arm. Eine Pellkartoffel rollt vom Teller und fällt mit einem leisen, aber wahrnehmbaren dumpfen Schlag zu Boden.

David stopft sich das Essen in den Mund, seine Kiefer mahlen und kauen fest. Reis fällt auf sein Hemd und hinterlässt gelbe Flecken. Wahrscheinlich glaubt er, dass es etwas ändert, wenn man davon isst. Vielleicht reicht der Geruch nicht aus, und der Geschmack ist unerlässlich. Ich weiß es nicht.

Immer noch nichts.

»Scheiße!«, schreit David. »Wo ist sie?«

»Ich weiß es nicht!«

»Was haben Sie falsch gemacht?«

»Keine Ahnung! Ich habe getan, was ich konnte!«

David entreißt mir den Teller und schleudert ihn mit beiden Händen quer durch den Raum.

Er prallt voller Wucht gegen den Schrank, in dem die Familienkochbücher stehen. Das Glas zerbirst mit einem lauten Knall. Dicke gelbe Soße läuft an der zerbrochenen Scheibe, an den Kochbüchern hinunter. Hinunter zu den Rezepten.

Meine Faust trifft Davids Wangenknochen, verfehlt nur knapp sein Auge. Ich spüre den Widerstand an meinen Fingerknöcheln, ein Geräusch, aus dem eine Vibration wird und dann wieder ein Geräusch. David taumelt rückwärts, und ich wende mich ab.

Ich knie mich hin, reiße die Schranktür auf und greife nach der japanischen Teekiste, die sämtliche handgeschriebenen Rezepte enthält: alles, was wichtig und unersetzlich ist. Ich bin so überrumpelt und desorientiert, dass ich mehrere Sekunden brauche, bis ich merke, dass ich alles, worum es mir geht, sicher und trocken in den Händen halte. Die Schachtel hätte es ohnehin geschützt. Ich brauche weitere Sekunden, bis ich merke, dass ich mich in die Glasscherben gekniet habe.

Noch tut es nicht weh, aber das kommt noch.

Als ich den Raum verlasse, werfe ich einen kurzen Blick auf David, der zusammengekrümmt auf den Fliesen kauert, Kopf und Arme auf den leeren Hocker gelegt. Er weint, aber es ist kein leises, ersticktes Weinen. Es ist ein Schluchzen, das tief aus seinen Eingeweiden kommt. Er klingt wie ein Wolf.

Ich schließe mich im Bad ein, setze mich in die Wanne und entferne die Scherben mit einer Pinzette, mit der Ma sich immer die Augenbrauen gezupft hat.

Wenn man eigene Verletzungen versorgt, heißt es, soll man so tun, als gehöre der Körper gar nicht zu einem. Ich brauche mir das kaum einzubilden. Ich ziehe die Scherben heraus wie Lorbeerblätter aus einer fertigen Tomatensoße. Ich ziehe sie heraus und lege sie zur Seite. Die Splitter häufen sich auf dem weißen Rand der Wanne. Als ich keine mehr in der blutenden Haut entdecken kann, drehe ich den Hahn auf und lasse Wasser über mein Knie laufen. Ich lasse es so lange laufen, bis die Wanne halb voll ist.

Ich höre ein Klopfen an der Badezimmertür, aber ich reagiere nicht. Es gibt nichts zu sagen.

Irgendwann hört es auf zu bluten. Das Wasser wird erst lauwarm, dann kühl und schließlich kalt. Ich sitze in ein Handtuch gehüllt auf dem Badewannenrand. Es klopft nicht noch einmal an der Tür. Stattdessen höre ich, wie die Haustür zugezogen wird. Aber das muss noch nichts heißen. Er hat einen Schlüssel und könnte zurückkommen, auch wenn ich es nicht glaube. Er will genauso wenig hier sein, wie ich ihn hierhaben möchte. Wir haben versagt. Ich habe versagt. Ich habe ein Versprechen gegeben, das ich nicht halten konnte.

Aus dem Badezimmerschrank hole ich eine Rolle Verband, den ich straff um das Knie wickle. Ich habe nichts, womit ich das lose Ende befestigen könnte. Ich gehe barfuß in die Küche, mache einen großen Bogen um die Scherben und das auf dem Boden verteilte Essen. Ich nähe das lose Verbandsende mit Küchengarn und einer Spicknadel fest. Das Nähen hat mir Dad beigebracht. An seine chirurgische Präzision bin ich nie herangekommen, aber ich habe es gelernt, indem ich seine Technik nachahmte.

Beim Gedanken an ihn greife ich nach der Flasche hinten im Schrank. Um das Chaos in der Küche werde ich mich morgen kümmern. Ich nehme den Scotch mit nach oben ins Bett.

Als ich erwache, ist bereits später Vormittag. Mein Mund ist trocken, und ich brauche einen Moment, um mich zu besinnen. Ein Schluck Lagavulin hat genügt, um meine Lider länger zu schließen als beabsichtigt. Mir fällt ein, dass sich Midnight an den Scherben in der Küche verletzt haben könnte, und ich schrecke hoch, aber sie schläft friedlich auf meinen Füßen. Also gehe ich nach unten, um erst einmal das Chaos zu beseitigen. Der cremige Duft ist einem schalen, unangenehmen Geruch gewichen. Ich reiße die Küchenfenster auf und lasse kalte Frischluft herein. Ich fege die Scherben auf und wickle sie sorgfältig in mehrere Lagen Zeitungspapier. Alles liegt noch auf der Küchentheke: die Eierschalen, die Hühnerknochen, die Olivensteine. So viel Abfall. Er kommt in den Müll. Ich drehe den Müllbeutel fest zu. Als kalter Wind hereinpfeift, mache ich die Fenster wieder zu. Ich gebe Futter in Midnights Fressnapf, schließe die Schiebetüren zur Küche und stelle ihn davor, für den Fall, dass ich noch Scherben übersehen habe. Dann ziehe ich meinen Mantel an und bringe den Müll weg.

Wenn ich ins Haus zurückkehre, werde ich mich wieder unsicher fühlen, deshalb gehe ich einen großen Umweg nach Süden durch Society Hill und Queen Village. Als ich noch klein war, hat mich Dad immer auf den italienischen Markt mitgenommen, bis Ma es ihm verbot. Nach dem, was ich jetzt über ihn weiß, muss ihm das auch schwergefallen sein. Menschenmassen auf beiden Straßenseiten, lautes Stimmengewirr, ständige Bewegung. Aber irgendwie kam er damit zurecht. Vielleicht hatte er sich einfach daran gewöhnt. Vielleicht hat er auch getan, was Dr. Stewart gesagt hat: Womöglich hatte er irgendeine Technik, die ihm dabei half, kurz wegzutreten, ohne sich völlig von der Außenwelt zurückzuziehen. Auch in Krankenhäusern geht es laut und hektisch zu. Aber er konnte damit umgehen, er hat es bewältigt.

Was könnte ich wohl bewältigen, wenn ich es nur versuchte? Überhaupt irgendetwas? Alles?

Ich biege von der Christian Street links in die Ninth Street ein und gehe zum ersten Lebensmittelstand des Markts. Im Winter gibt es keine große Auswahl, aber hier entdecke ich Zwiebeln, Wurzelgemüse, Grünkohl. Das rostige Orange knorriger Karotten neben winzigen weißen Zwiebeln, die aussehen wie Augäpfel, neben dunklem Grün, das wellig ausfranst wie die Flossen eines Tiefseefischs.

»Was darf's sein, Lady?«, ruft eine Stimme.

Ich fasse in meine Jeanstasche und finde einen Zwanzigdollarschein, den ich für die Fahrt zu Amanda eingesteckt hatte. Nein, bloß nicht daran denken! Denk an etwas anderes.

»Zwiebeln«, sage ich.

»Diese Sorte hier oder diese? Wie viele?«

Ich betrachte die Auswahl am Stand: Unmengen Kisten, die von Zwiebeln überquellen. Gelbe, weiße, rote, jede erdenkliche Sorte ist zu haben.

»Lady, ich hab nicht den ganzen Tag Zeit.«

Ich atme ein und wieder aus, stelle mir vor, wie hübsch diese Zwiebeln auf meinem Herd aussehen werden, wenn sich ihre beißende Schärfe in süßes braunes Mus verwandelt. Ein kurzer, einfacher Gedanke, der mich erdet.

»Zwei Pfund von den roten hier«, sage ich. Im Nu schaufelt er sie in eine Tüte und gibt mir das Wechselgeld. Als er Münzen und Scheine in meine ausgestreckte Hand fallen lässt, befehle ich mir einfach, an den süßen Duft der Zwiebeln zu denken und nicht daran, wie sein Fleisch mein Fleisch streift. Meine Hand zittert, und ein paar Münzen fallen zu Boden, aber er sagt nichts dazu. Ich bücke mich, um sie aufzuheben, stecke sie in die Hosentasche und gehe.

Danach mache ich mich auf den Weg zu Whole Foods in der South Street. Die Türen öffnen sich automatisch, ohne dass ich sie berühren muss. Drinnen ist es bunt und überwältigend. Pyramide um Pyramide aus Obst und Gemüse. Was möchte ich? Ich greife nach dem Nächstliegenden, nach einer Tüte mit fünf Kilo Yukon-Gold-Kartoffeln. Das passt. Mein Erfolg macht mich sorglos, und ich beschließe, dass ich noch mehr kann. Plötzlich bin ich voller Energie. Mir wird beinahe schwindlig. Ich lege weitere Dinge in meinen Korb: Ziegenkäse. Mandeln. Mandarinen. Als der Korb anfängt, schwer zu werden, höre ich auf.

Ich warte in der Schlange an der Kasse, lege alles aufs Band und reiche dem Kassierer meine Kreditkarte. Der zieht sie bereits durch den Scanner, als mir einfällt, dass sie wahrscheinlich nicht funktionieren wird. Als er mir den Beleg zum Unterschreiben reicht, wundere ich mich.

»Oh, sie hat funktioniert?«, stoße ich hervor.

»Ja, so ist es schließlich gedacht«, erwidert er. »Brauchen Sie eine Tüte?«

»Nein.«

»Dann bitte hier unterschreiben, und alles ist paletti.«

»Aber … Ich …« Ich stelle mir vor, er sei jemand, den ich kenne, wie Gert. Ich konzentriere mich auf seine Wange. »Als ich sie das letzte Mal benutzen wollte, wurde sie nicht angenommen.«

»Keine Ahnung«, sagt er. »Hier funktioniert sie. Manche Läden haben einen Mindestbetrag für Kreditkarten, sodass Sie zum Beispiel mindestens für zehn Dollar kaufen müssen. Vielleicht hat's daran gelegen?«

»Oh.«

»Wie auch immer.« Er zeigt ungeduldig auf den Beleg. »Könnten Sie das jetzt unterschreiben?«

Ich unterschreibe, packe meine Einkäufe ein und gehe nach Hause.

Als ich die Haustür hinter mir schließe, höre ich ein Geräusch. Zuerst nehme ich an, dass es Midnight ist, aber dann blicke ich auf, und sie kommt die Treppe herunter auf mich zu. Ich muss völlig überreizt sein. Ich kenne das Geräusch, das meine Katze auf den Stufen macht, aber das hier ist etwas anderes.

Es ist ein Klopfen, und es scheint aus der Küche zu kommen.

»Gert?«, rufe ich, doch dann wird mir klar, dass sie es gar nicht sein kann, weil sie erst gestern hier war.

Eine Männerstimme ruft meinen Namen, und ich erstarre. Dann sagt er: »Keine Angst, ich bin's nur, David«, und augenblicklich habe ich keine Angst mehr.

Ich stehe in der Tür zur Küche und sehe ihn an. Er kniet vor dem Glasschrank. Neben ihm auf dem Boden liegen Stapel kleiner, viereckiger Glasscheiben und eine Menge Werkzeuge, deren Namen ich nicht kenne. Dinge, die wie Messer, Rasiermesser, Klebstoff aussehen. Und eine geöffnete Flasche Wein steht dabei.

»Nicht böse sein, okay?«, sagt David.

»Okay.« Ich werfe einen Blick auf den Schrank. David tauscht sämtliche zerschlagenen Scheiben aus und ist beinahe fertig. Es ist nur noch ein leeres Rechteck übrig.

»Es tut mir leid«, sagt er.

»Mir auch.«

Er schaut zu mir auf, und ich betrachte sein Gesicht. Meine Faust hat einen dicken blauen Fleck hinterlassen. Er ist eher violett wie eine Weintraube. Ich kann nicht gut in den Gesichtern anderer lesen, aber der blaue Fleck hat ihn verändert. Er sieht nicht mehr so wütend aus wie vorher, eher traurig. Aber vielleicht liegt es gar nicht an dem blauen Fleck.

»Das war nicht fair Ihnen gegenüber«, sagt er. »Sie da mit reinzuziehen. Es ist doch nichts für immer kaputtgegangen, oder? Sind Ihre Rezepte noch ganz?«

»Ja.« Mein Knie unter der Jeans ist verbunden, aber das kann er nicht sehen. Außerdem heilt es schon.

»Da bin ich ja erleichtert.«

»Danke, dass Sie die Scheiben reparieren.«

»Ich versuche nur, alles wiedergutzumachen«, sagt er mit einer Stimme, die schwer ist wie gemahlener Kaffee, nasser Sand und Erde.

Ich streife die Einkaufstasche von meiner Schulter und stelle sie auf den Schlachtblock, damit sie nicht im Weg ist. Dann sehe ich David dabei zu, wie er die letzte Scheibe einpasst. Er schlägt die Materialreste in Zeitungspapier ein und schiebt sie über den Boden in Richtung Abfalleimer. Er steht auf, wäscht sich die Hände an der Spüle, trocknet sie mit dem Geschirrtuch ab und setzt sich wieder auf den Boden. Er sieht zu mir auf, also setze ich mich zu ihm, in angemessenem Abstand.

Da ich rechts von ihm bin, kann ich mir den blauen Fleck genauer ansehen. In der Mitte ist er violett und an den Rändern verfärbt er sich grünlich. Die Farben ändern sich gemäß seiner Gesichtskonturen. In Knochennähe wird das Violett tiefer. Ohne es zu wollen, schaue ich von dem blauen Fleck aus in Davids Auge. Es ist ein warmes Braun mit ein wenig Dunkelgold darin. Milchschokolade, gesprenkelt mit *dulce de leche*.

David ergreift die Weinflasche am Hals und trinkt daraus. Als er sie wieder abstellt, sehe ich, dass sie halb leer ist. »Das gehört sich nicht, ich weiß«, sagt er. »Es ist erst Mittag. Es ist nur so, dass … Ich bin total am Ende.«

»Das tut mir leid«, sage ich. »Und es tut mir so leid, dass sie nicht gekommen ist! Ich weiß nicht, was ich falsch gemacht habe.«

»Vielleicht gar nichts«, sagt er. »Vielleicht wollte sie nicht kommen. Keine Ahnung. Wahrscheinlich ist es auch besser so. Dass ich so wütend geworden bin … Wenn ich Ihnen wehgetan habe – ich kann Ihnen gar nicht sagen, wie leid es mir tut.«

»Sie brauchen sich nicht zu entschuldigen«, sage ich. »Wir waren beide sehr aufgewühlt.«

»Ist es so einfach?«

»Wir sollten uns zumindest darauf einigen.«

Der äußere Augenwinkel hebt sich, alles in seinem Gesicht verzieht sich zu einem Beinahe-Lächeln. »Darf ich Ihnen ein Glas einschenken?«, fragt David.

»Aber nur eins.«

Er sieht sich suchend um und sagt: »Aber einer von uns muss aufstehen, um ein Glas zu holen.«

Ich strecke die Hand nach der Flasche aus. Er gibt sie mir, und ich trinke daraus. Wein trinkt sich viel leichter als Scotch. Er hat eine angenehme Bitterkeit, eine interessante Balance zwischen beißender Schärfe und süßer Frucht.

»Verlieb dich bloß nie, Ginny!«, sagt David.

»Warum nicht?«

»Es tut viel zu weh. Wirklich.«

»Aber es hat auch positive Seiten.« Ich muss an meine Eltern denken, die sich liebten, was auch immer geschah.

»Ich weiß nicht, ob das Positive positiv genug war«, sagt er. »Ich leide nun schon seit einem Jahr. Ein Jahr, und es ist einfach kein Land in Sicht. Du glaubst, dass ich deprimiert bin, weil Elenas Geist nicht erschienen ist. Aber ehrlich gesagt hat mir das nur bewusst gemacht, dass ich gar nicht weiß, was ich getan hätte, wenn er gekommen wäre. Ich war nicht aufrichtig zu dir, Ginny. Ich wollte sie nicht nur aus Liebe wiedersehen. Ich wollte sie etwas fragen.«

»Was denn?«

»Ich wollte wissen, ob sie mich betrogen hat. Wir sind nämlich beide sehr eifersüchtig, das heißt, wir waren es, verstehst du?«

Er hält mir noch einmal die Flasche hin, und ich nehme einen Schluck.

»Ich verstehe gar nichts«, sage ich. »Erzähl mir davon.«

»Du kannst dir nicht vorstellen, wie das ist«, sagt er. »Man ist so vertraut mit dem anderen, dass man schon die kleinste Veränderung bemerkt: zum Beispiel, dass sie anfängt, zu anderen Uhrzeiten nach Hause zu kommen. Sie behauptet, eine Fahrradtour machen zu wollen, nimmt aber ihren Helm nicht mit. Und sie erwähnt diesen Typen, einen speziellen Typen, beinahe jeden Tag und dann plötzlich gar nicht mehr. Das muss überhaupt nichts zu bedeuten haben, aber vielleicht doch. Und wenn man diesen Gedanken erst einmal zulässt, bekommt man ihn nie mehr aus dem Kopf, verstehst du?«

»Nicht so ganz«, gebe ich zu und trinke den Wein.

David lehnt den Kopf gegen die Wand und sagt: »Bleib wie du bist. Das mag ich an dir. Du besitzt die Fähigkeit, von allen nur das Beste anzunehmen. Ich wünschte, ich könnte auch so sein, ehrlich. Aber wenn man diesen Glauben erst einmal verloren hat, kommt er nie wieder zurück.«

»Wie hast du ihn verloren?«

»Unschuld ist nicht wie ein Schlüsselbund. Man verliert sie nicht auf einmal, das ist ein Prozess.«

»Und wie ist der Prozess bei dir verlaufen?«

»Mit der Zeit habe ich aufgehört, den Menschen zu vertrauen«, sagt er. »Ich wurde zu oft verletzt und fing an, mit weiteren Verletzungen zu rechnen. Auch bei Elena. Ich habe meiner eigenen Frau misstraut. Was bin ich nur für ein Mensch?«

»Ein ganz normaler.«

»Schön wär's!«, sagt er und nimmt noch einen Schluck. »Ich dachte, du könntest mich vor mir selbst retten, aber das ist nicht deine Aufgabe. Ich hätte dich nicht damit belasten dürfen.«

»Ich kann es noch mal versuchen. Mit dem *aji*, meine ich.«

Er schüttelt den Kopf. »Nein. Ich habe meine Antwort. Wenn sie mir treu war, wäre es schlimm von mir, sie zu verdächtigen. Und wenn nicht, war ich dumm genug, ihr zu vertrauen. So oder so: Ich habe sie getötet. Ich habe sie getötet! Nicht mit Absicht natürlich, aber das spielt keine Rolle. Und jetzt muss ich ohne sie weiterleben. Ich halte das nicht aus. Ich halte das einfach nicht aus.«

Jetzt weint er. Er nimmt meine Hand, die mit der Narbe, und umklammert sie fest. Es ist kein unangenehmes Gefühl. Er redet weiter, die Worte sprudeln nur so aus ihm heraus. Er murmelt sie in meine Handfläche.

Er erzählt mir von Elena. Nebensächliches, Wichtiges. Vom Duft ihrer Haut, fast wie Curry. Von den abgetragenen Schuhen, die sie nicht wegwerfen wollte, weil sie damit schon an so vielen Orten war. Dass sie in der Woche vor ihrem Tod ein neues Fahrrad gekauft haben. Wie Elena im Geschäft fast zärtlich über jeden Lenker strich. Von ihrem spanischen Lieblingswort *desafortunadamente*. Von dem Laut, den sie von sich gab, wenn er ihren Nacken küsste. Anschließend schweigt er eine volle Minute, vielleicht sogar länger. Es ist kein angenehmes Schweigen.

»Sie hatte was Besseres verdient als mich«, sagt er.

Ich sage das Einzige, was mir dazu einfällt. Es ist dasselbe, was er zu mir gesagt hat, als wir von Amanda wegfuhren. »Ganz ruhig. Alles wird gut.«

»Nichts wird gut.«

»Es gibt natürlich keine Garantie«, sage ich.

Er schmiegt sein Gesicht wieder in meine Hand und flüstert: »Ich dachte, *sie* wäre das Problem. Dabei bin *ich* das Problem.«

»Jeder denkt das«, sage ich. »Jeder hält sich für verkorkst. Jeder kämpft. Du bist normal.«

»Nein, das bin ich nicht.«

»O doch. Komm mit nach oben. Ich beweise es dir.«

Ich ziehe ihn die Treppe hoch.

Im Zimmer meiner Eltern sieht er, wie ich die roten Geranien beiseiterücke und in den Kaminschacht greife.

»Was ist das?«

»Das ist das Normalbuch«, sage ich. »Ich lese darin, wenn ich mich vergewissern muss, dass ich normal bin. Denn ich bin normal. Und du bist es auch.«

Ich zeige auf das Erkersofa und fordere ihn mit einer Geste auf, sich zu setzen. Ich setze mich mit dem Buch neben ihn. Sein Kopf ist gesenkt, und sein ganzer Körper atmet Traurigkeit. Ich strecke die Hand nach ihm aus. Ohne nachzudenken, ohne jeden Plan. Ich strecke die Hand nach ihm aus und streiche ihm übers Haar, um ihn zu trösten, auf die Art, die ich selbst am tröstlichsten finde: Fingerspitzen, die vom Haaransatz über den Hinterkopf bis hin zur Haut im Nacken streichen, in einer einzigen fließenden Bewegung. Und ich lese ihm aus dem Normalbuch vor, lese ihm sämtliche weit gefassten Definitionen des Wortes normal vor, das als Platzhalter, Codewort, ja als Trostpflaster verwendet wird. Es kann nichts und gleichzeitig alles bedeuten.

in einem normalen Haushalt
aufgewachsen wäre, wäre ich
bestimmt geistig gesünder

finde es normal, mich an die
Regeln zu halten, zum Beispiel
rechtzeitig auf eine Hochzeits-
einladung zu reagieren

eine Alkoholmenge, die ich
normal finde. Aber mein
Freund sagt

Yakima, warum darf er
bestimmen, was normal ist?
Du lässt ihm die Kontrolle

bis zu dem Punkt, an dem ich
es normal fand, drei Stunden am
Tag zu trainieren

kein Problem mit Schwulen,
solange sie sich ansonsten ganz
normal verhalten

Was ich bei Amerikanern
normal finde, scheint bei
anderen Nationen

Aber ich werde niemals zulassen,
dass mir dieses Mädchen sagt,
was bei meinem Sohn
normal ist

»Siehst du?«, sage ich. »Normal kann vieles bedeuten. Du bist normal. Mach dir keine Sorgen, das ist schon in Ordnung.«

Meine Hand ruht in seinem Nacken, und er legt seine Hand darauf, um sie dort zu halten. Dann presst er seine Lippen fest auf meine. Seine Lippen sind voll und warm.

Im ersten Moment durchfährt mich ein Schreck, aber dann gewinnt ein anderes Gefühl die Oberhand, überschwemmt mich, bannt den Schock. Alle meine Nerven jubeln, und sämtliche Reizleitungen werden vernetzt. Ich schmecke und spüre alles Mögliche, aber nichts davon ist wirklich. Seine Küsse schmecken wie Honig. Seine Zunge ist eine Scheibe reife Mango, fest und glitschig, unwiderstehlich weich. Ich bekomme kaum noch Luft. Eine wohlige Wärme breitet sich aus, vom Nacken bis zu den Zehen. Sie breitet sich aus wie Milch in Kaffee und bildet dabei Strudel und Wellen. Er fährt mit beiden Händen in mein Haar, ergreift es.

Ich will ihm näher sein, schmiege mich eng an ihn.

Er zuckt zurück, als habe er sich verbrannt.

»O Gott, Ginny«, stöhnt er. »Es tut mir leid!«

»Das ist schon in Ordnung«, sage ich, aber es ist zu spät. Er ist bereits zur Tür hinaus und rennt die Treppe hinunter, und einen unmöglich kurzen Moment später knallt die Haustür zu. Ich knie auf dem Erkersofa und schaue aus dem Fenster. Ich sehe, wie er sein Rad so hastig aufschließt, dass ihm der Helm auf den Gehsteig fällt.

Ich zerre am Fenster, das ich noch nie geöffnet habe. Ich mühe mich mit dem Riegel ab. Es öffnet sich und lässt kalte Luft herein. Ich rufe ihm zu: »Warte!«

Er dreht sich um und sieht zu mir hoch. Sein Gesicht ist so von Schmerz gezeichnet, dass es mir die Sprache verschlägt.

Dann schwingt er ein Bein über den Sattel und saust davon, ohne den Helm.

Ich könnte sagen, was für eine dumme Idee, aber es war überhaupt keine Idee.

Bevor es passiert ist, habe ich nicht im Entferntesten daran gedacht. Doch jetzt geht es mir nicht mehr aus dem Kopf. Aus diesem und vielen anderen Gründen kommt schlafen nicht infrage. Kochen auch nicht. Mir fällt die Weinflasche auf dem Küchenboden wieder ein. Sie kann dort stehen bleiben.

Ich setze mich aufs Erkersofa und lese einen von Mas Südstaatenromanen. Die Heldin verliebt sich in ihren Nachbarn, einen älteren Mann. Ihre Eltern sind dagegen. Es kommt zu unschönen Szenen. Sie wird enterbt. Dann wird ihr vergeben, es folgt eine rührselige Versöhnungsszene. All das wirkt auf mich unerfreulich.

Ich bin keine schnelle Leserin. Midnight ringelt sich für den überwiegenden Teil der Nacht neben mir zusammen. Später wird sie es leid und verschwindet. Bevor ich das Buch durch habe, geht die Sonne auf. Als ich sehe, dass es draußen hell ist, gehe ich hinaus und hebe Davids Helm vom Gehsteig auf. Ich lege ihn auf den Kaminsims, neben das Foto von Charleston.

Dann schlafe ich ein paar Stunden, wobei mich der Lärm draußen von Zeit zu Zeit weckt: eine zuschlagende Autotür, ein Hupen, eine Sirene. Jemand, der flucht, dass er kein Kleingeld hat. Plaudernde Krankenschwestern, jemand lacht schrill auf. Endlich beschließe ich, dass es keinen Sinn hat, es noch länger mit Schlafen zu versuchen. Ich stehe auf, ziehe mich an, koche mir Kaffee. Der Kaffee soll mich wach machen, wenigstens halbwegs.

Der Helm liegt auf dem Sims im Esszimmer, weiß und netzartig wie Kutteln. Ich weiß nicht, was ich damit machen soll. Ich kann ihn David bringen, aber wenn er nicht zu Hause ist, hat das keinen Sinn. Ich kann ihn nicht einfach auf seine Treppe legen.

Die Tasche mit den Lebensmitteln steht noch auf dem Schlachtblock. Kartoffeln und rote Zwiebeln, Mandeln und Mandarinen. Jetzt kommen sie mir albern vor. Ich war so stolz, etwas geschafft zu haben. Andere machen so etwas jeden Tag, ihr Leben lang. Wenn ich es angstfrei bewältige, habe ich einen Grund, stolz zu sein.

Auf dem Küchenboden steht die leere Weinflasche. David, armer David. Ich konnte ihm nicht geben, was er brauchte. Der Geist ist nicht erschienen. Ich habe mein Versprechen nicht eingelöst. Warum hat er mich geküsst? Suchte er nur Trost und hat auf meine Freundlichkeit reagiert? Ich weiß nicht, was er empfunden hat, doch immerhin weiß ich, was ich empfunden habe: so etwas wie Nähe, Zärtlichkeit. In dem Moment fühlte es sich an wie ein Durchbruch, wie etwas, das ich noch nie empfunden habe. Es war eine Verbundenheit da, das Gefühl, angenommen zu werden. Doch jetzt habe ich Schuldgefühle. Ich hätte ihn von mir schieben müssen, bevor es zum Kuss kam. Aber das habe ich nicht getan. Ich war egoistisch.

Ich denke daran, wie traurig er war, wie überwältigt. Wie seine Stimmung von einem Augenblick zum nächsten umschlug. Ich habe immer angenommen, andere seien selbstsicherer. Als ich an Amanda denke – daran, dass sie mir helfen will, ohne zu wissen, wie –, merke ich, dass auch sie verunsichert sein muss.

David. Ich weiß nicht, wie es nun weitergehen wird, aber was immer geschieht, geschieht. Wenn David nie mehr ein Wort mit mir redet, ist das eben so. Dafür, dass ich ihn vor einem Monat noch nicht einmal kannte, merke ich, dass mir das ziemlich nahegeht. Die Bedeutung des Wortes *Fatalismus* habe ich schon sehr früh gelernt, und nachdem ich begriffen hatte, dass es nicht zwangsläufig etwas mit dem Tod zu tun haben muss, gefiel es mir richtig gut. Es bedeutet so etwas Ähnliches wie Realismus, aber stärker. Außerdem steht es auf einer Seite mit *fassungslos*, *Fassbier* und *Faszination*.

Wenn ich koche, geht es mir besser. Es muss meine ganze Aufmerksamkeit erfordern, damit ich alles andere verdrängen kann.

Ich gehe die Rezeptkarten durch und bemerke den gelben Fleck auf Mas Rezept für Huhn mit Klößen. Als Kind liebte ich Huhn mit Klößen. Sie pflegte dazu eine Dose Champignonsuppe aufzumachen, und fertig war das Essen. Der gelbe Fleck erinnert mich an das gelbe *aji de gallina*. Es vermochte nicht, Elena in die Küche holen. David hat es mir aus der Hand gerissen und an die Wand geworfen. Ich war nicht einmal dazu gekommen, es zu probieren.

Es ist noch jede Menge Amarillo-Paste in dem Glas, und Kartoffeln sind auch noch da. Ich öffne den Kühlschrank und suche nach den anderen Zutaten. Oliven, Kondensmilch, Huhn, Brot – ich habe alles, was ich brauche. David hat mehr eingekauft als benötigt. Mir ist klar, warum. Er wollte auf Nummer sicher gehen.

Das erste Mal ist immer das schwerste. Ein unbekanntes Rezept enthält viele Unwägbarkeiten: Wird sich alles zu einem geschmeidigen Teig verbinden? Wie viel Flüssigkeit wird das Obst absondern? Werden die Kartoffeln genügend abgekühlt sein, dass man sie pellen kann, sobald die Soße eingedickt ist? Das ist auch der Grund, warum einem die Zeit gar nicht lang vorkommt, obwohl die Zubereitung hier zum Beispiel genau so lange dauert wie im Rezept angegeben, nämlich fast zwei Stunden. Es muss so viel gekocht, geschält, erhitzt und abgekühlt, umgerührt, ausgelöst und zerteilt werden, dass ich ganz darin aufgehe.

Schließlich wird das *aji* genau so, wie es sein soll, das Gelb und das Weiß stimmen, und die schwarzen Oliven sehen aus wie Satzzeichen. Ich beuge mich über das Gericht und sauge seinen Duft ein. Cremigkeit pur. Im gelben Pfeffer steckt eine leichte Schärfe, eine süße Note und natürlich die kräftige Farbe.

Ich hebe den Kopf.

Verschwommenes Braun und Weiß, das in feste Konturen fließt, und schon ist sie da. Ich sehe, wie sie Gestalt annimmt.

Auf dem Hocker sitzt eine schöne Frau. Ihre Haut hat die Farbe von Buchweizenhonig. Sie trägt ein dünnes, weißes Kapuzenshirt, der Reißverschluss ist bis oben zugezogen, dazu schwarze Yogahosen, die bis zur Wadenmitte reichen. An den Füßen hat sie weiße Turnschuhe zum Reinschlüpfen, die fast so aussehen wie Nonnas Keds. Keine Socken. Ihre Fesseln sind nackt. Ich werfe einen Blick in ihr Gesicht. Um die Augen herum erkenne ich Falten und Schatten. Sie sieht trauriger und älter aus als auf dem Foto.

»Hallo, Elena«, sage ich.

»Wer sind Sie?« Sie klammert sich an den Hocker, als befände sie sich mitten auf hoher See.

»¿Quien eres?«

»Bitte bleiben Sie«, sage ich. »Ich bin eine Freundin.«

»Aber nicht meine.«

»Ich bin eine Freundin, ehrlich. Von David und seiner Mom. Kennen Sie seine Mom? Gert?«

»Ja, ich kenne sie.«

»Sie ist eine Freundin meiner Familie. Seit vielen Jahren schon.«

»Das erklärt gar nichts.«

»Ich weiß«, sage ich. »Aber die Wahrheit ... Die Wahrheit ist nicht so leicht zu erklären.«

»Am besten, Sie sprechen sie einfach aus«, erwidert sie.

Vielleicht hat sie recht.

»Sie sind ein Geist«, erkläre ich.

»Das weiß ich«, stellt sie ruhig fest. »Ich erinnere mich daran«, fährt sie fort. »Ich erinnere mich daran, wie ich gestorben bin.«

»Es tut mir sehr leid.«

»Und was ist mit Ihnen?«, fragt sie. »Wer sind Sie?«

»Ich beschwöre Geister herauf, indem ich die Rezepte von Toten nachkoche. Ihr Mann hat mich gebeten, Sie heraufzubeschwören. Ich habe Ihr *aji de gallina* gekocht.«

Ihre Stimme bricht, als sie sagt: »Ich habe ihm erzählt, dass ich ihn lieben werde, wenn er es für mich kocht. Er hat es nie gekocht, aber ich habe ihn trotzdem geliebt.«

»Wirklich?«

»Was für eine Frage!«, ruft sie. »Dabei kenne ich Sie nicht einmal.«

»Entschuldigen Sie.«

»Sie sind also nicht … mit ihm zusammen? Sie sind nur eine Freundin?«

»Ich versuche zumindest, ihm eine zu sein«, sage ich.

»Dann hatte ich es missverstanden«, erwidert sie.

»Was missverstanden?«

»Als Sie das letzte Mal *aji* gekocht haben, bin ich nicht gekommen, weil ich nicht wollte.«

»Wie bitte?«

»Ich war nahe dran – ich konnte das *aji* riechen – konnte ihn sehen –, aber David war mit einer fremden Frau an einem fremden Ort – was sollte ich da wohl denken? Ich war einfach überrumpelt.«

»Aber diesmal sind Sie gekommen.«

»Ich hatte das Glück einer zweiten Chance. Ich wollte nicht warten, ob es noch eine dritte gibt.«

Sie baumelt mit den Füßen, streckt die Zehen und beschreibt damit Kreise auf dem Küchenboden. Wir beide sehen zu, wie sich ihre Zehen immer im Uhrzeigersinn bewegen, wieder und wieder. Wir sind hypnotisiert davon.

»Es gibt so vieles, worüber man nie nachdenkt«, sagt sie. »Bevor man stirbt.«

»Zum Beispiel?«

»Wir sind nie richtig aus uns herausgegangen«, sagt sie. »Aber das hätten wir tun sollen – wir hätten es wenigstens versuchen sollen.«

»Wie meinen Sie das?«

»Es tut mir leid, ich kann es Ihnen nicht erklären, aber tief in meinem Innern weiß ich es. Ich finde nur keine Worte dafür.«

Ich hoffe, sie wird doch noch Worte finden, aber sie beginnt erneut, mit ihren Füßen Kreise zu beschreiben. Sie teilt die Luft, die sich hinter ihr wieder schließt.

Wenn ich nur die Gelegenheit habe, ihr eine einzige Sache zu sagen, dann soll es die wichtigste von allen sein.

»Bleiben Sie«, sage ich. »David sehnt sich so danach, Sie zu sehen.«

»Wo ist er?«

»Das weiß ich leider nicht genau. Wenn Sie ein wenig warten ... Ich wollte diesmal gar nicht, dass Sie kommen. Es war ein Versehen.«

»So vieles geschieht aus Versehen«, sagt sie.

»Bitte bleiben Sie, bis ich ihn gefunden habe. Er vermisst Sie.«

»Ich vermisse ihn auch«, sagt sie. »Aber ich glaube, es ist zu spät.«

Sie hat recht. Der Duft des *aji* ist bereits schwächer geworden und verfliegt allmählich. Auch sie wird sich verflüchtigen, schon bald.

»Aber kann ich David denn nichts ausrichten?«

»Es gibt nichts auszurichten, zumindest nicht jetzt«, sagt Elena. »Für manche Dinge ist es zu spät, für andere noch zu früh. Irgendwann werde ich es ihm selbst sagen.«

Die hellsten Teile von ihr, die Arme und Schuhe verschwinden als Erste, aber es dauert nicht lange, bis die gesamte Gestalt verschwimmt und sich auflöst. Dann ist der Hocker wieder leer.

Ich nehme Davids Helm und gehe zu seiner Wohnung. Die ganze Zeit über verfluche ich mich. Ich bin nutzlos, mehr als nutzlos! Ich schaffe es nicht, den Geist dann heraufzubeschwören, wenn er gebraucht wird, stattdessen rufe ich ihn aus Versehen herbei. Und verschenke damit meine einzige Chance, etwas Nützliches zu tun. Ich kann David nicht helfen, ich weiß selbst nicht, warum ich mir eingebildet habe, ich könnte es. Warum ich glaubte, das Recht zu haben, ihn anzufassen. Er kennt mich ja kaum. Ich klopfe an seine Tür, aber niemand macht auf. Wahrscheinlich versteckt er sich dahinter. Hält sich von mir fern. In gewisser Weise ist es das Beste, was er tun kann. Andere Menschen tun einem ohnehin nur weh, also sollte man sie meiden.

Aber das darf ich nicht zulassen. Was, wenn er nicht zu Hause ist, sondern bei Gert? Ob er ihr wohl erzählt, was wir getan haben? Was ich getan habe? Ich will nicht, dass sie mich nicht mehr mag. Der Gedanke beängstigt mich. Habe ich ihn verführt? Das war nicht meine Absicht, aber woher soll ich es wissen? Ich war noch nie eine Verführerin, ganz sicher nicht.

Ich trage Davids Helm unter dem Arm nach Hause und lege ihn wieder auf den Kaminsims. Ich betrachte das Bild daneben, das mit dem Brunnen. Das Urlaubsfoto ohne Familie. Menschen machen nur alles kaputt.

Vergiss das alles, die Welt um dich herum, die Lebenden, rede ich mir ein, und es erscheint mir richtig. Die Toten sind mir lieber. Die Toten betrügen niemanden und tun niemandem weh. Sie haben bereits alles getan, was in ihrer Macht stand. Ich kann andere Menschen nicht einschätzen. Ich weiß nicht, wer sie sind und ob man ihnen trauen kann.

Zumindest vorerst will ich die Lebenden vergessen.

Kapitel vierzehn

Heiße Schokolade

Meine Welt wurde zweimal nacheinander auf den Kopf gestellt, sodass sie jetzt eigentlich wieder richtig herum sein sollte, aber dem ist nicht so. Alles ist anders und doch gleich geblieben: Midnight aalt sich wie immer auf dem Erkersofa im Zimmer meiner Eltern, und in meinem Zimmer liegen immer noch gleichmäßig aufgereiht sieben Stapel mit Überbleibseln aus meiner Kindheit. Wenn ich eine Kultur wäre, die von zukünftigen Forschern ausgegraben würde – was würden diese Überbleibsel dann über mich aussagen?

Ich denke über Elena nach und über das, was sie gesagt hat. *Wir sind nie richtig aus uns herausgegangen.* Vielleicht sollte ich versuchen, aus mir herauszugehen und zur Abwechslung mal über was anderes nachzudenken. Ich werfe einen Blick auf die Papierstapel. Andere Frage: Was würden diese Dinge über meine Eltern aussagen?

Sechste Klasse. Ein fünfseitiger Aufsatz zum Thema »Der anfängliche europäische Widerstand gegen die Tomate und ihre anschließende kulinarische Assimilation«. Habe ich mir dieses Thema ausgedacht? Die Zeugnisnoten sind in Ordnung, aber bei den Bemerkungen stehen Dinge wie *Stiftet manchmal Unruhe* und *Sollte sich stärker am Unterricht beteiligen.*

Fünfte Klasse. Vierteljahreszeugnisse verzeichnen meine Leistungen. Die Noten schwanken. Im ersten Quartal habe ich in Erdkunde eine Vier, im nächsten eine Eins, dafür in Englisch eine Vier und in Sozialkunde eine Drei. Anschließend wird aus der Englisch-Vier eine Eins, aus der Sozialkunde-Drei eine Vier und meine Erdkundenote verschlechtert sich zu einer Drei. Ein Auf und Ab, fast wie bei Noten in der Musik. Ich weiß noch, wie Ma mich in diesen Fächern abgefragt hat. Ich hatte ganz vergessen, dass meine Noten so geschwankt haben.

Vierte Klasse. Ein Heft mit Einhornmotiv in Pink. Die Namen der Nonnen, die Briefe schrieben, in immer neuer Reihenfolge in der linken Randspalte. Nur in der linken. Unterrichtsaufzeichnungen wechseln sich mit Exzerpten ab, von denen ich heute noch weiß, dass sie aus Heloises Briefen an Abelard stammen.

Dritte Klasse. Detaillierte, sich wiederholende Zeichnungen von Obst aus allen möglichen Blickwinkeln: die feinen Flecken am unteren Ende einer reifen Anjou-Birne. Schattierungen, die die runde Fülle einer Kantalupmelone betonen. Ein Brief der Lehrerin: *Unser Ziel für den Sommer: Versuchen wir, Ginnys Konzentrationsvermögen zu verbessern! Wenn sie mithalten will, muss sie nächstes Jahr größere Fortschritte machen. Wenn sie sich nur so bemühen würde wie in Mathe und Zeichnen* … Damit endet der Satz.

Zweite Klasse. Die Orientteppichmuster. Einige davon in den Randspalten, andere nehmen eine ganze Seite ein. Die ganzseitigen haben sogar oben und unten einen säuberlichen Abschluss aus geknoteten Fransen. Schlechter werdende Zeugnisnoten. Ein Brief der Lehrerin: *Ginny hat ihre Hausarbeit nicht abgegeben, bitte bestätigen Sie, dass Sie diese Mitteilung zur Kenntnis genommen haben.* Dads unleserliche Unterschrift. Noch ein Brief desselben Inhalts, aber mit einem anderen Datum, der fein säuberlich von Caroline Damson Selvaggio abgezeichnet wurde. Danach werden die Noten wieder besser.

Erste Klasse. Ein Klassenfoto, alle dreißig Schüler und Mrs Mitchell in der Mitte. Ich erinnere mich noch gut an sie, sie war meine Lieblingslehrerin. Mich sieht man auf dem Bild kaum, da ich mich halb hinter dem Jungen zu meiner Rechten versteckt habe. Nur eines meiner Augen ist zu sehen, und das schaut nach unten. Meine Noten sind ausnahmslos befriedigend. Ein Schreiben von Mrs Mitchell liegt dabei, in dem sie sich bei meiner Mutter für die Weihnachtsplätzchen bedankt.

Der Kindergarten. Die Zeichnung von einer Familie: Die gelockte Ma hält das Baby Amanda auf dem Arm, dessen Gesicht ganz rot ausgemalt ist. Dad trägt OP-Kleidung und eine OP-Maske. Drei Worte in der Schrift einer Erwachsenen: *Wo ist Ginny?* Zeile um Zeile perfekter ›A‹s in Groß- und Kleinbuchstaben auf einem Übungsblatt für das Alphabet. *Kommen Sie bitte in meine Sprechstunde,* steht auf dem ersten Zeugnis, beim zweiten sind die Noten schon besser.

Die Vorschulzeit. Zeichnungen mit Wachsmalkreiden und Übungsseiten voller ›G‹s und ›V‹s. Die Bemerkung der Lehrerin lautet: *Locken wir Ginny aus ihrem Schneckenhaus! Sie sollte mehr mit anderen Kindern spielen.* Zeichnungen von dem Haus mit violettem Dach und gelbem Himmel. Der beschädigte Handabdruck aus Ton.

Das Babyalbum, mit dem alles begann. Ich blättere es ganz durch, auch die leeren Seiten. Ein Zeitungsausschnitt fällt zu Boden. Was in dem Artikel steht, ist uninteressant. Es geht um Bauholzpreise, und ich erkenne eine dieser amtlichen Ankündigungen einer Versteigerung. Ich drehe den Ausschnitt um. Es kam auf das an, was nicht mehr da ist. Auf dieser Seite befindet sich eine Ratgeberkolumne, von der ein kleines Rechteck fehlt. Höchstens zwei Zeilen. Vielleicht war ich nicht die Erste, die Zeitungsausschnitte für das Normalbuch gesammelt hat.

Jetzt wird mir alles klar.

Ma musste sich sehr, sehr anstrengen, um zu verhindern, dass ich in Schubladen gesteckt wurde. Es wäre so viel einfacher gewesen, sich von anderen sagen zu lassen, wie man mit mir umgehen soll. Hilfe anzunehmen, einzuwilligen, dass ich eine Klasse zurückgestuft werde oder in eine andere Schule abgeschoben werde. Stattdessen ist sie zu jedem Lehrer gegangen und hat darauf bestanden, dass ich mit etwas Hilfe schon zurechtkomme. Ich kenne Ma. Ich bin mir sicher, dass sie alle bezirzt hat. Ich bin mir sicher, dass jeder Lehrer erst *O nein!* dachte, wenn sie kam, aber wenn sie ging: *Caroline hat recht, vielleicht bin ich etwas zu streng mit Ginny. Sie ist nur ein wenig schüchtern.*

Und das betraf nur den Umgang mit anderen Leuten. Ma musste auch mit mir umgehen, und ich *war* schwierig. Ich wollte nicht beschützt werden, und ich habe es ihr schwer gemacht. Aber sie machte es sich zur Aufgabe, mich zu beschützen, vielleicht zu sehr. Trotzdem ließ sie nicht zu, dass ich mich völlig von der Welt abkapselte. Aber ganz gleich, wie sehr sie mich beschützt oder angetrieben hat, ich habe mich stets gesträubt. Ich war wütend, weil sie mich nicht in meinem Zimmer allein ließ. Ich war wütend, weil sie mich immer wieder zwang, zur Schule zu gehen, nach jedem Rückschlag aufs Neue. Sie gab mir, was ich brauchte. Die Beweise dafür stapeln sich auf dem Boden dieses Schlafzimmers. Dad hat mich zwar geliebt, aber er hat mir nicht geholfen, mich zurechtzufinden. Er war nicht der Held, zu dem ich ihn gemacht habe.

Da mussten erst die Geister kommen, bis mir klar wurde, wer meine Eltern waren. Und wer ich bin.

Normalerweise wird mir heiß, wenn ich mich aufrege, aber jetzt geschieht das Gegenteil. Plötzlich friere ich bis ins Mark. Ich starre aus dem Fenster auf den Gehsteig. Ich frage mich, ob der ganze Winter so sein wird. Ich ziehe noch einen Pulli an. Ich überlege, mir Midnight um den Hals zu legen wie einen Schal, aber das würde ihr wahrscheinlich nicht passen.

Mir fällt die heiße Schokolade wieder ein. Die wäre jetzt genau das Richtige. Ich nehme Milch aus dem Kühlschrank, Kakao aus dem Schrank. Es ist Mas Kakao, eine der Dosen, die Amanda wegwerfen wollte und die ich gerettet und wieder in den Schrank geräumt habe. Das scheint schon eine Ewigkeit zurückzuliegen. Jetzt verstehe ich ein wenig besser, was Amanda damit bezweckt hat: Sie wollte Mas Gegenwart nicht mehr spüren. Und es ist verwirrend, dass ich es kann. Aber solange ich sie nicht loslasse, kann ich nicht nach vorn schauen. Ich muss darüber nachdenken.

Ich erhitze die Milch auf dem Herd statt in der Mikrowelle, damit ich neben der heißen Herdplatte stehen und ihre Wärme spüren kann. Ich weiß die Mengenverhältnisse auswendig: eine Tasse Milch, einen Esslöffel Kakao und einen Esslöffel Zucker. Ich habe das Gefühl, dass noch etwas fehlt. Salz vielleicht? Ich hole das Getränkelexikon aus dem Schrank und schlage es an der entsprechenden Stelle auf.

Das Rezept verzeichnet auch Salz, aber das wird unwichtig, als ich die Veränderung bemerke: In schmalen roten Druckbuchstaben hat jemand in einer unbekannten Handschrift dazugeschrieben *1 TL Chilipulver*. Ich weiß, wer dieser Jemand ist. Einerseits war es nicht sehr höflich von ihm, ungefragt in mein Kochbuch zu schreiben. Andererseits muss ich lächeln. Es ist eine Form der Kommunikation. Und er hat recht, es verbessert den Geschmack. Ich rühre den Zucker ein, warte, bis er sich auflöst. Nach und nach gebe ich den Kakao dazu, die Prise Salz und auch das Chilipulver für eine scharfe, rauchige Note.

Ich nehme einen großen Schluck aus dem Becher. Köstlich!

In der Tür bewegt sich etwas, und ich zucke zusammen. Ein wenig von der Schokolade schwappt über den Rand auf den Boden. Ich bücke mich, will sie aufwischen, aber dann fällt mein Blick auf etwas anderes. Auf jemand anderen.

David.

»Oh«, sage ich und versuche, möglichst gelassen zu klingen. »Bist du mit dem Schlüssel reingekommen?«

Er schüttelt schweigend den Kopf.

»Ich koche gerade deine heiße Schokolade. Du hattest recht, sie ist die beste.« Das klingt bestimmt furchtbar anbiedernd. Man sollte mir verbieten, vor anderen den Mund aufzumachen. Es kommt ja doch nichts Sinnvolles dabei heraus.

Er bleibt in der Tür stehen und schüttelt ein ums andere Mal den Kopf.

Schließlich sagt er: »Es tut mir leid, Ginny.«

»Du brauchst dich nicht ... Ich meine, ich bin nicht wütend oder so, aber du hättest nicht ...« Ich schaue in sein Gesicht, versuche darin zu lesen. Ich habe alles völlig falsch verstanden.

Also trete ich den Rückzug an, setze noch einmal neu an und frage: »Was tut dir leid, David?«

Er lässt sich fast wie in Zeitlupe auf den Küchenhocker sinken und schlägt die Hände vors Gesicht.

Ich hole seinen Helm vom Kaminsims und halte ihn ihm hin.

»Der gehört dir«, sage ich. »Ich wollte ihn dir bringen, aber du warst nicht da.«

Er greift nicht danach. Er rührt sich nicht von der Stelle.

David will mich nicht ansehen, also sehe ich ihn auch nicht an. Ich starre zu Boden. Auf seine Schuhe. Sie sind mit Matsch und Salz überzogen, eine Begleiterscheinung des Winters in Philadelphia. Aber keine Wasserpfütze hat sich auf dem Küchenboden gebildet, und die Esszimmerdielen sind sauber. Keinerlei Schmutzspur führt von hier zur Tür. Das kann nicht sein. Er ist nicht auf normalem Weg hereingekommen.

Es ist David und doch nicht David.

Ich hätte es merken müssen, aber woran?

Wie sollte ich Davids Geist erkennen, da ich doch nicht wusste, ja, nie auf den Gedanken gekommen wäre, dass er tot ist?

Das kann nicht sein, sage ich mir. Das ist etwas anderes, eine verirrte Seele oder so. David ist irgendwo anders, munter und lebendig. Vielleicht schläft er, und seine Seele hat mich hier aufgesucht – wie die Geister und doch ganz anders als sie.

»David?« Ich möchte ihm noch mehr Fragen stellen, aber mir fehlen die Worte.

»Bitte mach dir auf keinen Fall Vorwürfe, okay? Es ist nicht deine Schuld.«

Er hebt den Kopf und sieht mich an. Der blaue Fleck ist noch da, eine halbmondförmige Verfärbung in seiner rechten Gesichtshälfte. Seine Augen sind müde und traurig.

David ist tot.

Als Amanda zehn Jahre alt war, fiel sie ständig in Ohnmacht. Sie hatte schon immer ein Faible für dramatische Auftritte. Irgendwie habe ich das Gefühl, dass das jetzt angebracht wäre. Ich sollte die Augen verdrehen und umkippen.

Aber ich bleibe stehen. Mir ist schlecht. Ich fühle mich elend.

»Was ist passiert?«

»Ich konnte einfach nicht mehr. Sag meiner Mum, es war ein Unfall.«

»Ich kann ihr nicht sagen, dass ich dich gesehen habe. Sie weiß nicht, dass …«

»Ich bin gleich dort drüben«, sagt er und zeigt auf den nächsten Häuserblock, während sein Arm bereits anfängt zu verschwimmen.

»Es tut mir leid«, sage ich. Er wird zunehmend durchsichtiger, und während ich mir das Hirn zermartere, was ich ihn fragen kann, verschwindet er.

Ich kann das alles nicht verarbeiten. Erst bin ich wütend auf mich selbst, weil ich vergessen habe, ihm von Elena zu erzählen. Dann wird mir klar, dass es keine Rolle gespielt hätte. Dass nichts mehr eine Rolle spielt. Ich habe wahrhaftig schon viele merkwürdige Dinge erlebt, aber jetzt weiß ich wirklich nicht mehr weiter.

Was soll ich tun?

Ich gehe zur Haustür, öffne sie und schaue die Straße hinunter. Eis, Häuser und kahle, braune Bäume, sonst nichts. Niemand.

Die heiße Schokolade kühlt auf der Küchentheke aus, bevor mir klar wird, was ich tun muss.

Ich muss unbedingt Gert anrufen.

Ich wähle ihre Nummer. Zu schnell, zu früh. Ich hätte sie gar nicht anrufen sollen, das wird mir zu spät klar, denn ich weiß nicht, was ich sagen soll. Ich halte den Hörer weg, starre auf die Tasten. Was soll ich ihr sagen? *Wie* soll ich es ihr sagen?

Schwach höre ich das Telefon klingeln. Aber es ist nicht das Rufzeichen. Es ist das Klingeln ihres Handys. Auf der anderen Seite der Haustür.

Ich öffne. Sie ist hier.

»Gert«, sage ich, und sie legt mir die Hand auf die Stirn. Ich tue dasselbe, lege ihr die Hand auf die Stirn, als wolle ich sie segnen, und sage: »Ich weiß, ich weiß, ich weiß.«

Wir stehen beide mit gesenktem Kopf in der offenen Tür und suchen Trost.

DAS PENNSYLVANIA HOSPITAL ist nur einen Block weit entfernt, und da liegt er. Gleich dort drüben, hat er gesagt, und so war es. Sie haben Gert verständigt, und sie ist gekommen, in der Hoffnung, dass es sich um eine Verwechslung handelt. Sie brauchte jemanden, der sie begleitet, deshalb hat sie bei mir vorbeigeschaut. Der Rest ist unwichtig. Gert braucht mich, und neben Amanda und den Mädchen ist sie diejenige, die mir am nächsten steht, fast wie ein Familienmitglied. Sie klammert sich an meine Hand und lässt sie nicht mehr los.

Der Arzt – ein grauhaariger Mann mit Falten im Gesicht, die schmalen Hände ineinander verschränkt wie bei Dad – berichtet mit gefasster, leiser Stimme. David ist Fahrrad gefahren. Wir kennen die schmalen Straßen im Zentrum, in denen man sich keinen Fehler erlauben darf. Ein Auto biegt ab, ein anderes bremst, aber nicht schnell genug. David wird erfasst und auf die Gegenspur geschleudert.

Es ist schnell gegangen, sagt er.

Wir werden in einen Raum geführt, in einen kalten Raum, in dem ein zugedeckter Leichnam liegt. Ich werde langsamer, lasse zu, dass meine Füße schwer werden, zögere den Moment hinaus.

»Hab keine Angst«, sagt Gert, also bemühe ich mich, keine zu haben.

Ihre Hand umklammert meine so fest, dass es wehtut. Von mir aus kann sie mir gern die Knochen brechen. Ich brauchte nie die Gesichter von Ma und Dad zu sehen. Niemand hat das von mir verlangt.

Als die Schwester Davids Gesicht aufdeckt, zwinge ich mich, dorthin zu schauen, wo auch sie hinschaut. Ich folge ihrem gesenkten Blick.

Das Auge in der Farbe von *dulce de leche*, der blaue Fleck, die Wange in der Farbe von Arbequina-Oliven. Er ist es.

Gert schluchzt laut auf, und ihre Trauer zieht meine nach sich, mein Schluchzen folgt dem ihren wie ein Echo. Meine Kehle ist wie zugeschnürt, und ich bekomme kaum noch Luft. Meine Wangen sind nass und nässer. Ich weine laut.

Gert, die noch immer meine Hand umklammert, haucht »ja«, und mit leisem Rascheln breitet sich das Laken wieder über sein Gesicht.

Jetzt, da die Tränen einmal fließen, gibt es kein Halten mehr. Ich weine nicht nur um David, aber das spielt keine Rolle. Der heutige Tag ist ganz und gar von Trauer durchdrungen. Meine Trauer ergießt sich über alles wie verschüttetes Salz.

Später bemühe ich mich, einen kühlen Kopf zu bekommen, denn der wird jetzt gebraucht. So wie wir uns Schritt für Schritt ins Krankenhaus vorgearbeitet haben, arbeiten wir uns wieder nach draußen. Von dem Ort, wo die Toten aufbewahrt werden, erst zu dem Ort, wo die Todesnachrichten überbracht werden, weiter zu dem Bereich, wo Menschen warten, und dann zu dem, wo Menschen soeben erst eingetroffen sind und noch gar nicht genau wissen, worauf sie warten. Ich muss Gert führen, damit sie nicht irgendwo anstößt oder in jemanden hineinläuft. Je weiter wir zum äußeren Bereich vordringen, desto hektischer werden die Leute um uns herum. Sie passen nicht auf, wo sie hingehen. Wir sind wie Inseln in einem Strom. In einer so unruhigen, lauten Umgebung müsste ich eigentlich versagen. Aber Gert braucht mich, also versage ich nicht. Entschlossen bahne ich uns einen Weg.

Endlich sind wir dem Getümmel entronnen und treten aus dem Klinikgebäude auf die Straße hinaus. Ich bleibe stehen und wende mich Gert zu.

Ich versuche, ihren Gesichtsausdruck zu ergründen. Ich weiß, dass sie Seelenqualen leidet, ihr ganzer Körper spricht Bände. Aber ich sehe ihr ins Gesicht, weil ich hoffe, dass es mir verrät, was ich tun soll.

Gert sieht vor allem verloren aus.

»Komm mit zu mir und ruh dich aus«, sage ich.

Ihr Gesichtsausdruck bleibt unverändert.

»Komm doch mit, du solltest dich ein wenig setzen«, sage ich. »Nur kurz.«

Sie nickt kaum merklich und schlurft neben mir her. Aber ich habe Angst, dass sie stürzen könnte, deshalb nehme ich ihren Arm. Sie lässt es geschehen, scheint es gar nicht zu bemerken.

Es ist der kälteste Tag in Philadelphia, an den ich mich erinnern kann. Der Himmel ist klar und wolkenlos, und nachdem wir die Hälfte des Blocks zwischen dem Krankenhaus und meinem Zuhause zurückgelegt haben, wird mein Arm taub, und mein Gesicht gefriert zu einer Maske. Ich bin ohne Mantel aus dem Haus gegangen. Trotzdem habe ich nicht das Bedürfnis, mich in einen Innenraum zu flüchten. Ich würde es auch eine Stunde lang hier draußen aushalten. Hauptsache, ich kann mich nützlich machen.

Wir kommen nur langsam voran, aber wir schaffen es. Wir gehen die Treppe hoch. Durch die Haustür. Den Flur entlang. Ich führe Gert zum Sofa. Ich koche ihr Tee, Pfefferminztee mit viel Honig.

»Brauchst du sonst noch etwas?«, frage ich. »Kann ich irgendwas für dich tun?«

Sie legt die Hand um die Teetasse, trinkt aber nicht, sondern starrt nur auf die Flüssigkeit.

Ich zeige auf den Kamin. »Ich könnte ein Feuer machen.«

»Oh Ginny!«, sagt sie. »Versuch nicht, dich nützlich zu machen. Bitte bleib einfach nur hier.«

Also nehme ich ihre Hand und halte sie. Sie ist weder warm noch kalt, weder feucht noch trocken. Ich drücke sie, aber Gert erwidert den Druck nicht. Wenn sie will, dass ich bei ihr bleibe, dann bleibe ich.

Wir sitzen auf dem Sofa und starren auf den leeren Kamin. Der Duft nach süßem Pfefferminztee breitet sich im Zimmer aus.

Wir bleiben lange so sitzen, bis jemand von der Synagoge kommt und Gert und David nach Hause bringt.

Meine Eltern sind tot. David ist tot. Und was geschieht als Nächstes? Gerts Trauer war alles, woran ich denken konnte, solange sie hier war. Wenn man nicht weiß, wie man mit seinen Gefühlen umgehen soll, können die Emotionen anderer wie Drogen wirken. Doch jetzt, da ich allein bin, überwältigt mich meine eigene Trauer. Darüber, dass meine Mutter so viel für mich getan hat, ohne dass ich mich je dafür bedankt hätte. Ich beginne, Zutaten für ein Rezept aus dem Schrank zu holen, um ihren Geist heraufzubeschwören, doch dann wird mir bewusst, dass ich vor lauter Weinen ohnehin kein Wort herausbringen würde, also stelle ich die Sachen wieder zurück.

Wollte er sterben? Dachte er, *Ich pack das nicht mehr,* und lenkte im entscheidenden Moment nach links, um seinem Leben auf diese Weise bewusst ein Ende zu setzen?

Ich kann mir das nicht vorstellen, aber ich besitze auch keine besonders ausgeprägte Vorstellungskraft.

Es tut weh zu wissen, dass ich ihm nicht helfen konnte. Wir haben uns umeinander bemüht. Der Schmerz in meinem Körper verändert sich, er schließt meine verlorenen Eltern, mein verlorenes Leben mit ein. In gewisser Weise habe ich auch meine Schwester verloren, aber es besteht ein Quäntchen Hoffnung, dass ich sie wieder zurückgewinne.

Deshalb wollte Ma mich beschützen. So weh kann das Leben tun. Doch sogar jetzt, trotz dieses Schmerzes, trotz dieses Wissens, lebe ich es lieber, als mich davor zu verstecken.

Mein Magen knurrt vor Hunger. Da höre ich noch ein anderes, schwaches Geräusch.

Keine Stimme, nur ein Klopfen: Fingerknöchel auf Holz. Ein ganz alltägliches Geräusch und dennoch voller Geheimnisse. *Lass mich rein.*

Es klopft an der Haustür.

Ich denke angestrengt nach. Gibt es jemanden, den ich jetzt gern sehen würde? Ist es ein Lebender, der da anklopft? Es fällt leichter, zur Tür zu gehen, als sitzen zu bleiben.

Die Frau an der Tür hat die Kapuze übergezogen, um sich vor der Kälte zu schützen. Sie kommt mir bekannt vor.

Ich habe sie erst zweimal gesehen, aber unter besonderen Umständen. Ich erkenne sie auf Anhieb. Rötliches Haar. Eine schlanke Figur. Sie war in der Synagoge. Sie hat die Matzebällchensuppe für die Familie mit der kranken Tochter gekocht.

»Ich heiße Miriam«, sagt sie. »Von der *Chewra kadischa.*«

»Ich erinnere mich.«

»Entschuldigen Sie die Störung. Ich hätte vorher

angerufen, aber ich wusste nur die Adresse. Darf ich reinkommen?«

»Natürlich.«

Sie tritt ein und bleibt im Flur stehen. Sie putzt sich die Füße energisch an der Fußmatte ab, um keinen Schneematsch hereinzutragen.

Ich weiß nicht, was sie hier will. Meine Gedanken sind noch in der Küche und bei Gert und unter dem Laken im Krankenhaus.

Miriam sagt: »Wir hätten gern, dass Sie uns beim Mahl der Trauernden für Gert und ihre Familie behilflich sind.«

Ich kann es kaum fassen, dass ich nicht schon selbst darauf gekommen bin. Diese vielen Trauernden und *Mitzwas*. Die vielen Mahlzeiten, die Gert für andere zubereitet hat. Die länglichen Lebensmittel, die Trennung von Fleisch und Milch, die Gerichte zum Einfrieren. *Kugel* und Suppe und Muffins und Kuchen. Alles liebevoll zubereitet. Jetzt ist sie die Trauernde, und ihre Familie braucht Trost.

»Es ist ungewöhnlich, dass jemand mithilft, der nicht jüdischen Glaubens ist«, sagt Miriam. »Sie verstehen sicher, warum.«

»Natürlich.«

»Aber dies ist ein besonderer Fall. Sie hat Sie mitgebracht, damit Sie uns helfen, weil Sie eine sehr gute Köchin sind.«

»Ich komme gern«, versichere ich Miriam, denn Gert braucht mich. Ich werde der Beerdigungsbruderschaft helfen, das Mahl der Trauernden zuzubereiten. Ich werde den Tod von einer ganz anderen Warte aus betrachten, denn was am Tod wichtig ist, sind nicht die Toten, sondern die Lebenden. Die Hinterbliebenen.

»Darf ich noch eine andere Frau mitbringen?«, frage ich Miriam.

»Das ist ungewöhnlich.«

»Aber wäre es trotzdem in Ordnung?«

»Ja. Und Sie sind sich sicher, dass sie helfen will?«

»Ich werde sie anrufen und fragen«, sage ich.

»Morgen früh in der Synagoge«, erwidert sie. »Um zehn Uhr?«

»Ich werde da sein. Wir beide, hoffentlich.«

»Sie sind eine gute Tochter«, sagt Miriam, setzt ihre Kapuze wieder auf und verschwindet hinaus in den Schnee.

Ich hoffe inständig, Amanda möge ans Telefon gehen, aber vergebens. In den letzten Tagen hat sich für mich so vieles verändert, doch sie weiß nichts davon. Sie hält es immer noch für sinnvoll, an ihrer Wut festzuhalten.

Ich habe eine Idee. Ich schaue auf den Zettel, der am Kühlschrank hängt, auf die wenigen kostbaren Ziffern. Ich wähle eine andere Nummer.

Eine Frau mit Orangensaftstimme meldet sich. »Hallo?«

»Angelica, ich bin's, Ginny Selvaggio. Bitte leg

nicht gleich auf«, sage ich, und sie hört mir tatsächlich zu. Ich erzähle ihr, dass jemand gestorben ist, der Sohn unserer Freundin Gert, und Amanda müsse mir morgen Vormittag helfen. Sie müsse mir verzeihen, und ob Angelica wohl so nett wäre, Amanda anzurufen und ihr auszurichten, dass ich mich nicht mehr streiten möchte. Sie habe recht, Ma und Dad hätten gewollt, dass wir zusammenhalten. Ich liebe sie, sie sei meine Familie, und das sei das Einzige, was zählt. Alles andere würden wir bestimmt gemeinsam klären können.

Es bleibt still in der Leitung, und ich fürchte einen Moment lang, Angelica habe bereits aufgelegt.

Dann ertönt ein Laut, ein hörbares Schlucken, und die Stimme am anderen Ende sagt: »Ich bin's, Amanda. Ich bin gerade bei Angelica zum Abendessen und bin ans Telefon gegangen, weil sie im Bad war. Ich bin's. Ginny, mein Schatz, geht es dir gut?«

»Es geht so.«

»Es tut mir alles furchtbar leid«, sagt sie. »Wie geht es Gert? Was ist passiert? Wie kann ich dir helfen?«

Ich erzähle ihr, was sie wissen muss, nicht alles, aber genug. Sie erklärt sich bereit, mich am nächsten Tag zu Hause abzuholen, damit wir zusammen zur Synagoge gehen können.

Nachdem ich aufgelegt habe, gebe ich Midnight eine Extraportion Futter, weil mir danach ist, jemanden zu umsorgen. Ich selbst gehe ohne Abendessen ins Bett.

Am nächsten Morgen beschließe ich, mich draußen auf die Treppe zu setzen und dort zu warten. Es ist nach wie vor kalt, aber ich habe mehrere Schichten Kleidung übereinander angezogen. Unter dem Vordach ist es windgeschützt, und da die Sonne ein wenig wärmt, friere ich nicht.

Als ich Amanda kommen sehe, stehe ich auf und gehe ihr entgegen.

Ihre ersten Worte sind: »Es tut mir leid.«

»Mir tut es auch leid«, sage ich. »Komm, lass uns gehen.« Ich zeige in die entsprechende Richtung.

Im Gehen erzähle ich ihr von David und seiner Frau, von ihrem Tod und von seiner Unfähigkeit, mit seiner Trauer umzugehen.

»Wie furchtbar!«, sagt Amanda. »So, wie du ihn beschrieben hast – meinst du, es war wirklich ein Unfall?«

»Ja«, sage ich, weil er es so wollte. Wenn ich ihm zu Lebzeiten nicht geben konnte, was er brauchte, kann ich es ihm wenigstens jetzt geben.

»Brauchst du mich jetzt wirklich?«

»Es hilft mir, wenn du dabei bist.«

»Gut.«

»Außerdem wolltest du doch ohnehin kochen lernen, oder nicht?«

»Aber nicht so«, erwidert Amanda.

»Ich weiß«, sage ich. »Aber man muss das Leben nehmen, wie es kommt.«

Wir betreten die Synagoge, und ich führe sie in die Küche.

»Ich bin froh, dass Sie hier sind«, begrüßt uns Miriam.

»Wir auch«, erwidere ich. Dann machen wir uns an die Arbeit.

Erst lasse ich Amanda die Linsen lesen, und sie sucht sehr gewissenhaft die Steinchen heraus. Als sie mit den Linsen fertig ist, zeige ich ihr, wie man hart gekochte Eier macht, mit der Zwölfminutentechnik, die mir Gert beigebracht hat.

»Du kannst das gut«, sagt sie.

»Danke.«

»Nein, wirklich. Ich bin beeindruckt. Mir war nie klar, wie gut du etwas erklären kannst. Du solltest etwas daraus machen.«

»Danke«, sage ich, wie immer bei solchen Gelegenheiten, aber diesmal meine ich es ernst.

Nachdem die Mahlzeit zubereitet ist, fahren wir mit Miriam zu Gerts Wohnung. Sie ist sehr aufgeräumt, weder klein noch groß, mit braunem Teppich und hellgelben Wänden. Ich frage mich, ob die Farbe Chardonnay heißt. Ich war noch nie hier, aber Miriam kennt den Weg zur Küche. Wir stellen alles bereit. Eier. Linsen. Brot. Anschließend habe ich das Gefühl, nie mehr hart gekochte Eier essen zu können. Ich verbinde ihren Geruch mit Trauer.

Jetzt ist Gert die Trauernde. Sie sitzt schwarz gekleidet auf einem niedrigen Möbelstück. Sie trägt keine Schuhe. Die Spiegel in ihrem Haus sind verhängt. Es gibt noch andere Verwandte, Onkel und Cousinen vermutlich, die zerrissene schwarze Bänder an ihre Kleidung geheftet haben. Ich wünschte, mir würde jemand so ein Band geben. Ich vermisse David. Er war ein Freund. Der erste seit Langem. Ich habe meine Welt immer in Familienangehörige und Nicht-Familienangehörige unterteilt, dabei ist die Wirklichkeit so viel komplizierter.

Gert trägt kein schwarzes Band, sondern hat ihr Kleid, ihr gutes Kleid, an der linken Seite eingerissen. Alle anderen haben ein ordentliches, separates Trauerband, das sie anschließend ablegen können. Der Riss an Gerts Kleid sieht aus, als habe sie ihn hastig und mit großer Heftigkeit angebracht, er wirkt wie ein gezacktes Messer.

Ein kleiner Junge, vielleicht ein Cousin, stößt den Wasserkrug neben der Tür um. Ich stelle ihn wieder hin, wische auf, fülle ihn neu. Ich tue, was getan werden muss.

Von der vorigen Schiwa weiß ich, dass man nicht versuchen darf, die Trauernden in ein Gespräch hineinzuziehen. Wenn sie reden wollen, tun sie es von sich aus. Und nach einer Weile tun sie es tatsächlich.

»Er war ein guter Sohn«, sagt Gert. »So voller Energie.«

»Ja.«

»Als er noch klein war«, sagt sie, »hat er mich fix und fertig gemacht. Er ist ständig herumgerannt, auf und ab, hin und her. Kleiner Kolibri, habe ich immer zu ihm gesagt. Du machst mich wahnsinnig! Und dann hat er mit den Armen geschlagen wie ein Vogel mit seinen Flügeln und dazu gesummt, weil ich ihn Kolibri genannt habe.«

»Er war ein guter Mensch«, sage ich.

Sie nickt und senkt den Blick, befingert den Saum ihres Ärmels.

»Er wird uns allen fehlen«, sage ich. Wieder kommen mir die Tränen.

»Ich müsste eigentlich wütend sein«, sagt Gert. »Aber ich bin nicht wütend, sondern nur traurig. Wahrscheinlich kommt die Wut später.«

Ich nicke. Alles, was mir zu sagen einfällt, klänge dumm.

»Danke, dass du ihn gekannt hast«, fährt sie fort. »Er hat ein ganzes Jahr gekämpft. In der letzten Zeit brauchte er jemanden an seiner Seite, und ich bin froh, dass es jemanden gab.«

Ich strecke die Hand nach Gert aus, und sie senkt den Kopf. Ich drücke den Handballen gegen ihre Stirn. Sie beugt sich noch weiter vor und lässt ihre Stirn an meiner Schulter ruhen. Ich berühre sanft ihren Hinterkopf und sage: »Ruh dich aus.«

Sie klammert sich an mich. Ich wünschte, ich könnte mehr für sie tun.

Vor der Kerze versammeln sich die Trauernden. Gert stellt sich zu ihnen, sie wirkt klein und gebeugt. Männerstimmen murmeln ein Gebet. Ich gehe zu Amanda in die Küche und drücke ihre Hand. Wir sind fremd hier, aber wir haben einander.

Der Abend ist noch lang. Leute kommen und gehen, in aller Stille, denn das Geräusch der Türklingel würde den Trauernden das Gefühl geben, Gastgeber zu sein, doch das sind sie nicht. Etliche Verwandte – ich hätte nicht gedacht, dass ein Mensch so viele Verwandte haben kann. Und Freunde, so viele Freunde. Jede Menge Leute, aber sie bewegen sich leise und ehrfürchtig. Ich lasse mich von ihnen umfluten wie von Wasser.

Mit der Zeit werden es weniger. Schließlich sind nur noch die Trauernden, Miriam, meine Schwester und ich da. Miriam fährt uns nach Hause. Ihr Wagen ist klein und sauber. Leider riecht er nach hart gekochten Eiern, aber das vergeht.

Als sie mich absetzt, sagt sie: »Danke Ihnen beiden.«

»Danke, dass Sie mich gebeten haben zu kommen«, sage ich. »Es hat mir viel bedeutet.«

»Danke«, echot Amanda.

»Nach dem Mahl der Trauernden werden wir noch öfter für Gert und ihre Familie kochen«, sagt Miriam. »Sie brauchen nach wie vor Unterstützung. Ich hoffe, Sie werden mithelfen.«

»Natürlich«, sage ich und meine es auch.

Im Haus stellt Amanda ihre Tasche ab und seufzt laut. Ich betrachte ihre Körperhaltung. Sie steht mit hängenden Schultern da, sieht erschöpft aus.

»Willst du nicht über Nacht hierbleiben?«, schlage ich vor.

»Das wird wohl das Beste sein«, erwidert sie. »Ich rufe kurz Brennan an und sage ihm Bescheid.«

Nachdem das erledigt ist, mache ich Sandwiches mit Erdnussbutter und Gelee und schenke uns zwei große Gläser Milch ein. Amanda starrt in ihr Glas und sagt: »Das sieht gut aus, aber hast du auch was Stärkeres?«

Ich hole Dads Scotch und schenke uns beiden davon ein.

Amanda trinkt ihren in einem Zug aus und muss husten. Ich klopfe ihr auf den Rücken. Der Husten klingt ab.

Als sie wieder etwas sagt, ist ihre Stimme heiser. Sie stößt mit ihrem Glas gegen die Flasche. »Als ob er hier wäre.«

»Wir müssen sie loslassen«, sage ich.

»Das ist schwer«, entgegnet sie. »Das ist so was von schwer! Aber du hast recht. Sie sind tot. Es ist nur ... Ich hätte nie damit gerechnet, dass sie so früh sterben.«

»Das geht mir genauso«, sage ich und nippe an meinem Scotch. Er brennt, aber die Wärme nach dem Brennen gefällt mir.

»Hör zu«, sagt Amanda. »Ich kann mir vorstellen, dass du noch wütend auf mich bist.«

Mir fällt Dr. Stewart ein und wie betrogen ich mich fühlte, als ich merkte, dass meine Schwester mich ausgetrickst hat.

»Aber du musst mich auch verstehen.«

»Ich muss gar nichts«, stelle ich klar und frage mich, ob ich gereizt klinge.

»Okay, tut mir leid. Vielleicht hätte ich es anders formulieren sollen.«

»Vielleicht.«

»Ich will nur dein Bestes«, sagt Amanda.

»Das sagtest du bereits«, erwidere ich. »Aber das besteht nicht darin, von meiner eigenen Schwester hereingelegt zu werden. Das Beste für mich ist, wenn ich dir vertrauen kann.«

»Das habe ich jetzt begriffen.«

»Kannst du etwas Geduld mit mir haben?«

»Ja.«

»Und mir vertrauen?«

»Ich werde mich bemühen.«

Einer meiner Professoren am College sagte immer: *Tun oder lassen – halbe Sachen gibt es nicht.* Aber in den Ratgeberkolumnen steht normalerweise das Gegenteil. Wenn jemand verspricht, sich zu bemühen, und man damit zufrieden ist, soll man keinen Druck auf den anderen ausüben. Denn der Schuss könnte sonst nach hinten losgehen. Man kann eine Menge Schwierigkeiten heraufbeschwören, wenn man zu viel verlangt.

»Ich mache mir nur Sorgen um dich«, sagt Amanda.

»Das ist überhaupt nicht nötig.«

»Es geht dir also gut?«

»Ja«, sage ich, weil es das Einfachste ist.

»Ich hoffe nur, du weißt, dass ich einzig und allein dein Bestes will, Ginny.«

»Ich denke schon.«

»Und ich glaube, dass auch du nur mein Bestes willst. Was du mir bezüglich Shannon sagen wolltest – mir ist klar, dass du mir nicht wehtun wolltest.«

»Ich weiß nicht, wie sie sich im Alltag verhält«, sage ich. »Das kannst du besser beurteilen. Ich wollte dir nur sagen, wenn sie so ist wie ich, wird sie ein wenig Unterstützung brauchen.«

»Ich habe keine Ahnung, ob sie Probleme hat. Und woran ich sehen kann, dass alles gut wird. Aber genau das wünsche ich mir für sie. Das wünschen sich alle Eltern für ihre Kinder.«

Mir wird bewusst, dass ich im Begriff bin, ihr von Dad zu erzählen. »Hattest du jemals das Gefühl, dass Dad seltsam war?«, frage ich.

»Nein«, sagt sie. »Das heißt, ja, schon, aber er war eben Dad. Er war nicht viel zu Hause, und wenn, hat er sich nicht mit mir beschäftigt. Du warst immer sein Lieblingskind.«

»Und du warst immer Mas Lieblingskind.«

Amanda schweigt, setzt neu an. »Ich dachte immer, dass mit mir was nicht stimmt. Weil ich nicht sein Liebling war.«

Sie weint.

»Er hat dich geliebt«, sage ich.

»Ich weiß. Ich vermisse die beiden so«, schluchzt sie.

»Ich auch«, ist alles, was ich darauf erwidern kann.

Amanda vergräbt das Gesicht in den Händen. Ich wüsste nicht, was ich sagen sollte, aber ich kann etwas tun. Ich lege die Arme um meine Schwester und halte sie.

An einem einzigen Tag lassen sich nicht alle Missverständnisse aufklären, alle Wunden heilen. Aber wir können damit anfangen.

Nachdem sich Amanda zum Schlafen in ihr Zimmer zurückgezogen hat, fülle ich Midnights Napf und laufe durch das dunkle Haus. Eines muss ich noch erledigen, bevor ich ins Bett gehe.

Sie werden nie mehr wiederkommen. Ich weiß es und akzeptiere es.

Ich nehme die Gummistiefel, Dads gute Schuhe und Mas Schlafzimmerpantoffeln, lege sie ordentlich in den Karton mit der Aufschrift SCHUHE und mache den Deckel zu.

Kapitel fünfzehn

Ribollita

Ginnys Ribollita
Salz – 4 Knoblauchzehen – 4 Schalotten, in Ringe geschnitten –
Oregano – schwarzer Pfeffer – 420 g weiße Dosenbohnen –
420 g Kichererbsen aus der Dose – 800 g Tomaten aus der Dose,
von Hand zerkleinert – Hühnerbrühe – 1 Bund Schwarzkohl –
gewürfelte Zwiebel-Focaccia – 120 g geriebener Parmesankäse

Der Knoblauch am Boden des flachen Topfes verfärbt sich golden. Ich muss handeln, bevor er braun wird. Die Brühe kommt dazu, bedeckt den Knoblauch, die Schalotten und den Oregano. Sie zischt vor Hitze. Alles ist genauso, wie es sein muss. Pfeffer. Zwei Sorten weiche Hülsenfrüchte, von Hand zerkleinerte Tomaten. Der Schwarzkohl wird in Streifen geschnitten und untergerührt, nachdem sich alles andere vermengt hat. Deckel auflegen, damit die Flüssigkeit nicht verdampft, und das Ganze köcheln lassen, damit sich die Aromen verbinden.

In einer separaten Pfanne röste ich sorgfältig die Focaccia-Croutons in Olivenöl und wende sie regelmäßig, damit sie von allen Seiten schön braun werden. Dann lasse ich sie auf Haushaltspapier abkühlen. Kurz vor dem Servieren füge ich den Käse hinzu und garniere alles mit den Croutons. Seit letztem Dezember habe ich bestimmt ein Dutzend verschiedener Ribollita-Rezepte ausprobiert, und das hier ist mein liebstes. Ich habe darin das Beste aus verschiedenen Rezepten vereint. So stammt das Endergebnis nicht von einer einzigen Person: Es ist etwas von Nonna dabei, aber auch von anderen Köchen, die ich gar nicht alle kenne. Und letztlich auch etwas von Ginny.

Aus Gewohnheit werfe ich beim letzten Zubereitungsschritt der Ribollita einen Blick in die Ecke, wo einmal der Hocker stand. Ich habe ihn aus der Küche entfernt und ans Wohnzimmerfenster gestellt. Ich brauche ihn hier nicht mehr. Die Geister sind verschwunden.

Einerseits ist das traurig. Keine Espressostimme von Nonna mehr, die mich *uccellina* nennt. Keine Gelegenheit mehr, Ma zu sagen, dass ich sie verstehe und jetzt besser zu schätzen weiß. Nichts, was ich noch von Dad lernen könnte. Kein Trost mehr von David. Andererseits ist es besser so. Ich kann mich schließlich nicht mein Leben lang mit Geistern in der Küche verstecken. Das würde bedeuten, die Lebenden zu vernachlässigen.

Und wir, die Lebenden, sind wichtiger als die Toten.

Ribollita ist kein typisches Gericht für Thanksgiving, aber ich will es trotzdem auf den Tisch bringen. Es bedeutet mir viel und auch denen, die nicht mehr unter uns weilen, sofern sie uns zusehen. Ich weiß nicht, ob sie es tun. Aber es kann bestimmt nicht schaden.

Amanda, Brennan und die Mädchen werden um drei kommen, später essen wir gemeinsam zu Abend. Zuerst hat Amanda darauf bestanden, bei ihr zu feiern, aber am Ende durften die Mädchen entscheiden. Und die wollten zu Tante Ginny. Das entlockt mir immer noch ein Lächeln. Midnight liegt faul da, weil ich ihr den ganzen Nachmittag über Reste gegeben habe. Ihr Bauch ist schon ganz rund unter dem flauschigen Fell. Shannon wird ihr bestimmt noch mehr Leckereien zustecken. Midnight ist eine sehr glückliche Katze, so wie ich ein sehr glücklicher Mensch bin. Ich überlege, uns noch einen Gefährten dazuzuholen. Im Tierheim gibt es bestimmt noch ein schwarzes Kätzchen, das ich Snowball nennen könnte.

Soll ich noch etwas zubereiten? Schon jetzt verschwindet die Küchentheke unter Schüsseln und Glasformen. In der Spüle häufen sich die Löffel, die ich zum Abschmecken benutzt habe. Kräftige, köstliche Düfte prallen aufeinander: Knoblauch auf Zimt, Herzhaftes auf Süßes. Zwei Füllungen, Mas traditionelle Version mit Maisbrot und die Füllung, die sie letztes Jahr zur Abwechslung zubereitet hat, eine buttrige Variante mit Kirschen, Wurst und Haselnüssen. Der kräutergespickte Truthahn, der wahrscheinlich größer ist als nötig und den ich nur mit Mühe und Not in den Kühlschrank und wieder heraus manövriert habe. Eine Schüssel mit cremigem Püree. Dafür habe ich die Kartoffeln durch ein Sieb gestrichen und sie dann mit einer Mischung aus Sahne und zerlassener Butter aufgeschlagen. Und Mokkatorte zum Nachtisch, eine Erfindung von mir: Der Teig enthält kaum gesüßte Schokolade und dunklen, starken Kaffee. Die Schichten werden von weiterer Schokolade zusammengehalten, der ein Hauch Chilipulver etwas Schärfe verleiht. Die Torte ist allein meine Erfindung, aber ich habe sie zu Ehren Davids kreiert.

Ich sehe mich in der Küche um, zähle die Gänge. Vielleicht mache ich doch noch eine Kleinigkeit. Einen Cranberry Relish zum Beispiel. Lieber zu viel als zu wenig. Schließlich sollen viele Menschen satt werden.

Gert ist auch eingeladen. Ich sehe sie nach wie vor jede Woche. Manchmal putzt sie das Haus, manchmal eine ihrer Angestellten, während sie sich mit mir unterhält. Ich helfe ihr bei der Planung und den Rezepten für die Frauen, die in der Synagoge kochen. Und sie hilft mir mit der Planung für den Gemeinschaftsgarten. Noch vor Ende des Winters fand ich Mas Liste, wer welche Beete pflegt, und so war ich vorbereitet, als der Frühling kam. Ich arbeitete mit den anderen Hobbygärtnern zusammen, damit alles klappte, auch den Sommer über, als alles blühte und wuchs, bis hin zum Herbst, als wir ernteten und die erschöpften Pflanzenreste wieder untergruben.

Einmal im Monat gehe ich zu Dr. Stewart, und wir sprechen über Strategien. Ich ändere mein Verhalten, Schritt für Schritt. Ich tue mich schon leichter in Gesprächen. Ich habe weniger Angst davor. Ich lächle zwar nicht – ich habe es versucht, und es war eine Katastrophe –, aber ich arbeite daran, nicht die Stirn zu runzeln und stattdessen durch meine Körpersprache Offenheit zu vermitteln. Ich habe im Internet nach Ratgeberkolumnen geschaut, in denen das erklärt wird. Ich bemühe mich, nicht die Arme zu verschränken, obwohl ich oft nicht weiß, wohin mit ihnen. Wenn man die Hände nicht in die Hosentaschen steckt oder in die Hüften stemmt – wohin soll man dann mit ihnen?

Gestik, lautet das Schlüsselwort. Im Wörterbuch steht es auf derselben Seite wie *Gestade, Gestein* und *Gestühl.*

Amanda ruft mindestens einmal täglich bei mir an. Wir haben nicht immer etwas Wichtiges zu bereden. Aber wir reden. Und manchmal kommt sie mich mit den Mädchen besuchen, oder sie holt mich ab, und wir essen bei ihr zu Abend. Wenn ich zu ihr gehe, nehme ich immer Kekse mit. Parker liebt Erdnussbutterkekse, die Sorte, die ihre Mutter auch am liebsten mochte, als wir noch klein waren. Shannons Lieblingskekse sind *Lemon Cream Cheese Drops*, weil sie sie schon selbst backen kann. Man braucht dazu nur eine Fertig-Backmischung, eine Packung Frischkäse und ein Ei. Beim Guss und beim Hantieren am Ofen helfe ich ihr noch. Und während die Kekse im Ofen sind, suchen wir nach neuen Zeitungsausschnitten, die wir in ihr Normalbuch kleben können.

Ich brauche nicht zu Amanda zu ziehen, um ein Teil ihrer Familie zu sein. Auch wenn ich körperlich nicht immer anwesend bin, möchte ich dennoch, dass sie etwas haben, was sie an mich erinnert. Was ihnen sagt, dass es mir gut geht, dass ich sie liebe. Ich will, dass sie in ein Plätzchen beißen, an mich denken und lächeln. Essen ist Liebe. Essen ist Macht. Vom Verstand her wusste ich das schon immer, aber jetzt weiß ich es auch mit dem Herzen.

Es klingelt, meine Gäste sind da.

Ich lege den Holzlöffel auf einen Teller neben der köchelnden Ribollita, drehe die Flamme herunter und gehe zur Tür, um sie hereinzulassen.

Danksagung

Zu *Schokoladengeister* haben so viele selbstlose und wunderbare Menschen auf unterschiedlichste Art und Weise beigetragen, dass die Aufzählung ihrer Namen so lang sein müsste wie das ganze Buch. Stattdessen folgt eine kürzere Liste derer, denen ich mit am meisten Dank schulde:

Ein riesiges Dankeschön gebührt meiner fantastischen Agentin Elisabeth Weed sowie meiner hervorragenden Lektorin Lauren McKenna, die das Originalmanuskript gelesen und erkannt haben, was in ihm steckt. Ich finde eure Beharrlichkeit, euren Fleiß und eure Vorschläge auf jeder Seite wieder. Dankbar bin ich auch Megan McKeever, Jean Anne Rose, Ayelet Gruenspecht und der gesamten Mannschaft von Gallery Books für ihr Know-how und ihre Hilfe – schließlich habe ich zum ersten Mal ein Buch veröffentlicht. Vielen Dank auch an Kathleen Zrelak, Jenny Meyer, Blair Bryant Nichols, Stephanie Sun und Samuel Krowchenko für ihre Hilfe bei der Publicity, den Übersetzungsrechten, Vorträgen und vielem anderen mehr. Solltet ihr das hier ohne einen selbst gebackenen Brownie in der Hand lesen, dann ruft mich an, und wir schaffen sofort Abhilfe!

Fürs Lesen, Redigieren, Brainstormen, Faktenchecken, Vorschläge machen, Vorkosten, Inspirieren und Ratschläge-Geben, wenn ich welche brauchte, beziehungsweise einfach nur fürs Zuhören danke ich Michelle Von Euw, Erin Baggett, Heather Brewer, Joan Cadigan und dem St. John's Book Club, Robb Cadigan, Russ Carr, Linda Cambier, Pam Claughton, Keith Cronin, Karen Dionne, Chris Graham, Dan Hornberger, Lynne Griffin, Tracey Kelley, Derek Lee von The Best Food Blog Ever (bestfoodblogever.com), Juli McCarthy, Derek McHenry, Heather McHenry, Randy Susan Meyers, Amy Sue Nathan, Joe Procopio, Kennan Rapp und Rocio Malpica Rapp, Margaret Schaum, Dr. Ariane Schneider, Therese Walsh und Barbara Ross.

Mein Dank gilt außerdem den Mitgliedern meiner Schreibgruppe für treffende Anmerkungen und nie nachlassende Ermutigungen, nämlich Ken Kraus, Shelley Nolden, Kelly O'Donnell, Rick Spilman und Bruce Wood.

Danken möchte ich auch meiner Autorengruppe für die Unterstützung, die Ideen und die nette Gesellschaft: Camille Noe Pagán, Emma Johnson, Maris Kreizman, Siobhan O'Connor und Laura Vanderkam.

Dafür, dass sie so fantastisch aus der Innen- wie aus der Außensicht über das Asperger-Syndrom geschrieben haben, danke ich Dr. Tony Attwood, Gavin Bollard, John Elder Robison und den Frauen aus dem gesamten Autismus-Spektrum, die zu dem Buch *Women From Another Planet? Our Lives in the Universe of Autism* beigetragen haben.

Ich danke allen bei Backspace (bksp.org), Intrepid Media (intrepidmedia.com) und Writer Unboxed (writerunboxed.com). Ich fühle mich geehrt, zu ein paar der besten Online-Schreibgruppen gehören zu dürfen. Ich danke euch vielmals!

Bedanken möchte ich mich auch bei Freunden und Verwandten von Philadelphia bis Petoskey und von Westwood bis Wasilla: Danke für eure Liebe und Unterstützung. Ich kann gar nicht in Worte fassen, wie viel ich euch verdanke!

Und natürlich danke ich meinem Mann Jonathan, mit dem ich alles teile – meine Gedanken ebenso wie jegliche Anerkennung.